少女キネマ

或は暴想王と屋根裏姫の物語

角川文庫
20203

もくじ

本文イラスト／なまにくＡＴＫ（ニトロプラス）
本文デザイン／大原由衣

プロローグ

ずっと、暗闇におりました。

日の光も射さず、風も流れない、忘れ去られたような空間です。

私はそこで、ひとり膝《ひざ》を抱えておりました。

どうしてここにいるのか。

いつまでここにいればよいのか。

すべて忘れてしまいましたし、そのようなことは考えても仕方がないのかもしれません。それでも、私がここにいることを誰も知らないことがときどき哀しくなりました。自分だけが時の流れから外れてしまったような寂しさを感じておりました。ゆっくりとした時間の浸食により、このままここで朽ち果てるのであろう、と諦《あきら》めに似た想いを抱き始めたとき——

永劫《えいごう》に続くかと思われたその闇は、突然去りました。

私を日の光の下に戻してくれた、その方のお話をしましょう。

それは、ひとりの学生でありました。

名を、十倉和成《とくらかずなり》と申します。胸薄く、髪はくせっ毛でさして根性のある男でもない。人並み以上に煩悩にまみれ、たびたび間違った方角に全力疾走し、あげく袋小路で泣き濡《ぬ》れるような大学生でありました。

そんなどこにでもいるような彼は、ある日、空を駆けました。

空を駆ける――その奇跡としかいいようのない出来事も、見るものが見ればただの偶然の山積によるひとつの結果に過ぎないでしょう。しかし、あの古館に住む様々な鬱屈《うっくつ》を秘めた猛者《もさ》たちにしてみれば、まさにそれは奇跡以外の何物でもなかったのです。すべては天より俯瞰《ふかん》してみて初めてわかることであり、けして生の人生を生きる人間には窺《うかが》い知れない、さながら摩《ま》訶《か》不思議なおとぎ話のように見えたとしても。

しかし、私は思うのです。

あの複雑な個別の物語が絡み合ったその現場に、もし彼、十倉和成が介在しなかったら。そして、彼がもつ人間としての何か不思議な力が働かなかったら。果たしてあの日、あの奇跡は起きたのであろうか――と。

彼が、あの状況でなした行動、つむいだ言葉。

それを、これから私は語ろうと思います。正直、私自身、語るにおいてすべてを理解できているわけではなく、また語ってみせないと理解できぬ性分ではありますが——

ともあれ、矛盾の結晶体であるのが人間だとすれば、十倉和成はとても人間らしい人間です。カメラをその彼自身の瞳《ひとみ》に宿すのが、あの日の謎を明かすのに一番よいと私は思うのです。

それでは、皆さん。

しばしのお別れといたしましょう。

ご縁があったならば、また——

一章　天井裏に少女

　妙だ妙だとは思っていたけれど、ここ最近、ものがたびたび消える。
　わずか六畳しかない我が部屋からこうもしょっちゅう物が紛失するというのは、僕が健忘症か底知れぬうつけものと仮定しない限りあり得ないことではあるけれど、幸いにも僕はそのどちらでもない。他の日常生活においてそのような兆候は見られないし、他人からも咎《とが》められたことはない。まあ、よほど親しい人間でもなければ、キミすこしぼうっとしているのではないかとは云わないだろうけど、それに近い目つきをされたことも記憶にない。この下宿生活中にもないし、大学内においてもないし、バイト中にもない。つまり、自分の所有物がこつ然と姿を消すというその不可思議な現象は、すべてこの部屋で起きたということに集約される。
　立ち上がり、部屋全体をくまなく見渡してみた。
　見渡すなどと大袈裟《おおげさ》な云いようをするまでもなく、くるりと反転すればその全貌《ぜんぼう》は窺い知れる。なにせ六畳一間である。申し訳程度の玄関口があるけれど、その横に人ひとり立てばいっぱいの台所があり、あとは押し入れがあるだけの簡素にしてシンプルな家賃二万円の我が棲《す》み家である。故郷熊本県健軍町《けんぐんまち》から持ってきた荷物といえば、布団と卓袱台《ちゃぶだい》と数冊の本のみ。あとはテレビもない。ラジオもない。パソコンなどという現代人必須《ひっす》のツールさえない。人間すべからく単純に生きるべし、とは父の口癖であるけれど、僕もそれを忠実に踏襲している。熊本からここまでの引っ越しですら電車に手持ちで済んだ程度なのだ。つまり、僕の所有物などすべてに名前をつけてかわいがれるほど限られている。

しかし、そんな部屋で僕はもうすでにマフラーとハサミをひとつずつ無くしていた。赤いチェック柄のマフラーは編み物好きな次姉が織ってくれたものであり、僕は『温子《あつこ》』と名づけ大事にしていた。ハサミは熊本の百円均一ショップで購入した紙切りバサミであったけれど、値段のわりに切れ味がいにしえの剣豪を思わせたため『武蔵《むさし》』と名づけた。彼らとは身も凍る二年もの浪人地獄をともに耐え、苦節実った春をともに歓喜した仲である。そんな彼らをこの僕が悪《あ》し様にするわけがない。にも拘《かか》わらず、彼らはある日消えた。この部屋からこつ然と姿を消し去った。

そこにきて——今回の『どん兵衛《べえ》』失踪《しっそう》事件である。

「誰だ」

僕はついに口にして云った。

「この部屋には誰か他にいるのか」

もちろん現代人たる僕は幽霊などというろんな存在を信じているわけではない。意識的に野太く発したその声は、遠く隣の、そのまた隣の部屋まで轟《とどろ》く予防線であった。現実的に考えて、僕の部屋から物が無くなるのは何者かが部屋に入り込んで持ち去ったと考えるのが容易《たやす》い。しかし、入居したばかりの身で隣人たちのモラルをあからさまに疑う行為もまた後々の生活を考えるとけして良案とはいえず——よって僕はいるはずもない物の怪《け》に罪をかぶせるという行為により、気づいているのだぞ、とこの下宿に住む全住人に知らしめているのだった。

『温子』と『武蔵』を持ち去ったのは誰か。ひょっとしたら、ちょいとしたでき心だったのかもしれない。それとも何か切実な事情があったのかもしれない。だが、断りもなく他人の部屋からものを持ち出すのは泥棒と同じである」

友楼館《ゆうろうかん》は、しばし、しんと静まり返った。

自分でもいささか馬鹿馬鹿しいと思わないでもないけれど、こちらにも事情がある。それをちょいと説明させて頂こう。

まず、上京してひと月ほどしか経っていない四月末の今、僕の懐はすでに火の車であった。恥ずべきことではあるけれど、僕は二浪した上に、わざわざ東京の中堅私立大などに通わせてもらっている親不孝者である。当然、仕送りなどない。入学式ぎりぎりまで引っ越しのアルバイトを繰り返して当座の生活費を稼いではみたものの、その虎の子の軍資金十一万五千円は、教科書の他、住居費、家財道具購入費、不毛に繰り返された合コンなどによってことごとく消えた。手元に残ったのは、わずかに二千五百円である。これで次のバイトの給料日までどうしろというのか。飢え死にしろとでもいうのか。

試しに近所の八百屋などを見て歩いたけれど、ひとつひとつが目を疑うほど高い。これでは数日で手持ちの資金など尽きてしまう。目を皿のようにしてようやく見つけた三袋五十円のもやしを買い、とぼとぼと下宿に戻ってきたところで、郵便受けに宅配便の不在通知を見つけた。田舎の母からであった。内容は食料・服と記されていた。懐かしい母の名を見るにつけ、現在の心細さも手伝って不覚にも目頭が潤んだ。すぐさま再配達を依頼し、届いた荷物を開封すると中からは椎茸《しいたけ》、干物などの乾物、シーチキン、コンビーフなどの缶詰類、米袋、カップラーメンなどの食料、そして下着や靴下が入っていた。

「これで二週間は生きられる」

あの世の淵《ふち》から生還したかのような安堵《あんど》感に満たされた僕はやっぱり涙した。母とは実に有り難いものである。同封されていた手紙によると、甘やかすなという父に内緒でそっと送ってくれたものらしい。まさにすべての女子の鑑《かがみ》、菩薩《ぼさつ》である。それに反して父はどうか。おそらくは東京の物価すら知らないのだろう。コーヒーが一杯五百円以上する東京である。水瓜《すいか》が十個で百円である熊本とは違うのである。当然、すべての物価がコーヒーから逆算されて組み上がっている。そんな魔都東京に小遣いすらもたせず送り出すとはさすがに肥後《ひご》の虎と自称する父だけはある。しかし、僕は幼い日より父はおろか、長兄にも逆らえぬ意気地なしであるので、ぐっとこらえ、不安で時折叫びだしたくなる心を必死に抑えつつ、東京への電車に乗った。駅で見送ってくれたのも、長姉と次姉と三姉と妹のみだった。母は父の手前、家の前でにこやかに手を振ってくれたのみであり、長兄も父も姿さえ見せなかったわけだけれど——いや、僕の家族のことなどどうでもいい。つまり、何が云いたいかといえば、母の愛である。

——せめて一言でも礼を云おう。

ケータイを取り出し家の番号を押そうとして、しかし、ふと思い直す。僕の新しい城ともいうべきこの『友楼館』は名前こそ立派だけれども、築百年は経とうかという建っているのが不思議なほどの木造建築物である。度々の建築基準法の改正をくぐり抜け、ご近所の人々が眉《まゆ》を顰《ひそ》めるほど傾いた古館である。つまり、壁は薄く、隣の隣の部屋でされた屁《へ》の音が聞こえるほどの造りであった。ここで母に電話してその声を聞いた瞬間うっかり慟哭《どうこく》しようものなら、アパート中に無様な醜態をさらしかねない。

そんなわけで階段を軋《きし》ませて一階に下り、玄関から備えつけのサンダルを突っかけて中庭へと出たのが、今思えば間違いであった。

友楼館のシンボルたる桜の古木の下で、母と久しぶりの会話ができたのはいいけれど、心に残る母の慈しみを胸に再び部屋に戻ったところで、それに気がついたのである。段ボールの中には、五つあったはずのカップラーメンが四つしかない。しかも、僕の心を最も躍らせた『どん兵衛』の姿がない。

呆然《ぼうぜん》と天井を見上げた。天井は低く、おそらくは無数の先人たちの生活の痕跡《こんせき》であろう染みや汚れで奇妙な洞窟《どうくつ》絵画のような模様を形作っていた。そのひとつひとつを意味なく見つめ、僕の気のせいなのであろうか、とも思い直した。だが、これは三度目なのだ。僕でなくとも、何者かの不法侵入ならびに無機物誘拐を疑い、怒り心頭に発するというものであろう。

「聞け、物の怪よ」

館全体に轟かせるように僕は声を張り上げた。

「心して聞け、この部屋のどこかに潜む物の怪よ。キミが連れ去った『どん兵衛』も、依然消えたままの『温子』も『武蔵』も僕の大事な友人たちである。だが、盗人《ぬすびと》にも三分の理ともいうし、僕も必要以上にことを荒立てたいわけではない。もしキミが心から反省をしているのならば、今から一分ほど目を閉じよう。その間に『温子』と『武蔵』と『どん兵衛』をそっと部屋に戻したまえ。それですべてを水に流そうではないか」

そう告げると同時に、目を閉じた。

再び、友楼館はしんと静まり返った。

遠くから、車の排気音と子供たちの笑い声だけが聞こえてきた。

引っ越してきて半月——未《いま》だ何人がこの古館に下宿しているのか知らないけれど、そのすべての住人がそれぞれの部屋で耳を澄ませているような気がした——そのときである。

すぐ近くで、ばこん、と板の外れるような音がした。

ふだん泰然自若としている僕も、なんだなんだと身構える。続いて、ずるずると何かを引きずるような音が続き、思わず目を開ける。だが、畳敷き六畳一間には僕の他誰もいない。であるはずなのに、そのずるりずるりとした音はどこからか鳴り続けていた。耳を澄ますと、それはどうやらこの部屋の押し入れの真上に位置する小型収納スペース、天袋より聞こえてくるようである。

そのことを認識すると同時に怖気《おぞけ》だった。忘れかけていた数々のオカルト雑誌の怪奇譚《たん》が不意に脳内でリアルに再現されていく。図らずも膝《ひざ》が震え出すが、しかし、人間とはこういう時かえって対象から目が離せないものである。複雑な感情に縛られ僕が凝視する中、天袋の襖《ふすま》はわずかに動いた。

ずっすすす、と隙間ができた。ひとつ、どたりとした音が部屋中に響いたが、それは僕が尻餅《しりもち》をついた音である。しかしその尻餅と同時に、襖の動きは止まった。数センチほど動いて中途半端な隙間を作ったところでぴたりと止まる。いつの間にか、あのずるずるとした音も止んでいた。

「誰だ」

いささか震えてはいたけれど、思いきってもう一度口にした。

「そこにいるのは誰か」

思えば、天袋など引っ越してきた初日に開けて中を覗《のぞ》いてはみたものの、その後は一度も触っていない。しかし古館の天袋とは半月も見ないと何かが宿るものなのだろうか。いや、そんな話は聞いたことがない。

数センチほど開いた天袋の隙間。その奥の暗闇。ひょっとして、そこからこちらを窺《うかが》っているかもしれぬ得体の知れない何者か。今、僕はその正体不明な相手と対峙《たいじ》させられていた。背中を冷たい汗がつたい、口の中がからからに渇ききった、そのとき――

唐突に、恐怖は去った。

襖が、なぜか再びじりじりと閉まり始めたのである。それはまるで一度は登場しようと試みた物の怪が、心くじけむなしく撤退していくようであった。

「ちょ、ちょっと待て」

僕のその言葉に、閉まりつつあった襖がぴたりと止まる。

「一度出かけてまた去るとは何事ですか。面と面を合わせてちゃんと申し開きをするのが筋というものではないですか」

しばしの時を刻んだ後——

感じ入ったのか、物の怪はついに姿を現した。

襖がすうっと開かれ、白く長い手が伸びた。続いておかっぱといってよい短い髪がさらりと傾き、やがて白く奇麗な顔立ちをした少女が現れた。少女はさも慣れた手つきで襖ぶちに手をかけ、鉄棒の要領でくるんと身体を回転させて音も無く僕の前に降り立った。その全身を見るに及び、僕は言葉を無くした。

目の前で申し訳なさそうに恥じらう少女は、清楚《せいそ》な制服に身を包んだ女子高生であった。


「さて」

熊本の角屋《すみや》商会という古道具屋で千五百円にて購入した愛用の卓袱台《ちゃぶだい》を挟んで、僕と彼女は互いに正座したまま向き合っていた。彼女とはいうまでもなく、僕の城の天袋からずりずりと這《は》い出てきた件《くだん》の少女である。

「いったいどういう了見で」

僕がそこまで云いかけたとき、彼女は指を畳につき、つややかな短い黒髪を下げた。

「申し訳ございません、万死に値することを致しました」

その今にも自決しかねない大仰な仕草に、僕は言葉を失った。

「私が、あなたさまの大切な『温子』さまと『武蔵』さまと『どん兵衛』さまをかどわかした張本人でございます」

小さく肩を震わせ、畳に額をつけんばかりに頭を下げる少女に、これ以上厳しい言葉を投げかけるなど根性無しの僕には無理である。仕方なく、事情を聞かせてもらえませんか、と僕は尋ねた。瞬間、彼女はけほけほと小さく咳《せ》き込み始める。どうにも具合が悪そうである。

「大丈夫ですか」

「すみません」

その言葉も咳《せき》で途切れさせ、僕が「飲みかけですが」と渡したお茶を彼女は喉《のど》に注ぎ、ようやく咳は止まった。

「ここ数日、不覚にも風邪をこじらせせまして——お見苦しいところをお見せ致しました」

「お風邪でしたか。どうぞお大事に」

「ありがとうございます」

しかし幾分掠《かす》れ気味であるとはいえ、涼やかな声である。さらに、こちらを見上げたその顔は大和撫子《なでしこ》もかくやたる形状を有し、頬は風邪のためか感情の高ぶりのためか、わずかに赤らんでいた。彼女は懸命に口を動かして云った。

「数日、何も口にしてなかったもので、その、つい、『どん兵衛』さまを。また『温子』さまには首元を温めて頂き、『武蔵』さまには薬の袋を破るお手伝いをして頂きました。元気を取り戻した後、すぐにでもお返しするつもりでございましたが――それも言い訳でございます。どうぞ国家公安警察にお引き渡しくださいませ」

そう再び深く頭を下げる少女に、待ってください、と僕は云った。

「なるほど、そっと借りてそっと返す作戦だったわけですか」

「はい」

「具合はもう大丈夫なのですか」

「熱はもうございません。咳がすこし残り、お見苦しい姿をお見せしております」

彼女はそう云うと、恥ずかしげに俯《うつむ》き、肩から下げていたビニール製巾着《きんちゃく》袋から、いまや懐かしいマフラーとハサミ、それに『どん兵衛』を差し出した。

「おお、温子、武蔵。それにどん兵衛」

「お返し申し上げます。本当に、申し訳ありませんでした」

そう云って、また深々と頭を下げた。

天井裏に潜む物の怪《け》というイメージからは、あまりにもギャップのある礼儀正しい少女である。それに僕としては、無くなったものが出てくれれば何も云うことはない。

「とりあえず頭は上げてください」

そう彼女を起こすと、何よりも疑問に思っていたことを尋ねてみた。

「とにかく僕が訊《き》きたいのは、あなたが誰で、なぜうちの天井裏にいるのか、そもそもいつからいるのかということです」

はい、とうつむく彼女を眺め、手元に戻ってきた『温子』を見て――いや待てよ、と思った。

『温子』が消えてから一週間は余裕で経っているのだ。

「……ということは、あなたは先々週からすでにあの天袋にいた、ということですか」

するると、彼女は小さく首を振って云った。

「いいえ、そのずっと前です」

「ずっと前というと、三週間ほど前ですか？」

「いいえ、もうすこし前です」

「ひと月？」

「いいえ」

そこから、半年？　まさか一年？　と質問を重ねていくと、彼女は頬を染めてぶんぶんと首を振って振って振り続けた。

「それより前って、君……」

「もうすぐ五年になります」

「──ご」

絶句であった。

五年。それはけして短い年月ではない。夏はうだるようであったろう。冬は身が引き千切られるようであったろう。しかし問題はそんなことではない。

「ちょっと、待って。キミはいったい今いくつなのですか」

十七です。

彼女が答えるのと同時に僕は立ち上がり、押し入れの板に足をかけて天袋まで顔を突っ込んだ。そこから、さらに彼女が出てきたであろう天袋のさらに上——要するに屋根裏と称される場所へと続く板を外して顔を突っ込んでみた。

ひとりの人間が屋根裏に五年も暮らせるものなのか。

そんな疑念から生じた行動だったけれど、しかし、顔を突っ込んだそこは思っていたよりずっと広い空間であった。確かに天井は極端に低いのでほぼ這うような体勢を強いられるにしても、古い建造物の歪《ゆが》みから生じる幾つかの裂け目から日の光が奇跡のように注ぎ、それが埃《ほこり》をきらきらと輝かせ、僕の中のアナグマ願望をも刺激する要素に満ち満ちていた。目をこらすと奥には小さな布団があり、枕元には電気スタンドと幾つかの本、それに洗面器などのお風呂《ふろ》セットがあった。

「冬はご心配いただくほど寒くないのです」

彼女の説明が足下から追ってくる。「下の階の気温が上りますから。問題は夏でした。さすがにしんどく、その時ばかりは友人の家に避難しておりました」

「ご友人がいるのですか」

「いちおう、市立高校に通っております」

「いや、そういう問題ではなくてですね」

天袋から身を戻しつつ、僕は叫んだ。「友達はみな止めないのですか？　親は？　教師は？　こんな生活が五年も続けられるわけがない。いや、そもそもトイレや風呂、それに高校に通っているということは、毎日ここに出入りしなければならないはずです！」

天井から下りると同時に、急《せ》き込むように少女に尋ねる。

「五年もの長期にわたって生活していたとすれば、この僕の部屋——2Cには様々な人間が移り住んだことでしょう。その誰にもバレなかったというのですか。だいたい、いま十七ということは五年前は小学生ではないですか。そんな子供が独りで屋根裏で生活していくなんて考えられません」

「嘘ではございません」

少女は懸命にそう返した。

「話せば長くなりますが、小学六年から私にとってはここが天地でございました」

「そんな。じゃあキミのご両親は」

「所在不明でございます」

「え……では、学費などはどうしているのですか」

「なんとか奨学金などで」

「奨学金」

ということは、苦学生ではないか。

「その、下世話な質問ですが、日々の生活費などはどうなさっているのですか。その、食費とか」

「みたらし団子屋でアルバイトを少々」

彼女は、恥ずかしそうにそっと俯いてそう答えた。

みたらし団子屋の時給相場がいくらかは知らないけれど、学校帰りに毎日入ったとしてもさしたる金額になるとは思えない。つまり僕同様、完全なる苦学生である。

なんということだろう。確かにまだまだこの世界には、ストリートチルドレンと呼ばれる家なき子が存在する。平和だ平和だと浮かれてはいるけれど、史上空前の格差社会とも呼ばれる現代日本である。その歪みがこのような形で噴出しても不思議ではない。だがまさか我が部屋の天井裏にそのような恵まれぬ存在がいようとは。

「なるほど、君の身の上についてはだいたいわかりました」

改めて、正座し直して僕は云った。

「コンクリートの隙間から花を咲かせようとするけなげな心を賞賛する気持ちは、僕にだってあります。しかし、現実的にはいくつか問題がある」

「はい」

「僕はまだ学生であり、あなたより三つ年上の二十歳であるとはいえ、血気盛んな男子です」

少女は、畳のほつれをじっと見つめるように頷《うなず》いた。

「そんな未熟な男女が天井で仕切られているとはいえ、ひとつ屋根の下で暮らすことにはいささか道徳上問題があると思うのです」

「ごもっともでございます」

彼女はそう深く頷いたあと、

「すぐさま出て行きますので、どうかご勘弁ください」

畳に頭をすり付けた。そんな彼女を見て、いやいや、と慌てて僕は云い足す。

「すぐに、という話ではないのです。ここは期限を決めましょう」

「期限、でございますか」

「はい。いついつまでにここから出て行く。いついつまでにちゃんとした環境で君が幸せに生活をしていくと決める。もちろん無理をしなくともよいです。できるペースでよいので、ちゃんと今後の計画を立てる。それまで滞在を認めましょう」

「でも、よろしいのでしょうか」

「このままずっと住まわせてさしあげたいのも山々ですが、さすがにそれは故郷の父親に僕が撲殺されてしまいます。君の行方知れずのご両親にも申し訳が立たない。僕もできることはなんでもします。金はないが両親に頂いたこの身体だけは丈夫です。胆力もそこらの男子には負けぬはずです。知恵においては、そうですね、友人に悪知恵だけは飛び抜けた男がおりますので心配無用です」

そう告げると、彼女はまたつややかな黒髪を丁寧に下げた。

「重ね重ねなんとお礼を申し上げたらよいかわかりません」

「いやいや」

照れ隠しのように、僕は今更ながら自己紹介をした。

「星香《せいか》大学一年、十倉《とくら》和成《かずなり》といいます」

「箕城《みのしろ》高校三年、黒坂《くろさか》さちと申します」

そのとき、彼女の腹が、きゅうと鳴った。同時に頬を赤らめ、

「死にとうございます」

と恥じらう彼女の仕草に僕の胸は激しく高鳴った。

「馬鹿か、おまえは」

地響きを思わせるその声に振り向くと、同宿の亜門次介《あもんつぐすけ》がそこにいた。

「大学のアルバイト掲示板に、女子高生向けの仕事があると思うか」

妙に相手を威圧するぎょろりとした目をこちらに向け、若白髪のごま塩頭を寄せてくるが――ごもっともである。

「探しているのは、僕の仕事だ」

とりあえず、そうごまかした。

時刻はお昼だった。僕は午前中の講義が終わるなり、本館学生事務室にやってきて、大学の斡旋《あっせん》するアルバイト一覧に目を凝らしていた。最初は自分の仕事を探していたのだけれど、どうやらあの天井裏の少女のことを考えているうちに、何やら口走っていたらしい。

「おまえは、また流されているのか」

「流されてなどいない」

「いや、流されている。おまえは、ここ東京に埋没し、流され、すでに溺《おぼ》れている」

見れば亜門は、いつも通りの着流し姿である。手には今ではどこの大学生も使わないブックバンドで教科書類を十字に束ねてぶら下げていた。まるで明治期の貧乏学生を思わせる姿ではあるけど、その私生活ぶりも大差はない。僕と同じ友楼館の一階に住む亜門次介は、大学の授業がない日はひとり読書しているか、趣味の絵画に精を出すという今時の若者としては希有《けう》な生活を送っている、要するに変わり者である。

「僕のことは放っておいてくれ」

そう告げると、亜門はずいと下駄を一歩前に出した。

「そうはいかぬ。俺はこの間の飲み会で聞いた。真っ赤な顔をしてへべれけになりながら、おまえは確かに云った。『僕にはやることがある』『どうしてもこの東京でやらなければならないことがある』と」

「…………む」

「やらねばならんこととは何だ。おまえは何をする為に遥々《はるばる》熊本から上京したのか」

「おまえには関係ないだろう」

僕は、舌打ちして亜門を睨《にら》んだ。「だいたい、生きていれば些事《さじ》に振り回されるものだ。他に優先しなければならぬことがいろいろと出てくるものだ」

「いいや。心構えひとつで物事の優先度など幾らでも変えられる」

「仙人のような暮らしをするおまえにはわからないだろうが、世の中、何かと金が必要になるものなのだ」

岩手の山奥から出てきたというこいつは、とにかく全てが仙人じみていた。冬でもTシャツに着流しで過ごすらしく、わずかな仕送りのすべてを書籍や画材に費やし、食などに贅沢《ぜいたく》をしない。いや、贅沢を嫌うというもの云いは聞こえが良すぎる。その真相は、ほとんどすべての生活雑費を同宿の人間に寄生しているといっていい。たとえば誰かが共同調理場でカレーを煮込めば白米持参で現れるし、パスタを茹《ゆ》でればフォーク持参で現れる。洗面所にタオルを忘れようものなら次の日にはやつの首元にそれがあるし、共用洗濯機を回せばいつしかやつの汚れ物も紛れ込んでいる。しかも、それらはた迷惑な行為を、亜門はただむっつりと「仕方ないな」とでもいった顔つきでこなすので、誰もがついつい、許してしまうところがあった。

「よいか十倉。仙人とはな」

僕が苦々しくそんなことを考えていると、なぜか亜門は得意気に講釈し始めた。

「茫洋《ぼうよう》としつつ物事の本質を見抜き、ふわふわと笑う雲のような仁のことをいう。俺などまだまだ修行が足りん。たとえば四国・剣山《つるぎさん》で出会った老人など見事なものであったが、あの領域にたどり着くには捨てねばならぬ煩悩は多い」

なんでも亜門は高校卒業後、生涯にわたって自らが果たすべき仕事を探すべく二年に及ぶ諸国放浪の旅に出たという。北はロシア・ウラジヴォストーク、南は台湾・恒春《こうしゅん》半島まですべて自転車ひとつで放浪し、金が無くなれば現地で働き、気が向けば詩を詠み、ときどき絵を描いたという。初めて聞いたときは本物の山下清《やましたきよし》か、と思ったけれど、本人によればそれはいわゆる世に出る前の「自分探し」であるということだった。その旅で亜門が何を得たのか知らないけれど、とりあえず入学時に二十歳という、僕と同じあまり初々しくない新入生となり果てた。曲がったことが許せず、先輩であろうと教授であろうと論を吹っかけ相手が泣いて許しを請うてもなお焼けた鉄のごとき弁舌を尽くすという、稀代《きたい》の鼻つまみ者である。

「だいたいおまえは今朝方、何をのたまっていた」

亜門の地声は大きい。比して、学生事務室はそんなに広い空間でもない。亜門を知らぬ連中からしてみれば、喧嘩《けんか》でも始まったのかと思ったことであろう。仕方なく僕は亜門の袖《そで》を摑《つか》んで外に連れ出した。

「ものを探していたのだ」

先を歩きながらそう云うと、

「いや、話し声が聞こえたぞ」

亜門は鋭くそう云い返してきた。

「しかも、女の声のようなものが聞こえた」

なおもそう詰め寄る亜門に、マズいと思いつつも、僕はとぼけた。

「聞き違いではないか」

廊下を渡り、日差しの注ぐ明るいキャンパスに出た。

春である。どの学生も、華やかでおしゃれな恰好《かっこう》に身を包み、楽しげに青春を謳歌《おうか》しているように見える。

私立星香大学とは、自然環境と交通の便に恵まれた武蔵野《むさしの》の地に建つ私立の中堅校である。入学して知ったのだけれど、お坊ちゃま大学というのが世間の一般的な評価らしい。確かに周りを見回してみれば、僕のような地方出身者は異様に少ない。仕送りゼロで毎日の食費を心配して暮らしているようなやつはとんと見かけない。熊本から東京に出てきたときも呆然《ぼうぜん》としたものであったけど、入学式が終わっていざ大学という空間に放り投げられるといよいよ呆然とした。周囲から聞こえてくるのは「入学祝いに新車を買ってもらった」だの「小遣いは月十万じゃ足りない」だの、そんな恍《とぼ》けた新入生の会話ばかりである。間違った場所に来てしまった、という思いがむくむくと心の中に隆起し、それは入学してひと月経とうとする今も変わりはない。

「いや、確かに女の声が聞こえたぞ」

そんなお坊ちゃま大学に野太い声が轟《とどろ》く。亜門は、辺りを歩く小奇麗な学生たちを眼光でどかしながら、僕の横にまで進んで云った。

「忘れたわけではあるまいな。友楼館の不文律のことを」

「忘れてはいない」

「俺はおまえにあそこを紹介するときにしつこく云ったはずだ。これだけはけして忘れるな、そして、けして破るなと。まさかその禁忌に触れたわけではあるまいな？」

禁忌などと大袈裟《おおげさ》すぎる。要するに、友楼館の不文律とは『女人禁制』、つまり、女子の出入り禁止という項目である。

「おまえはまだことの深刻さがわかっていない」

そう云うと亜門は空いていたベンチにどかりと座り込み、懐から煙管《キセル》を取り出して、構内禁煙という看板を無視してマッチで火をつけた。ぷかりと吹かし「では改めて教えてやる」とねめつけてきたので、仕方なく僕もその横に座った。

「そもそも友楼館とは、大学の男子寮であったものが民間に払い下げられた後、とある部の専用下宿として代々引き継がれてきたものなのだ」

「その部とは」

「キネマ研究部という」

――キネマ研究部。

僕は顔をしかめた。初めて聞く名だが、要するに映画研究部である。今の時代、映画はフィルムとかシネマとかムービーとかいうが、わざわざキネマという名称をつけるところに、創始者の衒学《げんがく》趣味を感じてしまう。

「きどった名称だな。映画研究部でいいじゃないか」

僕が鼻を鳴らすと、

「大学にいる映画青年などは皆きどっていることだろう」

キネ研関係者に聞かれたら襲撃されかねない物騒な台詞《せりふ》を亜門は吐いたが――僕は大いに頷《うなず》いた。どういう経緯でここまでこいつが映画を嫌うのかは知らぬ。けれど、映画に対する拗《ねじ》くれた想いならば、この僕も同様に色濃く身につけてしまっている。

「もとより映画芸術とは、一個人の頭の中から生まれ出る妄想の結晶である」

亜門は苦々しく告げた。

「当然、妄想力の異常に発達した猛者《もさ》たちがあの友楼館に集った。しかも胸の中に獣を飼う年若い男子である。それはすなわち煩悩の固まりを煮詰めた化け物の巣窟《そうくつ》にも等しい」

「まあ、そうだな」

「男子は狂おしいほど女子を求める。だがそんなものは友楼館にはいない。残り香すらない。するとどうなる。すべての男子は理想の女子を脳内に作り上げるのだ。名前までつけ、ともに暮らしているような幻想を抱き始めてしまう。そうして友楼館に生まれ続けた無数の理想の女子が、いつか結びついたのであろう。それは物の怪《け》となり、友楼館に住むすべての男子の恋人となった。恋人なのだから、当然他の女子の出入りに嫉妬《しっと》する。そこから、友楼館に女子が入れば災いを為《な》すようになったのだ」

「で、たとえばの話だが、友楼館に女子が入るとどうなるのだ」

「語るも恐ろしい災厄が訪れる」

「具体的に云え」

　僕がそう尋ねた瞬間だった。

「何も起きやしないぜ、くだらない」

　亜門の代わりに、その声は頭上から振ってきた。

「まあ、あえて云うなら、その女子に百パーセントふられるくらいか」

　見上げれば、そこには世にも軽薄なひょうたん顔があった。

「なんだ、久世《くぜ》か」

「なんだはないだろ。うっとうしい男がふたりで眉間《みけん》に皺《しわ》寄せてると思ったらやっぱりおまえらだ。そんなのはあのむさくるしい友楼館でやれ」

　この派手なシャツを着た男は、久世一磨《かずま》という。やはり友楼館の住人である。彼は持っていた缶コーヒーを口にくわえたまま、僕らが座るベンチの正面、芝生に座り込んだ。

「いいか。あそこが女人禁制といわれるのは、そうでも云わないと悔しくて女日照りの住人たちが生きていけないからだ。あんな汚くて臭い建物に女子の住人が入居してくるわけがないからな。今どき共同風呂《ぶろ》に共同トイレ、共同炊事場なんて、よほどの変わり者でないと住もうとは思うもんか」

「じゃあ、おまえはさっさと出て行け」

亜門が罵《ののし》ると、久世は舌を出して「やだね」と云った。

「施設は最悪だが、あんな家賃の物件もここらにはそうそうない。ボクはあそこで家賃を浮かせてそのお金で大学生活を四年間謳歌し尽くすと決めたんだ」

貧弱なあご髭《ひげ》を生やしたこの腐れ公卿《くぎょう》のような男は、いわゆる名家の出であった。なんでも村上源氏《むらかみげんじ》・具平《ともひら》親王の流れを汲《く》み、天皇家の典医も務めたことがある家柄であるらしく、当然、両親ともに医者であった。つまり、僕や亜門やおそらくは他の住人たちとは違い、実家から潤沢な仕送りを得ている。本来ならば駅前の高層マンションにでも住むべき人間なのだけど、仕送りのほとんどを女子と知り合うために遣うと決めているらしく、わざわざ友楼館に転がり込んできたという——これまた一種の変人であった。

「おまえが女子にふられるのは友楼館のせいではない。薄っぺらい人間性が問題なのだ」

亜門が仏頂面で返すと、久世は肩をすくめてから亜門に尋ねた。

「じゃあ、禁を破ると何が起きるのか具体的に云え」

「詳しくは知らん。ただ身体中にジンマシンが出たり、単位を落としたり、借りてきた映画の中身が違ったり、友人に裏切られたり、バイト先をクビになったりするという」

くだらん、と久世は噴き出した。

「つまるところ、男が密集していることに問題があるんだ」

久世はそう云って飲み終えた缶コーヒーをバスケットボールの要領で、ゴミ箱に投げ入れた。

「まあ、女子に飢えた発言力の強い先輩が、後輩の恋路を邪魔するためにそんな噂をこしらえたってのが正解だろうな。ボクは中高と男子校に入れられたが、あそこは最悪だぞ。生徒にも教師にも両刀使いがいた。ほら昔の男だらけの修行寺だってそうだろ？　新しく入った見目美しい子坊主に先輩坊主どもが群がるっていう図だ。男子はいつの時代だって女子を求めるんだ。それは遺伝子レベルの命令だ。そこに無理に抗《あらが》おうとすると何か異常が起きる。その権化が友楼館だ」

「否定はしない」

珍しく、亜門が久世の意見に同調すると、

「おお、いい具合に話がまとまった」

唐突に、久世は嬉《うれ》しそうに云った。

「そこでだ、諸君。今日は土曜日だ。合コンの話があるのだがどうだろう」

合コン。有名なる合同コンパの略称である。日本の大学生たるもの一度は顔を出すといわれる、男女が強引に結びつこうと画策する酒の集いである。

「まだ懲りないのか」

亜門が云うと、久世は思い出したように顔をしかめた。

「今の今まで忘れていたが、今日に限ってめぼしいやつがいないんだ」

実のところ、僕と亜門は久世の企画した合コンに顔を出したことがある。それは近くの女子大との三対三の飲み会であったけれど、きゃあきゃあ騒ぐ女子たちにのっけから場を制圧された僕と亜門は、対抗するべく「愛すべきシルベスター・スタローンは役者としてどこで何を間違えたのか」について声高に語り始め、懸命に両者を繫《つな》ごうと奔走する久世をよそに、最後は喧嘩《けんか》別れのように終わっていた。

「訊《き》きたいのだが」

亜門次介は、むっつりと云った。

「そもそも合コンとは、何のためにあるのだ」

「……はあ?」

「時間を浪費し、金を浪費し、心を浪費して、価値観の合わぬ女子と話すことのどこに意味があるのか」

「意味なんてない。ただ楽しいからに決まっているじゃないか」

だからどこに面白みがあるのだ、とさらに問いつめる亜門に、久世は説明した。

「合コンとはな、ハズレがデフォルトなんだ。十回やって一回当たればいい。十人の女の子と話して、ひとりとてつもなく話の合う好みの女の子と逢《あ》えればいいんだ。それが、出逢いってやつだろ。一度でも当たりを味わったやつは合コンにハマるし、十回やって一回も当たりのなかったやつは手を引くかもしれない。芝居みたいなもんで生ものなのさ。当たりの回の奇跡のような空間を味わったやつはハマるし、いろんなボタンを掛け違ったむずむずするような芝居を見ちまったら、芝居はそんなものかと決めつけて二度と来なくなる。そういうもんなんだよ」

「なかなかわかりやすい」

亜門は頷き、僕も感心した。

演劇を巧みに比喩《ひゆ》に使い、摩訶《まか》不思議な合コンを説明するとはやるものである。だが、それで僕と亜門がほいほいと合コンに参加するかというのはまた別の話であった。亜門は知らないけれど、別に僕自身、女子に興味がないわけではない。むしろ友楼館の住人として殿堂入りするほど女子に対する想いはある。だが、まず先立つものがない。さらに云えば、僕には故郷の父と交わした鉄の誓いがある。

ひとつ。男子、いついかなるときも言い訳をすべからず。
ひとつ。男子、いついかなるときも人前で涙を見せるべからず。
ひとつ。男子、いついかなるときも感情のまま行動すべからず。

それは父の性格そのままの濃くのたりくねった文字で、書道半紙に黒々と刻み込まれていた。僕はそれを肌身離さぬよう布袋に入れて常に首からつり下げさせられている。そしてこの第三条が問題である。「感情」とは「色情」をも意味する。つまり、みだりに女子と戯れるな、と東京に向かう僕に父は固く戒めた。

〝女子とは魔性の生き物である〟

それは、父の人生訓とも呼ぶべき口癖である。

生来、女子という生き物は、男子を惑わし、男子の鉄腸を溶かし、男子を堕落の道へと誘う魔性のものである――父はよくそう云った。「では父さんは、母さんに惑わされて僕たち兄妹《きょうだい》を生《な》したのですか」そう尋ねたら、愚か者、と父に一喝された。「惑わされぬほど気魂充溢《じゅういつ》したからこそ、母さんを娶《めと》ったのである」つまり父によれば、男子は常に己の心胆を磨き、鍛え抜いたその果てでようやく女子の甘さ、柔らかさに溺《おぼ》れることなく心から愛する強さを手に入れることが出来るのだという。そうしたとき初めて、女子は魔性のものから菩薩《ぼさつ》へと変化する。だから、おまえの母親はすでに菩薩なのだ、と父は嘯《うそぶ》いた。無論、それは父オリジナル理論である。僕とて、すべてを信じたわけではない。

だが、中学・高校時代における数々の女子の残酷な仕打ちを経て、いつしかその考え方は僕の中に深く浸透していくこととなった。正直、久世が主催した合コンに現れる派手な衣服に身を包んだ女子たちからは、現在の僕などでは到底対抗出来ぬ禍々《まがまが》しいものしか感じなかった。それは、敗北感に近い感情でもある。従って僕はもう合コンに出る気はないのだけれど——久世も、しつこい。

「相手も三人だ。かわいいぞ。なあ、行こう」

どうやら向こうの女子の代表から急遽《きゅうきょ》振られた話で早急に人数を集めねばならぬらしい。なるほど、そんなことでもなければ、僕と亜門に声をかけるという愚は犯すまい。

だが、亜門は頑《かたく》なに「行かぬ」と云った。

「なんでだよ、きっと楽しいぞ」

「何が楽しいのかわからんと云っている」

ふたりの間でそんな禅問答が交わされ、らちがあかないと思った久世は攻め手を変えた。

「そういえば、女の子たちのひとりは『藤堂高虎《とうどうたかとら》』の末裔《まつえい》だとか云ってたな」

その言葉に、何だと、と亜門は久世を見た。

「和泉守《いずみのかみ》の子孫か」

「そうだ、そのなんとかの守だ。名前がかっこいいよな」

「高虎か。高虎には興味があるな」

亜門は腕を組んで唸《うな》った。

藤堂和泉守高虎とは、七度主君を代えねば武士ではないと嘯き、実力者のコロコロと変わる戦国の世を見事に生き抜いて、伊勢津《いせつ》藩初代藩主となった人物である。戦に強く、処世に秀で、建築の才にも恵まれた名将といわれている。

「関ヶ原《せきがはら》で豊臣《とよとみ》を裏切り、幕末の鳥羽伏見《とばふしみ》では徳川《とくがわ》を裏切った。時代の要請があったとはいえ、天下が変わる際にことごとく重要な働きをした恐るべき家系である」

結局その言葉と「一次会の費用はボクが持つ」という久世の一言で、僕と亜門はその合コンとやらに行くこととなった。


「きゃはははははははははっ！」

夕方六時である。僕と亜門と久世は、駅からすこし歩いたところにある居酒屋の二階で、ひらひらとしたカラフルな衣装に身を包んだ三人の女子と向かい合っていた。

目元に異様な化粧を施した女子のひとりは何がおかしいのか、こちらを見てひたすら笑い転げていた。涙をこぼすほどの勢いで、他のふたりに「ちょっとやめなよ」と窘《たしな》められている。

さすがに申し訳ないと思ったのか、女子のひとりが亜門に尋ねた。

「あの、それ、自前ですか？」

「それとは」

「ええと、その服。コスプレか何かかと思って」

見れば、亜門はいつもの着流し姿に下駄《げた》という出《い》で立ちである。語学のクラスにしてもゼミのクラスにしても、つく渾名《あだな》は「西郷隆盛《さいごうたかもり》」か「山下清」であるその恰好《かっこう》に、久世は顔をしかめた。確かにこれはない。すでに見慣れてしまった僕らの方が問題である。一応、奇麗めの襟付きシャツにジーンズを着てきた僕はともかくとして、やつのその恰好は遠い席の男女の注目すら集めていた。

「俺はいつでもこれである」

そんな亜門のむっつりとした返答に、

「うそー！」

女子たちは、今度は全員で床に転がり回るように笑い出した。

どうなるかとヒヤヒヤしながら見ていた久世だったが、意外に面白がってくれた女子たちにほっとしたのだろう。

「そうなんだよ。こいつは一年中この恰好。裸の大将みたいだろ？」

軽口を叩《たた》いて、場を盛り上げようと努めていた。一方、その久世一磨の恰好はといえば、しゃれたシャツにスラックスを穿《は》き、髪も大きく後ろに撫《な》で付けるという慣れようである。貧弱なあご髭《ひげ》がいかにも夜の男のようであり、目の前のきらびやかな女子たちと合わさっていよいよ僕は自分の居場所を無くすようであった。テーブルに次々と現れる「お通し」やら「冷えたビール」やら「肉じゃが」やら「ししゃも」やら「冷や奴」やらを見つめながら、僕はどうしてこんなところにいるのだろうか、とひたすら考えていた。

「いえーい、かんぱーい！」

馬鹿明るい声が響き、女子たちが掲げるグラスにとりあえず自分のグラスを合わせたはいいけれど、もうすでにこの場から逃げ出したい衝動に駆られていた。しかし、まだ宴《うたげ》が始まって五分も経っていない。中座するにもさすがに早すぎるというものである。仕方なく愛想笑いを浮かべながら、僕は今朝方の出来事をひとり思い出して自分を守ることにした。つまり、あの天井裏の少女・黒坂さちのことである。

白く小さな手、つややかな黒髪、澄みきった瞳《ひとみ》。鈴のような声は耳奥を転がるようであり、そして何より、こちらの心を温かく包み込むようなあの微笑みはまさに生ける菩薩のようであった。

あのあと腹をすかせたさちに、『どん兵衛』を馳走すると、彼女は小さくなって繰り返し「すみません」と頭を下げていた。「困ったときは相身互いです」と応じたが、僕はすっかり彼女の清楚可憐《せいそかれん》な挙措動作に打ちのめされていた。どん兵衛に湯を注ぎ待つ間の、彼女の恥ずかしそうな肩の落とし方。ふうふうと息をかける際の髪を耳にかけるかわいらしい仕草。食べ終わったところで、つゆを飲み干さず箸《はし》を置くその小さくも偉大な慎み——どれをとっても女子の鑑《かがみ》である。我が国の貴重な絶滅危惧種《きぐしゅ》・大和撫子《なでしこ》である。

必要以上に甘えず、食べ終わると体調を治したいと思います、と彼女はすぐさま天井裏へと消えた。その際に「一食の恩はけして忘れません」と深々と礼までしていった。彼女の姿がなくなったあとも、僕の脳裏にはその残像が色濃く焼き付いてしまっていた。考えてみれば女子とあのような至近距離でふたりきりになったことなど久方ぶりだった。彼女の残り香が漂う部屋で、ひとりあらぬ妄想に襲われそうになり、慌てて大学へと駆け出したくらいである。

あれこそ真の女子ではないのか。享楽的に刺激を求めて夜の街をうろつく桃色モンスターは、どこか間違っているのではないか。

そんなことを考えていると、賑《にぎ》やかな宴に冷水を浴びせるような声で亜門が口を開いた。

「で——どいつが藤堂か」

その斬りつけるような口調に、さすがの女子たちも一瞬で笑顔を凍らせた。

「おい、亜門。誤解されるだろ。そんな喧嘩《けんか》口調でなんだおまえ」

久世は、必死に作り笑顔でそう云うが、無論亜門は喧嘩を売っているわけではない。母親の胎内に愛想というものを置き忘れてきただけである。

「藤堂高虎の末裔とはどいつか、と訊《き》いている」

その言葉に、おずおずと女子のひとりが手を挙げた。

おお、と亜門は嬉《うれ》しげに椅子の上であぐらをかいた。さっそく歴女でもなければちょっとついて行けぬ会話を始めたけれど、当然ながら藤堂高虎の子孫を名乗る女子大生は半口を開けるばかりであった。実のところ、彼女は高虎のたの字も知らず、おまけに分家の分家らしく名字も違った。趣味はブランドファッションとツイッターと某アイドルの追っかけである。それを知った亜門は酔いも回らぬうちに、来るのではなかった、と俯《うつむ》いた。

合コンはのっけから実に気まずい雰囲気がどんよりと漂った。

だが、こういうときこそ、久世一磨の話術が煌《きら》めきをみせる。

「さあ、さあ、さあ」と酒を彼女たちに注《つ》いで回り、それぞれの衣装を褒めそやし、一分と経たぬうちに彼女たちの笑顔を復活させた。さすがは語学のクラス会において颯爽《さっそう》と場を仕切り、数十種類の漫談・ジョークを使い分けてまだ打ち解けぬ二十数名を飽きさせることなく会を進行させた男である。そこからは、ほぼ久世ひとりで女子たちと話し、僕はたまに相づちをうち、亜門はひとり日本酒を黙って呷《あお》るという構図が完成した。久世はたまに僕にも話題を振り、その隙に急いで酒を飲み、僕が気の利いたアドリブを返せないでいるとすかさずその会話を何倍にも面白いものへと膨らませてみせた。ちょっとした魔法を見ているようであったけれど、こいつの残念な印象は誰もが時間とともに悟るらしい。明るく、社交的で、ウィットにも富んでいるのに、生まれ持った詐欺師的うさん臭さのせいか女子の間の人気はそれほどでもない。

なぜだろう。

僕はビールをすすりながら、久世の白いひょうたん顔を見やった。

本人は与《あずか》り知らぬであろうが、久世一磨の印象は安っぽいという一語に尽きる。小粋《こいき》なイラストを描き、ロリポップな詩を書き、調子っ外れな歌も歌う。高校時代はバンドを組み、ボーカルであったというが今は大学の劇団に所属していて戯曲を書いているのだという。創作者というものは、大金持ちか貧困を極めるか、そのどちらかだろうね、とかつてこいつは嘯いた。そのどちらをも体験しているボクこそ真の創作者である、と言外に伝えたいらしい。僕も亜門もそれに気がついてはいたけれども、あえて黙殺してやった。

おまえは何かを極めることなく次々に手を出すからすべてが中途半端なのだ、と云ってやりたくなるけれど、根は悪い人間ではない。しかも、幼少期に重い病気をしたとかでこいつもまた二十歳の新入生であり、同宿ということが縁といえば縁である。

そんなことを考えていると、ふと正面の女子と目が合った。たしか向こうの代表である女子であった。彼女は、にこにこと面白げにこちらの顔を眺めてくる。

何か。何の用ですか。

僕はそう問い質《ただ》したい欲求に駆られたが、そんな意気地など僕にはない。目を伏せ、目の前のお通しのひじきを摘《つ》まみ、口に入れ、数回咀嚼《そしやく》して、また正面に視線を戻し、まだ彼女がこちらを眺めていることに改めて俯く、という一連の流れを繰り返した。

冷や汗が滲《にじ》み、気をしっかりと持て、と自分を戒める。

しかし戒めれば戒めるほど彼女の身体から発せられる妖《あや》しげな色香が、酒の香りとともに僕を包んでいった。その桃色のオーラを魔性であると見抜いた僕は、父のお守りを服の上からぎゅっと握りしめた。

『よいか、和成。女と話すときは、よくよく疑ってかかれ』

たしか小学校高学年くらいのことである。ある晩、父とともに風呂《ふろ》に入っていたときに、湯船の中でそう云われた。

『女子とは、生まれついて体内に魔性を宿す生き物なのだ』

『魔性とはなんですか』

『男を惑わす、げに恐ろしい能力だ』

よくわからなかった僕は首をかしげた。

『たとえば、おまえが重いものを持っている女子を見かけたとしよう。どうする』

『持ってやります』

『うむ。すると、女子はこう云うであろう。ありがとう、優しいねと。誰でも良い、クラスの見目麗しい女子でその言葉を想像してみろ』

そう云う父につられて、僕は目を閉じた。

頭の中で、クラスで割合人気のある女子、中村《なかむら》さんを思い浮かべた。

『どうだ。十倉くんて、優しいね』

父はもう一度云った。

その野太い声と、中村さんのまるっこく小さな顔立ちが、湯煙の中で錯綜《さくそう》した。初めはなかなか一致しなかったけれど、やがて目を固く閉じた僕の脳内で父の声は消え、中村さんのすこし掠《かす》れた恥ずかしげな声色が無数に反響した。十倉くんて、優しいね。その照れたような微笑みとともに、すぐそばで息遣いすら感じるほど現実的な中村さんが形作られ、その瞬間、僕の胸がきゅっとしまった。

『わかったか。それが魔性だ』

父の声がして、目を開いた僕の胸はまだどきどきと高鳴っていた。

『よいか、和成。どこの女子を想像したのかは知らんが、その女子は荷物を持ってもらったことの礼として軽いサービスをしただけなのだ。本心からおまえの心すべてが仏さまのような慈愛に満ちているなどとは思っておらん。あくまでもサービスとして、おまえの中に見たわずかな優しさを拡大解釈し、かわいく表現しただけなのだ。そこに悪気などない。ところが、たいていの男子はたったそれだけのことで女子に恋をする。その証拠に見ろ、おまえの顔が赤いのは湯にのぼせているだけではあるまい。頭の中に思い浮かべたクラスの見目麗しい女子の笑顔がこびりついて離れぬのであろう』

事実、僕はそれから半年は中村さんと面と向かって話せなくなった。

恋に落ちるどころか、生涯の伴侶《はんりょ》と思い定めてしまっていた。すべて父のせいであり、父の言葉を経由した中村さんの幻影のせいである。恐ろしいことにこの魔法が解けたのは、中学二年になってからだった。中村さんとはすでに別々の中学に進んでおり、ある日偶然町中を友人たちと歩く中村さんを見かけたことにより、魔法は解けた。何があったのか中村さんは豹変《ひょうへん》していた。髪が見事に紅葉し、長いスカートを穿《は》き、まるっこく柔らかな頬はこけ、目つきも厳しいものとなっていた。おまけに中村さんの中にはすでに僕の記憶はないようだった。呆然《ぼうぜん》と見つめていた僕に気がついた中村さんは「なんだコラ」とそう一喝してきた。僕は、すみません、と云ってその場を逃げるように去った。走りながら、いろいろなものを失った自分に涙した——

「おい、十倉。大丈夫か」

不意にやってきた回想に終止符をうったのは久世だった。

見回せば、そこは居酒屋である。僕は赤面し、大丈夫だ、と小さく返事をした。

話題はすっかり別のものに変わっていた。いつの間にか、女子たちに僕と久世と亜門がそれぞれ二十歳であることが知れ渡っていた。

「いやまあ、ボクの二年遅れは幼少期に患った小児喘息《ぜんそく》のせいだからあれとして、亜門なんか諸国放浪だからね。こいつらしいだろ？」

きゃはははは、と女子たちは笑う。亜門は無言で手酌を重ねて無視していたが、久世は、それで、と僕の方に目を向けていた。

「つまり、正真正銘の二浪はこいつだけなんだよ」

「うわー、二浪ってどんな気分ですか？」

左端の女子が尋ねてきた。

どんな気持ちって、よい気分であろうはずがない。云うなれば暗黒である。

僕がそう答えると「どうして、二浪もしたんですか」とさっき僕を見つめてきた真ん中の女子が尋ねてきた。するとすかさず右側の女子が真ん中の女子の袖《そで》を引く。僕にもしっかり聞こえたが、失礼じゃん、と云っていた。要するに、馬鹿だからに決まってるじゃん、ということなのかもしれない。

「受験は運なのか、要領なのか」

久世は云った。

「これはボクにもわからない。けど、二浪は普通しないよな」

久世は、うひゃひゃと笑い、女子たちも笑った。だが、久世は笑いながらもちらちらと僕の方を見た。怒るな、笑え、と目で合図していた。僕の話を肴《さかな》に、いまひとつ盛り上がりに欠ける宴《うたげ》を沸かそうとしているのだとわかった。

「僕としては、運を貯蓄したと思いたい」

本心でそう云ったのだけど、意外にもそれは受けた。

女子たちは、その考え方いいね、と賛同してくれた。

ところが、せっかく盛り上がりかけた場を冷ましたのはまたもや亜門であった。

「二浪までして」

突然、亜門はお猪口《ちょこ》をかつんと逆さまにテーブルに打ちつけると云った。

「おまえは何の為に上京したのだ」

「おい亜門、なんだ突然」

久世は窘《たしな》めたが、亜門はぐいと僕の方に寄ってくる。

「もう我慢ならん。おまえは熊本の大学にも受かっていたが、この大学を受け直したと云ったな。ここ以外の東京の大学も受けていないと。それに以前の『やらねばならぬことがある』という台詞《せりふ》だ。あのときは云わなかったが、実はその後おまえはもうひとつ重大な台詞を吐いた」

「なんだと」

「酔って丸くなったおまえは呻《うめ》くように云ったのだ。『あいつはどうして死んだのか』『それを知らねばならない』と」

気がつくと、すでに亜門のテーブル周りには空のとっくりが十本近く転がっていた。どうやら合コンという望みもしない場に不覚にも参加した自分をひたすら酒で紛らわしていたらしい。

「亜門、その話はまたいずれしよう」

僕が答えると、

「駄目だ。ここで云え。皆の前で明かしてしまえ」

周囲の客もこちらを見るほどの、興醒《きょうざ》め的怒号を亜門は発した。

「おいおい亜門。いいかげんにしろ」

久世も女子たちもすっかりひいていたけれど、そんな気配など解する亜門ではない。立ち上がり、より声を高めて怒鳴った。

「おまえは、何の為にこの大学にやってきたのか。そもそも何の為に生きているのか」

「すごーい。なんか熱いよこの人たち」

なぜかこの問答も女子たちに受けた。だが受けたといっても異性としてのアピールポイントではなく、変わった見せ物的な受けである。当の亜門が真剣だからこそ面白い見せ物である。

「どう考えても不自然ではないか。星香大学が一流校であるならばわかる。しかし卒業したとてたいした利点のないただのお坊ちゃん大学である。教授たちは知的ミイラのような有様で、学生たちも皆小粒である。そのような大学をなぜおまえは二浪してまで目指したのか。それは、すなわちその誰かの死の真相を探るためだろう。それほどその誰かはおまえにとって大事な存在であったはずであろう」

「僕のことは、放っておけ」

歯を噛《か》み締めそう告げると、そうか、と亜門は席を立った。

「ならば、俺は帰る」

「おいおい」

久世が慌てるが、一度云ったことを引っ込める亜門ではない。

立ち上がって、僕を見下ろすように云った。

「入学して、おまえを見たときに感じたことを云おう。道に迷った人間がいると俺は思った。行き先を見失った人間は歩みに力強さのないものだ。そういうものをおまえに見た。二浪というのは生半可なものではない。つまり、あのバカバカしい受験地獄を現役時代含めて三度も経験させるものがもともとのおまえにはあったはずである。だが、入学と同時におまえはそれを失ったのだ。そこから救ってやろうと思ったのに、残念だ」

僕はじっと足下の座布団だけを見つめていた。

亜門は、吐き捨てるように云った。

「さらばだ」

そして、そのまま踵《きびす》を返してどかどかと店から出て行った。

「おまえらよう」

帰り道、久世はぼんやりとした口調で云った。

「もうちょっと場を読んでくれよう」

その言葉に僕が亜門の顔を見ると、すぐに目をそらされた。

その様子にため息をついた久世は、仕方なく月夜を見上げた。

せっかくの合コンは、またも一時間ほどで消滅していた。というか、亜門の退席からすぐに、今日はこれくらいで解散しようか、という空気になり、久世は女の子たちに平謝りして一座のお金を支払っていた。三人分で済んだはずが六人分である。

「別にいいさ」

久世はさばさばとした口調で云う。

「おまえらを誘ったボクが悪い。おまえらはそういうやつらだった。合コン向きじゃない」

薄っぺらい男ではあるけれど、こうも素直に己の非を認められるとさすがに可哀想になる。

僕が、すまん、と謝りかけたとき、やつは云った。

「いいんだ。おまえらは、そのまま変わらず突っ走ってくれよ」

久世はこちらを見るでもなく、夜空に投げかけるようにそう告げた。

その久世の言葉が何をどう意味しているのかわからないけれど、僕とて久世主催の楽しいはずの合コンがぶち壊れたことに薄々気まずさを感じていた。にも拘《かか》わらず久世が投げた、ある種感服に近い言葉のイントネーションに、亜門次介も何かを感じたのか。

やつの朗々たる声が聞こえてきた。

「　花間一壺酒　　花間　一壺《いっこ》の酒
　独酌無相親　　独り酌みて相ひ親しむ無し

挙杯迎明月　杯を挙げて明月を迎へ
対影成三人　影に対して三人と成る
月既不解飲　月既に飲むを解せず
影徒随我身　影徒らに我身に随ふ
暫伴月将影　暫く月と影とを伴って
行楽須及春　行楽須く春に及ぶべし
我歌月徘徊　我歌へば月徘徊《はいかい》し
我舞影零乱　我舞へば影零乱す
醒時同交歓　醒むる時同に交歓し
酔后各分散　酔ひて后は各分散す
永結無情遊　永く無情の遊を結び
相期遥雲漢　相ひ期せん遥《はる》かなる雲漢に」

李白《りはく》の月下独酌であった。亜門次介が酔うと吟じる十八番《おはこ》である。

月の奇麗な晩であった。

昼と夜が空でバトンを交わす際に生じる、何か青白い気配が街を覆う心地がする。そんな中、ほろ酔い加減の三人の愚か者は、ふらりふらりと夜の始まりを謳歌《おうか》していた。思いがけず早くに終了したせいでまだ七時過ぎだというのに、三人とも気持ちよく春の夜に酔った。

「さあ二次会だ。飲み直しといこう」

友楼館にたどり着くと、久世は叫んだ。

静かにしろ、とどこかの部屋から怒鳴られていたけれど、まるで頓着《とんちゃく》せずふらふらと危うい足取りで自分の部屋へと消えた。僕と亜門が一階の談話室でぐったりとしていると、

「部屋にこんなものがあった」

そう言ってウイスキーの瓶を片手に久世は再び現れた。

それから談話室の奥のキッチンに入り込み、共用の巨大冷蔵庫から氷とグラスを拝借してくる。

「よし、飲むか」

亜門もまだ赤い顔を火照らせて頷《うなず》いた。

談話室とは、かつて友楼館が寮であったときの食堂であり、現在は住人が自由に使ってよい空間である。十畳ほどのこの館で一番広い場所であり、幾つか四人がけの机が立ち並ぶ。壁沿いには古い本棚がしつらえてあり、中央には大きなテレビと、映画ビデオが山と積まれていた。やたら古い映画が多いな、とは思っていたけれど、なるほど、ここが長年キネマ研究部員たちの下宿であったならば説明がつく。

「友楼館に！」

「ボクらの友情に！」

やがて亜門と久世はまた大声を発し、僕はひとり慌てた。

「すこし声を潜めろ」

だが、ストレートのウイスキーをそのまま呷《あお》ると久世は立ち上がって叫んだ。

「ああ、神様はいったいいつボクに幸せを用意しているのだろう!」

武蔵野の住民よ聞け、とばかりの叫びであった。

「おい、久世。大声はいいが内容が女々しい」

亜門がぶすりと告げると、

「そんなこと云って、おまえは寂しくないのか」

なぜか、久世一磨はすでに涙と鼻水をこぼしていた。

軽蔑《けいべつ》するように亜門は「別に寂しくない」と返した。

「嘘をつけ。おまえだって夜ひとり部屋にいれば女子が恋しくなるだろう。悶々《もんもん》とするだろう。こっそり街のビデオ屋へいかがわしいDVDを借りに行ったりもするんだろう」

すると亜門は、ふん、と鼻を鳴らした。

「馬鹿にするな。俺は自分を慰めるようなことはせぬ。だいたい慰めるにしても、安っぽい動画に頼ったりせぬ。すべて目を閉じればこと足りる」

「おまえのようなやつが一番危ない。この妄想お化けめ」

「いいかげんにしろ」

僕は云った。「みんなもういい大人であるぞ」

「そうだ。ボクたちはいつの間にか大人だ。二十歳になってしまった。新入生たちがまだぴちぴちの十八とかそこらであるにも拘わらず、だ。ボクたちの貴重な二年はどこにいった」

「僕は受験で消えた」

「俺は東アジアにばらまいた」

「その通り。おまえらはまだちゃんと自分の意志で消費したからいい。納得もしているだろう。だが、ボクが喘息《ぜんそく》であったのはボクのせいではない。物心ついたときには人より二年遅れ、いつどの学年に進んでも『久世さん』と呼ばれる気持ちがわかるか。おっさんと渾名《あだな》されぬよう若作りする苦労がわかるか」

久世は、ボクの襟元を伸ばすように手をかけ、涙声で叫ぶ。

「聞いてくれ、十倉。ボクは寂しいんだ。哀しいんだ。いつも合コンが終わると思うんだ。また今回も運命の人と出逢《であ》えなかったのかと。おまえは合コンなんだから誰でもいいじゃないかと思うかもしれないが、ボクにしてみれば誰でもいいやつは合コンはしないのだ。いつだってオンリーワンを求めて合コンを繰り返すのだ。だからボクを軟派野郎と呼ぶな」

「そんなことは云ってない」

「いいや、云ってなくとも思ってるに違いない。この合コン好きの軟派野郎とボクを蔑《さげす》んでいるに違いない。ボクは別にたくさんの女子とつき合いたいんじゃない。たったひとり誰かと出逢えればそれでよいのだ」

もう収拾はつかない。久世はおいおいと泣き始めた。

「で、おまえはどんな女子がよいのだ」

亜門が尋ねると、久世は途端に真剣な顔になって、そうだな、と考え始めた。

「頭のよい女子がいいな。頭がよいといっても、それは成績とかじゃないぞ。こう言葉にいちいち知恵やら優しさやらが利いていて、けして男のプライドを叩《たた》き折らぬような女子だ。見た目など十人並みでいい。笑顔がかわいければなおいいが」

「そんな女子ならば、よく探せばいるだろう」

「いるかな」

「だが、合コンには来ないかもしれぬな」

「だよな。だが、だとしたら出逢いはどこにあるのだ。演劇部だって女子との濃密な時間が過ごせると思ったから入ったのに、異常に熱い演技熱を持った女子ばかりだ」

ああ、女とは何ぞや。

久世が、再び叫んだときだった。

「さっきから、静かにしろと云っているだろう！」

どこかから、蟬のような声が鳴り響いた。赤い顔して振り向いた僕らの背後には、いつしかひょろりとしたやつが立ちはだかっていた。

「ここはれっきとした民営下宿だぞ」

蟬のような声でそいつは叫ぶ。

「当然すべての居住者が快適に住めるよう気を遣い合うべきであり、それが最低限の礼儀だろう。ただでさえ壁が薄く、玄関の音ですら各部屋に轟《とどろ》くのだ。そもそも酒に溺《おぼ》れて女子を語るなど男子のすべきことではないぞ、軟弱者め！」

――こいつは、何者か。

呆然《ぼうぜん》としつつ、僕はそいつの頭の先から足の先まで見回してみた。茶色のTシャツに古びたジーンズ、牛乳瓶の底を思わせる度の強そうな眼鏡という、いかにもやぼったい恰好《かっこう》をしている。髪など自分で刈ったかのようにぼさぼさであり、痩《や》せたその容姿は日陰で育ったもやしを思わせる。

「この、馬鹿者どもが」

日陰もやしはそう吐き捨て、そのまま床を踏みならすように立ち去っていった。

「誰だ、あいつは」

僕が尋ねると、亜門が答えた。

「2Aの、たしか宝塚八宏《たからづかやひろ》だ」

「ということは、あれも住人か」

そういえば何度か廊下や、共同トイレや、談話室などで見かけたことがあるような気がする。挨拶《あいさつ》をしても、いけすかない目つきで睨《にら》みつけてくるだけの薄気味悪いやつだった。

「あいつは確か今三年生らしいが、しかし現役組なので、歳は俺たちと同じ二十歳であるはずだ」

亜門の言葉に、久世が付け加えた。

「さらに云えば――あいつが、今のキネマ研究部部長さ」

「キネ研の？」

「そうだ。今年の秋の昇竜祭に向けた作品制作で、このところ苛々《いらいら》としている。気にするな」

……なるほど。

あの暗く陰湿な目つきは、まさにいつも小難しいことを延々と考えている映画青年といったところである。代々キネ研の聖地として愛されてきた化石のようなこの場所に巣食う物の怪《け》のひとりというわけか。

そう思うと同時に、ああと落胆するように気がついた。なるほど、僕らのようなむさくるしい男子がよってたかってこの古館に下宿し、夜な夜な『女子』というものに対する想いをぶちまけていたら『女人禁制』などという妙な不文律も出来るというものだった。

「なあ、亜門。おまえはいったい誰から聞いた」

僕がそう尋ねると、亜門はひとり酌をしつつこちらを見た。

「何の話か」

「昼間云っていたあれだ。この友楼館が『女人禁制』であるという噂だ」

「ああ——それならば、伊祖島《いそじま》氏だ」

「……何？」

驚きのあまり言葉を無くす僕の代わりに、いやちょっと待て、と久世が素っ頓狂《とんきょう》な声で訊《き》く。

「亜門、おまえ、伊祖島って——そいつ、実在したのか？」

「まあ、会ったといっても一度だけだがな」

亜門は、むっつりと頷く。

伊祖島氏とは、訳ありの人間が集う友楼館の中でも最も奇怪な噂を帯びた、いわば伝説中の人物であった。

そもそも学生であるのか、社会人であるのかもわからず、実は逃亡中の殺人犯だとか、売れっ子作家だとか、凄腕《すごうで》のネットトレーダーだとか、とにかく都市伝説のような噂だけがひとり歩きしている物の怪の親玉のような人物である。1Aに住むといわれるが、その根拠も玄関脇のポストに消えかけたその名だけが不吉に刻まれていることに由来する。夜、1Aの部屋から赤い光がもれているのを見たという話があり、時折奇声が聞こえるという怪談じみた話もあった。

「どのような人であった」

僕が尋ねると、

「それがよく覚えていない」

亜門は顔を撫《な》で回してから、天井を見上げた。

「おまえたちが入居してくる前の話だ。ここで、ひとり酒を飲んでいたときのことであった。なにしろ貰《もら》いものの大吟醸が美味《うま》すぎて、かなり酔っていた。気がついたら俺は誰かと酒を酌み交わしていた。背の高い人間であったような気がする。風のようであり、大木のようでもある不思議な人間であった。何にしても俺はかなり気持ちよく会話をした印象がある」

いよいよ物の怪である。友楼館自体が、幽霊館と陰口を叩かれているのは知っていたが、女人禁制の言い伝えといい、奇妙な住人たちといい、あながち外れている噂でもないのではないかと思い始めた。

「どうしてこの建物には変わり者が多く住むのか」

そっとため息をつくと、久世がすぐさま突っ込んできた。

「自分だけ棚に上がるな、十倉。おまえだって充分変わり者だ」

「僕のどこが変わり者か」

「朝っぱらから、『温子』だの『武蔵』だの騒ぐ人間のどこが変わり者じゃないというんだ」

思い出したように、げらげらと久世は笑う。

どうやらこいつにも聞かれていたらしく、今更ながら僕は赤面した。というか、全住人に聞こえるようにことさら声を張り上げたわけであるから当然といえば当然である。

そこで、僕はやっと思い出した。あの天井裏の少女のことである。

「そうだ、久世。ひとつ相談があるのだが」

「なんだ」

「僕の知り合いに、聡明《そうめい》な女子高生がいる」

「紹介してくれるのか」

「違う。そういう話は終わったと思え。とりあえず涙を拭《ふ》いて真面目に聞け」

「うむ」

久世はポケットからハンカチを取り出して涙と鼻水を拭《ぬぐ》った。

「いまどき稀《まれ》な苦学生であるうえに希少性の高い大和撫子《なでしこ》的風貌《ふうぼう》をもつ。何か彼女のために、勉学の妨げにならぬ、効率のよいアルバイトを紹介してくれないか。もちろん、品行方正なので頼む」

「途中までいろいろ思いついたが、品行方正で雲散霧消した」

「ないか」

「ううん」

久世は、貧弱なあご髭《ひげ》をしごいてみせた。

「いや、ひとつある」

「ほんとか」

「だが、その前に訊きたい。本当に大和撫子なんだな」

そう目を輝かせる久世を見て、こいつに紹介するのは間違いではないかという疑念が頭をもたげた。だがそれを察したのか、すかさず久世は否定してみせた。

「いや、違う。出逢《であ》いなどもういい。真面目な話、本当に大和撫子的風貌なのだな」

「それは保証する」

「ならば、ひとつだけある。ボクのいま企画している映画に出演してくれないか。ちょうど清《せい》楚《そ》な、大和撫子的風貌をもつ女子高生を探していた。ネットやら雑誌やらでいろいろと探したんだがまだ見つかっていない」

「映画？　どうして映画なのだ」

「別にボクは演劇だけをしていこうとは思っていない。映画だって大好きだ。書いた台本に合わせて創作形態を自在、臨機に変える人間なのだ」

それが薄っぺらいといわれる所以《ゆえん》なのだけど、久世は気にしていないらしい。

「で、どうだ。その大和撫子とやらと一度会わせてくれないか。無論報酬は出す。もし会ってみて予想以上の素材ならば色はつけるぞ」

——映画か。

どうも、友楼館の女人禁制を決定付けた事件といい、この話といい、よくよく映画が絡んでくる。僕としてはあの可憐《かれん》なさちを映画などというものに関わらせたくないのだけれど。

しばらくして、僕は云った。

「よし、訊くだけ訊いてみよう」

「すこしよろしいでしょうか」

零時過ぎにようやく宴《うたげ》が終わり、部屋に戻るなり、僕は天袋まで登ってそう声をかけた。

「少々、お待ちください」

天袋の中、天井板の向こうからさちの涼やかな声がして、しばらくしてから彼女は顔を出した。僕が床まで下りて道を空けると、彼女は、失礼しますとスカートのすそを押さえ、するすると下りてきた。

「こんばんは」

畳に着地すると、すぐに正座して礼儀正しくおかっぱ頭を下げる。僕もついつられて座り直し、こんばんは、と頭を下げた。どうにも毎度彼女の美しい佇《たたず》まいに心洗われてしまう僕である。

「いい夜です」

さちは、窓の外を見てふっくらと笑った。

「ああ、お恥ずかしいのですがまだカーテンを買ってない」

「おかげで、お月様が奇麗です」

ああそうか。彼女のいる天井裏では月を見ることも叶《かな》わないのだ。

なぜか申し訳ない心地になって、僕は話題を変えた。

「あの、風邪の方はいかがですか」

「もう、すっかり。十倉さまのおかげでございます」

「いやいや」

そんなならちもない会話を交わしつつ、僕は高鳴る鼓動を静かに抑えた。

何であろうか。鳩尾《みぞおち》がむずむずと掻《か》きむしられる。耳をくすぐるような彼女の声色がいつまでも六畳一間を転げ回っているようであった。先ほどの女子大生たちとは何かが根本的に違う。会話がとても楽しい。いや、話さなくともこうして対峙《たいじ》しているだけで、腹の底からほこほこと温かくなってくるようである。

さちは、夜であるというのにまだ清楚な制服姿でいた。いやひょっとすると寝間着でいたのをわざわざ着替えてくれたのかもしれない。明日にすればよかったかとは思いつつも、僕はさりげなくその姿に見とれていた。

紺色のスカートと真白い上着とは、このように美しいデザインであったか。女子高生、女子高生と世間はかまびすしいけれど、男子はその真の価値を高校生でなくなったときに知るのかもしれない。

「ええと、お茶でも淹《い》れましょう」

突発的に脳内に巣食った女子高生論を追い払い、僕は立ち上がった。流しに置いたままの湯のみふたつを急いで洗い、そこに母親が送ってくれたティーバッグをそれぞれ入れた。

電気ポットから湯を注ぎ、待つ間、行儀よく座るさちに向き直り尋ねた。

「ひとつ、訊いてもよろしいでしょうか」

「はい、もちろんです」

「あなたは、実在するのですか」

さちは、きょとんとした顔で僕を見た。

そもそもは友楼館が女人禁制であるという話題のときに生じた根本的な疑問である。亜門はたしか云っていた。この館には無数の男子たちの怨念《おんねん》にも似た何かが棲《す》み着くと。まさかとは思うけれど、この可憐な少女がそうであったらどうしよう。そのような非現実的な心配が頭に浮かび、酔いも手伝って、いよいよさちがこの世ならぬもの——物の怪《け》というのはいいすぎであるにしても、どこか向こうの世界から紛れ込んできた妖精《ようせい》のようにも思えてきたのだった。

しばらく黙っていたさちではあったけれど、不意に柔らかく微笑み、そっと手を差し出してきた。

導かれるように僕も手を差し出した。僕の手にさちは自分の手を重ねた。

「さちは、これこの通り血の通った存在でございます」

その手のひらは温かく、柔らかく、身体中から力が抜けていくほど慈愛に満ちていた。

「いや、失礼」

僕は手を引っ込めた。

「すこし酔っているようです」

急いで水道水をコップに汲《く》み、一気にそれを飲み干した。

「しかし」

照れ隠しのごとくひとつ咳払《せきばら》いして、僕は云った。

「この友楼館において、人に出くわさず五年も暮らせるものなのでしょうか」

友楼館に入居して半月、まるで気がつかなかったうつけ者が云うことではないけれど、どうしてもその疑念が拭えない。

「はい、慣れれば大丈夫かと」

あっさりと彼女は云うが、それにしたって各部屋の扉には鍵《かぎ》がある。部屋から出ても各部屋の入り口が並ぶ細い廊下が続き、階段下には談話室がある。そこにはいつもぐわぐわとしたドグマを抱えた誰かしらが、うろうろとしている。そんな友楼館で五年もの間、誰にも見つからず、学校やトイレ、風呂《ふろ》などに出入りを繰り返していたということが、どうにも摩訶《まか》不思議な奇術を見る心地であった。

その疑問に対して、さちは僕の顔を見て涼やかに微笑み、コツがございます、と答えた。

「コツとは？」

「空気となるのです」

そう、さちは云った。つまり、人たる気配をすべて消し去り友楼館そのものと同化する気持ちを指すのだという。具体的にいうと、息を止め、思考も停止し、一個の木石と化すイメージらしい。

「それでバレないものですか」

「はい。今までは」

僕が信じられぬ、と腕を組むとさちは恥ずかしそうに俯《うつむ》いた。

「正直申しますと、十倉さまが眠っておられる横を通り抜けていったことも度々」

「ちょうど学校に向かわねばならぬ時間帯には十倉さまが眠っておられることが多いのです」

申し訳ありません、とまたさちは頭を下げた。

どうやら風呂なども住人が寝静まる明け方に利用していたらしい。つまり、僕は天井裏にいる人間の存在に気がつかぬどころか、枕元の通過まで許していたのだ。

「は?」

「今後は、別の出口を使用致します」

「別の出口もあるのですか」

「緊急の際に下の部屋を経由せずとも出る場所はあるのですが、そこを通るには高度な技量を必要とするので、私はあまり使ったことがございません」

ありそうな話である。このぼろい建造物ならばいかほどでも板が外れて密室が密室でなくなることか。本格ミステリーで活躍する名探偵とて、いじけて事件を放り出すであろう。

「いや、通りづらいのでしたら今まで通りで構わないのですが――その、廊下でいきなり扉が開いて住人と鉢合わせ、とかはないのでしょうか」

「今まではございませんでした」

それから、さちはすこし考えたあと、こう付け足した。

「なんと申しますか、建物と気持ちを同化させていると、住人の皆さんの挙動が目に見えるようで、廊下に出られる気配などはわかるのです。もちろん、具体的に何をなさっているのかまではわかりません。しかし、本に熱中されている、思考を巡らせておられる、食事をとっておられる、くらいですが……不思議と手に触れられるようにわかるのです」

「鍵は。鍵はどうしたのですか」

「十倉さまの部屋の鍵でしょうか。それならば、天井裏に最初からございました」

「最初から？」

「はい。私をここに連れてきてくださった方の忘れ物かと存じます」

「ちょっと待ってください。さちさんはここを誰かに紹介されたのですか」

それは聞き捨てならぬ、と僕が急《せ》き込んで尋ねると、さちはどこか嬉《うれ》しそうに頷《うなず》いた。

「私にとっては恩人でございます」

「何者です」

ずばりいえばそいつがことの元凶である。不法侵入の親玉である。

「わかりません。あれ以来一度もお目にかかっていないのですが――それは、五年前のことでした。私が小学校六年生のときのことです。さる事情により私は家もなく家族もなく、ただ街の片隅で泣き濡《ぬ》れておりましたとき、その方は現れました。そして泣きじゃくる私に云うのです。これこれ泣くではないよ、どうしたのだい、と。私が住む家がないの、と申しますと、なんだそんなことかい、とその方はとても福々しい笑顔を浮かべられました。そして私の手をひき連れてきてくださったのがこのお部屋でございました。長く自分が住んでいた場所ではあるが、おまえの境遇があまりにも憐《あわ》れである。よってここをおまえに譲り、私はよその場所を探すとしよう――そうおっしゃっておりました」

「ほう」

さる事情については問うまい。人には云えぬ事情がある。問題はその人物である。この友楼館の関係者であるならば問題であるし、関係がないのならばもっと問題である。

「どのような恰好《かっこう》の人物です」

僕が尋ねると、

「白桃のごとくつやつやとした見事な坊主頭のご老人でございました。大きなお腹をされていて、ゆるい道服をお召しになって、満面の笑みをたたえられて、そうですね——」

きょろきょろと辺りを見回したさちは、あ、と壁に貼られたカレンダーを指差した。

商店街で何かを購入した際にもらったものである。

「ちょうどこの方のような」

「はい?」

「そうです。この方です」

さちが指差す先には、商店街の販促キャラクターに抜擢《ばってき》された七福神がいて、その中心に布《ほ》袋尊《ていそん》がにここと笑っていた。僕は啞然《あぜん》とした。

「ひょっとして有名な方でございますか」

無邪気に尋ねるさちに、まさか、と説明する。

「この人は芸能人でもなんでもなく、いや広い意味では芸能人となるのかもしれませんが、早い話が、この人は実在しません。要するに神です」

「まあ、あの方は神様だったのでしょうか」

「ううん、そうかもしれませんね」

そうは答えたものの、神などというものが現実に存在するわけがない。大方、小太りのホームレスといったところであろう。泣いていた少女に自分のねぐらを譲るその男気は素晴らしいともいえるけれど、いかんせんその譲った場所とて彼のものではない。

ようやくいろいろなことが腑《ふ》に落ちた僕はため息をついた。なるほど。鍵も持ち、気配を消すコツも知っていて、なおかつ非常出口まで持つ。さちの部屋の布団のそばに電気スタンドがあったことからもわかるように、少量の電気を各部屋から拝借するくらいのことは、その図々《ずうずう》しいホームレスはしてのけていることであろう。まったく油断も隙もない世の中である。

「本当に申し訳ございません」

と、またさちは頭を下げた。「できる限り早く出て行くこととしますので、今しばらくご猶予頂けると助かります」

消え入りそうに謝るさちに、僕の方が慌てて手を振った。

「いいのです、急かしているわけではないのです」

何にしても、解けてみると案外なんでもないのが世の中の謎というものであった。

すっかり忘れていた紅茶を慌ててさちの前に置いた。

「どうぞ」

「ありがとうございます」

紅茶を湯のみで飲むというのも、僕は慣れているからいいが、彼女はどうなのであろうか。

そんな心配をしつつ、茶をすすりながら彼女を見ていると、両手で丁寧に安物の湯のみを包み込み、そっと唇をつけていた。柔らかくおとがいが動くのを見て、ああ女子である、と強く思う。彼女が現実のものであると実感すると、いよいよその妖精性が薄れて現実の女子としての力を持つのは止めようもない。今度は、改めて部屋に女子高生を連れ込んでいる大学生という図式が頭の中で形成された。もしここにあのノックなどという紳士的儀礼を知らぬ亜門が入り込んできたら大問題である。いや、万年女日照りの他の住人に知られたら。生涯の伴侶《はんりょ》を狂おしいほど求めている薄っぺらい久世一磨に見つかりでもしたら。何にしても、僕の今日まで築き上げてきた社会的信用度は大暴落である。

「あの」

不意に控えめなさちの声が、僕の思考を遮った。

「何か、お話があるのでは」

「ああ、そうでしたね」

僕は頭をかきながら応じた。そもそもさちを呼んだのは、久世の提案したアルバイトの斡旋《あっせん》の為であった。

僕は、最初から丁寧に久世から聞いた自主制作映画への出演について語った。すべてを聞くと、さちは、まあと目を見開き驚いてみせた。

「私にできるのでしょうか」

「正直、わかりません。しかし内容は特にいかがわしいものでもないようです。文学青年と本好きの女子高生の恋とかいう今時受けるとも思えぬ内容ですが、別に商業映画というわけではない。監督にしたところであの久世——いや、久世一磨という口から生まれたようなちょび髭《ひげ》男です。底が浅いといえばそうなのですが、完全なる悪人かといえばそれはない。そこは保証します。他の役者にしてもスタッフにしても学生がやるものですし、要するに部活動の延長である自主制作映画というやつです。そのヒロイン役を探しているらしいのです」

「大役ではないですか」

「まあ、ヒロインですから主役級でしょうけど」

「私につとまりましょうか」

「十二分に務まるとは思いますが、しかし無理することはありません。正直、僕としてもいくら貰《もら》えるのかこれから詰めなければなりませんし、そもそも映画などというくだらないものにあなたが関わるのを止めたい気持ちもある」

　すると、さちは小さく首をかしげてみせた。

「あの、映画はくだらないのでしょうか」

「くだらないでしょう。だいたい、映画を撮るような人間にはろくなやつがいない。自分勝手で、妄想狂で、我が強くて、周囲を暴風に巻き込んでそれすら気がついていないような人間ばかりです」

「たしかに、映画監督とはそのような方が多いかもしれません」

　さちはころころと笑った。

　それからしばらく唇に手を当て俯《うつむ》いていたさちではあったけれど、やがて決然と頷いた。

「やらせて頂こうと思います」

「え」

「十倉さまがせっかく見つけてきてくださったのです。一生懸命、その本好きの女子高生を演じきりたいと思います」

力強く頷くさちを見て、僕は慌てて云った。

「いいや、よく考えた方がいいですよ。僕のことなどどうでもよろしい。慣れていない学生のやることなので現場は混乱することもありましょうし、監督は久世ですし、一度会って話してみてから決めればよいと思います」

「もちろんそれで結構でございます。十倉さまにもお骨折り頂いてさちは感謝の言葉もございません」

また深々と頭を下げられて、僕は顔の前でぶんぶんと手を振った。

「いやいや、僕は何もしておりません。これも天の配剤でしょう」

その後、黒坂さちは面白そうな顔をして、二、三度、映画ですか、と呟《つぶや》いていた。その仕草は、万事控えめな今時の女子高生らしからぬこれまでのさちのイメージとはすこし違って見えた。


夜は更けた。

何やらいろいろあって長い一日であった。

さちとの出逢《であ》いから始まり、夕方は合コンに出かけ、月を見ながら帰宅し、深夜までさちと語り合った。さちが天井裏に引き上げるとどっと疲れが出て、すぐさま寝間着に着替え、布団を敷いて床についた。が、睡魔はなかなか訪れなかった。現在、深夜二時を過ぎたというのに、目はますます冴《さ》えるばかりである。

そろりと起き上がり、蛇口をひねって水を飲んだ。

再び布団に入り、薄闇の中、僕はひとつため息をついた。これでよかったのか、という思いである。

黒坂さちがいくら絶滅危惧種《きぐしゅ》・大和撫子《なでしこ》の苦学生とはいえ、家宅侵入、不法占拠という罪を見てみぬふりをしたということ。さらに己ひとりの食費の捻出《ねんしゅつ》で精一杯のくせに、ひとりの年頃の女子高生の生活まで立ち行かせるという大見得を切ってしまったこと。ふたつの重責がさして広くもない肩にずっしりとのしかかっていた。黒坂さちのつややかな黒髪が、さらりと下がる度にとてもいいことをしているような気になったけれど、ふと冷静になってみると大変なことに関わってしまったともいえる。

と、そこで気がついた。実に重大な事実であった。

彼女が五年も前から天井裏にいたということは、当たり前ではあるけど、僕がここで暮らし始めてからも彼女は上にいたのである。そしてさちは、友楼館と意識を同化すると部屋の住人の行動が触れられるようにわかると云っていた。それは何を意味するのか。ひょっとして、遠回りに僕の行動を諌《いさ》めているのではないのか。

そこから、ぐるぐると思考が加速し始めた。

僕はこの部屋で今まで何をしてきたか。あれをしたか。これもしたか。何を叫んで、どんな卑猥《ひわい》なことを口走ったか。今までさちの存在に気がつきもせず暮らしてきた半月の間に、僕がこの部屋で繰り広げた数々の男子的痴態のすべてが走馬灯のごとく脳内に再生されては僕を鞭《むち》打った。

あれだけ奥ゆかしいさちのことであろうから、下の状態など一切窺《うかが》わぬように暮らしていたのだろうけど、もれ聞こえてくる声などは別であろう。ああもう、穴があったら飛び降りたい。いや、いっそ最底辺にたどり着くまでに泡と消えたい。天井裏のさちに気がつかれぬように部屋でもんどりうっていると、みしりと天井が鳴って、どきりとした。

今までは家鳴りだと気にもしなかったけれど、さちの存在を知ってしまった今は別である。すべてがさちの生活音である気がしてならない。たとえば寝返りとか、たとえば着替えとか、はたまた美容体操とか。いかん。いよいよ目が醒《さ》めていく。枕を抱え、その枕に顔をうずめ、何度も寝返りを打ちまくった。そうである。このように近く女子がいることなど自分の人生においてかつてなかったことであった。彼女はまだ病み上がりであった。卵酒でも作ってやるべきだったであろうか。そもそも春とはいえ天井裏は寒いのではないか。布団はあったが、食べものもなく、病を得るなど、ひとりどれほど心細かったであろう。そもそも、今も彼女は僕が呼びかけるまでは寝ていたのかもしれぬ。寝るといえばパジャマである。しかし僕が呼びかけたため病中にも拘《かか》わらず彼女は急いで制服に着替えたのかもしれぬ。着替えたといえば、洗濯などはどうしているのであろうか。昼間誰もいないときに抜け出て友楼館の共有洗濯機で洗っているのであろうか。しかし洗ったにしてもそれはどこに干しているのか。下着などこんな男だらけの友楼館で干すところはあるまい——とそこまで妄想したところで、下着が完全に頭の中から離れなくなった。ばさばさと掛け布団で頭を叩《たた》いても無駄である。下着はやがて白く柔

「むおお」

布団を嚙《か》み、悶絶《もんぜつ》した。

らかな乳と化けた。乳はやがてさちの白い裸体へと変化した。

「うがあ、いかん！」

思わず叫び出しそうになり、慌てて口を塞《ふさ》いだ。とりあえず胸に吊《つ》るす父に持たされた覚え書きの入った布袋をぎゅっと握りしめ、念仏を唱えるように小さく口ずさむ。

「……ひとつ。男子、いついかなるときも言い訳をすべからず。ひとつ。男子、いついかなるときも人前で涙を見せるべからず。ひとつ。男子、いついかなるときも感情のまま行動すべからず……」

しかし、無駄であった。目はますます冴え渡り、血はいよいよ沸騰した。

ついに僕は立ち上がった。寝間着からジーンズと長袖《ながそで》のシャツに着替え、そのまま部屋を飛び出した。廊下を駆け、階段を飛び降り、友楼館から飛び出した。

我が妄想が暴走するのは、あの日の父のせいである。僕は「暴想癖」と呼んでいるのだが、これはまずい。しばしば現実世界にも影響を及ぼす。

夜を駆けた。

生暖かい春の夜には、酒が漂っているかのような陶酔感があった。かき分けるように、僕はその夜を走った。

――流されている。流されている。

東京に来てから、ひと月、僕はすっかり流されている。魔都東京に流され、華やかな人々に流され、怠惰な大学生活に流されている。親元から離れた解放感に流され、自活するという充実感に流され、天井裏の少女に流されている。いつから僕はこのような骨のない人間になったのか。

『おまえは、なんの為にこの大学に来たのか』

不意によぎった亜門の言葉は、さらにもうひとつの言葉を誘発する。


〝おまえはこの舞台でどう踊るというのか、十倉〟


その懐かしい声色に、僕は耳を塞いだ。

なぜ二浪したのか。なぜ東京に出てきたのか。それにはちゃんとした理由がある。僕にはどうしてもせねばならぬことがある。明かさねばならぬ謎がある。

夜風は、わずかに冷たくなっていた。

ひたすら駆け続け、やがて僕は夜の大学へと到着した。正門はすでに閉められ、その横には警備員のいる詰め所だけが煌々《こうこう》と明かりを灯《とも》している。さすがに正門をよじ上れば問題となろう。大きく道を迂回《うかい》し、塀越しに裏門へと向かった。ケヤキ並木を通り抜け、その途中によじ上れそうな箇所を見つけて、そこから大学内に入った。

月は中空に浮かび、さえざえとキャンパスを照らしていた。

本校舎前に広がる芝生にも、誰もいない。ひとり本校舎の横をすり抜け、七号館の方向へと足を向ける。七号館は工学部の講義で使われる校舎であり、実験はまた八号館、九号館で行われることを入学してから知った。何にしても法学部生の僕には縁のない建物である。

建物の前で一度足を止めた。入り口は開いていて、幾つかの窓には明かりが灯っていた。工学部は実験で徹夜もすることがあると聞く。まだ学生が残っているのかもしれない。

そのまま中に入ることが躊躇《ためら》われ、建物の側面に設置された非常階段へ進んだ。コンクリート造りの階段をひとつひとつ踏みしめ、四階建ての校舎の屋上へと向かう。

屋上に着くと、さらに冷たくなった風が前髪を吹っ飛ばした。構わず屋上に出てそのましばらく歩き続けた。ふたつほどベンチがあって、その先は古びた金網で塞がれていた。金網の向こうには、校舎内のエアコンの室外機がいくつもあって、その先にはもうひとつ今度は真新しい金網がある。その向こうは空だった。

手前の金網に手をかけ、星のない黒々とした夜空を睨《にら》みつけた。

遠く瞬く駅周辺のネオンを見つめながら、唇を噛み、それから金網を越えて建物の外壁近くまで行こうとしてやめた。今の自分に自信が持てぬ。うっかり空を駆けでもしたら郷里の父母兄妹《きょうだい》に申し訳が立たないし、二浪までして東京に出てきた意味もなくなる。

夜風に吹かれたまま、金網の向こうの闇を睨みつけた。

二重の金網など、自殺防止にしても厳重すぎるとは思うけれど――まあ仕方あるまい。


一年半前、ここから空を駆けたやつがいる。

名を、才条三紀彦《さいじょうみきひこ》という。「映画」という魔物に呑《の》み込まれた僕の友人である。

二章 その男、才条三紀彦

翌日、日曜日は晴天であった。

僕と黒坂《くろさか》さちは連れ立って友楼館《ゆうろうかん》から街へと歩いていた。デート日和といえばそういえぬこともないけれど、残念ながらそのような浮ついたものではない。さちと久世《くぜ》を引き合わせるために、駅前の喫茶店へとふたり連れ立っているのである。実は三人が三人とも友楼館に住むというのに、わざわざ駅前で待ち合わせるのはどうなのであろう。そんなことを思わないでもないけれど、黒坂さちが天井裏に住むことは秘密なので致し方ない。

しかし、それは実に緊張した。それとはつまり、さちと初めて連れ立って部屋から出たことである。廊下で誰かと鉢合わせるのではないか。ひとつしかない階段を下り切って無事玄関へとたどり着いたとしてもそこに誰か居るのではないか。そんな心臓の痛みに苛《さいな》まれていた僕が、なかなか部屋の扉を開けることが出来ないでいると、さちは慣れたもので静かに目を瞑《つむ》った。

僕が見つめる中、しばし扉におでこをくっつけていたさちは、やがて「今です」と扉を開け放つとともに足音も立てず廊下を渡っていった。その背中を必死に追いかけながら、これが噂の意識の同化というやつかと心底感心したものである。

「しかし、考え直しませんか」

道すがら、僕はさちに云った。

「何を、でございますか」

「映画への出演です」

僕は、久世一磨《かずま》という男を形作る軽薄なエピソードを思い出せる限り披露した。女子の好奇の目がたまらないと弾けもしないギターのケースをかついで日々登校していること。五十年余の歴史を持つ大学劇団・獅想舎《しそうしゃ》の女優に恋をし「ボクに演出させろ」と乗り込んだあげく劇団員に簀《す》巻《ま》きにされかけたこと。街で一目惚《ひとめぼ》れした女子に「昨日夢でキミを見た」と信じられない台詞《せりふ》を吐き、隣に居た彼氏に殴られても「キミは回り道をしている」と喚《わめ》き続け、危うく警察の世話になりかけたこと。

「要するに、あいつは女子と出逢《であ》いたくてものを創っているような人間です。僕としてはあまり関わらせたい人物ではない」

だが、そんな他人の悪口にも拘わらず、さちはころころと笑いながら聞いてくれた。

さちはいつものように制服姿であり、清楚《せいそ》な美貌《びぼう》も手伝い、非常に目立つ。一方、僕はといえば、いつもの着古したトレーナーに古い破れかけのジーンズ、それに愛用のコンバースである。道行く人々が「どういう関係か」と僕らをいぶかしげに見やるので、それに対し、僕はいちいち心の中で昨晩打ち合わせた僕とさちの関係性について復唱した。

——彼女は僕が家庭教師をしている子であり、なんらやましい関係ではないのですよ。

しかし、そんなささやかなつぶやきが伝わるはずもない。友楼館を出る前に、無精髭《ぶしょうひげ》にカミソリを当ててきたはずではあるけれど、いかんせんすぼけた大学生にしか見えぬ僕と大和撫子《なでしこ》の結晶ともいうべき彼女のツーショットは、公序良俗に反するオーラを世界に放ちまくっていた。

「待ち合わせはどちらですか」

涼やかなさちの問いに対し、僕は喫茶店です、と答えた。

「たしか『紋次郎《もんじろう》』という店です。約束は一時だから、まあ間に合うでしょう」

「面接は、すこしどきどきします」

さちはそう云っていたけれど、瞳《ひとみ》はきらきらと輝き、頬には微笑みをたたえているのであまり緊張しているようには見えない。

相変わらず吉祥寺《きちじょうじ》の街は人人人の洪水であった。これは待ち合わせ場所を間違えたかもしれぬ、と後悔するが後の祭りである。カップルは寄り添い合い、友人同士は手を叩《たた》いて笑い、家族連れは子供の仕草に目を細めていた。皆が皆、実に楽しそうであった。不動産価格が徐々に下がり傾向にある東京において、なぜか地価が上がり続けているのがこの吉祥寺という街であり、つまり異常人気の街というやつであろう。考えてみれば、JR、私鉄在来線の連絡駅であるうえに、この駅周辺には四つも大学が存在する。専門学校、高校を合わせるとその数は三十校あまりにもなるらしい。道理で若者だらけなわけである。そして、必然的に若者が喜ぶ店が増え、若者が好む住居が値上がりする。実入りのいい若者はよい。だが地方から這《は》い出てきた、さしたる収入源のない僕のような人間は結局友楼館のような傾いた古館に押し込められる事態となる――と、そこまで考えて、この街をうろつくちゃらちゃらした若者になぜこうもむかっ腹が立つのか理解した。

そうか、こいつらのせいなのだ。こいつらがぼうふらのごとくこの街に押し寄せるから、地価が上がり、物価が上がり、暮らしやすいとはいえぬ軟弱な気風を持つ街へと変貌《へんぼう》していくのだ。そう気がついたら、道行く人々にすれ違いざま唾《つば》を吐きかけてやりたい衝動に駆られたけれど、実行すればただの唾テロリストであるので危ういところで自重した。

「どうかなさいましたか」

さちの声で、また暴想しかけた己に気がつく。

「いいえ、なんでもありません」

気がつけば東急《とうきゅう》デパートの裏であり、久世と待ち合わせしている喫茶店の近くであった。こっちですと、さちを誘導しかけたその瞬間――「おお」と聞き覚えのある声がした。振り返ると、そこには亜門次介《あもんつぐすけ》の着流し姿があった。

「何をしている」

亜門は野太い声でそう云うけれど、こちらの台詞である。

「おまえこそ、こんなところで何をしている」

「俺は書店を巡回して、何か面白い読み物はないかと物色していた」

「どうせ立ち読みだろう」

「貴重な金と時間を同時に引き換えに出来る書物など、この世にはなかなかないものである」

そんなえらそうなことを云っていた亜門は、じろじろと黒坂さちを眺めている。

仕方なく、亜門にさちを紹介した。

「黒坂さちさんである」

ほうと頷《うなず》き、姿勢を正し、亜門は一礼してみせた。

「亜門次介です。十倉《とくら》の友人にして、同学、同宿の仲です」

「黒坂さちでございます」

おかっぱの黒髪をさらりと下げ、さちは事前に打ち合わせた通りの口上を述べた。

「十倉さまには、家庭教師を引き受けて頂いております。お目にかかれて光栄でございます」

その慇懃《いんぎん》な挨拶《あいさつ》に、剛直な亜門も眉《まゆ》を上げた。

「丁寧なご挨拶、痛み入る」

キミたちいつの時代の人間か。久世がこの場にいたならばそう突っ込んでいたであろう。だけど、両人を知る僕としてはすでに慣れたものであった。

「ではな、亜門」

「どこに行くのだ」

「約束がある」

「誰とだ」

嘘をつくわけにもいくまい。久世だ、と告げた。

予想しなかったわけではないけれど、亜門はのそりと動いた。仕方ないな俺も行こう、という仕草である。食事にありつけそうだ、と察する亜門の勘は人類を超越している。久世のイヤそうな顔がすぐに思い浮かんだけれど、まあ久世である。僕はそのまま喫茶店の入る商業ビルへと入った。

喫茶『紋次郎』は隠れた名店である。

値段も安く、一見《いちげん》さんには見つかりにくい場所にあり、ピザトーストとコーヒーゼリーとチーズケーキが絶品である。からんころんと扉の鈴を鳴らして店内に入ると、奥の席に座っていた久世が手を挙げかけ、すぐさま渋い顔をした。さちと亜門と三人で席に向かうと、さちに軽い笑顔を見せた後、すぐに亜門に問いかけた。

「どうして、おまえまでいるんだよ」

「たまたまそこで会ったのだ」

「だからといってついてくる理由はないだろう」

「おまえに云われる必要はない」

ぶすりと亜門はそう告げ、久世の横に早々と腰を落ち着けた。不機嫌な顔つきをしていた久世であったけれど、打たれ強いのが久世一磨の数少ない美徳である。たちまち笑顔を作り、さちに向けて頭を下げた。

「店内に入ってくる君を見たときにもう決めていました。ボクの映画に出てください」

手をとらんばかりの久世をとりあえず押しのけ、困惑するウェイトレスさんに、僕はコーヒー、さちは紅茶を頼んだ。亜門は、コーヒーとピザトーストを二人前頼んでいた。奢《おご》らぬぞ、と云う久世の方には目もくれないのはさすがとしかいいようがない。

注文が終わるとひと通りの自己紹介をして、さっそくですが、と久世は映画脚本をこちらに差し出した。『坂の上の空で微笑む君』とタイトル印字されている。僕もぱらぱらと広げてみたが、そのどこかで聞いたようなタイトルの自主制作映画は、まるで観る気をそそられない甘ったるい内容であった。

が、さちは「拝見致します」とにこりと頭を下げ、丁寧にページをめくっていった。その動作ひとつひとつを目尻《めじり》を下げて見つめる久世は、やがて僕に顔を寄せ囁《ささや》いた。

「でかした。でかしたぞ、十倉」

「何がだ」

「この子で決まりだ。ボクの映画のヒロインにぴったりだ」

「それはよかった」

特に感情も込めずそう答えると、さらに声を潜めて久世は云った。

「こいつめ。合コンにも来ないはずだ。まさかつきあってるとかじゃないだろうな。それはロリコンだぞ」

「当たり前だ。僕と彼女は純粋な教師と教え子だ」

「ならば、安心した」

言うが早いか、久世はまだすべてに目を通してもいないさちに、滔々《とうとう》と自主映画『坂の上のなんとやら』について語り始めた。この映画がいかに革新的で、叙情的で、人々の心を打つ芸術性に溢《あふ》れたものか。映画なんぞ撮ろうという人間ならば誰でも云いそうな恥ずかしい台詞《せりふ》をぬけぬけと口にできる久世は、やはり僕にないものを持っていると云わざるをえまい。

　注文したものが運ばれてきた後も、久世の映画芸術に対する蘊蓄《うんちく》披露は続いた。それを眺めつつ僕は改めて心の中で舌打ちをした。なぜこうも芸術論を語る人間は腹立たしいのか。亜門は黙々とピザトーストを胃に落としているが、時折、久世の横顔を睨《にら》みつけたりしているので内心同じ思いでいることが感じ取れた。たとえば、人は好きな領域について語るとき、熱に浮かされたようになる。なぜか相手もその話題が好きであると信じて疑わない。しかし現実は違う。興味のない話を聞かされ続けるというのは実に苦痛を伴う行為なのだ。特に、薄っぺらい知識を得意げに披露されているときにそれは顕著である。

「さちさん、紅茶が冷めますよ」

　僕の言葉でようやく久世も気がつき、

「そうだ。どうぞ飲んでください。いやあ、つい楽しくて語りまくってしまった。ははは」

　なんて軽薄な笑顔を浮かべていた。

「では、頂きます」

　さちは丁寧に会釈して、ティーポットから黄金色の液体をカップに注いだ。一度香りを嗅《か》ぎそれからそっと口をつける。なぜかそれら一連の動作を見ていた久世が、あはあ、という気色悪い声をもらした。

「美味《お》しいです」

　とさちが云い、

「よかったです」

と僕と同時に久世が云い、僕は久世を睨みつけた。

「チーズケーキもいかがですか」

久世が云うと、さちが返事をする前に「すまんな」と亜門が答えた。

「貴様には奢らんぞ」

久世は目をむくが、亜門はどこ吹く風である。

「チーズケーキをふたつ」

ウェイトレスさんを呼んで、二人分のチーズケーキを注文していた。

久世は仕方なく、ご馳走《ちそう》するのはボクだ、とばかりに説明した。

「絶品です。もし苦手でしたら十倉が食べますのでどうぞご心配なく」

さちはひたすら恐縮していたが、ケーキが出るまでになんとなく奇妙な間が出来た。

そこを埋めようと思ったのか、久世は不意にさちに尋ねた。

「ボクはいくつに見えますか」

「十倉さまと同じ、二十歳であると伺っております」

さちが控えめにそう答えると、久世はさらに訊《き》いた。

「二十歳に見えますか」

「はい、二十歳と聞けばそのようにしか見えぬものでございます」

「あなたは頭がいい」

意味がわからないことを嬉《うれ》しげにのたまう久世である。だが、そこから再び人より二年遅れることについての述懐が始まった。

「まあボクは十倉とは違い、病気による遅れなのですがね。大学というのは特殊です。生まれ年が同じとはいえ、二年生、三年生という便宜上先輩という位置にあるやつらは、ことさら敬語を強要してくるわけです。大学という狭い庭を出れば、二十歳と二十歳の付き合いでしかない。それなのにわずか一年、二年、大学に入学したのが早いというだけで先輩面です。実に奇妙だと思いませんか。ボクだって好きで二年遅れたわけではない」

それから、まあ好き好んで二年遅れた変わり者もいますが、と亜門を見た。

それに対し、なんだ、と亜門は嘯《うそぶ》いた。

「おまえは気にしすぎなのだ。小人の小人たる所以《ゆえん》だ。俺などよほどの人物でもない限り敬語など使わぬぞ。だいたいがひと目で自分以下の資質しか持たぬとわかるというのもあるが」

「こいつは放っておきましょう。誇大妄想狂なのです」

久世はあっさりと亜門を突き放した。それから僕の方を見る。

「しかし、同じ失敗を二度繰り返すのも愚かだと思いませんか」

――今度は僕か。

そう久世を睨むと、亜門も頷いた。

「普通一浪すれば懲りるものであるな」

「しかも十倉は、現役の時も、一浪の時も、地元の大学は受かっていたらしいのですよ。それを何を追い求めたのか、この東京の私立の中堅大学に固執した」

「初耳です」

さちも僕を見た。亜門も久世も見つめてきた。

「では訊くが、おまえらこそどうしてこの大学に来たのだ」

とりあえず僕が話をそらすと、

「ボクは女の子が多いからだ」

久世は馬鹿正直に胸を張った。「おしゃれでかわいい女の子が多いと聞いたからだ。ここはボクの学力で望める最高の大学であり、かつ女の子が多いところを選んだ結果なのだ」

続いて、亜門が答えた。

「俺は吉祥寺に住もうと思っていただけだ。一番近い大学がここであった」

「なぜ吉祥寺にこだわった」

久世が尋ねると、

「そこまで答える義理はない」

亜門はあっさり答弁を拒否した。

「まあ何にしても、そういうわけだ。十倉だけがよくわからない。なぜ二浪なんて無駄なことまでしてこの大学に来たんだ？　昨日の飲み会での話といい、亜門はなんか知ってるのか？　誰かが死んだとかなんとか云ってたが、あれはなんだ」

その久世の問いに、亜門は黙してただ目を瞑《つむ》った。

俺の云いたいことなどもうわかり切っているであろう、というそのふんぞり返る仕草に、逃げ場を失った僕の心臓はきゅうと痛み始める。何と説明したものか。というかそもそも、僕の事情など他人に説明する必要があるのか。

と、その時であった。

「世の中に無駄なことなどひとつもないような気が致します」

突然、さちが凜《りん》とした声を響かせた。

は、と全員がさちの方を向く。

さちは両手をスカートの上でぐっと結び、背を伸ばして云った。

「私には浪人生というものの辛《つら》さ苦しさはわかりませんが、推察するに出口の見えぬ暗闇でもがくような日々であったことと思います。しかし、十倉さまはそれに打ち勝った方なのです。暗闇に心とらわれることなく、見事に出口を探し当てた方なのです。人よりもずっと濃い闇であったことでしょう。心ない人々の嘲笑《ちょうしょう》に涙する日々であったことでしょう。それだけに十倉さまは賞賛されるべきであり、けして蔑《さげす》まれる人ではございません」

一同、しんと静まった。

そして、最初にその沈黙を破ったのも黒坂さちであった。

「……いえ、あの、突然、生意気なことを申しました」

彼女は、消え入りそうな声で謝った。

「いや、さちさんの云う通りです」

久世が頭をかいた。

「二浪はたしかに辛い。謝ります。すみません」

「すまん」と亜門も珍しく謝罪した。

「なんでもいいが、僕を肴《さかな》にするのはやめてくれ」

僕は唐突に立ち上がった。

「人には事情があるのだ。そして解決せねばならないことは、その者に解決出来るだけの準備が整った時に解決されるのだ。熟した柿が地に落ちるように解決されるものなのだ」

「なんだ、どこか行くのか」

そうこちらを見る久世に、

「すこし用事がある。あとはふたりで打ち合わせてくれ」

そう告げた。紹介者が場を中座するのは礼に欠けるかもしれないが、ここには亜門もいる。久世も迂闊《うかつ》なことは出来まい。それよりも今の自分はそろそろ無理矢理にでも柿を熟させて地に落とさねばならない。

「逃げるのをやめたか」

亜門が小馬鹿にするようにそう云い、

「逃げてなどいない」

僕は達磨《だるま》のようなその顔を睨みつけてやった。

そして飲みかけのコーヒーを一気に呷《あお》り、一度も振り向かず颯爽《さっそう》と店を出た。

「まったく、クソである」

店を出て思わずそう呟《つぶや》いてしまい、はっと気がついた。

それは一年半前にこの世を去った友人——才条三紀彦《さいじょうみきひこ》が僕に云った最初の台詞であった。

確か高校の入学式が終わり、それぞれのクラスで担任の到着を待っている時のことである。

「まったく、クソだな」

隣の席のやつと、昨晩姉と観た映画について語っていると、背後からその声が聞こえた。

「おまえは上っ面だけを見てすべてを理解したような台詞《せりふ》を吐く。凡百の人間からはそれで幾《いく》許《ばく》かの賞賛を得られるだろうが、本物の人間からは心の中で軽侮の言葉を浴びているだけだ」

驚いて振り向くと、僕の席の真後ろにはどこか狐を思わせる顔立ちの男子生徒がこちらを睨《にら》みつけていた。それが才条三紀彦であった。

「僕のどこを見て、クソだと云うのか」

憤慨して尋ねると、才条はつまらなそうに鼻を鳴らし、

「怒ったか」

と口元を歪《ゆが》めた。やつ特有の皮肉な笑い方だった。後にそれほど悪気があるわけではないと知ったけれど、この笑い方のせいで才条は無用に敵を作った。いや、むしろ敵を作るのが趣味、とでもいったような放埒《ほうらつ》さがやつにはあった。

「おまえはあの映画のどこを見てそんなに絶賛しているのだ。大富豪に拾われた娼婦《しょうふ》が金の力でどんどん魅力的に変貌《へんぼう》していき、やがてそれがふたりに特別な感情を引き起こす——確かにそれが映画『プリティ・ウーマン』のあらすじだが、そのどこにそんなに興奮しているのだ」

「素晴らしいじゃないか。自分に欠けていたものを互いの中に発見するというのは、古今、恋愛映画の王道だろう」

するとと、才条はため息混じりに首を振って云った。

「あれはそんな単純な映画じゃない。いいか、おまえはどうせ必死に字幕を追いかけて観ているのだろう。字幕というものにはルールがある。ひとつの字幕を表示出来るのは六・五秒以内と決められているのだ。話者が変われば全体を切り替えねばならないし、映画全体の意味がより素直に理解出来るよう、時に台詞すら改変されている。つまり、おまえが観た『プリティ・ウーマン』は、本来、監督であるゲイリー・マーシャルが作ろうとしたものからすこしずれた代物となっているのだ」

そこから延々やつは熱く語り始めたわけだけれど、すべてを聞いてようやく理解出来たのは、どうもこいつは『プリティ・ウーマン』という映画をおまえよりもずっと愛している、と云いたかったらしい。この俺を差し置いてこのクラスで『プリティ・ウーマン』を語るな、というのが、自己紹介もまだ済まぬ新学期のクラスでやつが僕に絡んできた理由であった。

「まったく、クソだな」

才条は、最後にまたそう吐き捨てた。

「どいつもこいつも何もかも、クソだ」

そう——才条三紀彦は常に何かしらに怒っていた。クラスメイトの言動を聞いては怒り、担任の言い間違いについて怒り、テレビ番組について怒り、世界情勢に怒っていた。そのたびに、クソだ、クソだ、と連呼していた。怒りっぽい妙なやつがいる。そうクラスでは受け止められ、絶えず孤立していたように思う。だが彼はそんなことを気にするやつではなかった。

小学生の一時期まで外国で育った帰国子女であり、英語を始め、各教科まんべんなく勉強は出来たし、スポーツも常人以上にこなした。頭の回転が速く、アイデアマンでもある。ずば抜けた行動力を持ち、詩を作り、油絵を描き、バイオリンを演奏した。それら才能の一端を煌《きら》めかせるごとに、クラスの女子たちは大いに騒ぎまくったけれど、なぜか彼はそんな女子たちも邪険にしていた。今ならわかるが、彼は自分の技量がたいしたものではないと理解していて、それを褒めそやす人間の審美眼を軽蔑《けいべつ》していたのだと思う。とにかく当時の僕ら、高校一年という年齢では理解するのがひたすら難しいやつであった。

たとえば、彼は高校一年にして新たに部を立ち上げてみせた。ラジオ研究部という名称で、高校にはすでに放送部というものがあるにも拘《かか》わらず、彼はFM放送にこだわった。FM発信器をなんとか手に入れられないか。そう目論《もくろ》んだ彼は、ネットや本で調べまくり、ある大学教授の名を知った。さっそくラジオメディアで有名なその教授を訪ねた彼は、半ば非合法的に発信器と電波法の抜け穴を授けられた。そこから学内の教師たちを説得し、暇なクラスメイトの名を借りてたちまち高校内に部を立ち上げていた。僕は当時、身長を伸ばしたくてバスケ部にいたのだけど、試合中の接触で膝《ひざ》を怪我して一年生にしてすでにレギュラーの夢が断たれ、すこし腐っていたところだった。授業が終わってもバスケ部に顔を出すのが憚《はばか》られ、部室棟を意味もなくうろついていた時に、そのラジオ研究部の前を通りかかった。鉄の扉が開け放たれていて、中から聞いたことのない音楽が流れていた。引きつけられるように中を覗《のぞ》くと、そこに才条がひとりでいた。大きなヘッドフォンをつけ、懸命に何かの機械をいじっている。

「おお、おまえ」

こちらに気がついた才条はそう云った後、「十倉だっけか」と付け足した。彼が僕の名前を覚えていることが意外であった。

「入れよ」という彼の言葉に、僕はそこに足を踏み入れた。そして、その異次元のような空間に圧倒された。どこから持ってきたのか、他の部では絶対に見られない三人がけのソファがでんと置かれ、その横には木材の棚があって、無数の本とCDとレコードが積まれている。窓際のどでかい机の上には、レコードプレーヤーと幾つものステレオ機器、そして部屋の四隅には球体のスピーカーが置かれていた。それらデジタルとアナログが奏でる不協和音を見事に渾然《こんぜん》一体とさせているのが、壁に貼り付けられた無数のポスターや映画のチラシである。マーヴィン・ゲイ、ジャック・ケルアック、レオス・カラックス、チェ・ゲバラ、ボブ・ディラン、ミッシェル・ガン・エレファント、ビョーク。他にも確認しきれないほど無数の表現者たちが、静かにこちらを見つめていた。恐らく部室の原状回復義務など考えもしなかったのだろう。水に糊《のり》を溶かしてポスターに塗りたくり、二度と剝《は》がせぬように仕上げてあった。それはまるで壁自体が一種のアートであるかのようにそこに屹立《きつりつ》していた。

僕が目を丸くしてラジオ研究部のあちこちを眺めていると、

「驚いた？」

と彼は嬉《うれ》しそうに云った。

「ここは、俺の城だ。俺だけの城だ」

それから、時々彼の部室へと遊びに行くようになった僕は、彼の放送するFM放送をその場で聴いた。オンエアはお昼時間と放課後だった。番組制作もＤＪも彼がこなした。ＦＭ受信できる安いラジオを小遣いで大量購入した彼は、それを各クラスに配り「腐った学内放送なんかより俺のラジオを聴け」と云って回った。最初のうちは放送部との軋轢《あつれき》を生み出したけれど、やがて彼の作る番組の質の高さに徐々にファンがつき、入部希望者も増えていった。当時、その様子をアンチ才条の筆頭格であった同じクラスの田中《たなか》が「まるで彼の脳みそが学内に垂れ流されているようだ」と述べていたが、云い得て妙だ、と思ったものである。

確かに、そこ、ラジオ研究部は彼の脳であり、彼だけの脳であったのだろう。

僕らが二年に進級し、奇抜で目立つラジオ研究部にはどんどんと後輩も入ってきたけれど、そのほとんどが才条の桁外《けたはず》れの行動力について行けず、部員としてなかなか定着しなかった。数名の根性ある部員たちがなんとかへばりつくように在籍していたけど、彼らも徐々にストレスを募らせたのであろう。二学期になってついにクーデターを起こした。部室は彼だけの施設ではない。そんなしごくもっともな理由で部長・才条を告発した。

自ら立ち上げた部に追放された彼は、さすがにしょげたようであった。

そんな才条を見かねて、ある日、僕は彼を家に誘った。特に意味はなかったように思う。ただ、あれだけ高慢で煌《きら》めく行動力を持つ彼がどんよりと暗く沈んでいるのが間違っているように思えただけである。しかし当然、居間に案内しても話すこともなく、仕方なく映画好きの姉が溜《た》め込んでいた無数のＤＶＤを観るようになった。そしてそれがなぜか放課後の日課になってしまい、ふたりして毎日浴びるように何かしらの映画を観続けることとなった。

「どうして日本映画はいつもピントがズレているんだ？」

しかし、やはり才条は怒っていた。

「どうして演技も出来ないやつを映画に出す?」「ヘタクソが芸術家ぶってやたらカットを切るな」「日本映画界の才能の枯渇ぶりには、殺意すら覚えるな」「海外の学生なら、遥《はる》かにましなものを撮るぞ」「ああ、観ているだけで、こちらの感性が腐っていくようだ」「もう二十年は日本人は映画を撮るな」

画面を睨みつけるように、ひたすら罵詈雑言《ばりぞうごん》を口にしていた。

「うるさいな。そこまで云うなら自分で撮れ」

思わずそう云ってしまってから、しまったと後悔した。

才条の瞳《ひとみ》は、きらりと光り始めていた。

そう――思えば、ここから彼の真の暴走が始まったのだ。

才条は次の日には、高価な八ミリフィルムカメラ一式を一括購入していた。照明器具は有り合わせのもので、ネットや本で仕入れた撮影知識のみで、徒手空拳《としゅくうけん》、本当に映画を撮り始めた。元来、口がうまく、文も書ける男である。学内の見目麗しい少女たちを次々に口説き落とし、彼の映画に出演させた。たちまち十分くらいの短編を数本撮り上げ、そのうちの一本は新潟かどこかで開催された学生フィルムフェスティバルで賞を取ったらしい。それで気を良くした彼はますます映画にのめり込んでいった。その様子は、ラジオ研究部に注いだ情熱の比ではない。高価なパソコンも揃え、デジタルビデオカメラや三脚、簡易照明なども揃えた。僕は彼の雑用係としてかり出され、あちこちへとついて行くはめになった。だが、それが苦しかったわけではない。むしろ楽しかった。才条が切り取る映像は後で見せてもらうと確かに美しいものであったし、編集された作品として観ればそれは確かに物語となっていた。何もないところから、いろいろな人間を動かし、ときに暴君と化してひとつの物語が出来る様は、魔法を見ているような心地であった。まともな絵コンテも切らず、脚本も殴り書きのような即興ではあったけど、あいつの頭の中には確かに表現すべき物語が存在しているようであった。

無論、この当時、僕はまだ映画嫌いという人間ではない。

実をいえば、むしろ映画は好きであった。もともと次姉が映画鑑賞中につまむポテトチップス目当てで、姉の映画鑑賞に同席しただけであるけれど、恐らくは同年代の平均鑑賞数で上位にランクされるほど観ていたろう。年齢的に王道ハリウッド映画以外にあまり面白みは感じなかったけど、とりあえず映画における最低限の感性は磨かれた。そして、それは高校に入学して才条三紀彦と出逢《であ》うことによって、幸か不幸か初めて役に立った。

それは確か、彼が八ミリフィルムの大作に半年がかりで取り組んでいた時のことである。

「おい、十倉。おまえこないだここはモノトーンで撮るべきだとか云ったよな」

ある日、彼がそう尋ねてきた。

続けて「何故だ」とすごい顔で睨《にら》まれた。正直、そんなことを云ったのも忘れていたうえ、適当に口にした台詞《せりふ》であったので、才条の剣幕には驚いた。記憶を掘り返し、次姉と観た映画でそういうシーンがあったのを思い出した僕は、その映画のタイトルを挙げた。すると才条は頷《うなず》き、

「確かにあの映画にはそういうシーンがある。だが、この作品で同じ効果が得られると思うか」

その問いに、僕は目を閉じた。

完成まであとわずかであったここまでの映像と、才条が繰り返し熱く語った映画論により、僕の脳内ではすでにこの作品の完成イメージが出来ていた。その頃には、冒頭のシーンを語られただけでそこから妄想が暴走してひとりで感涙してしまうほど、才条の撮る独特な癖のある映画世界にハマっていたといえる。なぜかこいつの撮る映画には不思議な重力があったのだ。

問題のシーンがモノトーンで撮られたイメージを思い浮かべ、頭の中でテーマ音楽を再生したら、ぐわわっと鳥肌が立った。一気にラストシーンへとイメージが加速していく。そこではすべての登場人物の葛藤《かっとう》がより効果的に融合していた。すべてのキャラクターが微笑みを浮かべ幸せそうに肩を組んで歌っているかのようであった。

目を開けた僕はやはり感涙していた。

次の瞬間、彼は目の奥をきらりと輝かせ飛び跳ねた。

「そのアイデアもらうぞ」

そう云うなり、彼は姿を消した。消した、というのは文字通り学校に来なくなった。なんと十日近く無断欠席が続いた。学校から家に連絡もいったが、親ものんびりしたもので「そういえば二、三日姿を見てない」などと云ったらしい。すぐに捜索願が出されたけど、警察が本格的に動く前に彼は地元の山の麓《ふもと》で発見された。カメラ機材と食料などを持ち、山にこもっていたのだという。保護されたとき、光が、光が、とうわごとのように呟《つぶや》いていたせいで精神状態も心配されたが、一晩寝るとあっさり元気になり、そして撮った映像をすぐに現像に出した。

上がってくるまでの一週間は、彼はずっとわくわくとした顔で「見てろよ、十倉」と繰り返していた。ひょっとしてこいつはこもった山で何か怪しげな物の怪《け》に取り憑《つ》かれたのではないか。そう僕はひとり案じていた。

フィルムの現像が上がってくるとすぐさま彼は編集作業に入り、また家にこもった。今度はちゃんと欠席届が出ていたけれど、僕はひそかにやつの出席日数を計算して心配した。あと数日で留年が決まる、というタイミングで彼は学校に現れ、そして僕にだけひとこと告げた。

「完成した。すげえの出来た」

その映画は本当にすごかった。『湖老《ころう》』と名づけられたその映画は、海外のインディーズフィルムフェスティバルでグランプリを獲得した。権威あるその賞を、日本人の、しかも現役高校生が獲得したというのは異例中の異例であったらしい。才条は映画フリークが読むような雑誌でインタビューも受けていた。そういう事後の騒ぎに彼は興味がなかったようだけれど、この映画をきっかけにやつの映画に対する想いはいよいよ拍車がかかり、もう僕には理解できない映像実験を繰り返す日々となった。

そんな才条は、ぎりぎりの出席日数で高校を卒業した後、東京の大学へと進むことにしたという。いつの間にやら受験していたらしい。常々「映画を学ぶには海外だ」と云っていたので、それは意外なことであった。本場アメリカで評価されたのになぜ東京なのだ、と尋ねると彼は云った。

「日本を馬鹿にするにも、日本を知らないとならん。日本を知るには東京を知らないといかん」

僕は地元の大学に受かっていて、そこに進学するつもりでいたのだけど、ご存じのようにそれは頓挫《とんざ》することとなる。僕の人生を大きく変えるその出来事は、卒業式の次の日に起きた。

すこしつき合えよ、という彼の言葉に、軽い気持ちで「うむ」と答えたのが間違いであった。

彼が僕をつき合わせたのは、阿蘇山《あそさん》の登頂である。何を思ったか、日ノ尾《ひのお》峠から天狗《てんぐ》の舞台、そして高岳《たかだけ》に抜けるコースを歩こう、と彼は云いだした。二日がかりの難コースではないか、と僕は逡巡《しゅんじゅん》したけれど、結局押し切られた。彼の言葉には常に力があり、聞いているとふわふわとした心地になり、いつの間にか夢のような話に乗せられているのである。

南阿蘇鉄道で高森《たかもり》駅まで行き、前日に鍋《なべ》の平《ひら》キャンプ村で一泊した。ここは、四月から開くキャンプ場であり、はっきりいえば不法侵入であった。標高七百五十メートルに位置するキャンプ場には誰ひとり存在せず、そしてとてつもなく寒かった。ふたりして首もとまでジャンパーのフックを上げ、レトルトのカレーとご飯を温めて食べた。食後にコーヒーを沸かすとそれをゆっくりと飲んだ。飲み終わると特に話もせずに、僕らはテントの中で丸くなった。思い詰めたような表情をする才条は大抵何かを必死に考えているときであり、そういうとき、僕も不必要に話しかけることはしない。

翌早朝、日ノ尾峠に向けて出発した。ごつごつとした火山岩の転がる、足場の悪い岩山をひたすら歩き、お昼前には天狗の舞台に到着した。もともとはここから高岳まで行くと云っていた才条だったけれど、そこで用意してきた昼ご飯を食べ終わっても、座り込んだまま動こうとしなかった。ひたすら眉根《まゆね》を寄せ、遥か地平の尾根の連なりを睨んでいた。

「どうしたんだ、才条」

ついに僕がそう尋ねると、

「なあ、十倉」

才条は、冷気に鼻を赤くし、透き通るような蒼天《そうてん》を眺めつつ云った。

「一緒に東京に来ないか」

その声は掠《かす》れ、静かに風に流された。

「なんだって？」

「おまえも東京に来ないか、と云ったんだ」

「僕はもう進学先が決まっている」

そう答えると「そんなところやめろ」と云いだした。

「何を今更云うのだ」

「今だから云うのだ。だから、おまえをここに連れてきた」

そう言うと黒々と隆起する、〝天狗の舞台〟と呼ばれる火山岩の固まりを差した。そこは、天空の神々に捧《ささ》げる舞いを天狗が捧げる場所、ということで名づけられた大自然の景観である。薄い澄み切った青空と大地の尾根に挟まれた空間で手のひらを広げ、才条は立ち上がった。

「見ろ。人生など所詮《しょせん》一場の舞台だ。どう踊るかはそれぞれだが、踊りきらんやつは男ではない」

「それはわかるが、もう決めたのだ」

「では訊《き》くが、十倉。おまえはその大学でいったい何を学ぶ」

僕は、法律だ、と答えた。

「何の為の法律だ」

「法とは、この世界すべてで暮らす人々の指針となるべきものであろう。それを学ぶ」

「学んでどうする。法など変わるぞ。世の中の仕組みとともにいくらでも変わる。そんな浮ついたものを追いかけてどうする。男子ならば、未来永劫《えいごう》変わらぬものを追いかけろ」

「未来永劫変わらぬものとはなんだ」

「わからん」

才条は、澄み切った空に問うように天を見上げた。

「わからんが、俺はそれを映画の中に見た。それをいつか映画で摑《つか》んでみせる」

そして、見ろ、と四界を指すように腕を広げ、

「高岳、根子《ねこ》岳、東峰《とうほう》、大鍋《おおなべ》。あれらをおまえの祖先と思え。そしてこの天狗の舞台をおまえのちっぽけな人生と思え。おまえはここでどう踊るというのか。祖先を前にして恥ずかしくない踊りを踊りきれるというのか」

才条三紀彦は、あの日〝天狗の舞台〟でそう僕に問うた。

何を踊るのか。

人生という舞台で、いかに踊るのか。

それは、初めて僕の胸に突きつけられた避けようのない問いであった。そして彼は、無責任な言葉を僕の胸の奥底に残し、意気揚々と東京へと旅立っていった。

最後に駅で見送った才条は、待ってるぞ、と呵々《かか》大笑し電車に乗り込んだ。発車した電車が小さくなって視界から消え去っても、あの日、天狗の舞台で云われたその言葉と、才条の高らかな笑い声は僕の耳奥にいつまでも漂っていた。

そして——

二年もの歳月を費やし、才条を追いかけた僕は、ここにいる。

もうあいつのいない東京で、なぜかだらだらと日々を浪費するだけの毎日を送っている。

すべて才条三紀彦のせいであり、映画という魔物のせいである。


——と。

気がつけば、そこは見知らぬ路地であった。

駅前の喧噪《けんそう》から一歩離れると、静かな佇《たたず》まいを見せるのが吉祥寺の街の特徴のひとつであったけれど、僕はいつしかひとりそんな狭い路地のひとつに迷い込んでいる。

「はて」

辺りを見回すが、まるでここがどこだかわからない。古い木造の家が建ち並び、ひとつふたつ向こうの通りからはたくさんの車の排気音が響いてくるから、そんなに大通りから離れたわけではないらしい。

「いかん、そろそろこの思考迷路に浸る癖をどうにかせねばなるまい」

そんなことを呟いたとき、ふと通りの先に一軒の古書店を見つけた。

軽く三十年は経た石造りの建物である。近づき、ガラス越しに覗《のぞ》いてみると、狭い店内には天井まで本がうずたかく積まれていた。しかし雑然とした印象はなく、店主が一冊一冊の本を選んでおいていることが感じられた。佇まいからすると昨日今日開業した店ではない。僕は誘われるように扉をくぐった。

中にはひとり客がいるだけで、あとは奥のカウンターに店主らしき初老の男がひとり座っていた。白い口髭《くちひげ》にエンジのベレー帽が似合っていて、実に店の雰囲気と調和していた。いらっしゃいませ、などの声もかからない。何を隠そう、僕はむやみに声をかけられる店が苦手であった。何か買わねば悪い気がして、落ち着いてものを見ることができなくなるのである。その点、この店はいい。書の香りと、どこかから静かに流れるジャズだけがある。客は空気のようにただ書の声を聞くことに集中すればよい。

僕は店内の本棚に積まれた様々な本の背表紙を楽しんだ。心に留まるものがあれば取り出して、開いてみる。中の文を目で撫《な》でるように読み、また戻す。それを繰り返す。思わず時間も目的も忘れかける実に宝石のような時間であり、ふとこのような店で働けぬか、と思った。さりげなくどこかに「アルバイト募集」などと書かれていないか探してみる。しかし、どこにもそんな貼り紙などなかった。

ため息混じりに店を出たところで、背の高い男とぶつかった。

「すみません」

一言謝り、彼の横をすり抜けようとしたときだった。

「ああ、十倉くんじゃないか」

「は」

見上げると、その人物は、今時あまり見ないデザインの帽子を目深にかぶり、よれよれのスプリングコートを着込んだ妖《あや》しげな男であった。ひょろりと背が高く、どこか食えない魔法使いというイメージである。よくよく顔を見たけれど、とんと覚えは無い。

「どなたでしたか」

そう尋ねると、彼は笑った。

そして実に人なつこい目で云った。

「伊祖島《いそじま》です」

「イソジマ？」

「1Aの、伊祖島です」

「1Aって……え？　イソジマ？」

まさか、イソジマってあの——友楼館の生ける都市伝説、伊祖島氏か。

僕は驚き、慌てて頭を下げた。

「すみませんでした。2Cの十倉和成《かずなり》です」

「知ってるよ。引っ越してきたときに見ました。名前もポストに書いてあった」

にこにこと笑うその長い顔は、どこかラクダに似ている。目がかわいらしいせいか、完全なる年齢不詳である。同年代にも見えるし、遥《はる》か年上のようにも思える。

「初めまして。入居翌日、ご挨拶《あいさつ》に伺ったのですがいらっしゃらなかったようで」

「ああ、うん。部屋ではヘッドフォンしていることが多いから。でも、君でしょ？　扉に手紙入りタオルをかけておいてくれたの。あれもらっていいのかな」

「もちろんです。引っ越し挨拶のつもりでした」

「ああいうのは自分じゃ買わないよね。特に男は買わない」

ひとり納得したように頷《うなず》き、そうだ、と伊祖島氏は僕を指差した。

「君はこれから時間あるの？」

「あるといえば、ありますが」

「よかったら、お茶を飲みませんか」

お茶はいいのだけど、いかんせん先立つものがない。

「タオルのお礼というわけでもないですがご馳走《ちそう》します。それに――」

伊祖島氏はそう云うと、にこりと微笑んで付け足した。

「ちょっと君にお話もあるしね」

あまり知らない人間と話すのを得意としない僕ではあったけど、伊祖島氏のフレンドリーな雰囲気につい押されて頷いてしまっていた。


「もう、うちの大学には慣れましたか」

席につくと伊祖島氏はそう尋ねてきた。

「慣れすぎているような気がして、日々焦っております」

そう答えつつ、僕は店内を珍しげにぐるぐると見回した。

伊祖島氏が連れて来てくれたのは、地下にある隠れ家のような喫茶店である。石造りの壁をアンティークの照明が照らし、さながら禁酒法時代の秘密酒場のようであったが、やってきた長髪のしゃれ者店員に出されたメニューを見て驚いた。一番安いアイスコーヒーでさえ六百五十円もする。何を注文してよいものか躊躇《ちゅうちょ》していると、伊祖島氏は迷うことなく「ブルーマウンテン」と云っていた。さりげなくメニューで確認すると、千三百五十円と書かれていた。僕は伊祖島氏を見た。この人はブルジョワか。食えない魔法使いではないのか。

「どうしたの？　好きなものを頼みなさい」

「は」

僕は店員に六百五十円のアイスコーヒーを指差した。

先ほどすでにコーヒーを飲んでいたので別のものにしようかとも思ったのだけど、他のメニューがあまりにも高く、遠慮したという事情がある。だがそんなこちらの内心を知ってか知らずか、伊祖島氏は帽子をとってニコニコとしていた。帽子の下は肩までかかる長髪であった。いよいよ年齢不詳である。

「あの、伊祖島さんは今、うちの大学と云われましたが――今、何年生なのですか」

「私かい？　ははは。今三年生だよ。なかなか単位をとらせてもらえない」

「あの、ええと」

「歳かい？　今年で三十になる」

「三十」

地平の彼方《かなた》の領域である。

「いやあ、気がついたら三十だよ。そしてたぶん、気がついたら六十なのだろうね。そして死ぬときにきっと思うのだ。あっという間だったなあ、と」

「なるほど」

「だから、十倉くん。君はやりたいことはやれるときに全力でやるべきですよ」

なんと答えてよいかわからず、とりあえず「はい」と曖昧《あいまい》に返事をしたところに、さっきの長髪しゃれ者店員がコーヒーを運んできた。しかし、僕はコーヒーよりも彼の髪形に目を留める。そっと伊祖島氏の長髪と見比べ、はてと首を捻《ひね》った。ふたりは同じ長髪であるのに、そこには何か明確な差があった。店員さんの長髪はどこか芸能人のようであり、伊祖島氏の長髪は仙人のようである。この醸し出すオーラの違いはどこにあるのか。コーヒーがテーブルの上に並べられていく様子を見つめつつ、双方の髪を比較検討し——

「ああ、そうか」

やがて合点がいった。そこにあるのは「伸ばしている」と「伸びちゃった」の違いである。髪など誰でも放っておけば伸びる。うちの大学の文化系部室など長髪野郎の巣窟《そうくつ》である。ところが長めの髪が自分に合うという明確な意思のもと、計画的に伸ばした髪はやはりそこはかとない気品が漂うものらしい。ただ野放図に伸びた髪が雑草だとしたら、彼らしゃれ者の長髪は品評会用に育成された薔薇《ばら》なのだ。

「すっきりしました」

思わず口にしてしまった僕に、伊祖島氏は微笑んで云った。

「その観察力」

「は」

「やはり向いているのだろうね」

その言葉に首を捻りつつ、僕はアイスコーヒーに口をつけた。ところが、そのアイスコーヒーはかつてどこで飲んだものよりも遥かに苦みばしる凄《すさ》まじい美味《うま》さであった。つい先ほどコーヒーを飲んだことを忘れるほどの切れ味があった。のけぞる僕に伊祖島氏は云った。

「ここのアイスコーヒーはちゃんと淹《い》れているからね。たしか十杯分ずつくらいしか作り置きしないはずだ。僕も夏はいつもそれだよ」

アイスコーヒー道おそるべし、と思いながらも、僕は話を先に進めた。

「で、何かお話があるとのことでしたが」

「ああ、いや大したことではないのですが——君は田舎はどこなのですか」

「田舎？　実家は熊本です」

「ああ、いいところですね。昔旅行で行ったことがある。熊本城は美しかった」

「清正公《きよまさ》は偉大です」

何の話か。そういぶかしく思いつつ話を合わせていると、

「熊本といえば」

伊祖島氏は唇を手でこすりつつ、唐突に告げた。

「才条くんも、たしか熊本だと云っていたな」

その特別な固有名詞に——僕の心臓はどくんと高鳴る。

「まさか知り合いだったりしないですよね。才条三紀彦くん」

「はい。知りません」

そう答えた僕の声は、自分でもわかるくらい掠《かす》れていた。

「キネマ研究部に所属していた子なのですが、素晴らしい才能を持っていた」

「伊祖島さんは、ひょっとしてキネマ研究部の方ですか」

そう尋ねると、ああうん、とすこし恥ずかしそうに俯《うつむ》く。

「まあ、現在はお邪魔していると云ったほうがいいかな。あまり褒められた出席状況ではないのだけど」

「そうですか」

「まあ、そもそも映画などひとりでも撮ろうと思えば撮れるのです」

伊祖島氏はそこから、映画とは何か、リュミエール兄弟から始まる映画百年の歴史、日本映画界の現状などを熱く語り始め、僕はうんざりとした。同じである。才条といい、久世といい、伊祖島氏といい、どうしてこう映画に心奪われた人間は熱に浮かされたように同じようなことを語り始めるのだろうか。

「失礼ですが」

僕は口を挟んだ。「僕は映画があまり好きではないので、よくわかりません」

「ほう、これは珍しい。映画をあまり観ないという人はいるけど、嫌いなの？」

「嫌いです」

「もし良ければどうしてか教えてください」

「映画を撮る人間というのは、他が見えなくなる。撮っている映画のことしか考えておらず、その為に周りの人間がどれだけ迷惑を被っているのかまるでわからなくなる。周囲を引きずり回すだけ引きずり回して、無数のトラブルを巻き起こす、自分勝手な人間です」

「ああ、君の言葉は身体中に刺さる」

「別に、伊祖島さんをどうこう云うつもりはないのですが」

「いや、君の指摘は正しい。映画人というのはおおむね人間失格です。それを取り巻く業界だって勢いでどうとでも動いてしまう、実にやくざなものです。大方の人は映画というものの華やかな面しか見ませんが、確かにそういう負の側面は多くある」

僕が黙っていると、話は妙な方向に転がった。

「君は実に鋭い。そういう冷静な目を持つ人間こそ、これからの映画界には必要なのです。どうです？　キネ研に入りませんか」

「ど──」

一瞬、言葉がついえた。

「どうしてそうなるのですか？」

唾《つば》を飲みこんでからようやくそう返すと、伊祖島氏はどこか遠くを見つめるように云った。

「誰も気がついていないのだろうけど、実は、キネ研は今存亡の危機にあります」

「……はい？」

「ものを創るにおいて一番大事なものを失っている。唯一、それを持っていた才条くんが居なくなって、私はそれを知った。まあ映画など別に誰に頼まれて撮るものではない。だから滅ぶならば滅ぶのが定めか、とも思っていたのですが──しかし、そこに十倉くんが現れた」

そこで、伊祖島氏は不思議な輝きをたたえた瞳《ひとみ》で僕を見た。

「私はね、君のどこかに、才条くんに似た何かを感じるのですよ。だから君も映画を撮る人間かと思ってしまいました」

「僕は映画は——」

「大嫌い、と」

静かに微笑んだ伊祖島氏は、よくわかりました、と話を打ち切った。

「君がそこまで映画を嫌うには、何か理由があるのでしょう」

「映画が嫌いというよりも、僕は——妄想お化けたちと関わり合いたくないのです」

「妄想お化けとは面白い」

伊祖島氏は高らかに笑って、告げた。

「それは、まるで友楼館のようですね」

その冗談めかした言葉で、ようやっと僕もわずかに笑うことが出来た。

「そういえば、伊祖島さんは亜門と会ったそうですね」

話をそらすように尋ねると、伊祖島氏は頷《うなず》いた。

「ああ、あの気骨ある新入生だね」

「彼から聞いたのですが、その友楼館の不文律——つまり女人禁制というのは事実なのですか」

「うん？」

「友楼館に女性が入ると災いが起きる、というあれです。亜門が、伊祖島さんから伺った、などと云うものですから」

映画から話をそらそうと思って訊《き》いただけであり、もとより僕は信じていたわけではない。

第一、五年の昔から僕の部屋の天井裏には可憐《かれん》な女子が寄宿している。

だが、伊祖島氏はあっさりと云った。

「本当ですよ」

「え――」

すると伊祖島氏は、自分の顔を指で示した。

「私はかつてあの館に女性を入れてしまったことがある。その結果、映画が撮れなくなったのです」

「いや、まさか」

「映画以外の写真や動画は撮ることが出来る。けれど――」

伊祖島氏は悲しげに俯くと、ぽつりと告げた。

「映画という形態の創作意欲は根こそぎ消え果ててしまったのです」


時刻は深夜一時であった。

僕は友楼館2Cの自室で布団の中に入り、いつまでも訪れぬ睡魔の代わりに自分の中に渦巻く混沌《こんとん》に巻き込まれていた。

「……いったい、何がどうなっているというのか」

真っ暗な部屋でつい口に出してしまい、慌てて口を塞《ふさ》ぐ。

天井裏のさちは、もう寝ているのか、返事はなく、物音もなかった。

友楼館全体もただしんと静まっていた。常日頃、明け方までどこかの部屋でがさがさごそごそと音が響いているこの古館にしては珍しい。

そんな薄闇の中、何かを払いのけるように身をよじる。上京以来、東京という大きなうねりに巻き込まれているような気はしていたけれど、伊祖島氏の出現によって混沌がさらに加速した心地がする。「運命」ともいうべき逃れようの無い悪意に取り囲まれている気配がする。だいたい才条を巡る騒動も、映画に纏《まつ》わる人々との出逢《であ》いも、この友楼館を縛る『女人禁制の呪い』についても、わからぬことが多すぎる。それぞれがちょろちょろと顔を出して意味ありげなことを囁《ささや》いては去っていく。

「ああ、その通りである。確かに、僕は死んだ友人の後を追ってここ東京に来たのである」

薄闇の向こうの天井を睨《にら》みながら、いつしか僕はぽつりぽつりと語り出していた。


それは一年半ほど前——

そう、残暑の厳しい九月の終わりのことだった。

才条三紀彦の遺体は、運動部の早朝練習に出てきた学生によって発見された。工学部校舎である七号館の前の地面に、あいつはひとり横たわっていたらしい。

やつの身体のそばには、粉々になった部の八ミリカメラと、中から飛び出して感光されてしまったフィルム、それだけがあったという。だからもう、あいつが何を切り取ろうとしていたのかはわからない。事件なのか、事故なのか、ただ才条が何かの撮影中、七号館の屋上から落ちたということしかわからなかった。

まあ、誰でもいつかは死ぬ。大事なのはその死に様である。

当時、僕は才条と同じ大学に行く為に浪人中であり、才条の父親からの連絡でやつの死を知った。才条の葬儀の席で、詳しい死因など聞くことは出来なかった。親戚《しんせき》らしき人々の会話から、才条が大学の校舎の屋上から落ちた、とだけもれ聞いた。葬式会場で久しぶりに逢《あ》った彼は奇麗な顔立ちをしていた。転落死にしては遺体の損傷はたいしたことがなく、すぐに目を開けて十倉、映画を撮るぞ、と叫びだしそうであった。涙は出なかった。ただ無性に風が気になった。どうしてこんなに風が吹くのだろう、と遠く阿蘇の山裾《やますそ》を睨みながら、僕は葬儀場に背を向けた。

遺書なども見つからず、事件性もなく、結局事故死とされたらしいが、その曖昧《あいまい》な結末は、大事な一行を飛ばされた落丁本のごとき違和感を伴って心にいつまでも残った。あの才条の結末としてはあまりにも陳腐なのではないか。そう思った。

才条のいない東京に行ったところで何になろう。結局、僕は次の年、東京の大学を受けることをやめた。長兄には殴られ、父親には無言で睨まれたが、それが一浪してなおどこにも進学しなかった理由である。

正直、その頃の記憶はあまりない。

春になり、地元の運送会社でアルバイトを始めた。ただ毎日黙々と朝から夕方まで働いていたように思う。時間があっという間に過ぎる何かに打ち込みたかったのだろう。朝六時に起き、営業所で荷物を仕分け、トラックに乗り、次々に荷物を配達し、捺印《なついん》とサインを集めた。空になったトラックで今度は集荷作業に入り、また営業所に持ち帰る——そんな日々をひたすら繰り返した。社員にならないか、と営業所の所長に云われたりしたけれど、曖昧に笑って断った。高校時代の友人たちは皆それぞれの生活を送り、そのほとんどは才条という人間がいたことなど忘れてしまったようであり、僕はひとり醒《さ》めない夢の中にいるようであった。

時は過ぎ、季節は巡った。

それは、才条三紀彦の一周忌でのことであった。

式が終わり、久しぶりに会う高校の同級生たちと近況を話していると、才条の母親に呼び止められた。上品でおとなしかった彼女は、すこし小さくなったように思えた。

『息子が生前、お世話になりました』

笑ってくれていい。その時、その言葉でようやく才条が死んだのだと僕は理解した。あいつは本当に遠いところにいってしまったのだと悟った。母親に手渡されたのは、才条の創作ノートの束だった。あいつは、イラストや訳のわからない詩や痛烈な他人の悪口を書きなぐったノートをいつも持参していた。どうやらそれは、やつの鬱屈《うっくつ》覚え書きノートのようであった。

『これはあなたに渡すのが一番よい、と思いまして』

母親のその言葉をいぶかしく思いながらも、ページをめくった。それはまだ日付の新しい、東京で一人暮らしをしている時につけていたものらしかった。懐かしい才条の文字が網膜いっぱいに広がり、そしてその意味するところが脳内に溶けたとき——僕の中に何かが生まれたのであろう。やはり東京に行かねばならぬ、と決心していた。季節はすでに秋口となっていて、受験の準備を始めるにはいささか心もとない時間しか残されていない。しかし、僕は再び父親のもとに土下座した。事情は一切云わなかった。だが、再び東京のある私立大学を目指す決心を話した。死んでも受かる、仕送りもいらぬ、東京までの交通費、受験料も自分で出す。だから許してくれ、と告げた。遅れを取り戻すため、四当五落の言葉を守り、勉学に邁進《まいしん》した。

そして――

二年越しでついにたどり着いた。

才条の痕跡《こんせき》が残るはずの、私立星香《せいか》大学である。

「ここに来さえすれば、学生としてあいつと同じ場所に立てば、僕にはあいつがなぜ空を駆けたのかわかると思っていた。あいつの陳腐な死に自分の中で何らかの答えを見出《みいだ》せると思っていた」

しかし、現状はどうか。

ただ、流されている。怠惰に、日々生きることに流されている。おまけに映画と映画に関わるものすべてを忌避するようになってしまった。

「まさに絵に描いたような阿呆《あほう》です。才条がなぜあの日、工学部校舎の屋上から空を駆けたのか。常にやつを突き動かした〝未来永劫《えいごう》変わらぬもの〟とは何なのか。それを知りたくて、僕は二年に及ぶ辛《つら》い受験戦争を乗り切ったはずなのに」

いつしか、さちに語りかけているような口調になっていて、はっとした。息を潜めて様子を窺《うかが》うと、天井裏は静まったままである。

耳に痛いほどの静寂の中――

天井板の向こうの少女に思いを馳《は》せた。

さちがいる。魔都東京でけなげに生きる少女がすぐそばにいる。うら若き少女が天井の板一枚隔てた向こうにいるというその事実は、男子としてとにかく落ち着かぬ境遇ではあるけれど、今の自分には有り難い。聞いているかいないかわからないその距離感が心地よく、僕はそのまま語り続けた。

「才条が最後に居た場所に立ってみても僕には何もわからなかった。それを亜門などは、逃げている、などと云う。違う。僕は断じて逃げてなどいない。きっと人には何かを為すにおいて順番に積み重ねていかねばならぬものがあるはずです。他人から見ればそれは迂遠《うえん》な遠回りにしか見えなくとも、本人だけは真剣に一歩ずつ前に進んでいて、きっと為すべきことを為すタイミングが人によって違うだけなのです。けれど、そんなもの説明することではありませんし、説明したところで本当のところ理解してもらえぬでしょう。人とはそういうものです。話さなければわからぬ人間など、結局話してもわかったような顔をするだけなのです」

そこまで口にして、才条がいつも何かに苛立《いらだ》っていた様子を思い出す。ひょっとすると、あいつも同じようなことを感じていたのではないか。

「そうです——そうなのです。自分自身の立ち位置を明確に理解している人間などいやしない。誰もが自分の立ち位置など理解しているわけがない。だからこそ、迷うものなのでしょう。きっと僕は、ただじっと何かが熟すのを待っているのです。逃げてなどいない。僕は——僕は」

「しかし、間違っているのでしょうか」

「やはり何かを間違っているのですか」

言葉はふわりふわりと宙に吐き出され、どこかへと溶けていく。

しかし、それは明確なる問いかけであった。自分への――そして、天井裏にいる少女への問いかけであった。だが、答えを求めているわけではない。むしろ安易な答えなど欲しくない。

だから――ただ願った。

もしも僕が間違っているのならば、何か物音を。

そして間違っていないならば、このまま静寂を。

そんな空虚な願いだけを胸に、そのままひたすら薄闇の向こうに霞《かす》む天井板を睨み続けていた。しん、と静まり返る古い六畳間で、何か、何でもいい、ひとかけらの「しるし」を待つ。おまえは間違っている、道を変えるならば今だ、と告げる何かしらのシグナルを渇望した。

しかし、そんな時に限って、この古い館には家鳴りのひとつもしなかった。遠く屋台のラーメン屋のチャルメラが聞こえてきたけれど、それはどうも違うような気がする。

つまり――

僕は正しい道を歩んでいる、ということか。

亜門や伊祖島氏の云うことなど、無視して日々このまま生きていけばよいということなのか。

なぜかまだ自分の足下がぬかるんでいるような気がしたが、そう納得しようとした時だった。


きゅううううううううう。

「…………は？」

どこかで、かわいらしい音が聞こえた。ややあって天井裏から、

「……お、お恥ずかしゅうございます」

さちの消え入りそうな声も聞こえてきた。

僕は慌てて布団から飛び出ると、電気をつけ、とっておきのカップ麺《めん》の準備を始めた。


五月に入って、久世の映画は加速した。

主演女優が降臨し、久世の薄っぺらい創作意欲がむくむくとわき上がったからしい。次々に配役が決まり、ロケ場所が設定され、幾つか脚本にも手が入れられ十五分の作品が二十二分に延びたらしいのだけど——実にどうでもいい。おかげで久世は毎日上機嫌である。たまに友楼館の廊下などで出逢《であ》うと「よう十倉くん」などと腹立たしいほどの笑顔で手を振ってきた。どうもこの男は、最近、打ち合わせなどと称してさちとも頻繁に会っているようである。さちはケータイ電話を持っていないので、僕が伝言板代わりをしているのだけど、週三回ほどは顔を合わせているらしい。同じ部屋に住む僕とて用がないのに呼び出すのも悪いと遠慮しているというのに、これはどうしたことか。

おかげで、いたいけな少女をたぶらかす久世一磨という男に対する僕の我慢はもう限界にきていた。いや久世というか、その背後で禍々《まがまが》しい光を放つ映画という魔物に対する恨みつらみ

は、いよいよ無視出来ぬほどうずたかく降り積もりつつあった。

「何を苛々《いらいら》としている、十倉」

ある日、大学の中庭でそう声をかけられ、振り向けばそこには亜門がいた。

「背中からおぞましいほどの瘴気《しょうき》が漂っているぞ」

その指摘にしばし黙したあと、僕は空いていたベンチに座った。亜門も隣に腰を下ろす。天気もよく、新緑の美しい春のお昼どきである。キャンパス内は楽しげに笑い合う学生たちで溢《あふ》れている。そんな暖かな春の陽光が降り注ぐ中、僕は、ようやくすべてを亜門に打ち明けていた。

僕が上京したその理由。

二浪までしてこの大学に来た理由。

数日前、独り言のように天井裏のさちに語ったことで、胸につかえていたものが取れたのか。どうして今までひとり胸のうちに抱えていたのかと馬鹿馬鹿しくなるほど、今日ここで亜門にすべてを話すことが出来るようになっていた。

「なるほど」

すべて聞き終えると、亜門次介は濃く太い眉《まゆ》をぐいぐい動かして目をしばたたかせた。

「おまえが映画を憎むのは、すべてその亡くなった友人が映画を撮っていたことに起因するわけか」

僕は頷《うなず》く。

「つまり、おまえが二浪してまでわざわざこの東京の私立大に来たのも、その友人の為であると。その友人の死に何かしら疑念を感じたからこそ、わざわざ上京したわけだ」

「疑念というか——いや、表向きは事故なのだ。あいつは何かの撮影中、工学部校舎屋上から落ちただけなのだから」

「ならば、何がひっかかっている」

亜門の言葉に、僕は首を振った。

「わからない。そこがわからないのだ。あいつを深く知る人間ならばすべてやつの死にどこか納得がいくまい。あいつは屋上のへりで足を滑らせるような間抜けではないし、かといって自殺をするようなやつでもない。自らを生まれついての勝者と位置づけているような図々《ずうずう》しいやつだった」

「人の死など、そういうものである」

亜門は重々しく述べた。

「親しい人間の死というのはそう簡単に受け入れられるものではない。ましておまえはその友人と同じ場所に行こうと浪人中であったのだ。気持ちの整理が追いつかず、そう思い込んでいるだけではないのか。それとも、事故でも自殺でもなければ、おまえは殺人事件などと云うつもりか」

「違う」

僕は云った。

「そうではない。そうではなくて――僕は、僕は、才条三紀彦は映画に殺されたと思っているのだ」

「映画に？」

「そうだ。あいつは映画芸術という魔物に取り憑《つ》かれたのだ。僕はあいつが映画などと関わることを止めるべきであった。それが悔いとなっているのだ」

「確かに、映画芸術とは狂気の世界だ。逆にいえば、狂人でなければ撮ることなど叶《かな》わないというものでもある」

しかし、と亜門はぎょろりとした瞳《ひとみ》で睨《にら》みつけてきた。

「悔やむだけならば熊本でも出来る。わざわざ二浪してまでその友人と同じ大学に来る意味がわからん。友人が死んだその屋上に赴けば何がわかり、何が変わると思ったのか」

……む。

云われてみれば、そうである。

そして――なぜだろう。亜門のその言葉によって、心の中に黒い入道雲のようなものがたちこめていく。

何か。この嫌な気持ちは何であったか。思い返そうと試みたけれど、しかし、それは心の黒い霧の向こうで霞むばかりである。

首を振り、爽《さわ》やかな春の風が吹き渡るキャンパスを見つめた。

思えば、昔から春という季節が苦手であった。花粉は舞うし、黄砂は飛ぶし、気温の変化激しく、突風が吹く。意味なく気持ちが沈むのも決まって春である。そんな季節に、なぜ人々がこうも浮かれるのかまるで理解できない。

「なあ、十倉」

唐突に、亜門は数メートル先ではしゃぎ騒ぐ学生たちを顎《あご》で指し示した。

「うちの大学をどう思う」

「どうとはなんだ」

「腐ってると思わないか」

「腐るといえば、いまの日本の大学などほぼ腐り果てているだろう」

そう断言すると、僕も亜門の視線の先——本館前に集う学生たちを睨みつけた。

恐らくはテニスだかスキーだかの、男女入り交じったサークル集団であった。何がおかしいのか、彼らは皆笑っていた。どいつもこいつも似たような恰好《かっこう》をして、同じようなデザインの鞄《かばん》を得意げに持っていた。そのくせ口を開けば自分は個性派だと云うやつらに違いない。普通、という言葉に傷つく軟弱ものに違いない。リアルに充足した「幸福王」と呼ばれる種族に違いあるまい。そうか。僕が春が苦手であるのは、彼ら「幸福王」が大挙して街に溢れ出すからではないか。

不思議なもので、その考えに一度取り憑かれるとそうとしか思えなくなった。

そうである。彼らのせいで、僕は二浪までして東京のお坊ちゃま大学で鬱々《うつうつ》としているのだ。彼らが僕の幸せ成分まですべて吸い取ってしまったから、僕は未《いま》だにこれといった定期バイトも見つけられず、貧困に沈み、友人の死について延々悩み続けるはめとなっているのだ。

——おのれ、幸福王め。

激しい嫉妬《しっと》心に裏打ちされた怒りを心の中でめらめらと燃やしていると、

「この大学は、腐っているのだ」

亜門は、えらそうに断定した。

「ここでうかうかと時を過ごせば、おまえも腐る。そうはなるな」

「うむ」

そんな愚にもつかぬ会話を繰り広げていたときだった。

「うはははは！」

その華やかで豪快な笑い声は、背後から降ってきた。

「もう駄目だ！　黙って聞いていようと思ったけれど、とても耐えられない」

振り返ると、そこには大輪の花のごときキリコ嬢の長身があり、苦しげに腹を押さえて笑い転げている。

「おまえか」「何の用だ」

亜門と僕が苦い顔をすると彼女は僕らの正面に回り、いつものように僕らを斬って捨てた。

「何が〝この大学は腐っている〟だい。腐ってるのは君たちさ」

キリコ嬢こと七瀬《ななせ》桐子《きりこ》は、僕と亜門と久世にとって語学のクラスの同級生である。背丈など僕とほとんど変わらぬほどあり、つややかで奇麗な黒髪に恵まれ、美人といって差し支えない容姿を持っているのだけど、いかんせん類《たぐ》い稀《まれ》なる毒舌家である。

「そんな風だから、君らは幽霊館の妖怪《ようかい》と呼ばれるんだろう」

「なに」

初耳であった。

「僕らはそんな呼び名をされているのか」

「知らなかったのかい？」

キリコ嬢は、モデルのような高い身長をそらして云う。

「君たちは譬《たと》えるならば、化石だ。化石でなければ、古代魚だ」

「どういう意味だ」

「君たちは、まるで月のない夜道で必死に道を探しているようだ。そしてその道にどれほど強い足跡を残せるかに命を賭《か》けているというかなんというか。要するに暑苦しいんだ」

「暑苦しいのは、亜門だけだ」

僕が云い返すと、

「いいや、君も充分暑苦しいよ」

キリコ嬢は鼻で笑った。

「そもそも、目が暗い。自分では気がついてないんだろうけど、盲目的にいつも何かを考えてる。ある意味男子の魅力のひとつだけど、度が過ぎればそれは周囲に近寄りがたいオーラを放つ」

現役合格の彼女は今、十八歳である。いくらこの大学において同じ一年生であろうと、遥《はる》か人生の先輩たる二十歳の僕らに対する口調ではない。しかし、キリコ嬢は講義中の暇つぶしにケータイで官能《かん》小説を一本書き上げてすぐさま投稿し、見事某小説賞に入選させたような豪傑である。口では敵《かな》わない。

「キリコ嬢よ。道を探すことのどこが暑苦しい」

今度は亜門が反論した。「人生とは、己の進むべき道を見出《みいだ》し、そこを日々懸命に歩むことであろう。それを暑苦しいと云うのは、人生そのものを否定することである」

見事な一刀を返した亜門であったけれど、そのようなことで怯《ひる》むキリコ嬢ではない。

「いいねえ、亜門くん。暑苦しさも突き抜ければそこに新たな何かが見えるよね」

キリコ嬢の煽《おだ》てとも嫌みともとれるその言葉をどう解釈したのか、

「わかっているではないか」

亜門は満足げに頷き、僕はため息をついた。

結局、亜門といえどもこの女子には敵わない。というか、男子は所詮《しょせん》女子には敵わぬのではないか、といつもキリコ嬢を前にすると思う。キリコ嬢の断定口調の前には、大概の男子が撤退する。男子以上に論理的で隙のない言葉を放つ。これが彼女が美人の割に男子にまとわりつかれない要因であるのだけど、彼女に合う男子がいずれ見つかるのか他人ごとながら心配にもなる。

「そういえば、十倉くん」

すると、突然キリコ嬢は僕の顔を覗《のぞ》き込んできた。

「君、久世くんに女子高生を紹介したんだって？　君がそんな便宜を図るなんて意外だったな」

「その云いようは語弊がある」

僕は説明した。

「僕は久世一磨に女子高生を紹介したのではない。映画を撮るという人間に役者を紹介しただけだ」

「へえ。君、女優の知り合いなんているの？」

「いや、彼女は演じるのは初めてだそうだ。いろいろと込み入った事情があるのだ。多くは話せぬ」

そう云うと、ふふふうん、とキリコ嬢は奇妙な相づちとともに腕を組んだ。

「いや十倉くんに似つかわしくないとても美しい子だって聞いたからさ。ちょっと興味を持って」

――久世め、ぺらぺらとよく喋《しゃべ》る。

僕は久世一磨のひょうたん顔を思い浮かべて、心の中で罵《ののし》った。

「ねえ、ケータイ写真とかないの？　私にも紹介してよ」

「どうして君に紹介せねばならないのだ」

「美少女好きなんだ」

そう嬉《うれ》しそうに嘯《うそぶ》くキリコ嬢だったけど、だから女子力に欠けるのだ、と僕は心の中で呟《つぶや》いた。

「これからみんなでお茶するとかさ。久世くんに散々自慢されちゃったからな。一度見ないと落ち着かない。今呼んで。すぐ呼んで」

「無理を云うな。今彼女は高校にいるし、第一彼女はケータイ電話を持っていない」

うっかりそう喋ってしまうと、キリコ嬢は目を丸くした。

「今時そんな子がいるのかい？」

「俺も持ってないが」

むっつり答える亜門を、君は特殊中の特殊だ、とキリコ嬢は斬り捨て、

「女子高生でケータイ持ってないって、どうやって友達とかとコミュニケーションとってるんだ？　そもそも、君はどこで知り合ったわけ？」

――ああ、うるさい。

どこでと訊《き》かれて、ある日天井裏から降りてきたとは云えまい。

「僕が、家庭教師をしている子だ」

「君が家庭教師とな。大丈夫なのかい？」

「失敬な。僕の学力の心配をしているのか」

「違うよ。女子とふたりきりで部屋にこもって、君の中の男子は悶々《もんもん》と苦しまないのか、と訊いている」

悶々とするに決まっているであろう、と僕は心の中で舌打ちした。毎夜、毎晩、僕がどれだけ心を平静にすることに苦労しているか、説明してやりたいがそれも出来ない。

「で、その家庭教師って――まさか、友楼館で、ではないよね」

「友楼館だとまずいのか」

そう訊き直すと、亜門が「まずいであろう」とすかさず口を挟んだ。

「あそこは古来、女人禁制である。そんなことだから、おまえは本道を見失うのだ」

「失っていないというのに」

そんなやりとりをしていると、あははは、とまたキリコ嬢が高らかに笑った。

「なるほど君たちの暑苦しさとは、道というものに美しさを見出す暑苦しさなのだな」

「芸事に道を見出すのは、日本人の美徳である」

「いいかげんに物事に関わるのは許せない、と」

「適当にやって手に入るものなどたかが知れている。たとえば久世の映画などがそうだ」

亜門のその言葉に、キリコ嬢は面白そうな顔をして訊いた。

「ずいぶん、久世くんに辛《つら》く当たるね」

「別にあいつにだけ辛く当たっているわけではない。映画に覚悟を持たぬものが許せぬだけだ。それであいつが映画を撮ることを止めれば、資源を無駄にせず済むというものだ」

その会話を聞き、今更ながら気がついた。僕が映画を憎むのは才条のせいだけど、亜門はいったいなぜここまで映画を目の敵にするのだろうか。

「なあ、亜門。あまり人の事は云えないが、おまえはどうしてそう映画を目の敵にするのか。おまえも映画を撮ったことがあるのか」

そう尋ねると、ない、と一言の下に否定した。

「馬鹿か。あんなもの撮るやつの気が知れぬ」

その野太い言葉が、轟《とどろ》いた瞬間である。

平和そのものであったキャンパスを、ぴしりと一本の矢が貫いたような気がした。いや、それは俗にいう殺気と呼ばれるものであったかもしれない。そして誰もがそれを感知したのであろう。僕らが同時にそのただならぬ気配を辿《たど》るように顔を向けると、隣のベンチには見覚えのあるやつがひとりこちらを睨《にら》みつけていた。

ぼさぼさの髪。低い鼻にかかる分厚い眼鏡。その奥からこちらに向けられる、世のすべてを恨むような陰気な目つき。ああ、そうである。こいつはたしか——友楼館2Aに住み、そして現在のキネマ研究部の部長である宝塚八宏《たからづかやひろ》であった。

手にはあんぱんと牛乳を持ち、どうやらずっとそこでひとりわびしく食事をしていたようである宝塚は、親の敵のごとくじっとりとこちらを睨みつけていた。僕と亜門とキリコ嬢が身じろぎひとつできない中、やがて無言で立ち上がり、そのまま大股《おおまた》で去っていく。

「君らの……友達？」

その背中が遠くなってからキリコ嬢が訊いてきたけれど、亜門は舌打ちとともに「まさかな」と首を振った。

「あれこそ、映画に身を滅ぼされた人間の末路だ」

思い出した。

僕と宝塚八宏が最初に遭遇したのは、友楼館の風呂《ふろ》でのことであった。

入居して最初の頃は、友楼館のあまりのボロさに辟易《へきえき》して近所の銭湯・亀屋《かめや》によく行っていたものだけれど、徐々に風呂代を捻出《ねんしゅつ》するのも厳しくなり、ついに友楼館の共同風呂へと入ってみることにした。

友楼館の浴場は、無理すればふたり入れるほどの広さで、洗い場にはシャワーがふたつ設置されている。奥には割合大きめのタイル張りの湯船があった。湯船の横には古いボイラーがあり、そこにあるツマミの調整で自由に沸かすことが出来る。一日一回大家の老婆がやってきて掃除する時間があるけれど、基本的に二十四時間入浴可能らしい。入り口に鍵《かぎ》もついているので、誰もいなければひとりで占有することも可能である。

その日、大学の講義が午後からであったので、僕はなんとなく起き抜けにタオル持参で風呂場に行きそれを知った。

木枠の軋《きし》む横開き扉を開けると、脱衣場には誰の衣服もない。さらに進んで風呂場のサッシを開けたがやはり誰もおらず、湯船には水が入ったままである。手を入れると昨晩誰かが入ったらしくぬるかった。別に湯も汚れていないし、これはよいと僕は壁の説明書きを見ながら湯を沸かした。それから鍵を閉め、素っ裸になって中に入った。風呂が沸くまで洗い場で身体を洗った。そこにシャンプーも置いてあったのでそれで髪も洗った。さっぱりしたところで、湯船に入る。まだぬるかったが、湯船の横の大振りの窓からは陽が注ぎ、実に気持ち良かった。すこし窓を開けてみると友楼館の裏庭のカエデが覗けて、どこかひなびた温泉に来たような心地である。

鼻歌など歌いながら湯を満喫していると、入り口の扉が外側からガタガタと引っ張られた。誰だ、と見たが、鍵をかけていたのでそいつは入って来られない。そんなに時間のかかるものではないし、すこし待て、と僕は気にせず湯に浸《つ》かり続けた。お湯をすくっては顔にかけ、何度も至福の声をもらした。たっぷり十五分ほど身体を温めて外に出ると、そこにいたのが宝塚であった。まあ、この時は名前も知らないわけではあるけれど。

「何ですか」

宝塚がじっと僕を睨むように見ているのでそう尋ねると、やつは僕の横をすり抜けるように風呂場に入った。気味の悪いやつだな、と思い構わず部屋に戻ろうと歩き始めると、どたどたと背後から足音がする。息を切らして追いかけてきたのは宝塚だった。

「おまえ」

宝塚は手にシャンプーを持ったまま云った。

「これを使ったろう」

うむ、と僕が頷《うなず》くと、むきい、と蟬の鳴くような声をもらし、宝塚はまだたっぷり入ったそのシャンプーを近くのゴミ箱に投げ入れた。そしてそのまま凄《すさ》まじい勢いで二階へと駆け上がっていった。

何なのか、あいつは。

僕はしばし呆然《ぼうぜん》としたあと、ゴミ箱の中のシャンプーを手に取った。世の中、自分のものを使われると無性に腹を立てるやつがいると聞く。しかし目薬や歯磨き粉ではない。すこし減ったとはいえシャンプーだ。神経質なやつもいるものだ、とその時はすぐに忘れた。

さらに、思い出した。

たしか何かの用事で久世の部屋に行ったときのことだ。

「なあ。おまえは常日頃からハンカチを持ち歩くか」

無駄に衣装持ちである久世の部屋は服がそこらに脱ぎ散らかしてあり、それらをバレリーナのように踏まないようにしながら居場所を探していると、久世が唐突に訊いてきた。

いいや、と僕が答えると、だよなあ、と久世は笑った。

どういうことか尋ねると、今朝方のことだという。久世が起きてトイレに行くと先客がいて、そいつはハンカチをくわえてトイレの手前の洗い場で念入りに手を洗っていたらしい。

「ボクが奥のトイレに行こうとして、ちょいと失礼、と云ったらじろりと睨まれた。んで、すこし待てと云われた。待て、と云われてトイレと手洗いでは、緊急度が違うだろう。ボクはなんだこいつ、とそいつを押しのけて奥に無理やり入ろうとした。するとそいつは『待てと云うのだ』と一喝して口にくわえていたハンカチを落とした。あの汚いトイレの床にだ。その瞬間、びびったね。そいつは、むきい、と蟬のような声をあげたんだ。何か踏んだのかと思って、ボクは思わず小便をもらしそうになったくらいさ。見るとそいつのハンカチが床に落ちてて、地団駄踏んでいる。どうしてくれる、と叫んでいる。だから面倒くさいやつだな、と拾って渡してやった。ところが、そいつは洗ったばかりの手に落ちたハンカチを置かれたことが頭に来たのかな、いよいよ言葉にならない叫びを上げて、ボクのことを罵《ののし》りまくって去っていった」

「それはうちの住人か」

「おそらくな。何度か見たやつだ。2Aのやつじゃなかったかな、たしか」

「いろいろなやつがいるな」

「何にしても、ハンカチだ。普通、男がハンカチなんて持ち歩くか」

「わからないが、僕は自前のハンカチなど持っていないな。母が持たせたものならあるが」

そう答えると、だよな、と久世は乗り出してきた。

「どこかフォーマルな席に行くときならわかるが、ここは友楼館だ。薄汚れたプライベート空間に過ぎない。そんな誰もが下着かジャージでうろつくこの空間でハンカチを持って歩くなんて気持ち悪いと思わないか。しかもその神経質な怒り方。これから四年間そんなやつとひとつ屋根の下で暮らすなんぞ、いろいろ面倒そうだ」

……などと、たしか久世は話していた。

今考えれば、あれも宝塚八宏であったのだろう。

亜門の云う通り、やはり映画に関わるような者にはろくなやつがいない。きっと映画の魔性に惹《ひ》かれ、あげく才条のように死神に憑《つ》かれるようなことになってしまうのであろう。

しかし、らちもなくそんなことを考えていたせいであろうか。

翌朝、僕は友楼館の共同給湯室で奇怪な男と出逢《であ》った。男は貧相な顔つきをしていて、白目は充血し、目の下には黒々とクマが張り、伸びた髪はだらしなくあちこちに撥《は》ねていた。

「誰だ、おまえは」

そう尋ねると、死神だ、とそいつは答えた。

「なんだと。死神なんぞが何の用だ」

「死神が用があるといえば、ひとつしかあるまい」

そう云うとみすぼらしい男は、くふふと気味悪い笑い方をした。

「ま、まさか、僕を連れて行こうというのか」

「何か問題があるか」

「ある。おおありだ。僕はまだ死ぬわけにはいかない」

「なぜだ」

「やることがある」

「ほう、それはなんだ」

「今——今、探しているところだ」

すると、死神はまた気味の悪い笑いを見せた。

「そうかな？」

「どういう意味だ」

「本当は、おまえはとうに気がついているのではないのか。自分のやるべきことに」

「……なんだと？」

「おまえは気がついているくせに、気がついていないふりをしているだけではないのか。友人を亡くした憐《あわ》れな男を演じているだけではないのか」

その言葉に、なぜか身体全体が硬直した。いつかの黒い雲が再び心にもくもくと立ち上がる。

「なぜなら、おまえは——」

そして死神は、僕の目をひたと見つめて云った。

「まだ、隠していることがあるじゃないか」

その瞬間、はっと気がついた。

死神は、泣き出しそうなほど切羽詰まった顔をしていた。

そう——それは、見飽きたといっても良いほど見慣れた僕の顔である。つまり、死神だと思って話していた男は、鏡に映る僕自身であった。

「……これが友楼館の呪いか」

思わずそう呻《うめ》いてしまうほど、精神的などん底である。

顔を冷水で洗っても、鏡の中の僕は貧相であった。いや、もともと群を抜いた男前というほどでもないけれど、ここのところいよいよ貧乏神そのものと成り果てているような気がする。

ひょっとして友楼館を縛る『女人禁制』の噂は本当なのだろうか。天井裏のさちを黙認しているからこのような有様に成り果てているのだろうか。鏡の向こうの死神のような男と目を合わせながら、そんなことを考えてみた。

いやもちろん、現代を生きる僕には『女人禁制』がそもそも男尊女卑時代の情けない遺物であることはよく理解している。海に船で女性が出てはいけないとか、山には女性が入ってはいけないとか、要するにまだ人にとって未知の領域が多かった時代、そこで起きる不可解な出来事を社会的弱者として扱われていた女性のせいにした愚かな思考の残滓《ざんし》である。

しかし、上京してからの僕の混迷っぷりは『女人禁制』の禁を破ったこと以外に説明がつくのか。

希望のゼミには落ちた。バイトの面接にもことごとく落ちた。奇妙な住人の集う奇妙な建物に住むことになり、図らずも映画などというものが次々に生活に浸食しつつある。おまけに天井裏には可憐《かれん》な少女である。

夜はとにかく悶々《もんもん》と寝付けない。必死に頭を振っても、さちの腰のくびれやら、ささやかな胸の膨らみやら、うなじの白さやらが次から次へと脳裏を駆け巡り、やっと寝付くのはほとんどもう朝である。天井裏からカサリカサリとさちの着替える衣擦《きぬず》れの音がし始め、僕は目を覚ましてしまう。気がつけば僕もいそいそと起き出し、パンなどを用意して「朝ご飯です」などと声をかけてしまう。すると、するりと器用に下りてきたさちが「まあ」などと頰を染めるので嬉《うれ》しくなって「一緒に食べましょう」と勧め「よいのですか」とさちはいつも遠慮する。年頃の少女にひもじい思いをさせるなど僕には耐えきれず「もちろんです」とふたりして朝の食事が始まってしまう。だいたいそれが朝の日課である。

奇麗な姿勢で正座をして、小さな口でぱくりとトーストをかじるさちのかわいらしさといったらまさに天使であり菩薩《ぼさつ》である。白い歯がわずかに覗《のぞ》き、柔らかな唇が愛《いと》しげに交差し、時折ちらりと僕の方を見て、恥ずかしそうに微笑む。僕も微笑み返す。窓からは鳥のさえずりが聞こえ、柔らかな朝の日差しが透明な膜となって部屋に注ぎ込む。澄んだ空気の中、狭い六畳間にふたりきりの咀嚼《そしゃく》の音だけが響き、会話もなく、ただ微笑み合うその時間の濃密さは何と譬《たと》えればよいのだろうか。僕という存在が、じわじわと融解し、溶けて畳に染み込んでいき、このまま死んでしまったらどんなに幸せだろうと心から思う。その時、僕の霊体はその幸せに満ちたエネルギーで大宇宙のすべてに次の進化を促すほどのエナジーを降り注ぐに違いあるまい——

いつしか鏡の向こうの死神は、締まりのない笑顔をまき散らしていた。

つまり、この僕の死神と見まごうばかりのやつれっぷりは、さちのせいではない。単なる寝不足である、と気がついた。いや、そこに加えて食費の枯渇が響き、さちの朝食と夕食を捻《ねん》出《しゅつ》する為にすべてを切り詰めている弊害であると気がついた。

「バイトを探そう、真剣に」

そう、結論が出た。


しかし——

世の中、不況である。

講義が終わってすぐに大学のアルバイト斡旋《あっせん》掲示板に駆けた僕ではあったけれど、そこには短期バイトだけが無数に貼り付けられていた。深夜のコンビニはもう埋まっていて、運送系アルバイトにも空きはなく、パソコン関連にうとい僕は事務職など出来そうもない。あとはしゃれ者ショップの店員ばかりだけれど、自分が向いているとも思えない。いや選《え》り好みしている場合ではないのだけれど、もっと単純作業的な仕事はないものか。

「不況不況というが、これが当たり前と思えばたいしたことはない。楽して稼げる金の価値などたかが知れているぞ」

その声に振り向くと、またしても亜門がいた。

「よいか、十倉。仕事とは足で探すものだぞ。人は金に困るとついつい高給の職を探す。頭の中が稼がねばならぬお金のことでいっぱいになるのだ。しかし、えてして高給を約束する仕事というものは、それなりのデメリットが付随する。万人が喜んで飛びつく仕事ならば高給を約すわけがない。何かしら、精神的に肉体的に高負担を強いる要素があるものである。そしてそういう仕事はやはり長続きせず、不穏な人間関係を築いて辞めることとなる」

「ならば、どうすればよいのだ」

「賃金ではなく店を見よ」

亜門は胸をそらして咆哮《ほうこう》するように云った。

「実際に職場を見れば、働いている人たちの様子を窺《うかが》うこともできるし、店主の仕事に対するこだわりなども見て取れる。そういうものがこちらの感性と合う場合、だいたい仕事も長続きするものだ」

「なあ、亜門」

その講釈に心底うんざりして、僕はひと呼吸置いてから云った。

「おまえ、いいかげんに僕に食を頼るのをやめてもらえまいか」

「俺がいつおまえに食を頼った」

「頼っているだろう。なけなしの金で買った僕のカップ麺《めん》を味見と称してずるずるとその底なしの胃に流し込んでいるではないか」

「けちくさいことを云うな、男の器量が下がるぞ」

そんなことを云うけれど、僕が友楼館の共同調理場で作った食事はだいたいまずどこからともなく現れる亜門が半分ほどたいらげ、その残りをさらに僕とさちのふたりで分け合っているような現状である。考えてみたら、こいつさえ働いてくれればまだ僕もさちも困窮する必要はないのではないか。

「苦しいときは相身互いというではないか。すこしでいい。働いてくれないか」

言葉の使用方法が間違っている上に、長年駄目亭主と連れ添った妻のような気色悪い心地がしないでもなかったけれど、僕がそう拝むように告げると——

「俺はちゃんと働いている」

亜門はあっさり云った。

「平日に絵を描き、土日はだいたい井《い》の頭《かしら》公園でその絵を売っている。だが人それぞれ感性というものがあり、財布の中身も違うというものだ。いつも売れるというわけではない」

「それでいくらになるのだ」

「そうだな。多いときは週に五千円といったところか」

「というと月に二万円ほどか。それでは家賃でなくなるではないか」

「うむ、足りないことが多いな。そういう時は友楼館の草むしりやら配管掃除やら庭掃きなどを手伝い、大家に待ってもらっている」

得意気に亜門はそんなことを云うが、それでは良心的な寄生虫である。友楼館の寄生虫であり僕の寄生虫である。

「見ろ、亜門」

僕は力なく自分の顔を指差した。

「おお、クマが出来ているな。眠れないのか」

「それもあるが、頬がこけてきているだろう。食べ物を買う金が尽きようとしている。すでに所持金は千円を切っている」

「奨学金はどうした」

「ちゃんと申請している。成績優秀者に授与されるものと、卒業後に返還していくもの、ふたつだ。が、前者は前期試験の結果が考慮されるのでどうなるのかわからないし、後者においてはまもなく支給されるとのことだが〝まもなく〟を当てにしていられる余裕などない――って、おまえ僕の奨学金にまで頼る気か」

思わずそう罵《ののし》ると、

「なるほど、それは苦しかろう」

亜門は珍しく同情したような顔をした。

「ならば、ちょっと待っていろ」

「どこに行く」

「考えがある。多分、なんとかなるであろう」

そんなことを云って、何処かへと歩き去っていった。


なんとかなると云って、なんともならないのが世の常ではあるけれど、この場合、本当になんとかなった。

「やあ、十倉くん」

講義が終わって、待ち合わせ場所の本館前で待っているとその人物は現れた。

「この度はお世話になります」

僕が深々と頭を下げたその人物とは、他ならぬ食えない魔法使い——もとい、友楼館1Aの住人、あの伊祖島氏である。

「いや、亜門くんからキミが困窮していると聞いたものでね。ちょうど僕の知り合いの店が人を探しているから、君ならばちょうどいいと思って」

ニコニコと笑う伊祖島氏は、じゃあ早速行きましょうか、と先に立って歩き出した。

学生会館の前は無数の学生で混雑していた。その中でも頭ひとつ高い伊祖島氏の身長は便利である。独特の帽子も相まって見失いたくとも見失えない。さすがに長年大学生活を続けているだけあって、伊祖島氏は慣れた様子でひょろりひょろりと人ごみの中を進んでいく。

その高い身長を追いかけながら、この怪しげな人物が紹介する仕事とは何であろう、と幾分の不安が頭をよぎる。しかし、もう所持金はない。たとえ生きたカエルを鍋《なべ》で煮込むような仕事であろうと引き受けかねないほど、僕はもう現実的な金銭を渇望していた。

大学の正門を出て、ケヤキ並木をくぐり、五日市《いつかいち》街道へと出る。そこで伊祖島氏は自動販売機で、「暑いなあ」と冷えた缶コーヒーを買っていた。コートを脱げばよいのにと思いつつ、僕は「そうですね」と応じた。伊祖島氏は缶コーヒーのプルを捻《ねじ》り、冷えた液体を気持ち良さそうに喉《のど》に流し込む。その苦みと甘みがブレンドされた液体を想像し、僕の喉もごくりと鳴る。

コーヒー好きなだけに伊祖島氏の美味《うま》そうに飲む姿は、現在の僕の置かれている状況とも相まって実に腹立たしい。だいたいこの人はなんなのか。僕が困窮していると知っているならば、缶コーヒーのひとつくらい後輩に奢《おご》ってしかるべきではないか。そんな身勝手な怒りに端を発し、なぜ三十にもなろうというのにまだヌケヌケと大学生であるなどとのたまっていられるのか、と非難の矛先が変わった。連続留年という怠惰をこの人の親は許しているのか。うちの父親ならば、最初に留年した時点で鉄拳《てっけん》制裁の上、退学ものである。まして十八で入学して今年三十ともなれば、十一年もの間、授業料を納入したことになる。この人の経済状況はどうなっているのか。家がとんでもない資産家なのだろうか。

そんなことを考えていると、

「缶コーヒーというものは、どうしてこう絶妙な量なのでしょう」

不意に、前を歩く伊祖島氏は缶コーヒーを掲げて云った。

春風のように呑気《のんき》な問いであった。

「あとすこし飲みたい、というところでいつも無くなる」

「まあ、そうですね」

「そしてどうして、無糖と書いてあるのにこんなに甘いのでしょう」

「無糖というのは、砂糖を使用していないという意味でしかないのでは」

「なるほど。裏に甘味料と書いてありますね」

君はなかなか鋭い、などと褒められたが、僕としては嬉《うれ》しくもなんともない。

「で、どこに向かっているのですか」

そう尋ねると、伊祖島氏はにっこり笑って云った。

「駅の近くです」

「僕に出来る仕事なのでしょうか」

「そんなに大変な仕事ではないと思います。しかし、給金はそれほどでもないかもしれません」

いや、この際贅沢《ぜいたく》は云っていられない。とにかく定期的な収入が必要である。

住宅街を抜け、駅ビルが見え始めた辺りで、伊祖島氏はひょいと角を曲がった。気をつけていないと見過ごしかねない小さな路地である。

が、その通りには見覚えがあった。つい最近、ここを歩いた心地がする。

「ここです」

やがて伊祖島氏が指差したそこは――

初めて彼と遭遇した場所であり、あのひなびた古書店であった。

「この店を覚えていますか」

「もちろんです」

「実は、ここの店主は昔からの知り合いでして。彼は数年前に奥さんを亡くしていて、娘さんも結婚して家を出ている。あの通り高齢だし、男手が必要なときがあるらしいのです」

改めて、その店の造りを仰ぎ見る。

古書店の名は『淳峰堂《じゅんほうどう》』というらしい。白髪にベレー帽という店主らしき男の風貌《ふうぼう》が思い浮かぶ。そして、この古書店で求人の貼り紙などないか、と探したことも併せて思い出す。

「この店ならば、こちらからも働かせて頂きたいと思ったほどですが」

「それはよかった」

伊祖島氏について中に入り、店主に紹介された。

主人は、見た目同様、枯れ木のような人物であった。僕の用意した履歴書にろくに目も通さず、ああよろしくお願いします、とあっさりと僕の採用を決めた。こちらのほうが、もうすこし質問なさったらどうですか、と訊《き》きたくなったほどである。

主人の話によれば、ここ最近、景気の影響か古書の出入りが激しいのだという。以前は月一ほどの頻度で行われていた物流市が週二、三の頻度で行われるという。古書店を営むものは、そこでそれぞれが持つ得意客の好みそうな古書を仕入れたり、それを卸したりして生計を立てているらしい。店はあくまでも看板であり、そこでの古書の売り上げには何も期待していないということだった。話を聞いて、なるほどと思った。実家の熊本にも小さな古書店はあるけれど、いつ見てもここ同様閑古鳥が鳴いていて、どうしてつぶれないのだろうと不思議に思っていたのである。

「つまり君の仕事は、ご主人が物流市に出向いている間の店番と、仕入れた古書の手入れ、その棚卸しなどというわけです」

伊祖島氏が云い、主人は目尻《めじり》に皺《しわ》を刻んで頷《うなず》いた。時給は「七百五十円でどうですか」と云われ、せせこましく頭の中で計算を立てた。時給七百五十円で週三回、一回六時間ほどこなしたとする。すると一週間で一万三千五百円。ひと月で五万円ちょいか。家賃、食費をそこから引くとほぼすべて無くなる。しかしあとは、単発のバイトを繰り返すだけでその月の支出可能額が判明するというのは分かりやすいのではないか。

「わかりました。それで結構です」

「仕事に慣れてきたらすこし上乗せ致しますから」

主人はそう言い添えてくれた。

さっそく明日からお願いします、ということで僕はすべてを了承した。

「伊祖島さん、本当にありがとうございました」

面接が終わり、去ろうとする伊祖島氏にそう述べると、伊祖島氏は緩やかに手を振った。

「困ったときはお互いさまです」

「懸命に働きます」

「それは助かります。とはいえ――いや、まあ頑張ってください」

その云いようが気になり、「とはいえ、なんですか」と尋ねると伊祖島氏は妙な表情をした。

「いや、君は根性がありそうだから大丈夫でしょう」

「はい？」

「あの古書店はなぜかアルバイトがすぐ辞めてしまうのです」

「それは……ええと、どういう意味でしょう？」

「よくわからないのですが――あの古書店には出るそうです」

伊祖島氏は爽《さわ》やかに笑って云った。

「俗にいわれる、幽霊というやつです」

——幽霊？

いや、まさか。このデジタル全盛の世の中でそのような前時代的なものが存在しようはずもない。

まったく気にしなかったと云えば嘘になるけれど、このときの僕はその伊祖島氏の言葉などあっさりと忘れていた。仕事を得たという事実に、とにかく東京サバイバルのイベントをひとつくぐり抜けたような高揚感だけがあった。

翌日、開店三十分前に当たる十時半に店に行くと、もう主人は薄暗がりの中にいた。もにゃもにゃとした口調で、古いレジスターの使い方を教えたあと、各本棚の分別について教えてくれた。淳峰堂は小説や漫画の類《たぐ》いも置いてあったが、その量はわずかでほとんどは専門書であった。主な客層も大学教授や文筆家が多く、それらも来店するのは稀《まれ》だという。

「車の免許はお持ちですか」

と訊かれたので、はいと答えた。

故郷で運送バイトをしていたこともあり、苦手意識はない。

「時々、古書を引き取りに行くこともあるし、届けにあがることもあるので」

と主人は云った。

それだけ教えると、それでは行ってきます、と主人は姿を消した。今日は件《くだん》の物流市とやらがあるのだという。夕方には戻りますので、ということだったが、さすがにいきなり独りでは心細い。客に何か訊かれても「店番なのでわからない」と答えてよいとのことだけれど、それはいかがなものか。

しかし、結局主人は出て行ってしまった。

仕方ないのでカウンターの中の小さな椅子に腰掛けて、店番をすることとなった。ひとりきりでぽつんと座ってガラス窓の向こうの道を歩く人々を見ていると、妙な気持ちになった。つい先日、そこを僕は通りかかりこの古書店を見つけたのである。運命とは奇なるものである。

姿勢を正し、古書が放つ香気を胸いっぱいに吸い込んだ。そうして深呼吸を繰り返しているうちに、ずいぶんと落ち着いてきた。というか、人間慣れる生き物である。むしろ退屈してきた。なにせ、一切することがないのである。このようなことで賃金を頂いてよいのだろうか、という思いがどうしても拭《ぬぐ》えない。タバコなど吸わないけれど、ふと吸いたい衝動に駆られるほど暇である。

仕方なく立ち上がり、本棚を見て回った。目についた書籍を手に取り読み始める。専門書の多くは芸術関係の本が多く、彫刻、絵画、デザイン、文学、そして映画などの本もあった。映画関連を集めた本棚の前で、照明力学という言葉を見つけた。手に取り、ページを開く。数学的な記号が並び、ケルビンやらカンデラやら見慣れぬ単位が並んでいた。値段を見ると、定価二千五百円のものに一万円の値がついていた。絶版となった貴重本なのかもしれない。

ふと、才条ならばこの本の価値を知るのであろうと思った。そういえば、あいつは「光」というものについてひたすら考えていたような気がする。

『照明——つまり光を究めた者が、映画を制するのだ』

いつだったか、才条は僕にそんなことを云っていた。

『だいたいね。日本映画の没落は、撮影監督の下に照明監督を置かないシステムが出来上がったことに起因する』

僕が首を捻《ひね》ると、才条は説明してくれた。

『日本の撮影システムの中では、映画監督とは演出の監督のことなのだ。演出監督、撮影監督、照明監督、美術監督。この四大監督が撮影システムの頂点となる。だが、頂点が四つもあってみろ。意見対立したときに誰がまとめるか。それは結局、プロデューサーとなってしまう。プロデューサーというのは興行面での責任を負う。だから、世の風潮におもねる。新人監督などには、ベテランの撮影監督、照明監督、美術監督をつけて質の保証を図るんだ。けど、それではどうなる？　新人が奇想天外な案を出して、たとえそれが後世にまで評価されるものであったとしても現場の力関係でつぶされてしまう。結局、最大公約数的なものが出来上がってしまうのさ。つまり誰が監督しようと、つまらない、どこかで観たようなものばかり出来上がってしまう』

『なるほど』

『だが、欧米のシステムは違う。現場の頂点に君臨するのは、演出を執る映画監督であり、その下に撮影監督、その下に照明監督がいる。美術監督はまた別枠だが、やはり監督の管理下にある。これらは地位が下であるということじゃない。映画の質に関する最終決定者が映画監督にある、という共通理解が出来ているんだ。だから、映画がコケれば監督のせいだし、面白いものを撮れば監督の手柄だ。実にわかりやすい。責任の所在が明確だ』

『日本は、どうしてそういう仕組みになったのだろう』

僕が尋ねると、才条は激しく舌打ちした。

『隆盛を誇った撮影所システムが崩壊して、映画をコンスタントに撮れる環境がなくなり、力のある映画監督が育ちにくくなったというのもある。さらに景気の衰退も影響している。映画の仕事は細々とあるものの、失敗は出来ない、つまり撮らなきゃいけないが冒険も出来ない。そういう事情からこの曖昧《あいまい》なシステムが出来上がったんだろう。だが根本の理由は、この国のクソな民族性さ。徳川《とくがわ》末期からこの国の姑息《こそく》さは何も変わっていない。ペリーがこの国の責任者はショーグンなのかミカドなのか、と怒鳴ったのと同じさ。誰かが責任をとらなければいけない仕組みをあえて作らない、クソったれな国民性だよ』

才条は、そうして最後にはいつもの口癖でまとめた。

『だから、俺は高校を卒業したら海外に行く。日本で映画について学べることはない。そもそもこの国では映画は娯楽のひとつにしか過ぎないが、海外では違う。芸術としてちゃんと認識されている。しかも映像、演技、音楽、美術の渾然《こんぜん》融合した総合芸術だ。だから、監督はすべてに血を通わせられる人間でなければならない。脚本、撮影技術、役者の演出、そして光——照明だ』

『さっきもそう云っていたが』

僕は尋ねた。『どうして光を究めた者が映画を制するんだ？　総合芸術ならその比重は同じじゃないのか？』

するとと、馬鹿だな、と鼻を鳴らして才条は答えた。

『光だけが、人間単体ではどうしようもないものだからじゃないか』

――つまり。

人智を超えるものを制御し尽くしたとき映画は完成する、とあいつは云いたかったのだろうか。

そうひとり才条の言葉を思い出していたとき、淳峰堂の扉の鐘がカラコロと鳴った。思わず「いらっしゃいませ」と振り向いてしまい、その瞬間、僕の心臓はどくんと鳴った。

風景が白く霞《かす》んでいるような気がした。ここはどこか。僕はどこにいるのか。そんな浮遊感を伴う奇妙な世界に、その男はいた。

見慣れた癖っ毛。色白で狐を思わせる細面の顔。

死んだはずの才条三紀彦が、世のすべてを斜めに見るような皮肉な視線をたたえて、そこに立っていた。

おまえ、生きていたのか。

そう呟《つぶや》いたつもりであったけれど、まるで声になっていない。才条はすでに死んだのではないのか。ああ、ひょっとして――これは夢か。いや、僕はずっと夢を見ていたのか。きっとまだ天狗《てんぐ》の舞台のテントの中で、ふたりして寝袋にくるまっているだけなのだ。才条は死んでなどいなくて、僕も二浪などしていない。僕がひとり長い長い夢を見ていただけで、止まっていた時間は今ようやく動き出すのだ。

が――夢は、その一瞬であった。
秒数にして、コンマ零《ゼロ》何秒の瞬きしている間に終わるような夢。

「おい」

不意に声をかけられ、はっとした。

目の前にいる人物が才条などではないことに気がつく。

それは、小柄で、いけすかない目つきをした現キネマ研究部部長、宝塚八宏であった。

「なぜ、おまえがここにいる」

そう訊《き》かれて改めて目をこすり、周囲を確かめた。

そこは淳峰堂であり、ちゃんと店には音楽も流れたままである。

「なんでおまえが淳峰堂にいるのか、と訊いている」

宝塚は、相変わらず蟬のような声でそう威嚇してきた。

「な……なぜって、僕は、そう、ここで働いている」

「ここで？」

「そうだ。今日からだ。おまえこそどうしてここにいる」

「ここはオレの心のオアシスだ。二年も前からそうだ。だから、ここには、おまえが後から来たのだ」

宝塚は神経質なもの云いでそう返してきた。

そんなやりとりでようやく自分が現実の世界に生きていることを知る。ここは東京で、吉祥寺で、自分は二浪した大学生であることを悟った。そして友人が二度と戻って来ない現実をもう一度味わわされた。

「ふん」

宝塚は大きく舌打ちをしたあと、

「まったく……どうしてこんなやつをキネ研に」

妙な言葉を吐き捨て、そのまま映画関連の書籍のコーナーへと歩いていった。僕など無視して探し物をすることにしたのだろう。だが、僕は宝塚の後を追いかけ「どういうことだ」と尋ねた。

「キネ研がどうした」

「どうしたとはなんだ」

「今、キネ研がどうこう云ったろう」

「………ちっ」

宝塚は心底うんざりしたように顔を歪《ゆが》め、それからぐっと僕を睨《にら》みつけてきた。

ひとり口の中で何やらぶつぶつと呟き、やがて云った。

「何を思ったか、伊祖島さんはおまえをキネ研に、と推薦するのだ」

「僕を？」

「そうだ。先週の部会のことだ。久しぶりに現れて、十倉和成をキネ研に入れるべきだ、としつこくね。無論、断った。オレが部長をする限り、おまえなど入れるものか」

どういうことであろうか。

というか、僕にとっても迷惑な話である。確かに、君は鋭いとか、冷静な目を持つ人間こそが必要だ、とか云われた覚えはあるけれど、それは伊祖島氏の見込み違いというものである。僕は冷静という言葉から遥《はる》か無縁の存在である。どちらかといえば、暴走しがちな自分を日々持て余し、制御するのに四苦八苦しているくらいである。

「何にしても、僕には入部する気などないから安心しろ」

そう告げると宝塚は意地悪く笑い、「それはよかった」と本棚から何やら映画関連の書籍を取り出してページを開いた。

僕も近くにいる理由がなくなったので、カウンターに戻ろうかと思ったが、ふと思い出した。亜門によれば、宝塚はたしか現役の三年生ということであった。ということは、才条が生きていれば同期ということとなる。

「なあ、ひとつ訊きたいのだが」

そう声をかけたのだけど、書籍に没頭していた宝塚は黙殺した。

「おい」

再度声をかけると、迷惑そうな顔をして宝塚はこちらを向いた。

「なんだ、この店はいつから立ち読みの邪魔をするようになったのだ」

「そうではない。訊きたいことがあるのだ」

「なんだ」

「おまえは才条三紀彦を知っているのか」

すると、宝塚の眼鏡の奥の陰気な瞳《ひとみ》がわずかに細められた。

「あいつがどうかしたか」

宝塚は、また視線を本に戻して云った。

「才条は、その、どうだった」

「どう、とは」

「いや、つまり、この大学で幸せにやっていたのか」

すると宝塚は胡乱《うろん》な目つきをして、僕を見た。

「なぜだ。おまえは才条とどういう関係か」

「才条は、僕の高校時代の友人のようなものだ」

「おまえは新入生ではないのか」

「二浪の新入生だ。何か問題でもあるか」

「二浪」

宝塚は、ずり落ちかけた眼鏡を中指でくいと戻し、笑った。

そんなに二浪が面白いか。

そう頭にきたが、宝塚はさらに云った。

「ふん、才条三紀彦か。あんな嫌なやつはいなかった」

「………む」

いや、多分に理解できる台詞《せりふ》ではあるが。

こう面と向かって友人を非難されると腹が立つものである。

しかし、その後の宝塚の台詞を聞いているうちに、次第に怒りは同情に変わっていった。

「部費は払わないわ、報告無しに機材を持ち出すわ、部員の映画をこき下ろすわ、出演中の役者を横取りするわ、近所迷惑も顧みず撮影に入るわ、部室棟の屋上で花火を打ち上げるわ――ひとりで部を解体させようかという勢いで、あいつは自分の映画を撮っていた」

嗚呼《ああ》、目に浮かぶようである。

「あいつは高校の時からそうであった」

僕が頷《うなず》くと、じゃあわかるだろ？　と宝塚は唾《つば》を飛ばしてきた。

「当時の部長は胃炎で入院した。顧問教授は、准教授に降格させられた。オレら一年の同期は連帯責任とかで一日正座させられたこともある。あいつの出した損害を皆で弁償させられたこともある。自前のフィルムを勝手に使われたこと頻繁であったし、とにかく関わった人間すべてが多大な迷惑を被っている」

思わず、すまんと土下座したくなる心地である。どうやら才条は、高校時代よりもずっと負の方向へとパワーアップしていたようであった。

ひとしきり怒りをぶちまけ肩で息をする宝塚に、僕は尋ねた。

「才条に、ライバルはいたか」

「ライバル？」

「あいつが打ちのめされるほど、映像表現において優れた人物のことである。もし心当たりがあるならば、教えてくれ」

そう尋ねたのは、ふと才条とやりとりした手紙のことを思い出したからである。

『俺は井の中の蛙《かわず》であった。東京にはすごいのがいる』

才条が大学一年生で僕が一浪中であるとき、ある日そんな内容の手紙がきた。今思うと携帯メールでよいのに、その頃の僕らはなぜか古風に手紙を交換していたのである。

宝塚と生前の才条のことを話しているうちに、突然そのことを思い出した僕は、だから宝塚にそう尋ねたわけであったが――

「おまえは、本当に才条を知っているのか」

宝塚は、逆にうんざりと訊き返してきた。

「あいつの高い鼻はたとえ相手がスコセッシであっても折れることはないだろう」

「……むむ」

確かに、その通りである。

才条は、いついかなるときも尋常ならざる唯我独尊男であった。

「だが、待てよ」

やがて、宝塚は云った。「もしやつがライバル視する人間がいたとすれば、それは伊祖島さんをおいて他にはないだろう」

「伊祖島氏？」

「才条はめちゃくちゃなやつであったが、確かにいい映画を撮った。新入生にしてすでにその撮影能力は突出していた。けれど、伊祖島さんには敵《かな》わない。あの人は今でこそあまり撮らないが、都合十一年にも及ぶ学生生活において、ぴあフェスの各部門賞をすべて制覇した知る人ぞ知る伝説の人だぞ。熊本からぽっと出てきた、増上慢が敵う人ではない」

伊祖島氏というのは、そんな偉大な人であったか。

僕が口をあんぐりと開けていると、宝塚は己の自慢のように続けた。

「伊祖島亭《とおる》――二年生のとき、ぴあフェスのグランプリを取ってから、すでにプロとして活躍する新進気鋭の映像作家だ。CMやミュージックビデオで幾つも賞も取っているし、殺到するオファーで再来年までその身体は埋まっているという。あの人が今も学生という身分でいるのは、単に休学・復学を繰り返して器用に調整しているからだ。なぜかこの国は、学生という身分さえあれば方々で撮影許可が下りやすいからな」

その言葉で、ようやく納得した。

いつも大学に来ないという理由。

お金にまったく不自由しない暮らしぶり。

ぴあフェスという国内最大の自主制作映画賞を獲得してプロ転向ならば、友楼館の家賃など鼻くそのようなものであろう。何年にも及ぶ大学の学費もちゃんと自分で支払っているに違いない。そのようなことも知らないで、どこの親不孝者かと伊祖島氏を罵倒《ばとう》した自分が恥ずかしい。

しかし、あの自信家の才条が大学に入学してそんな偉大な人物と出逢《であ》ったとしたら、さぞかしショックであったろう。壁の高さを認識せずにまずは登り始めてしまう男ではあったけれど、今度の壁はちょっと高かったのではないか。

「才条が、伊祖島氏に打ちのめされたような兆候があったのか」

そう尋ねると、そうだな、と宝塚は顎《あご》に手を当てた。

「やたら作品をお蔵入りさせるようになったたな」

った」

「そうだ。映画を未完成のまま放置することだ。やつめ、大方、伊祖島さんの作品を観て己の力の無さを悟ったのだろう。何か撮りかけては、これじゃ駄目だ、と途中で投げ出すようにな
「お蔵入り?」

　そこで宝塚はまた何かを思い出したのか、むかむかとした表情で文句を云い出した。

「まったくいい迷惑である。部の活動費というものは大学からの補助金で賄っている。撮りかけて完成しない映画は、文化会から叱責《しっせき》の対象となるのだ。当然、浪費として記録され、翌年の予算にも響く。それをあいつは繰り返した。現部長としては、今からでもやつに損害請求してやりたいが、死なれてはなんともしようがない。どこまでもやりたい放題の男であった」

「それは死ぬ前のことか」

「ああ、一年の夏頃のことだ。皆怒ったさ。キネマ研究部に入ってくるようなやつは誰もが監督をしたくて入ってくる。ひと月に一度行われる脚本会議で選ばれた脚本が、次の部の制作作品となる。だが才条が入部してきて以来、皆自分の作品が落とされまくった。まあそこは脚本の出来の勝負だから恨むまい。しかし才条はいざ撮影に入ったら、突然これはやめたと云い出す。それが二度も続いたのだ。誰だって怒るだろう。もう才条の脚本は採用するな。そういう声も起きた。だが、あいつの次の脚本を前にぶった演説がまた部員たちを動かしたと云える。これをお蔵入りさせたらもう俺は二度と映画に関わらない。そしてこれがつまらなかったらもう映画は撮らない。そうあいつは皆の前で誓った」

　その光景も目に浮かぶようであった。

才条が才条にしか見えない何かを明確に摑《つか》んだ瞬間、その言葉は異常な熱を帯びる。その熱は周りを巻き込み、世界を焼き、気がつけばこちらも一個の炎と成り果てているのだ。

「結局、部員たちはまた才条の脚本を選んでしまった。そして何にしても、やつは死んだことでまた作品を放り出した。二度あることは三度あったんだ。またお蔵入りさ」

宝塚は、貧弱な肩をすくめて云った。

「おかげで、今年の昇竜祭でオレたちは結果を残さなければならない」

……結果？

僕が首をかしげる中、宝塚はことさら丁寧な仕草で持っていた本を棚に戻す。そしてこちらに顔を向け、蟬のような声を発した。

「悪いことは云わない。キネ研には今も才条に対していい感情を持たないやつが多い。才条の友人であるというならば、間違っても入部してこないことだな」

宝塚は、憤然と店から出て行った。

「――ね、ね、ね、ね、……」

ある朝、天井から転がるように下りてきた黒坂さちは、小さく叫んでいた。

「ね、寝坊してしまいました！」

さちの分のトーストと牛乳を卓袱《ちゃぶ》台《だい》の上に用意して、いつもより下りてくるのが遅いさちを起こすべきかどうか迷っていた僕はあたふたして訊《き》いた。

「昨晩は遅かったのですか」

「はい」

ちょいと乱れた前髪を指先で整えながら柔らかく微笑むさちではあったけれど、どことなくその笑顔はぎこちない。

「さちさん、すこし疲れていませんか」

「ご心配頂き、ありがとうございます。でも、平気でございます」

「久世の映画のせいですか」

「そんなことはございません。皆さんもよくしてくださっております」

慌ててそう云うと、すまなそうにさちは正座して頭を下げた。

「十倉さま、せっかく朝食をご用意くださったのに、さちは頂く時間がございません。もう急いで駆けていかねば学校に遅刻してしまうのです」

「ああ、どうぞ気になさらないでください。これは僕が食べます」

「本当に、申し訳ありません」

もう一度、さらりと黒髪のおかっぱを下げると、すぐさまさちは鞄《かばん》を手に立ち上がり、そのまま「むん」と扉に小さなおでこをつけた。どうやら、いつもの建物への意識同化というやつであり、廊下の向こうの様子を窺《うかが》っているようである。

「大丈夫です」

小さくそう云うと、そのまま扉を開け放ち、脱兎《だっと》のごとく廊下に飛び出して行った。

毎度はらはらさせられるけれど、さちが「むん」と云って意識同化したあとに、廊下で他の住人に出くわしたことはないのであの独特の勘は間違いないのだろう。まあ、時刻は朝の七時半であり、宵っ張りの友楼館では誰もが夢の中にいる時間ということもあったけれど。

「しかし」

僕は湯気たつトーストの前でひとり途方に暮れた。

ここしばらくさちとゆっくりと喋《しゃべ》っていない。というか、映画の出演の話を振ったとき以来、まともに面と面を合わせて会話していないのではないか。文字通りひとつ屋根の下で暮らしているというのに、僕とさちが過ごす時間は久世ごときより遥《はる》かに少ない。これは問題である。

ゆっくりと、部屋の簡易台所を振り返った。

そこには、さちと食べようと百円均一で買った煎餅《せんべい》がぽつんと封をされたまま放置されている。

「さちさん」

どこかまだ部屋に漂うさちの美しい残り香を嗅《か》ぎながら、僕は呟《つぶや》いた。

「……もっとお話がしたいです」

しかし、それからもしばらくはさちとゆっくりと過ごす時間などなかった。

事実、僕の五月・六月は、バイト漬けであった。

慣れるまでということで、それからしばらくは淳峰堂に毎日入れてもらった。時給が低いので、こちらとしてもたくさん働かせてもらえるのは有り難い。基本的に年中無休、開店が十一時、閉店が七時というサイクルを繰り返す淳峰堂は居心地もよかった。

店に流れる音楽がカウンターの中にある古いラジオだったというのはご愛嬌《あいきょう》であろう。それにしても読書の邪魔になるようなものでない限り好きなものをかけてよいとのことで、そこで僕は好きな番組をかけながら店番を続けた。時折大量に入荷した書籍の整理など力のいる仕事などがあったけれど、退屈しかけた頃に訪れるのでむしろ有り難い。軽トラックでの配達も近所をゆっくりと走る程度のもので、よい息抜きになった。つまり、ひと月も経つ頃には、すっかりこのアルバイトに染まっていた僕である。

「最近、大学で見かけぬが」

友楼館の廊下などで僕とすれ違うと、亜門は決まってそう僕を睨《にら》んできた。

「そんなことでは落第するぞ」

「しない。いずれちゃんとする」

一年生たる僕の大学の講義は、実をいえば一週間毎日みっちりと入っている。だけど必ず出席を取られる講義は週に四コマほどであったので、それ以外は店に入り浸るようになっていた。確かに講義はご無沙汰《ぶさた》状態となっていたので、頃合いを見計らって店で法学の書でも読み始めるつもりであった。店主から暇なときは好きな本を読んでよいと云われていたけれど、まだ仕事を覚えているところでもあったし、遠慮していたのだ。

「まあ、前期試験を見ているがよい」

そう亜門に告げ、その日も淳峰堂へと向かった。

いつも通り開店三十分前に店に到着したが、まだ店主の姿はなかった。僕の方が先に到着するということもたまにあるので、シャッターの閉まった店先で店主の到着を待つ。

シャッターには小さな覗《のぞ》き窓があった。もともとは新聞などを放り込むためのものであるのだけど、店主を待つ暇つぶしにそこを覗き込んだ僕は、ぎょっとした。薄暗い店内に誰かがいる。

「まさか、泥棒か」

すぐさまケータイ電話を取り出した。とりあえず店主に連絡をしようと思ったのだけれど、店主がケータイを持っていないことに気がつく。それに、今頃はこちらに向かっているだろうし、無人の家にかけたところで無駄である。

ならば、どうするか。警察にかけるべきだろうか。

迷いつつ、もう一度そっと店内を覗く。

薄暗い店内の奥、確かに、右奥の本棚の前に誰かがいた。男のようであり、しかしよくよく見ると、彼にこそこそした様子はなく、ゆったりと本を読んでいるようでもある。

強盗だとすれば、妙な強盗もあったものである。盗みに入ってたまたま面白い本を見つけてしまったのであろうか。それで動くに動けないのであろうか。僕も片付けのときなど、思いがけず昔夢中になった本などを見つけてしまい、ついつい手を止めてしまうことがあるけれど、そんな阿呆《あほう》な話があるのだろうか。

シャッターの覗き窓からずっとその男の様子を窺っていると、

「やあ、おはよう」

背後からのんびりとした店主の声がして、飛び跳ねた。振り返ると、白髪の店主が愛用の古い自転車のスタンドをよっこらせと立てていた。僕は挨拶《あいさつ》もそこそこに「中に誰かがいます」と店主に報告した。

「ほう」

そんな呑気《のんき》な声をあげて、店主はいつもと何も変わらぬ様子でシャッターに近づいた。慣れた手つきで鍵《かぎ》を差し、くるりと一回転させて、ガラガラとシャッターを押し上げる。僕もそれを手伝い、同時に泥棒がいきなり飛び出てくることに備えた。奥に逃げるかこちらに向かってくるかは知らないけれど、何にしても取り押さえねばならぬ。店主は老齢につき、主戦力は僕ということになる。

シャッターをすべて開け、また別の鍵でガラス扉の鍵も開けると、店主は何の緊迫感もない声で「誰かいるのかな」と扉を開けた。図らずも、僕は店主の背後にて身構えるという無様をさらしたが、しかし店からは誰も出てこなかった。

店主はとてとてと暗闇の中を進み、壁のスイッチをいじる。天井の古い蛍光灯が点《つ》き、店内は明るくなった。しかし、さっきいた男の姿はどこにもない。カウンターの向こうにも行ってみたけれど、もともより狭い店内である。隠れる場所などない。

「確かに、誰かが店の中にいたのですが」

僕の呟きに、店主は「そうですか」とだけ云った。そして、のんびりとした様子でカウンターに向かって歩き出す。

――寝惚《ねぼ》けてでもいたのだろうか。

首を捻《ひね》りながらも、とりあえず僕は開店の手伝いをこなした。

特売品などの入った小さな本棚と、古書店の看板、傘立てなどを店の前に運ぶ。奥からほうきを取り出してきて店内を掃き始める頃には、幻覚であったか、と思うまでになっていた。だが、あのようなくっきりとした幻覚などあるものだろうか。ぼさぼさ髪の痩《や》せた男であった。薄茶色の古いデザインのコートを着ていて、強盗というよりホームレスでも紛れ込んだか、と思ったくらいである。

「たまにあるのですよ」

しばらくして、店主は云った。

「あまり怖がらせても、と思ったので云ってませんでしたが、この店ではたまにこういうことがあります」

それだけ告げると、店主は去って行った。また、物流市とやらに出かけるらしい。

――たまにこういうことがある？

その言葉で、ようやく思い出した。

伊祖島氏が云っていた幽霊とは、このことではないか。

バイトが長く居着かないという理由である。しかし「たまにある」などとそんな中途半端な説明はかえって怖い。店主がいなくなってから、改めて誰もいない店内を見回しまくった僕である。

天井まで伸びる背の高い書架。

そこに整然と並ぶ無数の書籍。

古書の放つ香気と、流れのない川の淵《ふち》を思わせる空気。

しかし、そこには不思議と無数の人の気配があるような気がした。

そういえば、と思い出す。前にひとりで店番をしていた時のことである。客が入ってくる時、または出て行く時、扉に備え付けられた古い小さな鐘がカラコロと控えめに鳴る。それで客の出入りがわかるのだけれど、出て行く時に鳴る回数よりも、入ってくる時に鳴る回数の方が多い気がする。つまり、鐘が鳴り「ああ客だな」と思うけれど、店の方針で声はかけない。だからこちらもしばらくじっとしているのだけど、気がつくとそこに客などいない。出て行く時に鐘が鳴るはずなのに、鳴らないのだ。そんな現象に何度か遭ったことを思い出した。

「冗談ではない」

首を振って、オカルトな事柄を頭から追い払った。

心持ちラジオから流れるバッハの音量を上げて、恐怖を紛らわせた。

こういうのは一度考え始めてしまうと際限なく脳内で増殖し、しまいには風の音にも恐怖するはめになる。天井のなんでもない染みが人の顔に見えてきてしまうあれである。恐怖とは人の中にある。そう自分に云い聞かせて、仕事に集中することにする。頼まれていた、人文科学の棚の整理である。折りたたみの脚立を取り出し、棚の前に設置した。そこはちょうど、先ほどのコート男の幻覚が立っていた辺りであったけれど、そんな記憶は僕の貧弱な脳内ハードディスクから速攻消去した。そこから一心不乱に本を数冊ずつ取り出し、布巾《ふきん》で埃《ほこり》を拭《ぬぐ》い、並べ替え始めた。

暇なやつしか悩まない、とは人生の一面の真実である。死に物狂いでやっている最中にそう惑わされることなどないらしい。というわけで、お昼までに終えようと思っていた棚整理は予定よりずいぶん早く終わってしまった。

ついでなので隣の本棚もやってしまうか、と脚立を移動させかけたとき――カラコロと店の扉の鐘が鳴り、客が入ってきた。

それは、春物のフランネルシャツを着た西洋人であった。

ほっとしてつい「いらっしゃいませ」と云ってしまう。彼はにこりと笑って、画集のコーナーに赴く。それからも学生が入ってきたり、中年の男性が入ってきたり、大学生らしき女子が入ってきて「せまーい」と訳のわからぬ文句を云って出ていったりした。

店の中に客が増え始めたので、脚立をしまい、僕はカウンターの中に引っ込んだ。やはり誰かがいると安心するというものである。しかも、今朝方あのようなことがあった後にはよりそう思う。

ほっとしてパイプ椅子に腰掛け、これから値札をつける予定の家具雑誌をぺらぺらと開いて眺めて時間を潰《つぶ》す。それからも何組か客の出入りはあったが、西洋人の青年はまだ画集のコーナーにいた。熱心に誰かの画集をめくっていた。

留学生であろうか。

そっと青年に視線を向けてそう思った。

まだ若い。短く切りそろえた銀に近いブロンドに、薄いあご髭《ひげ》を生やしている。久世のあご髭が場末の占い師だとしたら、青年の髭は流浪の王子のような気品がある。シャツもチノパンツもいい感じのよれ具合であり、気に入った服を長く大切に着ているようで、思わず異国での孤独な勉学活動を応援したくなるような心地がする。

確か、あれは今や世界的な建築家の話であったか。

その人がまだ若く貧乏であった時代、とある古書店で探し求めていた建築家の作品集を見つけたはいいが、先立つものがない。誰にも買われぬよう本棚の奥にそれを隠す。次の日訪れてみると、またその本は最前列に移動している。古書店としては売りたいのだから当然である。そこからは古書店の主《あるじ》との根比べで毎日通い詰め、隠しては出されの攻防を繰り広げたそうである。

そんな話を思い出しながら、僕はその西洋人を好ましく見つめ続けた。大方、美術専攻の学生か何かであり、彼にとって貴重な本を見つけたのであろう。しかし、悲しいかな手元に充分な金はない。それで必死に目に焼きつけようとひたすら画集を睨《にら》んでいる――と、こんなところか。修業時代とは、せつなく、輝かしいものである。だが、きっとその刻苦勉励は報われる日を迎えるであろう。勝手な妄想にひとり胸を熱くし、「頑張れ、名も知らぬ異国の青年よ」と口の中で呟《つぶや》いていると、またからんと鐘が鳴り、誰かが入ってきた。

その瞬間、すすぼけた店内が、春の花咲き乱れるヴェルサイユ宮のように華やいだ。

そこには、制服姿に学生鞄《かばん》を携えた黒坂さちの可憐《かれん》な姿があった。

「十倉さま」

そう微笑む姿を見て、僕は思わず腰を上げた。

「さ……さちさん、どうしてここが？」

「亜門さまに聞きました。よいお仕事を見つけられたようで、おめでとうございます」

「ありがとうございます。大きな声では云えませんが、あまり実入りのよい仕事ではありません」

そう云うと、にこにことさちは店内を見回す。

「でも、十倉さまには合っているように思います」

「実は、僕もそう思います」

そんな会話をして笑いあった。

「しかし、まだお昼前だというのに学校はどうしたのですか」

「今週は中間試験なのです。終わった解放感に誘われて遊びに来てしまいました。それに――」

そこでさちは、何かを云いかけて言葉を詰まらせた。

「それに？」

「はい――あの、最近、あまり十倉さまとお話をしておりません」

その言葉は、じんわりと僕の胃を温かく火照らせた。

「そ、そうですね。待っていてください。今、お茶を淹《い》れます」

僕は急須《きゅうす》に茶葉を入れて、電気ポットから湯を注ぐ。すこし蒸らしてからそれをふたり分湯《ゆ》呑《の》みに移した。いずれも主人が自由に使っていい、と云っていたものである。

「どうぞ」

「すみません」

彼女をカウンターの中に呼び入れ、予備のパイプ椅子を広げてやる。そこに腰掛け、さちは湯呑みを受け取った。僕も無言で熱い茶をすすってみたけれど、この思いがけずやってきたふたりきりの時間にどう対処してよいのかわからない。というか、このまま店を閉めてしまいたい誘惑に駆られてしまう。

しばらく互いに無言が続いた。

店の中には静かに音楽が流れ、あの異国の青年がめくる本の音がたまに聞こえた。

「あの」

やがて沈黙に耐えきれず、僕は尋ねる。

「撮影の方はどうですか」

「昨日で、すこしお休みとなりました」

「お休み、というと」

「久世さまが台本を直したいということで、すこし中断しております。来週には再開されることと存じます」

「台本の直しですか。あいつの書く薄っぺらい話などいくら捻《ひね》っても変わらないでしょうに」

そんな憎まれ口を叩《たた》きつつも、訊《き》きたいことはもっと他に無数にある。

さちさんは、普段どのような生活をしているのですか。好きな食べ物は何ですか。本などは読むのですか。生活で困ったことはないですか。行きたいところはないでしょうか。

しかし、そのいずれも口からは出て来なかった。ようやくふたりきりでゆっくりと話す機会を得たというのに、ただそこに座っていてくれるだけで、もう胸がいっぱいで締め付けられるようである。

そんな僕を目を細めるように眺めたあと、さちは云った。

「十倉さまは、大好きで大好きで仕方ないものなどございますか」

「はい？」

「ああ、申し訳ございません——食べ物のことです。コロッケとか、焼き魚とか、煮物とか、お浸しとか……なんでもよいのです。見ただけで、考えただけで、思わずお腹がくるるるるっと鳴ってしまうほど大好きな食べ物などございましょうか」

「それは、もう無数にあります」

　僕は、身を乗り出すようにして答えた。「十倉家は代々食いしん坊の家系です。たとえば、長兄は肉に目がありませんし、中でも醤油《しょうゆ》とニンニクで味付けしたものが好みです。長姉は完全にアジア料理の虜《とりこ》ですね。中でも最近はベトナム料理に嵌《は》まっていて、昨年夏にひとりで食べ歩いていたようです。父はとにかく魚好きで、中でもアジは安くて栄養があり、どう調理しても美味《うま》いと絶賛していて、二日に一度は朝の食卓にアジが並ぶほどです」

「まあ」

「次姉は、卵の料理が得意でよく作ってくれました。ふわふわのオムレツから、蟹玉炒飯《かにたまチャーハン》、ブロッコリーと卵のスープ、うな玉煮、ああ、次姉の料理は美味《おい》しかった。三姉はまたお菓子作りがうまかった。彼女のおかげで僕はモンブランというケーキの奥深さを思い知りましたし、妹はまだ中学生なのですが、サンドウィッチを作らせたら一家で右に出るものはおりません。しかしなんと云っても母です。母の料理はもう神憑《がか》っておりまして、僕は未《いま》だに母の炊く米より美味しく美しい米は知りませんし、母の作る宇宙にも似た底知れないみそ汁は飲んだことがありません」

　いつしか夢中になって我が家の食事情を話していた僕である。

「す、すみません。つまり僕は食べ物はなんでも大好きです」

慌ててさちの様子を窺《うかが》うと、彼女は瞳《ひとみ》を輝かせて口元に手を当てていた。

「聞いているだけで、さちのお腹が鳴りそうでした」

「調理人は偉大です。美味しい食べ物はいつだってこの世を明るくしてくれますし、世の争いごとすら鎮める力があります」

「本当にそう思います」

柔らかく微笑むさちの笑顔にほくほくとしつつも、

「……で？」

と僕は尋ねた。

「なぜそんなことをお訊きになったのですか」

「ああ」

さちは、鞄を抱くように抱え直すと慌てて告げた。

「申し訳ありません。実は、あそこを出る前に一度、十倉さまに何か作って差し上げようと思っていたのです」

「…………え」

「その、お食事です。十倉さまのお母様ほど神々しいものは作れないのですが……あの、ええと、無論、友楼館では作れません。友人の家のお台所を借りて持ってくる予定でございます。何かご希望の食べ物などございましょうか」

世話になった礼に何か食事を作りたい。

嗚呼《ああ》、なんと可憐な言葉を吐くのであろうか。なんと義理堅い女子であろうか。

どこか泣きそうなほど真剣な顔で尋ねてくる黒坂さちを、危うく抱きしめそうになった僕ではあったけれど——そこは大人の男子としてぐっとこらえた。

あなたさえよろしければ永遠にいてもよいのですよ。いやむしろ天井裏から下りてきて共に暮らしませんか。危うくその言葉が喉元《のどもと》まで上がってきたけれど、それも必死にこらえた。僕らの間の微妙な距離などほんのささいな言葉で壊れることはさすがの僕にも感じられる。

「あの、実は」

代わりに僕は掠《かす》れた声で告げた。

「実は、ここの仕事の給料が入ったら僕こそさちさんに何かご馳走《ちそう》したいと思っておりました」

「そんな」

「よいのです。年上の男子の義務です。僕らもたまにはちゃんとした食事をしましょう。無論、僕とてそんなたいしたものは奢《おご》れぬでしょうが」

云ってしまったあとで、我ながら驚いた。考えてみたら、それはデートと呼ばれるものになるのではないか。

しばし、僕らの間には静かな間があり——やがて、さちは嬉《うれ》しそうに頷《うなず》いた。

「はい。是非ご一緒させてくださいませ」

「そ、そうですか」

「でも、さちも必ず何かお作り致しますので、その約束もどうかお忘れにならないでください」

「もちろんです。とても楽しみです」

そう返すと同時に、足下がぐわりぐわりと揺れているのを感じた。

いや、それは感激で打ち震える僕の膝《ひざ》である。今このような幸せなイベントをくぐり抜けた自分が、なぜか有給の身であることが不思議であった。無論申し訳ないとは思うし、本来ならばバイト先に知り合いの女子を連れ込むという行為自体許されるものではない。けれど、そのことを考えただけで聡《さと》いさちはすぐさま悟り「お邪魔致しました」と去って行ってしまう心地がする。だから考えまい、と店主の顔を思い浮かべて謝った。

「そうだ、さちさんは今年高校三年でしょう」

また沈黙が訪れそうになり、なんとか次の話題を必死に捻りだす。

「進学はどうするおつもりですか」

「進学は致しません。学校の方で就職先を探して頂いております」

「そうなのですか」

就職という言葉を躊躇《ためら》いなく口にするさちに、知らず頭が下がった。

「さちさんは、えらいなあ」

「はい……？」

「えらいと思います。親もなく、頼る当てもなく、それでも明るく、礼儀正しく、この魔都で清楚《せいそ》に生きている。自分など仕送りこそない身ではありますが、いつも最悪熊本に帰ればよい、と心の逃げ場にしている」

「そんな」

「いやお恥ずかしい話ですが、僕は未だ自分が何の為にこの世にあるのかわからないのです。自分がこの東京で何をすべきか、まるで把握出来ていないことをひたすら歯痒《はがゆ》く思っております」

たとえば亜門を見よ。あいつは揺るがない。ひたすら己だけの道を邁進《まいしん》している。軽佻浮薄《けいちょうふはく》な久世でさえ、芝居だ、映画だ、バンドだと四方八方に弾を撃ちまくっている。伊祖島氏は、自主制作映画を極め、すでに社会人として僕に六百五十円のアイスコーヒーを馳走できるほどの甲斐《かい》性持ちであり、宝塚でさえ暗い目をして陰鬱《いんうつ》な映画の淵《ふち》を日々彷徨《さまよ》っている。

一方、僕はどうか。僕がこの身を捧《ささ》げる場所はどこか。対象は何か。まるで見えない。時給七百五十円の職を見つけて、ほくほくとしているなど情けないにもほどがあろう。

まずは行動なのだとは思うけれど、いかんせん何事につけて僕は腰が重い。「人間すべからく単純に生きるべし」とは父の言葉であり、それが世の本質を見抜いた不動の戒めであることに異論はないが、実行するのはまた別の話である。僕としては、一切の迷いなく己が突き進むべき道を見出《みいだ》した者こそが羨《うらや》ましい。たとえば――たとえば才条三紀彦のように。

そこで唐突に気がついた。

ああ、そうか――

春という季節を、嫌う理由。

花々が蕾《つぼみ》を開き、潜んでいた生命力が一斉に噴き出すこの季節に、ひとり居場所を失うような気持ちとなるその理由。

それは、ようやく仲良くなった人々がそれぞれ別のステージへと歩み出し、ひとり置いていかれる心地を味わわされる季節であるからなのか。

そして、同時に気がつく。さっきあの西洋人の青年を見たときに胸を熱くしたものとは――

夢中になれるものを見つけ出した人間に対する憧憬《しょうけい》であった。己の人生すべてを捧げる対象と巡り合った者を見る目映《まばゆ》い思いであった。

僕は、亜門に、久世に、伊祖島氏に、宝塚に——

そして才条三紀彦に、暑苦しいほど憧《あこが》れていたのだ。

長年の疑問が寂しく氷解し、改めてさちの背後を見てぎょっとした。

「…………え？」

いつしかあの外国の青年は、姿を消していた。

中央で店を二分する本棚の両側の通路をそれぞれ見てみたが、どこにも姿はない。

カウンターの席から立ち上がり、さっき青年がいた本棚の前まで駆けた。そして彼が熱心に眺めていた画集を手に取った。そのまま店の出入り口まで進み、扉を開け閉めしてみた。からんころんと音がした。どうやっても扉が動けば音はする。しかし鐘など鳴っていないにも拘《かか》わらず、店内から青年は消えてしまった。

さちとの会話に夢中になり、彼が出て行ったことに気がつかなかったのであろうか。いや、そうとしか思えないのだが、どこか釈然としない。

ふらふらとした足取りで戻ってきた僕に、しかし、さちは涼やかに云った。

「怖くはありません」

「……は」

「きっと、本に宿る人でございます」

さちは、僕が手にしていた画集をそっと受け取り、何枚かページをめくってみせた。

そしてそれを僕の前にそっと差し出す。

おずおずと受け取ると、そこには——

モノトーンの古い写真の中で、さっきの青年が微笑んでいた。

「そんな——まさか」

写真の下には、彼の名がある。さらにその下には、彼が生涯で成した業績が書き込まれている。それらは、芸術にうとい僕ですら知る、人類の芸術史に燦然《さんぜん》と輝く偉業であった。そこには彼の没年も記載されていた。つまり、その青年はすでにこの世にはいない。千九百年代初頭に死んでいた。

では、では、僕が出逢《であ》った彼はなんだというのか。僕に微笑みかけたあの青年は——遥《はる》か大昔に西洋の地で死んだ青年は、現代東京の小さな古書店に何の用があったというのか。

ふと景色の霞《かす》む心地がしたけれど、しかし、不思議とそこに恐怖はない。代わりに、その本を投げ捨てたくなる衝動に駆られた。

ちくしょう、ちくしょう。

どうしようもなく悔しいのはなぜか。

この不可思議な現象にまったく恐怖がないのは、なぜなのか。

それは、すべてこの青年の温かな微笑みのせいである。己の道を見出した者だけが持ち得る——染み入るような笑顔のせいであった。

三章 少女キネマ

七月となった。

七月といえば前期試験シーズンである。

世の大学生を悩ませる夏休み前の一大イベントであり、この時期、構内でもっとも人口密度が高いのは学生会館二階にある通称コピー室であるのは間違いない。

そこには一枚十円で使用できる複合型レーザーコピー機が二十台ほど並び、それでも捌《さば》ききれないほど学生が列を作っている。皆、出席していなかった講義のノートを必死にコピーする学生である。そしてこの時期ほど、にわかに友人の大切さを痛感する時期はなかろう。真面目に講義に出席し、丁寧にノートをとる友人のいない者は、手当たり次第真面目そうな学生を見つけては頭を下げ、何卒《なにとぞ》ノートをコピーさせて頂けないでしょうか、と拝み倒さざるを得なくなる。それで運良くノートを手に入れた者はまだよい。世の中にはノートどころか教科書すら持たず、この時期に慌てて探す剛の者も存在する。

「十倉《とくら》、西洋文学史の教科書を知らないか」

いよいよ明日から前期試験が始まる、という夕刻のことである。

淳峰堂《じゅんほうどう》のアルバイトを終えるなり部屋に戻って試験勉強に精を出していた僕のもとに、突然久世《くぜ》がやってきてそう云った。

壁際にほうっておいてあった鞄《かばん》から教科書を取り出し、

「これだが」

そう見せると、助かった、と久世は一声もらした。そして、すぐさまスマートフォンと呼ばれる高性能ケータイ電話でその教科書を検索し始める。しかしネット上のどの書店でも売り切れであったらしく、まもなく「うおお」とケータイを投げ出した。実にやかましい。

ちなみに今は、天井裏にさちはいない。

本日は学校のあとアルバイトがありますので帰りは九時過ぎになるかと存じます。

そう、さちは朝、にこやかに云っていた。

さちのアルバイト先は、明治二十五年創業と伝わる老舗《しにせ》の和菓子屋であった。駅前のアーケードの中の一角に古びた佇《たたず》まいをみせ、老若男女を問わずファンも多い。一度僕もこっそり様子を見に行ったことがあるけれど、さちが店先に立つと男性客が群がりずいぶんと売り上げに貢献しているようである。たまに、売れ残りを頂きました、とさちが持ってくるみたらし団子を僕も食べたが、味もなかなかよい。あの味でさちの接客つきならば、僕でもなじみにするであろう──なんて思い浮かべると腹が減るが、今の僕はそれどころではない。

さちのおらぬ間に、すこしでも試験勉強を進めておこうと必死であったのだ。久世などの相手をしている場合ではない。

「試験前日に教科書を探し始めるのもどうかと思うぞ」

そう告げると、云うな十倉、と泣き出しそうな顔で久世は喚《わめ》いた。

「こんなもの買う気になれるか。だいたい二十年以上前にこの教授自身が書いたもので、この大学のこの講義にしか使われない、世にとっておよそ無用のものだぞ」

「わかっている。だが、それが大学だろう」

「理不尽だ。あの無能教授め。こんなところで印税稼いでいる暇があったら、もっとわかりやすい講義の仕方でも勉強するべきだ」

「それに反論する気はないけれど、講義をとった以上買うのは仕方あるまい」

「ノートは手に入れたか」

「ここにある」

僕はそれを語学のクラスの生真面目そうな眼鏡男子からコピーさせてもらった。代わりに近代法制史のノートをコピーさせてやる、と云ったらそんなものは持っているとにやりと笑われ、あげく訳のわからぬグラビアアイドルのＤＶＤを買わされた。実に高価な代償であった。

「コピーさせてくれ」

「それは構わないが、教科書とセットでないとなかなか意味がわからないぞ」

「なんとかする」

すぐさま久世は、ノートコピーの束を持ってきたデイパックに入れると、じゃあな、と立ち上がった。

「おい、久世」

「なんだ」

「映画はでき上がったのか。さちさんが出ているやつ」

「もうクランクアップは迎えた」

「何がクランクアップだ。で、いつ上映なのだ」

そう尋ねると久世は、外国人のような仕草で肩をすくめてみせた。

「素人はこれだから困る。これから編集作業に入り、そして録音作業がある。今回はアフレコでやるから、またさちさんに来てもらわないと困る」

アフレコとは、アフターレコーディングの略であるとは僕だって知っている。八ミリフィルムなどはこれで対応するものが多い、と才条に聞いていた。しかし、久世が撮影で使ったのはデジタルビデオカメラであるはずだった。たしか同時録音機能も使えるはずである。

「どうしてアフレコなのだ」

「その方がガヤが入らぬし、撮影時の面倒がないのだ、ど素人め」

まあ、たしかに僕はど素人である。しかし、こと久世に関する限りいろいろと疑いは生じる。たとえば、撮影が終わったらもうさちと会えなくなってしまうからアフレコにしたとか、アフレコ演出時の監督と役者の距離感がたまらないとか。

本来、二十分程度の作品ならば早ければひと月もあれば完成するはずである。それを五月から撮り始め、七月の中旬になってもまだ四苦八苦しているというのは、よほどの事情がない限り監督が無能なのではないか。まあ無能が云いすぎであるならば、意図的である。つまり、さちとなるべく長く関わっていたいという男子的下心である。

「そうではないか」

追及すると、久世はみっともないほど顔を紅潮させ否定してみせた。

「ボクはロリコンではない。たしかにさちさんには、本来の女性が持つべき美しく清々《すがすが》しい魅力を感じてもいる。だが、それとこれは話が別だ」

「嘘だ。その狼狽《うろた》えぶりがいかにも怪しい。おまえは薄暗がりの静かな録音室で、さちさんに手とり腰とり怪しげな言葉を耳元で囁《ささや》いて、ふたりだけの濃密な時間を過ごすつもりであろう。もっと感情を込めて、などと云って彼女の乳に触れたりするかもしれぬ。尻《しり》に触れたりするのかもしれぬ。むがあ、考えたら僕の顔まで紅潮してきたではないか、この変質者め」

「落ち着け、十倉」

呆《あき》れたように久世は云った。

「ボクとて男子であるからそのような夢想をしたことはないと云えば嘘になるが、夢想するやつと実行するやつの間には、明確な違いがある。理性という壁だ。他に世間体という壁もある。ボクにはそこを飛び越えるだけの勇気はない」

「いや、今は昼間で冷静でいられようが、いざさちさんと暗い部屋にふたりきりになってもそうと云えるか。そんなことは考えぬとここで誓えるか」

「誓えるとも」

「では、誓え」

「久世一磨《かずま》は、黒坂《くろさか》さちさんに不埒《ふらち》なことは考えぬ。実行せぬ」

「よし」

「では、おまえも誓え。女子高生の家庭教師などといういかがわしい仕事を持つ貴様だ。ふたりきりで密室にこもるなど、ふとした拍子に何の勉強を始めるかわかったものではない。正しく勉学のためだけの付き合いであるとここで誓え」

「いいとも。僕、十倉和成《かずなり》は黒坂さちとは勉学上の付き合いである。そこにやましい気持ちなどない。持たない」

「よし」

久世と僕は固く小指と小指を結び、では、と別れた。

彼が出て行ったあと、僕は腕を組み、天井を見上げて呟《つぶや》いた。

「久世とさちを関わらせたのは失敗であった」

ここまで久世に誓わせたのには、実をいえば理由がある。六月の後半から蒸し暑い日が続き、さちも妙に軽装で降りてくることが多くなったのだった。要するに短パンとTシャツなどである。涼しい恰好《かっこう》をするのはわかるけれど、それだけ身体の露出が多くなるというものである。はしたない恰好で申し訳ありません、とさちは恐縮していたが、風の通らぬ天井裏では仕方あるまい。問題はいやが上にも香り立つ女子力であり、僕の方の気構えである。そして、より獰《どう》猛《もう》な久世への備えである。

「と……いかん。久世のせいでつい集中力をそがれたが、僕は勉強せねばならないのだ」

頭を振り、再び愛用の卓袱台《ちゃぶだい》に向かった。明日の試験は第二外国語として履修したスペイン語である。そして、そこから始まる怒濤《どとう》の試験科目は十二講義にも及び、それぞれが小難しいことを小難しくこねくり回した質問を投げかけてくると見なければなるまい。自分はそれに対し理路整然と答えねばならぬのだ。それが、熊本にいる父母に対する恩返しであり、学生としての本分なのだ。

そう自分を叱咤《しった》して、再び教科書を開いたときであった。

「十倉、いるか」

今度は、亜門《あもん》が現れた。

ノックもせずに扉を開き、ずいとでかい頭を突っ込んできた。

「何の用だ、今勉学に励んでいるのだ」

迷惑千万といった僕の顔つきも気にせず、亜門は部屋に入り込んできた。

「今更無駄である。俺などノートもとってない」

僕の横にどかりとあぐらをかき、そう嘯《うそぶ》く亜門に唖然《あぜん》とした。

「試験はどうするんだ」

「受ける」

「それで単位を取れる自信があるのか」

「俺は中学からそれで通してきた。普通に授業を聞いていれば試験前に慌てる必要などないはずだが」

そういう人間を話には聞いていたけれど、まさか自分の周りにいるとは思わなかった。

「いいか、十倉。ノートなどとるから駄目なのだ。ここで聞くこの話が生涯一度きりと覚悟して聞けば、大事なことはすべて頭に入るぞ。要は集中力である」

「おまえは天才か」

「天才などこの世にいない。己の理解出来ぬものを有象無象がそう呼ぶだけだ」

亜門はえらそうにそう云い放ち、着流しの中で腕を組んでみせた。

「で、おまえは何をしに来たのだ」

そう尋ねると、亜門はこともなげに云った。

「説教に来た」

「説教？　なぜ僕がおまえに説教されねばならん」

「本道を疎《おろそ》かにしすぎではないか、と思ったのだ」

「今、勉強しているではないか」

「それが間違いだ、と云いに来たのだ」

そもそも、と亜門は唐突に僕の目の前で鼻をほじってみせる。

「アルバイトは、二の次である。学生の本分は勉学だが、おまえの場合それも違う」

「どういうことだ」

「何度も云わせるな。おまえの本道とは亡くなった友人の死に対する決着であろう。おまえは、未《いま》だその友人の死に納得していない。ならば友人として一心不乱に調べればよいではないか。歩け。足で調べろ。その友人の足跡を辿《たど》って納得いくまで調べ上げろ」

「うるさいな、わかっている」

「わかっていたら、すぐ動くべきである。だがそんなおまえはアルバイトにうつつを抜かし、試験となれば慌てて勉強を始める。本末転倒ではないか」

「ちょっと待て」

僕は亜門に向き直った。

「それが普通の学生ではないか。第一、おまえが伊祖島《いそじま》氏に僕が困窮していると伝えたのであろう。それで、伊祖島氏が淳峰堂を紹介し、そこで僕は働いている。つまり、もともとはおまえも深く関わっている話である」

すると、亜門は鼻くそをほじり出すと同時に云った。

「今は悔いている」

そのまま、ぽんとどこかに鼻くそを投げ飛ばした。人の部屋だと思って好き放題する男である。

「聞け、十倉和成。おまえは何の為に生きている」

「なんだいきなり」

「この天のもと、おまえはいったい何を踊るというのか」

奇《く》しくも、その言葉はあの日才条《さいじょう》が天狗《てんぐ》の舞台で僕に投げかけた言葉であった。

僕は呻《うめ》くように「今、探している」と答えた。

「俺にはそうは見えぬ」

「では、おまえに僕はどう見えているというのだ」

「逃げているようにしか見えぬ」

その言葉は、実戦でずば抜けた強さを見せたという肥後《ひご》の名刀、同田貫正国《どうだぬきまさくに》のごとく僕の肺腑《はいふ》を貫いた。掠《かす》れた声で、なんだと、と呟くのが精一杯であった。

「おまえは未だ逃げ続けている。何からかは俺にはわからぬ。だが、逃げている者特有の卑屈な瞳《ひとみ》を今のおまえはしている」

「ほうっておけ」

「そうはいかぬ」

着流しからにゅうと右腕を伸ばし、亜門は僕の初級スペイン語文法やら法学原論やら無数の教科書類を取り上げた。

「勉強などさせぬ」

「無茶苦茶だぞ、亜門」

「無茶苦茶はおまえだ、十倉。まず本道に帰れ。本道を見つけたのち、再び帰ってこい」

これは預かる、と教科書とスペイン語の辞書を枕に、亜門次介《つぐすけ》はそこに寝転んでしまった。


なんなのか、あいつは。

結局、僕は部屋から追い出された。亜門と組んず解《ほぐ》れつの体術攻防を繰り広げるのは容易《たやす》いけれど、何にしても時間が惜しい。腕時計で時間を確認するとまだ五時前である。僕は腹立たしく友楼館《ゆうろうかん》を出た。とりあえず大学の図書館に行けばもうすこし勉強することが出来る。たしか試験期間は夜八時まで開いているという話であったし、あそこならばスペイン語の教科書代わりになるものもあると思われた。

夕暮れ迫り、黄金色に染まる街をひたすら大学へと進みながらも、怒りは徐々にこみ上げてきた。

頑固頭の亜門め。いかに邪魔をしようとも僕には知恵がある。どう道を塞《ふさ》ごうとも切り抜けてみせるほどの才覚はある。そんな心持ちで足早に路地裏を急いだけれど、ふたつめの角を曲がったそこで、撮影機材を持った連中に行き当たった。見れば、小さくのどかな公園で何やら撮影をしているのは、宝塚《たからづか》たちキネマ研究部の連中である。

「よーい、スタッとう！」

どうやら監督は宝塚自身であり、独特の蟬のような声で役者の演技が始まった。

「明日から試験だというのに、ご苦労なことである」

呆《あき》れて行こうとすると、雑用係の一年坊らしき坊主頭の男が僕の前に立ちはだかり、すこしだけすみません、と頭を下げた。言葉遣いは慇懃《いんぎん》だが、絶対通らせないという物腰が無礼である。ここは天下の公道ではないか。僕は気にせず前に進もうとした。しかし、坊主頭がまた道を塞ぐ。すぐ終わりますので、と云った。

「僕は急ぐのだが」

そう告げると、坊主頭は無言で僕を睨《にら》みつけるばかりである。

なんということか。またしても勉学の邪魔者が入るのか。

「そうはいかんぞ」

むかむかとしてきた僕は、バスケ部時代の得意技を披露してやった。一度右側に身体を傾斜させ、釣られた坊主頭の重心をずらすとすかさず左側にステップを踏み、そのまま駆け出した。

「あっ」

坊主頭の脇をすり抜けると、撮影真っ最中の集団の中央を駆け抜けた。

その僕を思わず役者たちが見てしまったのだろう。

「カット、カット！」

そんな宝塚の声が響き、撮影は中断された。

「何してんだ、芳村《よしむら》」

「すみません」

坊主頭を叱った宝塚は、撮影の邪魔をしたのが僕だと気がつくと露骨に嫌な顔をしてみせた。

「またおまえか。何のつもりだ」

「大学に向かおうとしているだけだ」

「今撮影してることくらいわかるだろう」

「僕が止まる義務はない」

ずれた眼鏡の奥から陰気な目つきでこちらを見上げてきた宝塚は、やがてため息をついて、いい行け、と僕を追い払うように手をひらひらとさせた。犬を追い払うような扱いは不満ではあったけれど、時間の無駄である。僕は従った。だが、数歩歩いたところで背中に宝塚の声がかかった。

「熊本の人間というのは、皆おまえたちみたいに非常識なのか」

「なんだと」

「才条しかり、おまえしかり、自分のことしか考えていない。何か目標を認めるとそこに向かって猪突猛進《ちょとつもうしん》する。違うか」

「それは才条三紀彦《みきひこ》だけである」

「ふん」

何やら云いたげに宝塚は腕を組んでいたけれど、やがてまたカメラの設置された方向に戻っていった。


ようやくたどり着いた図書館の席は、どこも埋まっていた。

僕同様、一夜漬けの学生たちであろう。そして哀しいことにスペイン語における教書もすべて借りられていた。完全にお手上げである。天はあくまでも僕の勉学の邪魔をするつもりらしい。為す術《すべ》なく、ひとり貸し出し口の近くのソファで途方に暮れていると、そこに七瀬《ななせ》桐子《きりこ》嬢が颯爽《さっそう》と通りかかった。

「おや、十倉くんじゃないか」

彼女は目ざとく僕を見つけ、そう声をかけてきた。

「こんなとこで貧相な面をさらしてどうした」

「貧相は余計である」

僕は顔をしかめて云った。「スペイン語の教科書がないのだ」

「こんな時期に、それはピンチだな」

キリコ嬢は楽しげに云った。形良い顎《あご》に手を当て、目の前の獲物をいたぶるかのような視線でこちらを見る。

「気にせずに行け」

「そういうわけにはいかない。仮にもクラスメイトだ」

キリコ嬢は、大きめのショルダーバッグからスペイン語の教科書を取り出した。ぼうっと見上げている僕にそれを差し出すと「ほら、受け取れ」と云った。

「いいのか」

「もうだいたい覚えた。武士の情けさ」

「すまん」

僕は万感の思いを込めて拝み手をした。

見よ。やはり学生の本分を貫こうとする者はけして見放されないのである。

だが、教科書を受け取るとキリコ嬢はにやりと笑って云った。

「代わりと云ってはなんだけど、すこしつき合ってもらえないか」

「どこにだ」

「相談に乗ってもらいたいことがある」

僕の了承も得ずに、すたすたとキリコ嬢は歩き出した。

仕方なく、僕も立ち上がりついていった。図書館を出てすぐ近くにある三人掛けベンチに座ると、キリコ嬢は鞄《かばん》からタバコを取り出してくわえた。

「吸うけどいいか？」

「駄目だと云っても吸うのであろう」

「まあね」

カチリ、とライターでタバコに火をつけ気持ちよさげに紫煙を吐いた。

女子がタバコを吸うのはどうかと思うし、そもそも彼女は十八歳の未成年である。しかし彼女の場合、携帯灰皿を用意しているうえ、大柄な身体に実にタバコが似合っている。なので、ついついこれまで注意出来ないでいるし、これからも出来ないであろう。

「これから話すことは、個人的なことなので出来たら秘密にしておいてもらいたいのだけど」

キリコ嬢はそう前置きしてから話し出した。

「伊祖島という人はまだ友楼館にいる？」

「いるが、それがどうかしたか」

すると嬉《うれ》しげな顔をして、キリコ嬢は訊《き》いてきた。

「彼は元気？」

「元気であるようだが」

「あそこは相変わらず、女人禁制なのかね」

「うむ」

話がよく見えない。

同時に、キリコ嬢は何者なのであろうか、と僕は考えた。大学十二年生ともいうべき伊祖島氏と、現役新入生であるキリコ嬢がどう関係するのか。普通の学生は、友楼館が女人禁制であるなどと知るまい。友楼館に伊祖島氏というヌシがいることすら知るまい。

「君はいったい何が訊きたいのだ」

「十倉くん、この間、女子高生の家庭教師をしてると云ったよね」

僕が頷《うなず》くと、彼女は懐かしそうな顔をして打ち明けた。

「高校時代なんだけど。私も家庭教師してもらってたんだよ。伊祖島さんに」

なんだと、と僕は衝撃を受けた。

「友楼館にも遊びに行ったことがある。あそこはすごい。まさに男子の巣窟《そうくつ》って感じだ。通りかかる人皆が皆、私をじろじろと舐《な》め尽くすように見た。視姦《しかん》とはこういうことか、と圧倒されたよ」

「中に入ったのか」

「もちろん。当時の私は伊祖島さんに恋していたからね」

突然、話が核心に入り僕の方が狼狽《うろた》えた。

「つき合ってたということか」

「いいや。私が一方的につきまとっていただけ。あの頃の私は熱かった。やたら彼にまとわりついていた。女人禁制だと断られたりしたんだけど、それも私を追い出すための嘘だと思ってた」

なんということか。大学生という身分で女子高生を友楼館に上げていた不埒《ふらち》な人間が僕以外にも存在したのだ。

呆《あき》れつつも、まじまじとキリコ嬢を眺めた。話してみると口の悪さから途端に女子力が大暴落するけれど、黙って微笑んでいたりすれば十二分に美女で通じる彼女である。ましてある意味ひとつの女子的頂点ともいうべき高校生時代であったなら、現在とはまた別の魅力に溢《あふ》れていたであろう。そのキリコ嬢に部屋まで押し掛けられて、伊祖島氏はどうその誘惑に耐えたというのか。ひょっとしてあの人はゲイか。が、そこでようやく彼女の言葉に含まれた違和感に気がついた。

「ちょっと待て。今さっき彼女は、女人禁制について『嘘だと思ってた』と過去形を使わなかったか。今では嘘だと思わないということか」

するとキリコ嬢は微笑んだ。

「鋭いね、十倉くん」

ということは、何か。

やはり友楼館を縛る「女人禁制の呪い」というのは存在するというのか。

するとキリコ嬢は、ううん、と曖昧《あいまい》に首を捻《ひね》った。

「呪いか偶然かわからない。けど、あそこに遊びに行くといろいろ起きたな。髪形が決まらなくなったり、バイトをクビになったり、親友と大喧嘩《おおげんか》になって絶交したり」

それは、亜門の言葉と合致するではないか。

「けど、一番困ったのが呪いが伊祖島さんの方を向いたとき。つまり、悪いことが彼に対して起こり始めた。もともと変わったところのある人だったけど、すこしおかしくなった。それでつきまとうのをやめた。彼の為に身を引いたの。乙女でしょ」

最後の乙女の項はスルーして、僕は尋ねた。

「具体的に云え。何が伊祖島氏に起きたのか」

「わからないけど——映画を撮ることを恐がり始めたような気がする」

「まさか」

そう思うと同時に、僕は伊祖島氏と喫茶店に行ったときのことを思い出した。

たしか伊祖島氏は、女子を友楼館に引き入れた為、呪いにより映画が撮れなくなったと云っていなかったか。

宝塚によれば、伊祖島氏はキネ研の生ける伝説である。ぴあフェスのあらゆる部門を制覇し、学生の身分ですでにプロとして将来を嘱望され、あのどこまでも伸びる鼻を持つ、異常なる自信家の才条を打ちのめしたほどの人物である。そのような人間が出処すら定かでない古館の言い伝えごときに、映画への情熱を失うはずがない——とは思うけれど、にわかにうそ寒くなってきた。

「うん。それはホントなんだよ。実際、あの人はもうしばらく映画は撮っていないはずなんだ。それでちょっとね。つきまとうのやめた今も責任を感じてる」

キリコ嬢は、らしくないため息をついてみせた。

「で、相談というのは」

僕が尋ねると、キリコ嬢はタバコを灰皿でもみ消し、鞄から何やらビニール製の袋を取り出した。

「これを伊祖島さんに返してほしいんだよね」

「これはなんだ」

「借りてた本とＣＤ」

「いつも持ち歩いてるのか」

「いつか学内でばったり出逢《であ》うかなと」

なるほど、と僕は受け取った。

「それで私が謝ってた、と伝えてほしいんだ。映画を撮ってほしいって。女人禁制の呪いが解けますようにって」

「自分で返さなくてよいのか」

すると、つまらなそうにキリコ嬢は答えた。

「今、ある男子からつき合ってくれって云われててさ。どう答えるにしても、これはそろそろちゃんとけりつけないといけないでしょ」


キリコ嬢と別れた僕は困惑していた。

もうだいぶ暗くなりつつある大学の敷地内で、ひたすら考え込んでいた。

友楼館を縛る「女人禁制の呪い」などが本当に存在するのか。モテない先輩が後輩を巻き添えにする為に作り出した噂ではなかったのか。

「わからん」

しかし、あのまっすぐな言動に定評のあるキリコ嬢がいいかげんなことを云うとも思えない。

とにかくスペイン語の教科書の代わりとはいえ、やっかいごとがひとつ増えたのは確かであった。別れ際にキリコ嬢は「この届け物を今日中に伊祖島氏に渡してくれ」と告げた。明日にも、その告白相手に返事をしなければならないらしい。

「僕はいつになったら勉学に励むことが出来るのか」

とにかく、そこから僕は広い構内を延々彷徨《さまよ》うこととなった。学生事務室に行き、伊祖島氏の取っているゼミの担当教授を訪ね、主要な教室も覗《のぞ》いてみた。伊祖島氏のことである。友楼館に引きこもっているか、外で働いているような気もしたけれど、友楼館に戻る前にまずは学内にいないか確認するべきである。僕に二度手間を重ねている時間などない。

が、結果からいえば、学内のどこにも伊祖島氏はいなかった。最後に、仕方なく西部室棟にあるキネ研の部室にも顔を出してみた。

キネマ研究部は、西部室A棟の二階にある。鉄の扉は開け放たれていて、中を覗くとやぼったい恰好《かっこう》をした男子学生が三人、背中を丸めてカーペットの上に座り、何やら映画を鑑賞していた。

「ちょっと訊きたい」

そう声をかけると、三人とも振り向いた。全員が全員、陰気な目をした小難しそうなやつである。ゴダールがどうのトリュフォーがどうのと一晩中でも熱く語り始めそうな顔つきをしている。

「伊祖島氏を探しているのだが」

そう告げると「君は誰か」と尋ねられた。

「十倉という」

「まさか、友楼館の十倉か」

「なぜ知ってる」

そう訊《き》くと、ひとりがふふんと笑った。小馬鹿にするような笑みである。

「なぜ笑う」

それには答えず、また別のひとりが云った。

「伊祖島氏ならば、何か食べてくると云っていたから三船亭《みふねてい》ではないか」

「三船亭とはどこか」

「正門から駅方面にすこし歩いたところにある食堂だ。伊祖島さんはいつもあそこで飯を食う」

それを聞いて、もうよかろうと思った。小馬鹿にした理由を問い質《ただ》したところで喧嘩《けんか》になるのが関の山であるし、伊祖島氏が大学近くにいると知れただけで収穫である。今度は正門の向こうか、と踵《きびす》を返しかけたところで、さらにもうひとりが云った。

「おまえ、キネ研に入るつもりか」

「なんだと」

「伊祖島氏に勧誘されていると聞いた」

なるほど、そういうことであったか。

宝塚もそれを云っていたが、どうも話がこじれて伝わっているようである。

「そんなつもりはない。僕は映画が嫌いである」

「それはよかった」

三人は顔を見合わせてまた意地の悪い笑みを浮かべた。つくづく感じの悪い連中であった。頼まれたとてこのような部に入ることはあるまい、と肩を怒らせてその場を後にした。

西部室棟を出て、ケヤキ並木を進む。学生たちの群れをくぐり抜けるように正門方向に歩いた。もう日も落ちかけるというのに、蒸し暑さは増すばかりである。シャツの背中に滲《にじ》む汗に身をよじりながら、どうしてこんな不愉快なことをしているのか、と腹立たしく足を速めた。

しかし、五日市《いつかいち》街道に出たところで、そんな心を覆う黒い雲が一度に晴れ渡った。

「おお」

道の向こうからこちらに歩いてくる高校生の群れの中に、一息で僕の沈鬱《ちんうつ》な世界を明るく染めあげる清楚《せいそ》で美しい少女がいた。もちろん、それは黒坂さちである。これからアルバイトであろうか。浮き立つほど見事な制服姿で、どんどんとこちらとの距離が縮まってくる。

慌てて髪を整え、無精髭《ぶしょうひげ》が生えていないかチェックした。

彼我の距離が数メートルに達したところで、僕とさちは目があった。

そして、そのまま互いに歩を進めたところで僕は挨拶《あいさつ》した。

「やあ、奇遇です」

ところが、である。なぜか彼女は立ち止まり、不思議そうな顔をして首をかしげた。そして、愛らしい視線を僕に置いたまま云った。

「……どなたでしょうか？」

――え？

そのまま、我々はすれ違った。見事に、完全なる他人のように。

僕は振り返ったけれど、彼女は一度も振り返ることはなかった。高校生たちの流れに乗るように、その姿は遠ざかっていく。その背中を、僕はいつまでも迷子のように見つめていた。

三船亭にも、伊祖島氏はいなかった。

店の主人によれば、今日は込み合っていたので「じゃあ学食にします」と去っていったらしい。店の主人に礼を告げ、僕は再び大学へと足を向けた。

一刻も早く勉学に邁進《まいしん》せねばならないのに、この負の連鎖はどこまで続くのか。そして今、僕の足がひたすら重いのにはもうひとつ理由がある。先ほどのさちを前にした己の失態である。

さちより年上であるというのに、つくづく僕は配慮の足りない馬鹿者であった。

おそらく学校の友人たちに囲まれていた彼女は、他人の天井裏で暮らしていることなど秘密にしているのだろう。奨学金で通っている手前、家庭教師なども紹介できぬのだろう。だとすればあそこでは他人を装うことが最善であったはずである。そのようなことにすら気がつかず、迂闊《うかつ》に挨拶をしてしまった自分が情けない。

そう思う一方で、さちがあれほど即座に完璧《かんぺき》に他人を演じてみせたことに対する驚きというものもあった。女子は魔性である、という父の言葉が蘇《よみがえ》る。女子とは天性の役者なのだ。僕はさちという少女に過大な幻想を押し付けているのかもしれぬ。大和撫子《なでしこ》など滅んだ種族のはずである。現代に生き残っているわけがない。

そうひとり寂しく、茜色《あかねいろ》に染め上がる空を見上げながら歩いた。

やはり映画は鬼門だ、と思わざるをえない。その鬼門に関わることで、僕はこれこのように螺旋《らせん》のようなしがらみに翻弄《ほんろう》されている。とことん勉学にいそしむはずが、久世に邪魔され、亜門に邪魔され、宝塚に邪魔され、キリコ嬢に邪魔され、あげく大嫌いなキネ研で馬鹿にされ、うろうろとする伊祖島氏を追いかけている。踏んだり蹴《け》ったりである。

が——落ち込んでいても仕方が無かった。手には、未《いま》だキリコ嬢から預かったビニール袋とスペイン語の教科書があるのだ。早いところこの面倒な仕事を片付けて勉強を始めることこそ今僕がすべきことである。

学生会館一階の食堂に到着する頃にはすっかり疲労困憊《こんぱい》であった。

時刻はすでに六時半であったが、試験シーズンのせいか食堂も込んでいる。入り口辺りからしてすでに学生たちで溢《あふ》れていた。そこらで有象無象どもが不必要なほど声をあげ、はしゃぎ回っていた。

この馬鹿どもめ。

そう心で毒づきながら、僕は中を進んだ。あちこちに目を配り、伊祖島氏の姿を探す。長髪で長身のあの姿を求めて学生だらけの食堂を歩き回った。しかし、なぜかどこにも伊祖島氏はいなかった。もう一度入り口に戻り、端から端まで見て回ったが、やはりいない。

暗澹《あんたん》たる気持ちになったときに、ふと刺すような視線を感じた。

そちらに顔を向けると、窓際の丸テーブルには宝塚八宏《やひろ》がいた。スパゲティを頬張りながら、相変わらずのいけすかない目つきでこちらをじっと睨《にら》んでいる。

……また宝塚か。

黙殺しようかと思ったけれど、もう歩き回るのは避けたい。仕方あるまい、と宝塚の席へと近づいた。

「伊祖島氏を見なかったか」

「伊祖島さんに何の用だ」

「どうでもよかろう。場所を知っているなら教えてもらいたい」

「まず、云っておく」

宝塚は、スパゲティをフォークでねちねちとこねながら云った。

「先輩にものを尋ねるならば、ちゃんと敬語を使いたまえ」

「なんだと」

僕は宝塚の小さな顔立ちを睨んだ。

ここまで散々あちこちを歩き回らされたうえ、僕の心の清涼剤、黒坂さちにも公然と無視された今である。僕の闘争本能は限界まで張りつめていたといってよい。つまり宝塚は、表面張力によりぎりぎり均衡を保っていた僕の我慢タンクに最後の一滴を注いでしまったのだ。

「敬語を使う意味がわからん。おまえは現役入学で、今二十歳と聞いた。僕も二十歳である。キネ研の部長か何か知らないが、僕は部員でもないし、おまえを尊敬しているわけでもない。僕がおまえに敬語を使わなければならぬ理由がひとつでもあれば云ってみせよ」

そう怒鳴りつけると、宝塚は息を呑《の》むようにフォークを置いてナプキンで口を拭《ぬぐ》った。

「つくづく、礼儀知らずだな。なるほど才条の友人らしい」

「才条は僕よりももっと礼儀知らずだ」

そう云うと宝塚はうんざりとした顔で頷《うなず》き、それから尋ねてきた。

「おまえは、才条の引き起こした『新歓上映会乱闘事件』を知っているか」

知らん、と僕が席に着くと宝塚は苦虫を嚙《か》み潰《つぶ》すように話し出した。

「当時、オレも才条も新入生で、部の活動を紹介するその上映会に参加していた。正直、伊祖島さん以外の作品はさしたるものでもなかったが、そんなこと普通口に出さないだろう。だが、才条はいきなり立ち上がって叫んだ。クソだな、と」

「それはあいつの口癖である」

「らしいな。それは後で知ったよ。で、いきなり先輩たちに囲まれたわけだ。伊祖島さんが割って入り、自分が話を聞くと云って外に連れ出したからなんとかなったが、そうでもなければあいつは初日に袋だたきにあって千川《せんかわ》上水に浮かんでいたかもしれぬ」

「目に浮かぶような話ではあるし同情もするが、僕と才条は別の人間だ」

するると、宝塚は尋ねてきた。

「訊きたいんだが、あいつは高校のときからああであったのか」

「こんなこともあった」

なぜ才条の武勇伝を披露する場になったのかわからないけれど、僕も口を開いた。

「あいつがラジオ研究部というものを作ったときだ。視察目的で文化会副委員長がやってきた。ちょうどその場に僕もいたのだが、才条は副委員長を愛想よく出迎えてほがらかに部活内容を説明していた。談笑して、一緒に茶を飲み、仲良く別れた。そして扉を閉めた途端云ったんだ。はっ太鼓持ちの三下野郎が、と」

「……それは、非道《ひど》い」

「ああ、非道すぎる。だがあいつは自分にとって益になる相手には天使のような笑顔も出来る。逆にいえばわずかにも利が無いとみるや、クソ野郎、と吐き捨てる。つまりキネ研の先輩たちなど才条にとってそのくらいの価値しかなかったのだ。腹立たしいだろうが、それがあいつだ」

「しかし、伊祖島さんにはあいつも一目置いていたぞ」

「それは実力を認めたのだろう。その新歓のときをよく思い出してみろ。伊祖島さんの作品を馬鹿にしたのか、才条は」

「いいや」

宝塚は考え込むように、顎《あご》に手を当てた。

「ほとんどクソじゃないか、そう云っていた。フィルムの無駄だ、俺に撮らせろ、と」

「ほとんど、と入れたのが僕に云わせればすごいことだ。中には見るべきものがあったということだ。あいつの鼻は天より高い」

「高そうだな」

意外にもそう告げた宝塚の表情は、わずかに懐かしそうなものであった。が、僕の視線に気がつくと、即座に眉間《みけん》に皺《しわ》を寄せた。

「話がずれた」

同時にずれ落ちた眼鏡を押し上げながら云う。

「とにかく何が云いたいかというと、どれほど伊祖島氏に目をかけられようと、おまえは映画に手を出すなということだ。もう未完の映画が溜《た》まるのはこりごりなのだ」

「どうしておまえたちはすぐそうなるのだ。僕は映画なんぞに関わるつもりはない。これを伊祖島氏に渡すように頼まれただけである」

　そう云って手に持ったままのビニール袋をぷらぷらと掲げてみせた。

　宝塚は見るなり、それを早く云え、と喚《わめ》いた。そして食堂の真上を指差す。

「伊祖島さんならば、二階のカフェにいた」

「すまん」

　僕がそう告げて席を立つと、

「これだけは云っておく」

　宝塚は蟬のような声を轟《とどろ》かせた。

「才条三紀彦は女々しいやつであった。でかいことを云うだけ云ってあれほどの映画を完成させずに逃げた。あの世まで逃げてしまった。もう今更誰も糾弾せぬだろうからオレだけでも云う。そして、何度でも云おう。完成しない映画ほど罪の重いものはない」

　振り返り、宝塚のその視線を受け止めた。

「手伝ってくれた人たちの労力、投じた予算と時間、期待した人々の思い、何より生まれ来るはずだった物語——そのすべてに対する裏切りだ。万死に値する」

　宝塚はちんちくりんで、もっさりした恰好《かっこう》をした実にいけすかないやつである。それは揺るぎようがない事実である。だが、こと映画に関する情熱を見る限り、間違いなくキネ研の総帥を務めるに値するそれ相応の人物である——ような気がした。疲れからくる気の迷いかもしれないが。

「才条の友人として、その言葉は受け取った」

そう告げるともう振り返らず、僕は混雑したフロアをかき分けるように食堂から脱出した。

階段を上ってすぐのところに、その学生カフェはあった。

覗《のぞ》くと、そこに伊祖島氏はいた。窓際の席でサンドウィッチを頬張っているその姿を見るに及んで、思わず膝《ひざ》が崩れ落ちそうになる。

嗚呼《ああ》、なんと遠い道のりであったことか。

ようやくこの不毛な放浪が終わるのだ。とっととキリコ嬢の預かりものを渡して、すぐにスペイン語の勉強を始めねば——

しかし、ふらふらと店に入ろうとしたところで、なぜか足が止まった。

……はて。

何か得体の知れないものが、意識の隅に引っかかっていた。どうしても嚙み切れない肉の脂身のような不快感である。それは、誰かが云った何かの台詞《せりふ》——いや、この気持ちは宝塚と別れてから発生したから、おそらくやつの言葉の何かであろう。

「それは、なんであったか」

なぜか、今思い出さねば二度と煌《きら》めかぬ光である気がして一度階段まで戻った。手すりに腕をかけ、もうすっかり日の落ちた暗い空を睨む。

その言葉は、迷い流された僕の現状に一筋の光を注ぎ込むような興奮を与えたはずであった。

そうかそれがあったか、と一瞬思いかけたような気がする。だが、その後続けられた、ある意味雄々しい宝塚の台詞ですべて吹き飛んでしまった。つくづく腹立たしいやつである。僕は、宝塚の陰湿な顔つきを夜空に思い浮かべて大いに罵《ののし》った。

「で、なんであったか」

そもそも、僕の抱える問題とは何か。

どうしてかくも長き無意味な放浪を続けているのか。

確かに僕は、才条三紀彦の放つ光の強さに惹《ひ》かれた人間のひとりである。その為に高校時代のほぼすべてをやつに浸食され、やつの使い走りとなり、やつの映画の手伝いをひたすらさせられた。それについて恨むことはない。楽しかったし、出来上がった作品も素晴らしいものであった。むしろその充実した日々には感謝したいほどである。

だが、やつは東京へと消えた。凡人たる僕に正体不明の熱を宿し、僕の人生の軌道を曲げたあげく、唐突にこの世からも消え失《う》せてしまった。

その瞬間、僕の中でも何かが消えたのだ。

止まるはずの無い時間が、澱《よど》んだ沼のごとく止まってしまった。

それを再び動かそうと、僕は東京を目指したはずであった。この大学へと来さえすれば、あいつが何に立ち向かっていたのかわかると思った。あいつが最後にいたあの屋上に行けば、なぜ才条が空を駆けるようなはめになったのか理解できると思っていた。

が——所詮《しょせん》、僕など太陽に照らされた月のようなものである。日に照らされて己の中にも何か光るものがあるのではないか、と勘違いした憐《あわ》れな月であった。月は単体では光を放たぬ。

太陽が沈んで、ようやく月は月であると知った。

ふとあの晩見た、工学部七号館の屋上から見た景色が脳裏に蘇《よみがえ》る。それは地平まで続く家並みと、星のない黒々とした夜空であった。ただ冷たく夜風が吹き、才条が見たはずの景色など、僕にはまるで見えなかった。なぜ、あいつがここから空を駆けたのか。あいつが追い続けた〝未来永劫《えいごう》変わらぬもの〟とは何なのか。そのどれもまったく降りてくることはなかったのだ。つまり、すでに僕のやるべきことなどないのである。骨のないタコのようにふらふらと風に流される日々を送っていたところで、仕方の無いものであろう——と、そこで、ふと才条の高らかに笑う顔が思い浮かんだ。

その天をも嗤《わら》う傲岸不遜《ごうがんふそん》さの裏に潜む、湿ったような気配を思い出す。同時に、宝塚の云った「女々しい」という言葉を思い出した。

確かに、才条三紀彦の中にはふたりの才条がいる。ひとりは自信家で、天才肌で、僕などに見えもしない何かを追いかけてどこにでも飛んで行ってしまいそうな韋駄天《いだてん》のような男であり——そしてもうひとりは、傷つきやすく、辺り一面に悪態をつかねば生きていかれぬ弱い男である。あいつには一度何かにつまずくとすべてを投げ出すところがあって、俺の城だとまで云っていたラジオ研究部も後輩たちにとられるとまったく行かなくなった。苦労して撮った映画も一度あらを見つけると見返すこともなくなった。静かに内なる炎を滾《たぎ》らせている純粋な鉱石のようであり、それだけにわずかの不純物も耐えられないという性格を持っていた。脆《もろ》さ、といってもよい。何に対しても怒りをぶちまけていたのもそのせいである。

「あいつは最期の瞬間、そのどちらの才条であったのだろう」

あのとき、宝塚は云った。もう未完の映画が溜まるのはこりごりだと。あれほどの映画を完成させずにあの世まで逃げたと。だが、本当にそうか。やつは本当に女々しく逃げるようなやつであったか。無論、映画など撮らぬ僕には才条が立ち向かったものの巨大さはわからない。こと芸術と名のつくものに対峙《たいじ》して志半ばで果てていった者の話は数限りなく存在するが――才条三紀彦もそのひとりだというのか。

考えよ、考えよ。頭が溶けても、考え抜け。ここを逃せば、僕はまたいつ終わるかわからぬ思考の無限回廊を彷徨《さまよ》うはめとなる。間違いなく、僕は何かの真実へと近づいている。

刹那《せつな》、きらりとしたものが頭の奥で煌めいた。心に立ちこめた雲がゆっくりと動く気配がする。

そうか――宝塚はあれほどの映画、と云った。ということはそれは少なくとも、宝塚の目には傑作の予兆があったということである。そして、才条三紀彦は死の間際までその映画の制作に没頭していたはずである。

「そうだ……そうである」

心を覆っていた雲間から、今ようやく光が差す。

僕は、間違っていた。ずっと才条が最期に立っていた場所とは、あの工学部七号館校舎の屋上だと信じて疑わなかったが、いや、そうではない。やつが死の寸前まで立っていたところとは、未完の映画のラストシーンなのではないか。つまり、僕が確認するべきは場所などではなく、やつが命を賭《か》けて撮ろうとしていた――空白のラストシーンなのではないか。

不意に激しい興奮が硬直していた身体を解く。

僕は、すぐさま反転した。

「観なければならぬ」

その未完の映画を、今すぐにでも観なければならぬ。

その空白のラストシーンこそが、すべての答えなのだ。

「それには、伊祖島氏だ」

解き放たれたように、僕は学生カフェへと駆け込んだ。

だが、なんということか。ぐるぐるといろいろ考えている間に、伊祖島氏はすでに店から消えていた。

「あそこの席に座っていた長髪の男性はどこに行きましたか」

売り場にいた調理着姿の五十前後のおばちゃんに慌てて尋ねると、彼女は豊かな頰をにっこりと膨らませて、知らんと云った。

すぐに店内から飛び出した。

学生たちの姿もだいぶ少なくなった暗いキャンパスをひとり駆け、図書館の前までやって来た。先ほどキリコ嬢と話したベンチの前まで戻り、息を整《つ》え、改めて辺りを見回す。近くには伊祖島氏の姿は見えなかった。それからまだ明かりの点く図書館を見やった。スペイン語の基礎活用だけでも夜までにするつもりであったけれど、今やすっかり心から吹き飛んでいた。

「亜門よ、おまえは正しい」

確かに、僕は逃げていた。

未来への希望に満ちあふれた若者が多く密集するこの大学で、今更、死者の足跡を辿《たど》ってどうしようというのか。辿って何かを知ったところで、才条が生き返るわけではないではないか。そんな言い訳を心の中で繰り返し、僕は日々の生活に埋没していた。だが、あいつの死について自分の中で何らかの答えを出さない限り、僕の人生などここから先どこにも進まないのだ。

そして、今僕のやることはひとつである。今こそ才条が命の炎尽きるその瞬間まで切り取っていたものを見なければならない。やつの死に答えを出さなければならない。

それこそ、僕が人生の本道へと還《かえ》る唯一の道しるべであった。


息を切らし、キネマ研究部の部室に駆けつけると、扉は開いていた。

中を覗けば、すでにさっきの無礼な連中もいない。「不用心な部である」と思いつつも、古く明滅する廊下の蛍光灯の下でしばし迷った。

ここで誰かが来るのを待つべきだろうか。

ぼんやりと部室の中を眺めた。十畳ほどの広さで、入り口で靴を脱ぎ、地べたに直接座るタイプの部室である。正面に三十インチほどのモニターが設置されている。さっきの連中が映画を鑑賞していたものであった。その右側には本棚があり、漫画や映画雑誌が無造作に突っ込まれている。左側は機材などを収納する棚となっていて、こちらはちゃんと整理されていた。数台のカメラや照明器具、レフと呼ばれる反射板などが見て取れた。ものを作っている雰囲気が妙に懐かしく感じられる。ここには、才条のラジオ研究部に通ずる何かがあった。

才条もここで映画作りをしていたのだろうか。

その奇麗ともいえぬ部室内をじっと見つめていると、こちらに背を向け懸命にフィルムを繋《つな》ぐ才条の姿が浮かぶようである。そして僕の目にだけ映る才条三紀彦は、ブルーのライダース風ブルゾンを着ていた。それは今や懐かしい才条が愛着していたものであった。才条は背を丸め、忙しく手を動かして指ほどの大きさのフィルムをたぐっていた。

ひとつ頭を振って、その幻影を追い払った瞬間――

「やあ」

その声にびくりとして振り向くと、そこには背の高い人物が立っていた。

「伊祖島さん」

明滅する廊下の蛍光灯に照らされた伊祖島氏は、まるでいつか見た死神のような気がした。その黒い衣服が、光に浮かんでは闇に溶けていく。

「すみません、勝手に覗《のぞ》き込んでいて」

「ああ、いいんだよ。扉を開け放しておくほうが悪い」

そんなことを云いながら、伊祖島氏は靴を脱いで中に進んだ。

そして、持っていたカメラを丁寧に棚にしまった。伊祖島氏はいつものよれよれのスプリングコートにとがった帽子をかぶっていたが、今日はどこか食えない魔法使いというより、疲れた墓守のように見えた。

「あの」

その背中に僕は尋ねた。

「伊祖島さんは一年半前のことを覚えていますか」

そう質問すると、不思議そうな顔をして振り向いた。

「才条三紀彦が、七号館から落ちたときのことです」

「ほう」

伊祖島氏は、そう声をあげた。

そして、入りなさいと僕を中に招き、扉を閉めた。

「遠慮しなくていいよ。今日はもう部員たちは来ないでしょう。今の部員たちはあまりやる気がないのです」

それから汚い座布団をふたつ軽く叩《たた》くと、そのひとつの上に腰を下ろし、もうひとつを僕に差し出した。僕も靴を脱いで中に入り、そこに座らせてもらった。

「やはり、君は才条くんの友人だったのですね」

伊祖島氏は微笑み、僕は、はいと頷《うなず》いた。

「才条が最後に撮っていた映画はここにありますか。いつか伊祖島さんがおっしゃっていた、未完の映画です」

「ある、と云ったら？」

「見せてほしいのです」

「どうして、今になって？」

伊祖島氏は、透明な視線を向けながら訊《き》いてきた。

「それは――」

才条の死について答えを出したいのです。あいつが、死の直前に立っていた場所に僕も立ちたいのです。

そう云うと、伊祖島氏はしばらく押し黙ったあとに云った。

「覚悟がついた、ということですか」

…………覚悟？

その言葉に、冷たく身体が硬直した。

「そう、覚悟です。才条くんがどうして死んだのか。事故なのか、他の理由なのか。君はここまでずっとひとり苦しんできたのでしょう。君が本当に気がついていないのか、意識的に気がつかないようにしているのか、私にはわかりません。けれど、ここまで映画を嫌い、遠ざけ、苦しんできたということは――おそらく君は、才条くんの死に何らかの関わりがある」

「…………」

「少なくとも、君自身は心の底でそう思っているはずです。その現実と向き合う覚悟が出来たということならば――その映画を見せましょう」

何の言葉も返せず、ただ黙って俯《うつむ》いていると、

「まあ、いいでしょう」

やがて、伊祖島氏はそう云ってステンレスの棚にある引き出しを開けた。そこから一本の八ミリリールを取り出す。

「これが、才条くんが最後に撮っていた映画です」

蛍光灯に照らされた伊祖島氏の顔が、僕を見据えた。

「現場に遺書はなかったと聞きます。そして彼の死がただの事故なのかどうか。それはこれを観たところでわからないかもしれない。しかし、彼が対峙《たいじ》していたものの一端くらいは摑《つか》めるでしょう」

伊祖島氏は、にこりと笑った。

「では、始めます」

映写機の準備が終わり部室の電気を消すと、投写口からの淡い光の束がテレビモニターの手前に吊《つ》るされた簡易スクリーンの上で収斂《しゅうれん》された。八ミリフィルム特有の粒子の粗い映像が、ぷちぷちという音とともに映し出された。真っ暗な画面に時折花火のような何かが浮かび上がり、かすかな残像を残して消える。やがて、そこにピアノが静かに流れ始めた。聞いたことのない、メロディもよくわからぬただの不思議な音の連なりであったけれど、それは妙に懐かしく感じられた。同時に、タイトルが静かに浮かび上がる。

そこには、白い文字で『少女キネマ』と題されていた。

カメラに映し出されているのが、どこかのガラス窓から眺めた雨の日の景色であることがわかった。それが誰の視線なのかわからないけれど、その者がとても強い想いで外の景色を眺めていることが感じ取れた。

その映像の序章は、僕が観たどの才条の作品よりも張りつめた緊張感があり、思わず背筋が伸びていた。スクリーンの反射光に顔を照らされながら——あいつが大学において、高校時代とは明らかに違う、次の段階に進んだことを僕は知った。

それは、もういない少女を追い続ける話であった。

映像はすべて一人称、つまり主人公の視点でカメラが固定され、どこかドキュメンタリーのようであったけれど、登場人物たちの言葉はすべてカットされている。誰もが主人公に語りかけてくるけれど、それらはぱくぱくと口を開くのみであり、音として記録されていない。

「そう、台詞《せりふ》はない」

暗闇の中、伊祖島氏が静かに云った。

「もともとつけないつもりであったのか、未完成だからかはわからない。しかし、この映像には台詞などなくとも充分惹《ひ》きつけるものがある」

僕は頷いた。

主人公が見る景色、その順序、そして視点を止める時間——そのすべてが主人公の深い悲しみを表していた。誰かを永遠に失った者だけが持つ喪失感がそこにあった。主人公は歩いた。街、川沿い、工場跡、廃墟《はいきょ》——その緩やかな手持ちのショットは、何度も撮り直したものであろう。すべてが計算されていて、偶然撮れたと感じさせるものはない。そして、舞台は大学構内へと移った。しかしそこがこの大学だと気がつくまでずいぶんと時間がかかった。見慣れた景色であったはずが、まるで外国の別の街であるかのように切り取られていた。

「カメラには、努力だけでは行けない領域がある」

伊祖島氏の言葉に、僕は呻《うめ》いた。

「彼は、最初からその一線を越えている」

　そういえば、と僕は思い出す。

　高校のときなどに観た、才条の映画にある違和感だ。最初のカットからなぜか、ああ才条の映画だ、とわかるのだ。喜劇だろうと恋愛劇だろうとそれは変わらずあった。独特の物語展開がそう思わせるのかと思っていたけれど、それはカメラのカット自体から来るものであったのだ。

「彼は、私たちとはまったく別の視点からこの世界を見ていたのかもしれません」

　伊祖島氏がそう告げた瞬間、不意に音楽は転調した。

　せつなげな低い音の連なりは、高く澄み切ったメロディへと生まれ変わる。と同時に、映像の中の光景も一気に開けていた。それはまるで、暗い森を抜けたそこに人の手に穢《けが》されていない澄み切った泉が現れたかのようであった。大気と気温と植物の呼吸が渾然一体《こんぜんいったい》、絡み合ったような美があった。その風景が見慣れた井《い》の頭《かしら》公園であると気がつくのにまた時間がかかる。それほど、光を計算し尽くして撮られたその映像は、日常を非日常へと昇華させていた。

『光を究めたものが映画を制する』

　あいつはいつもそう云っていたけれど――この映像は光を制御し尽くしているようにしか見えない。僕にはどうやって撮ったのか、いや、生きた人間が撮った映像であるとすら思えない。

　きらきらと景色は巡る。主人公の心的葛藤《かっとう》を代弁するように、情景は時に跳ね、時に爆《は》ぜる。光を弾《はじ》き、光を纏《まと》う。微《かす》かに景色が垣間《かいま》見えるほどの暗めのシーンにも、明確な意思があった。光を描くための闇である。才条の世界では、闇など光を美しく描くためのスパイスに過ぎないのだ。極彩色の世界。金糸銀糸のきらびやかな光の可能性は、無限なのだ。才条三紀彦の描くこの世界で、やつは間違いなく神なのだ。

だが、だが——それだけではない。この映像には、美しく展開される風景と音楽以上の何かがある。心の奥底からどうしようもなく激しい感情を引きずり出す。それは何か。この駆け出したくなるような、泣き叫びたくなるような、せつなさは何なのか。

刹那《せつな》——

唐突に、世界から音が消えた。

暗く、どこまで広がっているかもわからぬ無音の世界に、僕は投げ出されていた。

耳が痛くなるほどの無音の世界に、僕は投げ出されていた。

そして、虚無ともいうべきそこにはもうひとり誰かがいる。背を丸め、ブルーのライダース姿の男子を認めた。

頭を振った。

しかし、彼の姿は消えなかった。

声をかければ振り向きそうなくらいリアルな姿で、才条三紀彦はそこに座っていた。無音の空間で、懸命にスプライサーでフィルムを繋《つな》いでいる。時折、フィルムを電灯に透かし、首を捻《ひね》る。数カットスプライサーで切り取り、また繋ぐ。また透かす。ただ延々とその繰り返しをしていた。

「……才条」

僕はその背中に声をかけた。

だが、やつは振り向かなかった。ただ黙々と同じ作業を繰り返していた。一秒間に二十四コマあるフィルムのうち数カットを取り除く。ほぼすべての人間はそこに明確な違いなど見出《みいだ》せぬだろう。だが彼はそれが無性に気にかかるらしく、わずかな印象の違いをひたすら追いかけていた。

「もうやめろ、才条」

掠《かす》れた声で、僕は云った。

「映画の魔物に呑《の》み込まれるだけだ。そんなことで大事な命を削るな」

そうやつの背中に云って聞かせた。だけど、彼はフィルムの編集をやめなかった。ひたすら首を捻り、頭を掻《か》きむしり、指を動かす。額に玉のような汗を浮かべ、口元では意味不明な言葉を呟《つぶや》き続けていた。

――無駄である。無駄である。映画芸術の答えなど所詮《しょせん》おまえの中にしかなく、どこまで追いかけてもきりがないのだ。そもそも終わりなど存在しないのだ。

たまらなくなってその背中に手をかけようとしたとき、ふと彼の向こうに何かが見えた。目映《まばゆ》く、澄み渡るどこか別の世界に続く穴だった。そして、その穴が拡大していくにつれて、光に包まれるように才条は輪郭を朧《おぼろ》にしていった。

「………あ」

そのとき、圧倒的な光の向こうに誰かを見た気がした。

それはひとりの少女であり、けぶるような微笑みを見せていた。魂さえ溶けていくような温かさを持ち、思考すら凍りつかせるほどの郷愁がある。目を合わせてはいけないと考えてしまうほどの畏《おそ》れがあり、そんな抵抗などまるで意味を成さないほどの慈愛がある。微笑みは光とともに螺旋《らせん》を描き、こちらを否《いや》が応でも向こうの世界へと引きずり込んで行く。

——この子だ。

この子が、もういない少女なのだ。映像の隅々から漂う喪失感の正体なのだ。そして彼女のいる世界とは生きた人間が踏み込むべき世界ではなく——一度踏み込めば、二度と戻ってこられない世界なのだ。

「や、やめろ、才条——」

思わず、そう叫んでしまった。

「呑まれるぞ、やめろ」

しかし、僕の手は彼の身体に触れることなく、その姿は溶けるように薄くなっていく。ブルーのライダースの向こうに闇が透けて見えるようになっても、才条は編集をやめようとしなかった。不意に音が戻ってきた。地鳴りのような、レコードのかけ始めのノイズのような、ぽつぽつとした音であった。それが向こうの世界から聞こえてくることを知った。才条はその音にわずかに顔を上げる。初めて手の中のフィルムから目を外し、その向こうの世界に視線を向けた。その横顔を僕は見た。才条は、ただ真摯《しんし》にその世界を網膜に焼きつけようとしていた。網膜から脳へ。脳から指へ——そしてフィルムへ。彼の姿が確認できないほど溶けたとき、彼は再びフィルムに向き直った。フィルムをまた数カット切り離したときに、その姿は消えた。

音は静かに低く小さくなっていき、同時に向こうの世界への穴も収縮されていく。感じ取れないほどのスピードで、しかし確実に小さくなって、そして消えた。

「ここまでです」

その声が――

伊祖島氏のものであると気がつき、ようやく我に返った。

そこは暗い部室だった。汚い座布団に座り、水をかぶったように身体中が汗で湿っていた。目の前の簡易スクリーンには黒い画面だけが映っていて、音楽だけはまだ続いている。映写機の先端から延びる光の線に埃《ほこり》が舞っていて、それすら才条の作品であるような気がする。

しばらくぼうっとしていると、やがてカラカラとリールの音が響いた。

「どうでしたか」

伊祖島氏は立ち上がり、部室の電気を点《つ》けて尋ねてきた。

その問いに対し、何を答えてよいかわからない。僕はまだ今観た映像の世界から抜け出すことが出来ずにいた。

「あいつは……天才すぎます」

しばらくして吐き出すように告げると、

「天才、ですか」

伊祖島氏はそう呟き、映写機に近づいてフィルムを逆回転させた。しばらく無言でいた伊祖島氏であったけれど、やがて静かに云った。

「それは便利で、とても安易な言葉だと私は思います」

「……安易？」

「天才は努力などしないと思いますか。天才にもの創りの苦しみがないと思うのですか」

伊祖島氏はじっと僕を見据え、そう続けた。

「天才という言葉は、天才と呼ばれる人々に対する最大の侮辱なのです」

それは亜門にも云われた言葉であった。天才などこの世にいない。己の理解出来ぬものを有象無象がそう呼ぶだけだ——そう亜門は云っていた。

「申し訳ありません」

僕が謝ると伊祖島氏は微笑み、そして巻き戻し終わったフィルムを手に云った。

「つくづく、未完成なのが悔やまれると思いませんか」

僕は彼の顔を見た。

「それはそうですが」

彼が何を云いたいのかわからずそう返すと、

「この映画を、完成させてみませんか」

伊祖島氏はフィルムを僕に差し出した。

言葉がついえた。

とてもではないが、手など差し伸ばせない。そのフィルムを受け取ることなど出来ない。

奇妙な云いようで申し訳ないけれど、と伊祖島氏は云う。

「この『少女キネマ』は未完にも拘《かか》わらず、とてつもなく完成度が高い。クライマックスへと続くその展開には、観る者すべての胸の奥を掻きむしる何かがあり、それだけに突如訪れる空白のラストシーンで不思議な喪失感を味わわされる」

それから、僕の瞳《ひとみ》の奥を覗《のぞ》き込むように見つめて告げた。

「あの空白には何があったのか。この物語はどういう結末を迎えるはずであったのか――そしてもし、あの空白に誰かが正しいピースを埋めることが出来たなら。大袈裟《おおげさ》なようですが、止まった何かが動き出すような気がするのです」

不意に周囲の壁が迫ってくるような心地がして、息苦しさを覚えた。

ここがどこであるのかわからなくなるほど、頭の奥がぐらぐらと傾き始める。

「止まった何か、とは」

かろうじてそう訊《き》き返すと、伊祖島氏は長い髪の毛を掻き回しながら答えた。

「さあ、濁ったどぶのような大学の現状かもしれないし、ぱっとしない日本映画界かもしれない。停滞したままのこの国の経済かもしれないし、不毛な民族主義かもしれない。何かはわからないけれど、それはきっと人が人である限りけして疎《おろそ》かにしてはならない、とても大事な何かです」

僕は首を振った。

「無理でしょう。僕は映画など撮ったことはない」

「誰でも最初はそうです」

「素人なのです。情熱もない。僕は太陽でなく、太陽に照らされていただけの月なのです」

立ち上がり、そう呟いていた。

いや、月ですらないかもしれぬ。月であると思っていた街の量産型蛍光灯であったのかもしれぬ。今、才条の最後の映画を観て、そう思った。あいつの立ち向かっていたものの巨大さをまるで理解していなかった。その苦しみをまるでわかっていなかった。そして――ようやく、自分がなぜ逃げていたのかを知った。見当違いに映画を憎んでいたのかを知った。

伊祖島氏に礼を云ったのかも定かではない。とにかく逃げるように部室を出ると、辺りはすっかり夜となっていた。深く濃い闇の中、僕はふらふらと歩き出した。

曇天の隙間には、上弦の月があった。

半円を描くその様は、まさに僕そのままの不完全さであった。

「おお、十倉」

「おかえりなさいませ」

「遅かったな」

友楼館２Ｃの部屋へと帰り着いた僕を出迎えたのは、なぜか調子っ外れに明るいそんな三つの声であった。久世とさちと亜門である。

「なぜ」

僕の部屋で宴会が始まっているのか。

いや、そもそも、なぜさちが制服姿で堂々と皆の前で微笑んでいるのか。

そう問い質《ただ》そうと思ったけれど、まあまあ、と久世に引っ張り込まれて座らされた。

「遠慮するな。ここはおまえの部屋だ」

「誰も遠慮などしていない」

むしろおまえたちが遠慮しろ、と云いかけながら部屋の隅に鞄《かばん》を下ろして絶句した。部屋のあちこちにはすでに二十を超えるビールの空き缶が転がっていた。さちはウーロン茶を手にして正座姿で微笑んでいるから違うとして、これだけの量を久世と亜門だけで飲んだのか。

「おい、なんで」

「まあまあ、駆けつけ一杯」

赤い顔をした久世が、僕に紙コップを手渡し、そこにすっかりぬるくなったビールを注ぎ込んだ。

「乾杯」

と、亜門が持っていた缶ビールを合わせてくる。

「待て。試験を明日に控えて、何が乾杯だ」

「試験が近いからこその決起会である」と亜門が云った。

「見ろ。さちさんは、みたらし団子で花を添えてくれた」

久世が指差すそこには、店の売れ残りか、パック詰めされて溢《あふ》れそうなほどのみたらし団子が詰め込まれている。

「さちさん自体が花ですけどね」

久世のおべんちゃらも相変わらずである。

「申し訳ありません。玄関先で立ち去るつもりではいたのですけど」

さちがおどおどした様子でそう云いかけるのを、いいのです、と久世は呑気《のんき》に云い放つ。

「むしろこれはこの友楼館にとって僥倖《ぎょうこう》です。見ろ、亜門。女人禁制などやはりただのくだらん云い伝えに過ぎん。さちさんがこの通り中に入っても何も起きぬではないか」

「……まあな」

亜門は、むっつりとそう答えていた。

僕は僕で、さちのいつもと変わらぬ姿に少々狼狽《うろた》えていた。夕刻、大学近くですれ違った他人行儀な姿はそこにはない。あれは気の急《せ》いていた僕が見た幻であったのではないか。もしくは、単に他人のそら似であったか。

「何にしてもめでたい。今日は長らく友楼館を意味不明に縛っていた呪いが解けた日でもある。というわけで、ボクたちはここで酒盛りを開催したというわけだ！」

久世が叫び、またビールを掲げた。

というか、近所迷惑もいいところである。

「わかったから、すこし声を小さくしろ」

そう注意してから、僕は改めて部屋中に散らばる何やら外国銘柄のビールを眺めた。

「よくこれだけのビールを買う金があったな」

「ボクの友人の父親が貿易会社をしているらしくてな。演劇部に差し入れとしてくれた」

久世は赤い顔をして得意げに説明を始めた。

「ところがだ。モノは粉っぽいと評判のイギリスビールじゃないか。部員たちは最初のひと口こそ口をつけるが、結局日本産のビールがいいと放置する。まあそれは新歓の時期の話であるのだが、そういうわけで部室の片隅にいつまでも段ボールのまま置かれていたのがこれだ。ボクは別にヨーロッパのビールでもいける。ギネスだって大好きだ。亜門も文句を云うまいと持ってきたらこの通りだ」

「これはこれでなかなか美味《うま》い」

亜門はなんともいい顔をしてにやりと笑った。

おまえはただ酒ならなんでもいいのであろう。そう僕が胸の中で囁《ささや》いたことに気がついたのか、亜門は手の中のイギリスビールを額まで掲げ、一席ぶち始めた。

「酒の歴史は、人類史に匹敵する悠久の歴史である。つまり我々の体内を構成する遺伝子には、酒なくして語られぬ太古よりの領域があるのだ。このイギリスビールは、たしかに日本人好みではないかもしれぬ。だが、そこには四海を制し、産業革命を起こした誇り高きかの国の民族を長年癒《いや》し、力づけた荒々しい何かがある。生まれは異なれど、それは同じ男子たる亜門次介に朗々と訴えてくるぞ。これを飲んで血を燃やさぬやつは男子ではない」

意味がわからない。

とりあえず僕もそのぬるいビールをひと口飲み、さちの横に腰掛けた。

「大丈夫ですか、さちさん」

「はい、楽しい席でございます」

「いいなあ、いいなあ、十倉はいいなあ」

久世がうるさかったが無視して、小声でさちに云った。

「なるべく早く追い払いますので」

「いいえ、どうぞお気になさらず」

さちはいつもと変わらぬ無垢《むく》で温かな微笑みを見せた。

その笑顔を見つめていると、やはり昼間のさちは別人であったのかもしれぬ、と思えてくる。世の中には三人ほど似た人間がいるとはよく聞く話であるけれど――どうにも腑《ふ》に落ちない。やはり女子とは魔性であるのか。

寂しくそんな考えに浸されつつ、再びビールに口をつける。けれど、まるで味などわからなかった。ただ苦い液体が食道を伝い胃に落ちるのみである。それは『少女キネマ』によりもたらされた熱以上に、ようやく悟った才条を巡る真実の重さのせいであろう。

が、それは僕だけであり、亜門と久世のふたりを中心とする宴《うたげ》は、しょうこりもなく盛り上がっていった。話題は多岐に亘《わた》り、校風の衰退とか卒業生の惰弱ぶりとか低レベルな教授陣などから、現代日本の問題点について様々な考察がなされた。

「ところで、おまえはどこに行っていた」

話題が一段落ついたところで亜門はそうこちらを睨《にら》んできた。どの口でそんな台詞《せりふ》を吐きやがるか、と亜門を睨み返すと、彼は僕の顔に目を留めるなり、そのまま「ふうむ」と黙り込んだ。

「なんだ」

「目が変わったな」

「目が？」

「逃げているものの目ではなくなった。ずいぶんと打ちのめされているようではあるが」

亜門はひとりそう頷《うなず》きだした。

そして、ならばこれを返そう、と背後から僕の初級スペイン語文法と教科書類を取り出す。

「受け取れ」

「当たり前である」

こいつのおかげでずいぶんと勉強の時間が削られたわけだが、それはよしとしよう。おかげでこいつの云う本道とやらに僕は戻れた。ここからどうすべきかは相変わらず霧の中ではあったけれど、とにかく酒宴などに逃げている場合ではない。とりあえずこの宴会を終わらすべきである、と僕は、赤い顔をしてさちに話しかける久世の袖《そで》を引っ張った。

「おい、久世。お開きだ」

「何を云うのか、十倉。まだこれからだろう」

「こんなところで飲んでいていいのか。勉強しないと単位を落とすぞ」

「やめろよ、せっかくノートをコピーし終わって気が大きくなっていたのに」

「勉強はそこからであろう」

「まあ、なんとかする」

久世は、頭をとんとんと叩《たた》きながら「昔から要領はいい」と自慢した。

たしかに要領はよさそうである。これで教科書もノートも持っている僕の方が単位を落としでもすれば目も当てられない。

「いいから出て行け。僕は勉強するのだ」

だが、久世も亜門もまるで聞いていなかった。

「さちさん主演のあの映画だってな、初めて撮るわりにはたいしたものだと思うぞ」

胸を張る久世に「ほう」と亜門が云った。

頭をささえながら、くちゃくちゃと噛《か》んでいた。すっかり酔いが回ったときの亜門のスタイルである。

「完成したのか」

いつの間にか亜門の手元には好物のホームランイカがあった。それを寝転がり、肩肘《かたひじ》ついて
「美味そうだな、亜門」

「久世にはやらぬ。で、完成したのか」

「まだだ。もうすぐ編集も目処《めど》がつくが、試験が終わるまではお預けだな」

途端に亜門は、ふん、と鼻を鳴らした。

「いっそ永久にお蔵入りさせるがいい」

「何を云う」

「試験ごときで止まるような作品など、どうせたいしたことあるまい」

「云ったな。一度作品から離れて俯瞰《ふかん》してみることも必要なのだぞ」

「俯瞰してみなくともわかる。駄作だ。失敗作だ」

久世は、赤くなった顔をより赤くさせて立ち上がった。

「亜門に何がわかる。これは芸術だぞ。だいたい主演しているさちさんにも失礼ではないか」

「さちさんを引き合いに出すな。最終的に映画とは監督のものだ。監督次第で凡庸な脚本も凡庸な役者もすべて変わる。最終的に役者のものとなる演劇とはそこが違う」

「ずいぶんえらそうなことを云うではないか。キリコ嬢に聞いたぞ。貴様は映画を撮ったことなどないと云ったそうではないか。撮るやつの気が知れぬと。にも拘《かか》わらず、どうしてそれだ

けの口が叩ける」

それはな、と亜門は醒《さ》めた口調で呟《つぶや》いた。

「俺の血統上の父親が映画を撮っているからだ」

その言葉に、一同、え？　と亜門を見た。

「父親って——亜門という名の監督って……えええ？」

久世が口をぱくぱくとさせた。僕も初耳である。亜門といって思い浮かぶのは、今や日本国内だけでなく海外でも高い評価を得る映画監督、亜門登志雄《としお》くらいしかいない。

まさか、と呟く久世に、亜門は苦々しく頷いた。

「亜門登志雄は、我が父である」

「うええ？」

僕も久世もさちに至るまで、みな目を見開いて亜門を見つめた。

「映画芸術に魅入られた者を家族に持つ不幸は、映画芸術に魅入られた者を家族に持ったやつにしかわかるまい」

亜門はそんなややこしいことを吐き捨てるように云った。

「あの男のせいで、我が家族はどれほどの迷惑をこうむったと思う。やれロケハンだ、やれ撮り直しだ、やれ打ち上げだ、と我が家族の団らんが何度破壊されたことか。竜を見に行くぞと幼稚園児の俺に告げ、ヴェトナムの地下洞窟《どうくつ》へと連れ出されたとき俺は現地の風土病で死にかけた。玄奘三蔵《げんじょうさんぞう》の足跡を辿《たど》るぞ、と母とともに西安《シーアン》に連れて行かれたのは俺が小学五年のときだ。それも突然イメージが浮かんだと云って俺たちをチベット国境に放り出してやつはひとり帰国した。中学のときなど、夜中にイメージが消えたと叫び出し、あいつは家を破壊し始めた。壁に穴が空くというレベルではないぞ。突如、茶の間に灯油を振りまいて火をつけたのだ。騒ぎに気がつかずそのまま寝ていたら、俺と母は焼死するところであった。つまりそういうことだ。監督という人種は自分の為だけに生きる。あるかなきかもわからぬふわふわとしたものを追いかけて生きる。それが真実なのだ。映画監督など、エゴと自己愛で周りの見えなくなったろくでなしの集団である」

皆、唖然《あぜん》と亜門が語る様を見た。

亜門はホームランイカをぶちんと嚙みちぎり、その串《くし》で久世を指した。

「いいか。おまえが夢見てる映画芸術とはな、そういう人種が陥るこの世の地獄のひとつである。映画に人生を狂わせられた人間などこの世には無数にいる。だが、自分の人生だけならばまだいい。そういう馬鹿の家族に生まれついてみろ。生まれたときから暴風の中にいるようなものだ。あいつらは、自分にしか見えぬ景色を追い求め、あらゆるものを犠牲にする。免罪符は、芸術の為、だ。俺はそんなものを芸術と認めぬ。芸術とは人を幸せにするものである。他人を不幸にするものはすべて偽物なのだ。芸術家きどりのペテン師である」

「亜門」

僕は口を挟んだ。「亜門登志雄監督は数々の賞を受賞した、ある意味現代日本でもっとも評価されている監督であろう。その人を捕まえてペテン師はないのではないか」

すると、亜門はまた鼻を鳴らした。

「割が合わぬ」

「割、とは」

「あの男が生涯で撮った映画は今のところ二十五本である。そのうち賞を取るなどしたのは、たった四本である。二十五本中、四本であるぞ。打率にして一割六分だ。マイナーリーグでももっと打つやつなどいくらでもいる。許せないのは、賞を取ろうが取るまいが、二十五本すべてで俺と母はことごとく血を舐《な》めるような苦労をさせられてきたということだ。俺はここに宣言したい。映画など撮る人間は妻帯するなと。家族など持たず、独り好き勝手に暮らしていくべきであると。だが映画を撮るような人間に限って、やたら惚《ほ》れっぽい。主演女優に惚れ、主題歌を歌う歌手に惚れ、スタッフに惚れる。そして撮影が終わると熱が冷めたように恋も冷める。あげく女遊びは芸のこやし、などと嘯《うそぶ》いてみせる。その度に家族がどれほどの苦労を重ねると思うのだ。やつらは間違いなく人でなしである」

鉄のような説得力であった。

さすがの久世もいつの間にか部屋の隅に移動し、そこで膝《ひざ》を抱えていた。

しばらくしんとした部屋で、ひとり亜門がビールをすする音だけが響いた。

僕も無意味に畳の目のほつれをいじっていたが、やがて沈黙に耐えられなくなり訊《き》いてみた。

「亜門。では訊くが——この世に映画は不要か」

亜門は、ぎょろりと僕を睨んだ。

「映画とは何の為にあるのだ」

さらに尋ねると、亜門は畳にひっくり返って喚《わめ》くように云った。

「必要である。いや、恐らくは必要なのであろう。そして先ほども云ったように人々を幸せにするのが真の映画芸術だ。そこが、悩ましい」

久世は、そうだよ、と急激に元気を取り戻しまた近づいてきた。

「この世に映画は必要なんだ。あれは総合芸術だ。正しく撮られ、脚本と音楽と撮影技術、そこに役者の演技が最高に嚙み合った映画は他人の人生すら根底から変える力を持つ。だから、みんな取り憑《つ》かれるのではないか」

「身の程を知れ、と云いたいのだ」

亜門は畳に大の字になったまま叫んだ。

「だからこそ、凡人が手を出してよいものではない。無数の時間と資金と労力を犠牲にする以上、時の評価に一喜一憂せず、なお情熱を燃やし続けられる人間だけが映画に関われ。けして家族を関わらせるな。映画とは——すべてを失い、なおそれでも止むに止まれず追いかけてしまう人間だけが立ち向かえる魔物である」

その言葉を聞いた瞬間、雷に打たれたように僕は立ち上がり、そのまま無言で部屋を出た。

廊下を渡り、階段を踏み下り、そして共用玄関で共用サンダルを突っかけ外に出た。

そこで天に向かい「何なのだ」と叫んだ。

半円を描く月に「友楼館とは何なのだ」と叫んだ。そのままふらふらと月夜の下を歩いた。友楼館のすぐそばにある小さなベンチだけが置かれた公園までたどり着く。

いい歳をした人間がみんなして映画映画映画である。そもそもがキネマ研究部に受け継がれてきた下宿であるのはまだいい。だが、久世は映画を撮り始めるし、さちはその映画に出演するし、伊祖島氏は長らくキネ研に所属しているし、宝塚はキネ研の部長である。おまけに亜門の父親があの亜門登志雄であるなど、どうなっているのか。いくらなんでも一カ所に集めすぎではないか。そのうえここから僕に何をさせようというのか。

僕の中にはまだ、先ほど観た才条の映像が色濃く残っていた。不協和音にも近い、あのピアノに溶け込むような映像が網膜にこびりついて離れない。どこにもストーリーを説明するようなものがないくせに、失った少女を恋う主人公の悲しみが胸に穴を開けたままではないか。この胸をくぐり抜ける夜風をどうしてくれる。この空《むな》しさをどうしてくれる。映画に魅入られた者を友人に持った人間はどう生きていけばよい。

まして僕にあの続きを撮るなど——才条の真似事など不可能である。亜門も云ったように、あれは凡人が関わっていいものではない。きっと映画芸術とは魔性のものであり、関わるものを妖《あや》しく深い闇の底へと連れ去ってしまうのだ。のめり込めば生還することの叶《かな》わない世界なのだ。僕にはその覚悟もなければ、そもそも人間としてその資格すらない。

「いたぶるのもいいかげんにするがよい」

堪《たま》らずそう叫んだとき、ふと人の気配を感じた。慌てて、頬を伝っていた涙を拭《ぬぐ》って振り向くと、そこには清楚《せいそ》な制服姿のさちがいた。

「なんですか」

「すこし、心配になったものですから」

控えめで奇麗な声が夜空に響いた。

「心配ご無用です。すこし酔いを覚ましておりました」

改めてさちに背を向け、夜空を睨《にら》むようにそう答えた。

むわりとした夏の夜に、ほんのすこし涼しげな風が流れていく。

先ほどまでかかっていた雲は、風に洗い流されたようにない。蒼黒《そうこく》の空に半月だけが浮かぶ。

「よいお月様ですね」

さちは、澄んだ声でそう云った。

「まあ、欠けてますが」

「欠けた月もまた風流です」

「そうでしょうか」

「欠けた部分を人が想像できるからです」

なるほど、と僕も改めて月を見上げた。

ビールで火照った頬にひんやりとした夜気は心地よかった。

しかし、もう何もかもがわからぬ。友楼館でいったい何が起きているのか。女人禁制より始まり、映画という魔物に呑《の》まれた集団に包囲され、唯一の清涼剤であったさちもまた女子の二面性を持つ。今のさちは昼間のさちとはまるで違う菩薩《ぼさつ》のような温かみを感じさせる。

――映画は魔物、女子は魔性か。

ふとそう思っておかしくなった。

魔性の者に魔物を語るのもよいかもしれない。

しばらくふたりして空を見上げたあと、僕は掠《かす》れた声を絞り出した。

「取り返しのつかないことをしてしまいました」

さちの返事はなかったけれど、僕は続けた。

不完全な月を補うように、さちにすべてを語り出していた。

「僕は、際の際にいた人間の背を押してしまったのです」


『俺は井の中の蛙《かわず》であった。東京にはすごいのがいる』

浪人中、才条からその手紙が来たとき、僕はむしろほくそ笑んでいた。ほうっておけば天まで伸びる鼻を持つやつである。強敵が現れるのも、また彼のためにはよかろうと思った。しかし、それを機に彼はよく奇妙な手紙を送ってくるようになった。恋でもしているような、浮ついた文面が目立つようになった。さすがに心配になり『おまえでも行き詰まるのか』と僕は送ってやった。それに対する彼の返事は『見えているのに切り取れない。切り取ると別のものになってしまう』という謎々のような手紙であった。映画の制作に行き詰まっているのだろう、と僕は放置した。映画制作の佳境において彼がのたうち回るのはこれまでにも何回も見てきたわけであるし、むしろそのとき苦手な英語の偏差値が伸び悩み、行き詰まっていたのは僕も一緒であったのだ。

彼からはそのあと何通か手紙が来た。そのいずれもが恋する詩人が書いたような女々しい内容であったので、僕は返事を書かなかった。早く東京に行って叱り飛ばしてやりたいとさえ思っていた。しかし、やつの文面は不安定の一途を辿《たど》った。一度立ち直りかけたかと思えば、また女々しくなり、それをことごとく世のせいにした。そして、それは僕があまり見たくない才条の負の面である。人は理解されない状況下にあるとき往々にして他人のせいにしがちであるけれど、才条にはそういう面が色濃くあった。それが彼の口を突くとき「クソだ」という言葉に変わった。

手紙によれば、制作途中の映画も頓挫《とんざ》を繰り返しているらしい。それは恐らく彼にとって初めての挫折《ざせつ》であったことだろう。だが、それを他人のせいにして何になる。そう云いたかったが、それを他人である僕に指摘されたところで彼が真の意味で過ちに気がつかぬと思い、そのまま放置した。というか、この頃の僕は才条の手紙に苛々《いらいら》とし始めていた。僕にどうしろというのか。僕は受験戦争の真っただ中である。才条と同じ舞台にすら立っていない。起きている時間のほぼすべてを、このつまらん受験テクニックの習得に要している僕のモチベーションを下げるような手紙を、どうしてこいつは数限りなく送ってくるのか。そんな気持ちであり、僕は手紙を三通に一通も返さなくなっていた。

そして――

その手紙は、炎節のさなかにやって来た。

それはいつもと違い、封に入った手紙でなく無味乾燥なハガキであった。そこに一言だけ才条の癖のある文字が記されていた。それは女々しさの極地とでもいうべき一文であった。

『俺をもっと認めてくれ』

ハガキには、黒々と太い文字でそう書かれてあった。その背中のむずがゆくなる言葉に、受験地獄の渦中にいた僕は憤怒した。

それで、すぐさま家にあった同じく無味乾燥なハガキに一言だけ返事を書いてやった。

『その映画を完成させたら認めてやる』

それは、女々しさに対抗すべく男子らしい一文のつもりであった。ハガキをポストに投げ入れるようにしてから、彼からの手紙は途絶えた。途絶えたことにも気がつかぬほど、それからの僕は勉学に励んだ。とにかく東京に行き、あいつを叱咤《しった》せねばならぬ。その思いだけで必死に苦手な英語に取り組んだ。次の模試では才条のいる大学の合格率が七十パーセントを超え、ようやく僕は一息つけた。

朝夕に涼しげな風が吹き始めた頃、僕は、彼が東京で死んだことを知った。

——人生は一場の舞台であり、そこでおまえは何を踊るのか。

高校を卒業したあの春、この言葉を残し、才条三紀彦は東京に旅立った。腹立たしいことに時間が経つにつれ、その言葉は重みを増した。さらに腹立たしいのは、その答えが自分の中にないことであった。

東京の大学に行く。自分にはその行き着く先を見届けたい友がいる。その男は、何か尋常ならざるものと戦うために東京に向かった。それは「未来永劫《えいごう》変わらぬもの」などというとても勝ち目があるとも思えぬ怪物であり、武器は学生映画に毛が生えた程度の技術のみである。まず理解されぬ狂人のごとき有様であろう。しかし、僕はその男のそばにいたい。あの男のそばで共に学びたい。彼のごとき覚悟を持って自分の道を切り開きたい。あの男の持つ奇妙な光に当てられたのだ。

そう父親を説得し、燃えるような思いで勉学に励んでいた浪人中——

才条は死んだ。

唐突に、僕の人生から消え去ってしまった。

「……十倉和成。おまえは何様なのか」

芸事の際の際でもがく友人に対しておまえは何をしたのか。『少女キネマ』は確実に凡人に切り取れるものではない。凄《すさ》まじい内的葛藤《かっとう》の果てに生み出されたものである。容易《たやす》い言葉でいえば芸術と呼ばれる地平を才条は覗《のぞ》き込んでいたのだ。足場は不安定であったろう。現実との境界線すら見えていなかったかもしれぬ。そこでもがき苦しんだ友人が必死に伸ばした手を——

おまえは、撥《は》ね除《の》けたのではないのか。


「さちさんは、欠けている月もよいと云いましたが——」

月を見上げながら、僕は告げた。

「不完全なものは、罪でもあると思うのです」

かつて天井の板越しに話した才条に纏《まつ》わるそのすべてを、改めて僕は黒坂さちに話していた。

「欠けた部分に、プラスの発想をはめ込める人間はいい。だが、マイナスの発想を埋め込む者もこの世には存在するのです。あの時の僕がそうでした。僕には暴想回路とも呼ぶべき、自分でも手に負えないどうしようもない心理状態があります。才条のあの手紙を読んだ僕は、マイナス方面に暴想した。あいつが女々しい男に成り下がったと思ったのです」

「女々しい、ですか」

「女々しいではありませんか、『俺をもっと認めてくれ』など。男子が口にすべき言葉ではありません。受験で忙しかったのもあるが、僕は彼を邪険に扱った。甘えるな、と突き放した。僕と才条は、そんな傷を舐《な》め合うような関係ではないと思っていた。彼はここ数本、映画を完成させず途中で放棄していたようでした。一度、負け癖がつくと最後のふんばりが利かなくなるものです。僕は、彼にそういう状態にだけはなってもらいたくなかった」

漆黒の夜空に、星はない。

半月だけがただ青白く浮かんでいた。

さちの気配は夜に溶け込んでいた。もう彼女はそこにいないのではないかと思えるほど、背後にあるはずのさちの気配は夜に同化している。その夜に向けて、僕は云った。

「……しかし、僕は今日、才条が最後に撮っていた映画を観ました。彼が対峙《たいじ》していたものは、僕の想像を超えるものでした。馬鹿でした。彼がとてつもないものと戦いに東京に行ったと知りながら、そのとてつもない存在をどこか信じていなかった。彼の中にだけ存在する幻想の魔物だと思い込んでいたのです。しかし、魔物は実在した。しかも彼は魔物が棲《す》む淵《ふち》までたどり着き、その深淵《しんえん》に向けてカメラを構えていました。誰も理解してくれなかったでしょう。そこまでたどり着く者が稀《まれ》なのですから。誰も存在を信じてくれないものを信じ続けることがどれほど孤独で辛《つら》い作業か。僕はわかったつもりでわかっていなかった。否、わかったような顔をして、友達面していたのです。それでも彼は僕を信じた。僕を友達と信じて頼ってきた。それがあの手紙です。僕は、その彼のぎりぎりのメッセージを見逃した」


——俺をもっと認めてくれ。

——完成させたら認めてやる。


そのやりとりが、ぎりぎりの淵にいた才条をさらに先に進ませた。

それは、工学部七号館校舎の屋上だった。彼は、駆けた。人間が知り得ぬ、いや、知ったらもう戻ってこられない領域へと駆けた。

「才条三紀彦は強いやつであった。韋駄天《いだてん》のような男であった。僕は必死にそう思おうとし続け、そして、やつの女々しいところを嫌った。なぜか。それは、やつの女々しさを認めると僕が困ることになるからです」

目の前にあの屋上の景色が広がり、かろうじてバランスを保っていた膝《ひざ》がくじけた。

「そう——なぜ僕がすべてを映画のせいにして逃げていたのか」

さっきまで消えていたはずのさちの体温が、静かに背中に感じられた。

それにすがるように、ついに認めた。


「あいつを殺したのは、僕であったからです」

四章　ベスパを生き返らせる

「……暑い」

すぐそばで蝉が鳴く。

唐突に、夏はやってきた。

熊本の夏の過酷さを身をもって知っていた僕は、正直東京の夏を舐めていた。

あのじりじりとオーブンの中で照り焼きにされるような熊本の日差しに勝るものなど、東京では拝めまいと思っていた。とんだ誤解であった。というか暑苦しさにおいて何も変わりがない。むしろ木陰が少ない分、苛烈《かれつ》である。そこらじゅうにコンクリートのビルが建ち並び、幹線道路には無数の車が行き交う。そのすべてがクーラーを全開にしているせいで、戸外に吐き出される熱風が熱風を呼び、東京をそのままサウナ風呂《ぶろ》のような有様へと変えていた。地球温暖化が叫ばれて久しいけれど、これは確かに危機感を覚える蒸し暑さである。汗がひたすらしたたり落ちる。ただじっとしていても汗が服を濡《ぬ》らす。ハンカチでは足らぬ。タオルを首から下げ、僕はその日も、部屋で怠惰に寝転んでいた。

「……これは、死ぬ」

そんな呻《うめ》き声をもらしつつ、六畳一間で天井を見上げる。

今現在、天井裏にさちはいない。太陽でかりかりに焼けた屋根のすぐ真下に位置する天井裏は、窓もなく、さすがに我慢強いさちをしてもきついらしい。

「これは、死んでしまうかもしれません」

そう告げて友達の家へと避難していた。

なんでも、そこは高校生のくせに一人暮らしをしているちょっとお金持ちなお嬢様の部屋らしい。三食さちが料理して掃除するという合意のもと、彼女はそこで暮らしている。一応、連絡先を教えてくれていたけれど、クーラーが快適で景色のよいマンションの七階であるらしい。

翻って僕である。友楼館《ゆうろうかん》のもともとの設備としてエアコンなどない。自腹を切って部屋に取り付ける金満家もいない。みな夜でもお構い無しに窓を全開にして、部屋の扉も開け放ち、すこしでも風が通り抜けるようにしている。日頃の疎遠もどこへやら、あたかも百年にも及ぶ同盟関係を彷彿《ほうふつ》とさせる連係プレーで暑さをしのぐ。だが、七月も下旬に至り夏が本格化するに従って、通り抜けるのはヘアドライヤーのごとき温風である。

「これは、死ぬ。死んでしまう」

もう一度、僕は呟《つぶや》いた。

試験が終わった者から、順次夏休みに入っていくのが大学である。多く履修している者は、七月の末日まで苦しみ抜くこととなるけれど、僕は昨日でなんとか終わった。結果は訊《き》かないでほしい。というか確実な結果が判明するのは十月の頭であり、それは学生自身と学費納入者に手紙で通知される。今は、つかの間のほっとする時期であるのだ。

「なるほど、クーラーというものが必要とされるわけである」

僕は寝転んだまま、拭《ぬぐ》うあとから浮かび出る額の汗をタオルで拭《ふ》き取った。時刻は午後一時であった。まだしばらくはこの地獄が続くであろう。本日は淳峰堂《じゅんほうどう》のアルバイトは休みである。どこかクーラーで冷えた喫茶店にでも避難するか、と僕は立ち上がった。

短パンとTシャツ姿に、首からタオルを下げた状態で読みかけの本を手に部屋を出た。さちも戻ってこないことであるし、扉を閉めようかとも思ったが、泥棒に入られて困るものなどない。だいたい泥棒もこの暑さでは逃げ出すであろう。結局、扉を開け放ったまま部屋を出た。

ぬるま湯のような空気が澱《よど》む廊下を歩き、一階へと下りた。共用玄関口で裸足《はだし》にスニーカーをひっかけ、外に出ると亜門次介《あもんつぐすけ》がいた。着流しを捨て、ランニング姿に短パンというその姿は、若白髪のごま塩頭と相まっていよいよ山下清《やましたきよし》である。僕同様、白いタオルを首元にひっかけ、何か納得いかなげな様子で汗をごしごしと拭っている。

「どうした、亜門」

そう声をかけたけれど、亜門は無言で奇妙な物体を見つめていた。それは、白くクラシックなデザインの錆《さび》の浮き出たオートバイであった。両手でハンドルを支え、亜門はこれまで見たことのないような困った顔をしていた。

「なんだ、そのオートバイは」

僕が尋ねると、もらったのだ、と少々困惑気味に云った。

仔細《しさい》はこうである。

亜門の個人的な知り合いである大学四年生の先輩が、単位がわずかに足りず半年間の留年扱いになっていたらしい。その先輩は就職の決まっていた会社に事情を話し、働きながら週一回大学に通うはめになったらしいけれど、ついに先日前期試験をクリアしてめでたく卒業の運びとなった。それで住んでいたアパートを引き払うことになり、友人や後輩たちに下宿で使っていたものを配って歩いたのだが、このオートバイだけは引き取り手がない。たまたまオートバイに乗るような人間がいなかったのか、オートバイの趣味の問題かは知らないけれど、困って亜門のところに「もらってくれ」と押し付けてきたのだという。

「よかったではないか」

僕が云うと、亜門は苦い顔をした。

「いろいろと面倒なのだ」

「何が面倒だ」

「まず何よりイグニッションキーがない」

云われてよくよく眺めてみると、たしかにない。ほとんどすべてのオートバイは、イグニッションキーを捻《ひね》ってからエンジンに火を入れるセルスイッチを押すことになる。

「第一、そのセルスイッチもないのだ」

亜門がうんざりとした顔で云うのを見て、僕も腰を屈《かが》めてそのオートバイを隅々まで眺めた。

無駄のないといえば聞こえはいいけれど、車体は驚くほどシンプルな造りであり、そのどこにもセルモーターらしきものがない。ハンドルからボディ、エンジン部へと目を移していき、そこにキックペダルがあるのを見て、ようやく僕は思い出した。どこかで見たようなデザインであると思ってはいたのだけど……これは、まさか。

「亜門、これはひょっとしてピアッジオ社のベスパではないか」

「知っているのか」

「知っている」

　確か日本限定で当時のクラシカルモデルをどこかの商社が販売していると聞いていた。そのままぐるっとボディ全体を見回すと、背面に『Piaggio』『Vespa50s』と銘打たれている。

「僕が知っているのは紺色でもうすこし派手ではあったが、これは間違いない。ベスパである」

　そう云うと、ちょうどいい、と亜門は僕を見た。

「これはおまえにやろう」

「くれるといって、それでいいのか」

「構わぬ。オートバイも乗ってくれる人のほうが嬉《うれ》しかろう」

　僕は改めてそのボロボロのスクーターを眺めた。

　正直、僕も男子である。オートバイには惹《ひ》かれるものがある。

「ありがとう」

　そうつい云ってしまったあとに、礼は無用だ、と亜門は告げた。

「なぜなら、これは壊れているからだ」

「なんだと」

「どうやってもエンジンがかからぬ。近所に詳しいバイク屋もない。そこでほとほと困っていたところであった」

「それは——」

僕は云った。

「それは、その先輩に体よく粗大ゴミを押し付けられたということか」

「そして、俺がおまえに押し付けたということだ」

亜門は汗つぶの浮いた顔をタオルでごしごしとこすりながら云った。

「あとはよろしく頼む」


思いもかけぬ成り行きで不動のベスパの所有者となったのはいいけれど、肝心のエンジンはなるほどかからなかった。炎天下、汗だくになってガソリンスタンドまで引きずって行き、オートバイに詳しそうな初老のオーナーに見てもらった。あちこち壊れているが、と彼は前置きしてから云った。エンジンがかからない大本はどうやらキャブレターが詰まっているからだね、と。直せば直るらしいが、ベスパのキャブレター設定は難しいから自分にはわからないとのことであった。ついでに廃車の仕方なども習ったが、今は無料でやってくれる業者もいるらしい。それだけ聞いてすこし気が楽になった僕は、しかし迷い始めた。

廃棄するべきか、修理するべきか。

調べたところ、修理するには結構な出費となりそうな気配である。その後も、幾つかのオートバイ屋に持っていったが、どこの店員もこちらがすぐわかるほど困惑した表情を浮かべて「これは高くつきますよ」と云う。中には露骨に「ベスパなんてすぐ壊れるバイクはやめてこちらを購入されませんか」と日本製スクーターを薦めてくる店員もいた。僕は丁重にお断りして、また延々、友楼館までベスパを引きずって帰った。途中の道を左折する際、バランスを崩してベスパとともに倒れた。そのとき、ハンドルの先についているウインカーのケースが割れた。罪悪感とも喪失感ともいえる奇妙な悲しみに襲われた。

とりあえずベスパを起こし、また引きずるように歩き出した。

大通りに出て、左に行けばもう友楼館まですぐであったのだけど、なぜか僕は右に折れた。そちらはまっすぐ進めば駅方向に続く道となる。僕の苦手なしゃれ者たちの街であり、僕の苦手な人口密集地帯である。しかし、ベスパとともにどんどんと歩いた。狭い歩道をほぼふたり分の幅を占領して歩く僕とベスパは、誰が見ても迷惑そのものであったろう。だが気のせいか人々の目は好意に満ちているような気がした。さらに駅近くのこじゃれた店が建ち並ぶ商店街に入ると、より人々の好意の視線が強くなった。いつも透明人間のように存在感のない僕が、その日に限って裸の王様クラスに人の視線をびしばしと感じる。これはいったいどうしたことか。

何気なくすれ違った大学生風の女子ふたり組を目で確認すると、彼女たちは笑顔でベスパの愛らしいお尻《しり》を眺めていた。他にも上から下まで革のつなぎでばっちり決めたすこし怖そうなお兄さんが、じろりとベスパを見てそれからふっと憑《つ》き物が落ちたように微笑んだのを見た。

年配の男性がいきなり、いいの乗ってるな、と話しかけてきた。小さな子供が、ぽんとベスパのハンドルを触り、笑顔で走り去っていった。

そこまできてようやく僕は悟った。

皆、このイタリアンスクーターの愛らしいデザインに魅了されているのではないか。一見、ちょっと変わった形をした錆だらけのバイクに過ぎないこいつは、しゃれ者の多いこの街では注目に値するのではないか。

——美しいものを作れ、そうすれば解決する。

新幹線を開発した三木《みき》忠直《ただなお》氏の言葉ではあるけれど、ベスパという乗り物にもそれに通ずる心意気を感じ取った僕は、満面の笑みでずんずんベスパを押す。人々が僕を避けた。モーセの前に割れた大海のように、僕の前に道が開けた。

その未知の感覚に酔いしれると同時に、僕は決心していた。これは再生させねばなるまいと。我が白いボロベスパの内部の故障箇所を修理し、外部の錆を落とし、ベスパ本来のポテンシャルを復活させることこそ、僕が天から与えられた使命であると。


「……なるほど」

書店で購入したベスパの書籍を開いて、僕は呻《うめ》いた。

倹約に努めていたその心の張りが緩んだのがいけなかったのか。つい気が大きくなって、あの伊祖島《いそじま》氏が教えてくれた地下にあるしゃれ者御用達喫茶の一席に腰を下ろしている僕であった。

本のページをめくるごとにため息がもれる。

知れば知るほどベスパマニアの道は深く、濃かった。

イタリア人のモノ作りに対するこだわりがそこには息づいている。燃費効率やら駆動効率やら、効率と名のつく領域に彼らはハナから興味はないようで、どうにもこのベスパというオートバイから一貫して感じるのは、ひたすら乗り味と見た目の美しさの追求である。

「しかし、高い出費である」

その分厚い書籍は、五千二百五十円もした。数冊の書籍を代わる代わる手に取り、クーラーの効いた書店でじっくりと吟味したわけだけど、そのうちの一冊にエンジンを解体した構造やら配線関係の図式が載っていたので購入することにしたのである。修理するにしても構造について詳しく知らねば話にならぬし、マッチ売りの少女を貴婦人にするには多少の投資は不可欠だとはいえ——これはいささか高すぎた。まあ、もう買ってしまったのだから、今更ぐじぐじと後悔するのは男子の道から外れるのでもう云うまい。とにかくこの店で一番安い六百五十円のアイスコーヒーをすすりながら、書籍の隅々にまで目を通す。

そこには、ベスパというバイクがシンプルであるだけに素人でも修理はそんなに難しくない、と記されていた。百万の援軍を得た気になった僕は、アイスコーヒーを飲み終わる頃にはすっかり夢の世界をベスパとともに走っていた。

晴れたある日曜日である。そこには、修理の終わったベスパの後ろにさちを乗せ、郊外の景色よい田園風景を颯爽《さっそう》と走る僕がいた。エンジンは快調に吹け上がり、景色をたぐり寄せては後ろに放って行く。そしてしっかりと僕にしがみつきながら、後部座席のさちが云うのだ。

「幸せです」と。それに対して僕は答える。エンジンがいきなり止まることもあるかもしれない。乗り心地はさほどよくないでしょう。しかし他車とは比べる余地のない〝味〟がそこにはある。よかったらずっと僕というベスパに乗りませんか。彼女は恥じらいとともに何か云う。しかしそれはきっと風に散らされ僕の耳までは届かない。それでも彼女が頷《うなず》き、背中に当たったヘルメットの感触で心が通じたことを僕は悟るのだ。空はきっとどこまでも澄み渡り、それはまるで僕らの将来を暗示しているかのようであろう。嗚呼《ああ》、ついに生涯の伴侶《はんりょ》を手にするのだ。学生結婚がどうした。ままごと婚と云いたければ云うがいい。結婚に年齢も時期も関係ない。ふたりが永遠を感じ合った瞬間にするものである。後に教会か神社かは知らぬがちゃんと結婚式をすることになろうとも、ふたりにとってもっとも大事な結婚式はきっとこのベスパの上でのやりとりであった、なんて共に白髪が目立つ頃に語り合うのだ。そしてそれは、子々孫々伝えられるべき十倉《とくら》家の伝説となろう。

にたにたとひとり笑う僕を、店中の人間が見つめていることに気がついた。僕はひとつ咳払《せきばら》いをして料金を支払い、すぐさま店を出た。

久しぶりに意気揚々と友楼館へとベスパを押しながら、さちに逢《あ》いたいと思った。

真夏の高空に、彼女のけぶるような笑顔を思い浮かべた。清楚《せいそ》にして可憐《かれん》で、不思議な温かみのあるあの微笑みを近くで見たい、と思った。

翌日からさっそくベスパの修理を開始することにした。

場所は、友楼館の庭である。ちょうど車一台分ほどのスペースがあり、桜の古木がわずかに木陰を作ってくれているので休憩するにも楽である。まずは故障箇所の解明だった。器具類などは友楼館の大家に借りて、バイトのない時間にちょくちょく解体し始めたわけではあるけれど——しかし、その試みはすぐに頓挫《とんざ》した。

大方の男子同様、僕もプラモデルなどは小さい頃よく作った。その延長でどこかいじればすぐ直るのではないか、と甘く考えていたわけだけれど、すぐにそれが甘すぎる推測であることを思い知った。ベスパの部品はシンプルではあるのだが、その部品ひとつひとつの精度が極めて低い。かなり無茶な配線のつなぎもある。相当慣れていないと壊れていない部品まで壊しそうでヒヤヒヤとした。分解する前に元の状態をケータイのカメラで撮影し、その上で各パーツを外すようにする。そして壊れている箇所を探し出し、配線の切れているところを特定し、その部品番号を本で調べた。部品を取り扱っている代理店に電話してみると、その部品はもうないという。イタリアに注文となり時間も金もかかるがいいか、と尋ねられ消沈した。すこし考えて、とりあえず見積もりだけとってもらい電話を切った。

「……やはり、素人には無理ではないのか」

折からの強い日差しも相まって心を弱らせ、桜の幹によりかかったときである。

よお、と久世《くぜ》一磨《かずま》が館の中から顔を出した。

「聞いたぞ。ベスパ修理してるんだって？」

久世は派手なアロハシャツを着て、梅雨明けしたばかりだというのにもう真っ黒に日焼けしていた。どうやら試験が終わるなりさっそく海にでも行ってきたらしい。

「無理無理。やめとくべきだ。ベスパなど走る骨董品《こっとう》もいいとこだぞ。ボクの友人もスタイルだけで乗っていたが、すぐに降りた。オートバイは国産に限る」

その言葉の一切を無視して、僕は再びのろのろと作業に戻った。錆《さ》び取り剤をスポンジにつけ、したたり落ちる汗をタオルで拭《ぬぐ》い、ボディの錆をこすり始める。しかし、そんな僕の横に久世はしゃがみ込み、ハンドル部分を指差して云った。

「知ってるか？　ベスパのブレーキワイヤーはとにかくよく切れる。もし走行中に切れてみろ。大事故だぞ。エンジンオイルも同時に給油しなくてはならないし、ブレーキランプはついているのかわからないし、ライトの明かりも今時のLED自転車の光量にすら負けるから夜道も危ない」

うんざりして僕は手を止めた。

そして、久世の黒くなっていよいよ信用度の落ちた顔を見つめて云った。

「全部わかっている。前輪のブレーキは飾りと揶揄《やゆ》されるほど止まらないとか、振動で各種パーツが走行中にからからと落ちていくとか、どのバイク屋でも無数に注意を受けた。だが、それがどうした。手間のかかるところが、なんともかわいいのではないか」

すると、久世はにまりと笑った。

「惚《ほ》れたか」

「惚れなければこんな苦労を進んでですまい」

そう告げ、あとは黙って錆び落としに没頭していると、久世は一階の誰も入居していない部

屋の縁側に腰を下ろし、

「結局、惚れたほうが負けだよなあ」

そんな訳のわからぬことをぼんやりと云った。

「なんだいきなり」

「いや、女子の話だ。どうやったって惚れたほうが分が悪い」

「当たり前であろう。だから、女子は魔性といわれるのだ。それに対峙《たいじ》するだけの気魄を男子は練り上げるべきなのだ」

するとと久世は呆《あき》れるように云った。

「前から訊《き》きたかったのだが、おまえや亜門は、そんな暑苦しい考え方をどこで身につけたのだ」

「亜門は知らん。僕は父親の影響だろうな」

「だが、その父上でさえおまえの母親の魔性には捉《とら》えられたのであろう」

「母を魔性と呼ぶな」

僕は立ち上がって、久世に向き直った。

「母は、菩薩《ぼさつ》である」

「おまえ、マザコンか」

「違う。上京するまで考えたこともなかった。家庭の理想形とは、父が家庭の中心にでんと構え、母がその手助けをしている構図であると思っていた。だが、それは間違っているのではないかと最近思い始めた」

どういうことだ、と久世は面白そうな顔をした。僕は説明する。

「つまり、すべては母の慈愛の為せる業なのではないかということだ。母がにこにこと微笑み、父を立て、父の至らぬところをフォローし、子供たちに家庭の中心は父であるという幻想を抱かせ、同時に父の虚栄心を満たし、家庭の平和をひたすら維持しているのではないかと。女子はあざとい。女子は計算高い。女子は男子を惑わす生き物である。それら女子にまつわる伝承は恐らく正しいのだろう。しかし、そこに深い慈しみが加わったとき、所詮《しょせん》男子など対抗できぬのではないか」

「それはつまり尻《しり》にしかれるということではないか。昔から云われていることだ」

わかっている、と僕は久世の言葉を遮った。

「知識で知ることと、実際に理解することは違う。父はかねて僕に云った。男子は常日頃から己の心胆を練り、女子の魔性に惑わされぬ心を養うべきだと。その心を得たとき初めて、女子が魔性から菩薩になるのだと。つまり魔性を屈服させるのが男子一生の使命であると」

「いいことを云う」

「だが、そうではない。男子などどう足掻《あが》いても最後は女子の手のひらの上なのだ」

さちと話していると特にそう思う。

さちは僕に話を促すようなことはしない。質問攻めにするようなこともない。ただゆったりと微笑んでいるだけである。それだけでこちらの腸がほわほわと弛《ゆる》み、腹の底でのたうっている黒い葛藤《かっとう》が口元まで上がってきてしまうのである。おかげであの晩、僕は才条のことをさちに話してしまった。涙と鼻水つきのみっともない姿をさらけだしてしまった。それに対するさちの反応はどうか。賢《さか》しげな意見を出すでもなく、ただ黙って聞くのみである。しかし自分が何があろうと味方であると示すように、僕の背にそっと手を置くという慈しみつきである。これ以上、完璧《かんぺき》で美しい対処があるだろうか。そう考えてみると、今、彼女が友人の家に避難しているのは実は暑さのせいではなく、泣き崩れるという無様な姿をさらした僕の男子的心情を慮《おもんぱか》って、あえてふたりの間に距離と時間を作ってくれたのではないのか——そうも勘ぐってしまう僕である。

「つまり、こういうことだろう」

久世が、にやにやと云った。

「いよいよ、さちさんに惚れてしまった」

「な、なぜそうなる」

「そんな考えを抱くようになったのは、女子との深い関わり合いからに決まっている。まあおまえのことだろうから、深いといっても肉体の深さではなく、精神の関わり合いのことだろうけどな。で、おまえと女子との交流といえば、さちさんくらいしか思い浮かばん」

僕は咳払《せきばら》いしてから云った。

「推測でものを云うな。だいたいさちさんはまだ高校生である。それは問題であろう」

「恋に歳など関係あるか。で、やっと本題だ。さちさんは元気なのか。高校も夏休みだろ？」

いささか感情的になった自分を恥じつつ、

「しばらく会っていない」と僕はまたベスパに戻った。

「どうして」

「どうしてって」

夏だから天井裏から避難したとは云えないので、友達のところにしばらく泊まっているそうだ、と答えた。

「友達かあ。さちさんの友達もきっとかわいいのだろうなあ。女子高生かあ」

サンダルを突っかけただけの足を縁側でぷらぷらとさせながら、久世は意味深に云った。

僕はもう無視して、ベスパの修理に戻る。何にしてもこいつを修理すればそれを理由にさちと会えるかもしれぬのである。タオルで汗を拭い、エンジン部分を覆うカバーを外して、その裏にこびりつく錆に直接錆び取り剤をかけてこすった。

「なあ、十倉」

「なんだ」

「さちさんの友達も一緒にさ、海行かないかな」

「なんだと」

「海だよ、海。ボクの車で四人で行こう。そうだな、仕方ないからおまえも人数に入れてやる。どうかな」

「おまえ、車など持っていたのか」

「ああ、親から借金して買った。まあ中古だが快適だぞ。クーラーもあるし、バイクなんか渋滞に巻き込まれたらこの暑さの中、堪《たま》らないだろ。よし、じゃあ想像してみろ。突き抜ける青い空。天高くそびえる入道雲。照りつける日差しに、白い砂浜。そこを駆け回る水着姿の乙女たち。ああ、天国だ。是非行こう」

一瞬、そのめくるめく光景を思い浮かべてしまったが、僕は頭を振った。

「断る」

「断る？　なんで？」

「そんな金はないし、暇もない」

それは事実である。僕はこの夏の間に、まとまった金を稼いでおこうと思っていた。年末実家に帰る交通費の準備もしなくてはならないし、前期試験の結果次第ではアルバイトをしている余裕などなくなる恐れがあった。そのためにもう幾つか単発バイトの面接も受けていたわけだけれど——実をいえば、それだけではない。今の自分は心がまるで動いていない。とても海に遊びに行くような心境ではなかった。

「ちぇー」

久世はそう云って縁側にひっくり返ったけれど、

「そうだ、宝塚《たからづか》に頼まれてたんだ」

と、すぐに起き上がった。

「あいつ、さちさんを次の映画で起用したいらしい」

「……なんだと？」

「ボクの映画のラッシュを観た宝塚は、さちさんをとても気に入ったようだ」

「ちょっと待て、久世。映画は完成していたのか？」

「違う、ラッシュだ。撮ったオーケーカットをコンテの順番通りに繋《つな》げただけのやつ。音もまだ入っていない。モニターに映して編集方針を決めるんだが、それを視聴覚準備室でやらせてもらってたんだ。そしたらたまたまそこにいたんだよ、宝塚が。露出がよくないとか、照明がいまいちとかぐちぐち云われたが、主演のさちさんだけはべた褒めしていた。それでボクに頼んできた。次この子を使わせてくれ、と。秋の文化祭で上映予定の自分の作品のヒロインに使いたいと云ってきた」

「それでおまえはなんと答えたのだ」

「彼女はボクの友人の知り合いで、その友人は異常に頭が固い。彼女の保護者を任じており黒《くろ》坂《さか》さちをなるべく外部の風にさらさぬように意を固めている。そのためには手段を選ばぬ覚悟もある。よって無理ではないかと」

「でかした」

「ところが、宝塚は云った。そんなやつは知らん、直接、黒坂さちに交渉すると。で、ボクの方の撮影が終わった日にさちさんに声をかけた。そしたらさちさんは涼やかに答えた。自分は、次に十倉和成《かずなり》が撮る映画に使われる予定であるから、しばらく身体があかないであろうと」

「なんだと」

僕が撮る映画とは何のことか。

「まあさちさんにしてみれば、断るための方便でそう云ったのかもしれないが――まさかおまえまで映画を撮るつもりではあるまいな」

「まさか。そんな予定などあるわけがない」

だろうな、と久世は頷《うなず》いた。

ふと疑問に思って、僕は尋ねた。

「そもそも、宝塚が直接僕に訊《き》けばいい話だろう。なぜおまえに頼むのか」

「おまえが嫌いなんだと」

「嫌い？　いやちょっと待て、僕だってあいつを好んでなどいないが、ことさら嫌われるようなことをした覚えもない。そもそもあいつは僕と会った最初から意地の悪い目つきをしてきた。今もそうだ。廊下ですれ違っても必ず睨《にら》まれる」

「宝塚は誰にでもそうだ。まあ、あいつは人間はたいしたことないが、しかし撮るものはなかなかいいぞ」

久世が褒めたところでどうかとも思うけれど、聞けば宝塚は、映画青年の好む四畳半的なものだけではなく、インディーズフィルムフェスティバルにおいても度々候補に挙がるだけの良質な映画を撮り続けているらしい。部員たちの間でも無愛想ぶりは嫌われているが、それでも実力で部長に選ばれたのだという。

「まあ、あんなやつに興味はない」

そう云って久世の話を打ち切ると、改めて僕は訊いた。

「ところで久世。おまえの映画はいったいどうなっている。さちさんをいつまで拘束するつもりだ」

「ついつい話がそれたが、実をいえば今日はそれで来た」

久世は縁側から立ち上がり、お尻《しり》のポケットから何やら取り出した。

「アフレコの日程が決まったのだが、これをさちさんに渡してもらえまいか」

それは四つ折りに畳まれた手紙の入った封筒であった。

「中身は、日時、録音場所となる大学の視聴覚室への道などが印刷された地図だ。恋文などは入ってないから安心しろ」

「当たり前である」

「アフレコをして、やっと完成だ」

そう呟《つぶや》いて、ほうと空を見上げる久世の横顔を僕は見つめた。その顔は創作に打ち込む高揚感というよりは、いつ終わるとも知れぬ不毛な戦いに疲れ果てた孤独な戦士を思わせた。

——完成しない映画ほど罪の重いものはない。

あの日、学食で宝塚はそう云っていた。手伝ってくれた人たちの労力、投じた予算と時間、期待した人々の思い、何より生まれ来るはずだった物語。そのすべてに対する裏切りだ——そう云っていた。

いけすかないやつではあるが、それは正論である。

「まあ、あとすこし頑張れ」

僕がそう告げると、久世がきょとんとこちらを見た。

「なんだ、いきなり」

「さして意味はない」

「まあ、出来については訊かないでくれ」

「うむ」

「しかしさちさんはよかった」

「そうか」

「そこくらいしか見るべきものはないかもしれん」

「上映会とかはやる予定なのか」

「一応な。賞にも応募しようかと思っていたのだが、まあ完成させてみてからだな。映画は難しい」

「演劇もそうだろう」

「そうなんだが、演劇は脚本《ほん》と役者さえしっかりしていれば、勢いでどうとでもなる部分がある。しかし映画は計算し尽くして撮らないとどうもこうもなくなる。最終的に演劇は役者のものであり、映画が監督のものであるといわれる所以《ゆえん》だな」

「なるほど」

「まあ、そういうわけだ。完成したらまた連絡する」

そう云って久世は立ち上がった。


八月に入り、いよいよ日差しは強くなった。

僕は臨時で入れた夜間警備員のアルバイトを終えると、すこし寝て、淳峰堂のバイトに行き、帰るとベスパの修理をする、という生活を続けていた。亜門は縁側で打ち上げられたクジラのように転がり、難しい顔をして本を読みながら、時々ベスパの修理にいそしむ僕をからかってきた。どこから手に入れたのか、新潟の地酒を手に中国の古書を音読したかと思うと、一方で少女漫画の傑作を読んで目を赤くするなど相変わらずである。

蟬の声はいよいよかまびすしく、まとわりつくような熱気だけが日本中を覆っていた。ニュースでは、雨不足で四国の貯水ダムがついに干上がったという。

結局、ベスパの部品はイタリアから調達したのだけど、その金額は代理店の予想を超える金額であり、僕の稼がねばならぬ金額も増えていた。淳峰堂のアルバイトですこしだけ実入りはよくなったとはいえ、ベスパの修理に必要な工具や部品の調達費により、一人暮らしが始まって以来最大の極貧生活が訪れた。

「十倉。今、いくら持つ」

ある日、庭でベスパを修理していた僕に亜門が訊いた。

ポケットをまさぐり、百五十円である、と告げると、

「俺は三十円だ」

亜門は血の気の無い顔で云った。一番早いバイトの給料日まであと一週間ほどはあった。母の送ってくれた食料はとっくに食い果たした。部屋に残るのは、小麦粉と油、あとは水道の水である。

「もう仕方あるまい」

そう呟いて、不意に亜門はどこかに去った。

僕がベスパの修理代のせいでこのような状態になるのはわかるが、亜門まで栄養不足に陥るとは、いかにあいつが僕の食生活に依存する生活を送っていたかのいい指標ではないか。そんなことを考えていると、やがて亜門は一冊の本を抱えて戻った。

「どこに行っていた」

「図書館だ」

見ると手に抱えているのは、植物図鑑である。

「それをどうするのだ」

「食える草を探す」

馬鹿かと思ったけれど、僕の腹も鳴り止まない。背に腹は替えられぬ、ということでふたりして井《い》の頭《かしら》公園やら千川《せんかわ》上水周辺まで歩き回って、わらびやらぜんまいやらを集めて回った。リュック一杯に野草を詰め込んだ僕らは、それを炒《いた》めて食べ、湯がいて食べた。談話室の冷蔵庫になぜかポン酢があったので、それでさらにサラダにして食べた。久しぶりに腹が満ちる食事であった。野草というものは馬鹿に出来ぬものであるとは思ったけれど——それから一週間ほど、ふたりとも緑色の便に見舞われたのは云うまでもない。


八月の中旬になって、久世から連絡が来た。

ついに映画が完成したらしい。大学の視聴覚室を借りてそこで上映会をすると云うので、亜門とふたり出かけることになった。試験が終わって以来、久しぶりの登校である。

夏休みでほとんど学生の姿のない中庭を横切り、指定された三号館内に入ると、入り口すぐの椅子に久世が腰掛けていた。

「おお、十倉。焼けたな」

僕を見るなり、久世は云った。

「まあ、友楼館の中庭焼けなんだが」

「ベスパはどうだ」

「まだだ。いろいろ難しい」

「まあ、頑張れ」

そう笑う久世に、亜門はむっつりと云う。

「ようやく完成か」

久世は曖昧《あいまい》な笑みを浮かべて「なんとかな」と答えていた。目の下にクマができてはいたが、しかし、その声はこの間友楼館での去り際に発せられたものとは違うように思えた。

「行こうか。もうみんな揃っている」

久世の後についてエレベーターに乗った。

この三号館と四号館は比較的新しい大学設備である。特に講堂となっている四号館と違い、視聴覚設備の集まる三号館にはほとんどの学生は来る用事などない。正直、僕も入るのは初めてである。エレベーターも新しいビル特有の匂いがしたし、三階に着いて廊下に出ても踏むのが申し訳なく思えるほど奇麗なカーペットが敷き詰められていた。

「こっちだ」

連れて行かれたのは、フロアの真ん中辺りにある教室であった。

扉をくぐると男女入り交じった連中が一斉にこちらを見た。恐らくは久世の所属する演劇部関係者とキネ研の連中であろう。それぞれが「誰だい君たち」といった視線を向けてきたけれど、そう云いたいのはこちらも同じである。亜門はもちろんむっつりと無視して一番前の席に腰掛け、僕も後に続こうとして気がついた。初試写会にして上映会だというのに、さちの姿がない。自主制作映画とはいえ、主演女優がいないとはどういうことか。久世に訊《き》こうと思ったが、すぐに部屋の電気が落ちた。

「待たせて悪かった。あまり長くここを借りていられないので、ではでは、試写会を開始します」

男子学生の声が響き、僕も亜門のすぐ後ろに陣取って正面の簡易スクリーンに目を据えた。分厚い遮光カーテンで窓が覆われ、教室はほぼ完全な闇となった。後ろの方でプロジェクターの作動音が聞こえ、やがてスクリーンに光が投射された。ひとつ唾《つば》を飲み、座り直した。何を隠そう、今やすっかり映画嫌いとなってしまった僕もこの映画が始まる瞬間だけは好きなのだ。異空間に向かって突き進む、何やら特殊なゴーカートに乗り込んだような興奮がある。ぽつぽつと天井に据え付けられたスピーカーから音がもれ、やがてスクリーンは黒い画面へと変わった。

まず上映されたのは、宝塚が学園祭向け自主映画の実験作として撮った短編らしい。いきなり線路脇を歩く女子学生の横顔のアップが始まった。彼女の息遣いと街の音が二十秒ほど続く。そして彼女の真剣な表情が嫌でもこちらの意識を引きつけた。冒頭の引きとして十二分に合格である。そこからタイトルがカットインされた。たったそれだけで僕は宝塚に対する偏見が払拭《ふっしょく》されていくのを感じた。なるほど、久世がいいものを撮ると云ったのは案外間違いではないかもしれぬ。

その映画は、実験映像というだけあってストーリーは大きな広がりを見せることなく五分ほどで終了した。終わると盛大な拍手が暗闇に響いた。

それから二本、他の学生が撮ったものが上映された。それは習作ともいうべきものであり、たいしたものではなかった。それぞれ五分ほどの短編であり、すぐに終わった。まばらな拍手が起きた。そして、いよいよ久世の映画の番である。

「あいつがトリか」

亜門が呆《あき》れるように呟《つぶや》き、腰の位置を直していた。僕もなぜか緊張して座り直した。アウェーでの母校の野球試合を見るような心地である。

暗闇の中、突如雑音の激しい、久世自身によるモノローグが聞こえてきた。亜門が背中をよじったのがわかった。気持ちはわかる。僕も同感である。この始まりはベタすぎる。そこからいろいろと身をよじり倒したわけではあるけれど、結論から云おう。

久世の映画は、どう好意的に云っても凡作以下のなにものでもなかった。久世の軽薄さがシナリオ全般に及び、久世の頼りなさがカットの隅々に見え隠れし、久世の自己愛が役者の演技に滲《にじ》み出ていた。久世一磨という人間を個人的に知っていれば、ああ久世の映画である、と即座にうんざりするくらい久世節である。そこにひょっとすると若干の理解者や支持者もいるのかもしれないけれど、まあ映画として評価に足るものはあるまい。だがしかし、である。席を蹴《け》って立つほどかといえば、そうではなかった。とにかく脇や背中がむずがゆくなる久世映画ではあるのだけど、その全編を通して奇妙な品がある。一本、映画全体を貫く緊張感がある。それはひとえに主演の黒坂さちの存在感であった。映画初出演とは思えぬ堂々たる演技で、気《き》障《ざ》でアーティストきどりで鼻持ちならない久世臭をかき消していた。彼女が出てこないシーンは目を背けたくなるほど、彼女ひとりが映像の中で際立っていた。

　正味二十二分少々。『坂の上のなんとやら』は終わった。

　教室の電気が点《つ》き、意外と多くの拍手が響いていた。だが、僕はしばらく何も映らなくなったスクリーンを見つめ続け、黒坂さちという少女の幻影を追いかけていた。目の前に亜門次介のごま塩頭があるのも忘れていたけれど、やつがむっつりと振り向いたので声をかけてみた。

「どうであった」

　すると亜門は一言、美しい、とだけ返した。

「映画が？」

「馬鹿か。さちさんである」

　それには僕も頷《うなず》く。

「美しいな」

「もうストーリーなど覚えてない」

「むしろなくてもよかったのではないか」

　そんなことを話しつつ振り返ると、教室の一番後ろで白いワンピースを着た少女がどこか居場所なさげにもじもじと座っていることに気がついた。こちらを見て顔を伏せる仕草を見て、僕は慌てて立ち上がり、教室の後ろに駆けた。

「さちさん」

　さちは、僕が近づくと立ち上がり、そして深々と礼をした。

驚いたのはその恰好《かっこう》である。ほぼ高校の制服姿しか見ていなかったので、ノースリーブのワンピース程度でも天地がひっくり返ったかのような衝撃である。肩を出したというだけでこれほど匂い立つような女子力が振りまかれるとは、つくづく女子の魔性恐るべし、である。

「いらしたんですか」

幾分緊張して僕が尋ねると、さちは小さく頷いた。そして、頬を赤らめたまま頭を下げた。

「ご挨拶《あいさつ》が遅れてしまい、申し訳ありません」

「こちらこそ、今頃気がつきました」

「すこし遅れてしまったのです」

久しぶりに見るさちは、一段と女子力を向上させたようであった。肌は相変わらず白くつややかであったけれど、そこにあったかつての少女を思わせる丸みが、より艶《つや》やかな曲線となって彼女を色づかせていた。

「最近、オートバイを直されていると聞きました」

久世に聞いたのであろう、さちはそう口を開いた。

「はい、ベスパといいます。乗りづらいとかすぐ故障するとかよくいわれ、まあ実際いろいろと暴走気味のスクーターではあるのですが、とてもかわいいのです」

「拝見するのが楽しみです」

「はい、近いうちに是非」

気がつかぬうちに彼女の白いワンピースをじっと見つめていた僕は、乾いた口を開く。

「その恰好——」

とても似合ってますよ。

そう云うつもりであったのだけど、背後から押し寄せた有象無象どもに流されてしまった。

さちの登場に沸き立った教室中の人間どもである。

「すごいよ、君まだ高校生だって？」

「めちゃくちゃかわいかった！」

「今度、俺の映画にも出てくれませんか」

「名前教えて。あ、よかったら電話番号も！」

そう猛《たけ》り騒ぐ恐らくはキネ研部員どもを、甲高い声が制した。

「騒ぐな、阿呆《あほう》ども！」

部員たちの群れをかき分けるように前に進んだのは、小柄でちんちくりんな宝塚である。

「どうも、黒坂さん。いつぞやは無礼しました。キネ研部長、宝塚八宏《やひろ》です」

宝塚はいつもの無愛想はどこへやら、歯の浮くような台詞《せりふ》を次々に繰り出していた。

「素晴らしい演技でした。間違いない。君こそは、フィルムの中で生きるべき、天性の女優です。日本でいえば原節子《はらせつこ》、吉永小百合《よしながさゆり》、海外を見渡せば、エリザベス・テイラー、オードリー・ヘップバーン、ジュディ・ガーランドなどと肩を並べる、まさに映画の為に生まれた妖精《ようせい》です」

それに対しさちはただ小さくなって、とんでもないです、と返していたが、宝塚はやめない。

「この間は断られてしまいましたが、是非自分の映画にもご出演頂けると嬉《うれ》しい」

しつこいやつである、と僕が割って入ろうかと身構えたとき、久世が寄ってきた。

そのひょうたん顔は、いつになく少女のように恥じらっていた。

「どうだった、映画は」

そう尋ねてきたので、僕は久世の方に向き直った。駄作であると斬って捨ててやるつもりでいたけれど、久世が斬られる覚悟を固めているような眼差《まなざ》しをしていたので、やめた。

「さちさんが美しかった」

「であろう」

「そこは見るべきものがある。よくあれだけ撮れたな」

「そこだけは頑張った。正直、何度も映画などに手を出すのではなかったと思った。妥協の連続であった。燃えるような想いで脚本を書く。コンテを切る。そしていざ撮影してみると全然イメージと違うものが撮れる。リテイクする。それでも撮れない。役者たちのテンションも落ちる。そのうちにもともとあったはずのイメージなどどこかに行ってしまう。自分のセンスのなさを思い知る。完成させる意味があるのだろうか、と自問する。さちさんが出ていなかったらお蔵入りしていたと思う」

そのどこか潤んだ眼差しを見て、なぜかこちらの鼻の奥がつんとした。

「さちさんには出演料として、十万支払った。こんなにもらえない、と云っていたがボクのひと月の遊興費全額だ。しばらく合コンもなしだ」

――そうか。

いろいろありすぎてすっかり失念していたけれど、もともとそういう話であった。さちは天井裏から脱出し、自活する為に映画に出演したのである。これでさちはどこか安いアパートでも借りるつもりであろうか。そうなれば、本当のお別れである。

にわかに吹き荒れる寂寥《せきりょう》感に身を浸していると、

「さちさんの出ているシーンはなかなかよかった」

背後から亜門のぶっきらぼうな声がした。

「むしろ、さちさんが出ていなかったら苦しいだけの二十二分であったろう」

「云うではないか」

そう睨《にら》みつける久世に、亜門は矢継ぎ早に指摘する。

「照明が甘い。光を当てているだけである。似たようなカットが続く。飽きる。役者の手が遊んでいる。顔だけの演技であり、身体に緊張感がない。どのシーンも音楽に頼りすぎである。よってラストに流れる曲が効果的でない。モノローグに頼るだけが映画ではないぞ。もっと映画を観ろ」

云われているうちに、久世の顔が歪《ゆが》んでいった。

「しかし――」

亜門はそこでじろり、と久世の顔を睨んだ。

「よく、完成させた」

最後に、斬りつけるようにそう云った。

すぐに久世が鼻を押さえて横を向いたのを見て、久世が久世なりに、もがいてもがいて、もがき抜いてゴールにたどり着いたことを僕は知った。それから、キネ研の連中に囲まれて次々に質問を浴びせかけられるさちを見た。さちが目的の金額を得たことを知ったせいかもしれない。不意に僕の、僕だけの天井裏の少女が遠いところに行ってしまったような気がした。

――自分は、今どこにいるのであろうか。

ふと、そう思った。皆、それぞれ歩みを進めていく。周りだけに時間が作用し、僕だけがひとりぽつんと人生の隘路《あいろ》にはまり込んでいるような気がしていた。

さちの映画の他に、八月の記憶はほとんどない。

久世のように海に行って青春を謳歌《おうか》することもなく、暑苦しい熱帯夜に道路工事現場で合図灯を持って車の整理をしたり、昼は淳峰堂で古書整理をしたり、後はベスパの修理をするというリズムで流れていった。八月の終わりになって、ようやくキャブレターの修理は終わった。キックペダルを蹴り込むと、ばふふん、と音がしてエンジンも動きかける。しかし、何度やってもそのまま回り続けるということはなかった。あの時買ったベスパの本はすっかり付箋《ふせん》だらけの赤ペンサインだらけとなっていたけれど、ベスパは息を吹き返す気配を感じさせない。何がいけないのか。もう試せることはすべてしたではないか。そう問いかけてもみたけど、ベスパは当然ながら応《こた》えはしない。

しかし、それでも僕は、ベスパのあちこちに手を加え続けていた。

理由はわからぬ。世界と自分との接合点が、この一台の壊れたベスパ以外にないと思っていた。

蟬の声が、アブラ蟬からヒグラシに変わったのを知り、もうすぐ秋であると知る。夏の間になんとかベスパを生き返らせようと思っていたのに、それも無理かもしれない。いや、そもそも生き返らせること自体が無理なのかもしれぬ。問題がキャブレターなどでなく、エンジン内部の問題であるとしたらさすがにお手上げである。

息をつき、友楼館一階の無人の部屋の縁側に寝転がった。

腕で日を遮り、そのままじりじりとした日差しと蟬の声を存分に浴びた。一度死んだものはけして帰らぬのだ。そんな声が頭の中で回っていた。しかし同時に、紺色の派手なベスパも頭の中を元気に走り回っていた。

そう――

僕が、かつて一度だけ見たことがあるというそのベスパとは、高校時代の才条三紀彦《さいじようみきひこ》の愛車である。

ラジオ研究部関連で洋楽に造詣《ぞうけい》の深かった才条は、モッズと呼ばれる奇怪な思想と奇怪な恰好を好む人々に心惹《ひ》かれたらしい。そこからモッズたちの足とも呼ばれるベスパに興味を持ち、ぴかぴかのデコレーションを施した紺色のベスパに跨《また》がっていた。

『モノコック構造のボディ、航空機に由来する片持ちサスペンション、毎日調子の変わる空冷ツーストロークエンジン。おまけに見ろ。このバイクのウインカーはハンドルの終わりにあるんだ。よりによって一番ぶつかる箇所だ。ありえないくらいクールだろ？　転んだりしたらもう最後だ。ケースから中の電球からすべて壊れる』

褒めているのか、馬鹿にしているのか、はたまた自虐的な意味合いを含んでいるのか――お決まりの半キャップにゴーグル姿で、あいつはいつもベスパの話題となると嬉しげに微笑んでいた。

その証拠に、才条は熊本にいる間ずっとその故障しまくる紺色のベスパに乗り続けていた。僕との約束にも二時間遅れでやってきて、ベスパが止まった、とよく言い訳していたものである。それに対して僕が「そんなボロいバイクで来るのやめろよ」と文句を云うと、彼はいつも楽しげにベスパの蘊蓄《うんちく》を語り出した。

『バイクで道を走っていて何か音がしたら、普通何か踏んだかな、と思うだろ？　だがこいつの場合は違う。何か落ちたかな、と思うんだ。そのくらい日本車に比べて各パーツが粗い造りでくっついている。冬はチョークを引かないとエンジンはかからないし、それだってとてもコツがいる。信号待ちでいきなり止まるし、ウインカーだってエンジンをぶん回さないと点《つ》いているのかすらわからない。だが、それでも俺はベスパを選ぶ。こいつには未来永劫《えいごう》変わらぬ何かがある』

高校時代、僕も何度か才条のベスパに乗らせてもらったことがある。確かに、そのプラモデルのような不安定な乗り心地と、ゆったり流れる田園風景に、腹の底がほくほくとしたのは事実である。

「――確かに、この白い不動のベスパは才条のものではない。修理したとて死んだ才条が生き返るわけでもない。あの未完の映画『少女キネマ』とて同じである。伊祖島氏の云うまま空白のラストシーンを埋めたところで、才条の背を押したという僕の罪が消えるわけではない」

両手で顔を覆った。そのまま泣き出したい衝動に駆られたが、涙などわずかにも出なかった。さちに才条のことを話したときにこぼした涙は本当に久しぶりの涙だったのだ。才条が死んだあの日から僕の感情は枯れたままであった。昔あれほど漫画や小説、映画などで感動していた心が冷えて固まったままであった。何を見ても聞いても心が動かない。人間として何かとても大事なものが欠けた気がしていた。

「僕は生きているのであろうか」

そう何度も自問した。

「ここにいるのは抜け殻なのではないか。それとも僕はまだ高校生で、才条は映画を撮ってベスパを乗り回し、僕だけが何か長く悪い夢を見ているのではないか」

今、ここにいる自分はすでに幽霊か何かと成り果てているか、それとも、才条の死とともに僕の時間も止まっているのではないか。

起き上がって頭を振ると、蟬の声が蘇《よみがえ》り、夏の日差しが肌を刺していることを実感した。そして僕の目の前にはシートが開け放たれ、中のキャブレターをむき出しにしたベスパがいた。白いボディにもう錆《さび》はない。すべて磨いて落としたのだ。見た目こそ、当初僕が出逢《であ》った姿とは桁外《けたはず》れに違って美しかった。でも、こいつの時間も止まったままなのだ。

長くそんなことを考えながらぼうっとしていると、ふと友楼館の入り口に人が立っているのを見た。

いけすかない目つきで僕を見ているのは、宝塚八宏であった。

自分で散髪したかのような短い髪に、よれたTシャツがいかにもキネ研的もっさり感を醸し出している。あまりにもじっと見てくるので、僕も睨み返した。すると、宝塚は云った。

「毎日、うるさくてかなわん。これはいつ直るのか」

「もうすこしだ」

「そうか。早いとこやれ」

そんなことを云って、僕をどかすように縁側に一緒に腰掛けてきた。

すこし詰めてやったけれど、このクソ暑い中、男子ふたりが座る間合いではない。腹立たしいが僕の方が移動するかと席を立つと、宝塚は云った。

「やっぱり君は映画を撮るつもりか」

その言葉に、僕は宝塚を見た。

どうしてそういうことになるのか。伊祖島氏のせいか、黒坂さちのせいか知らないけれど、それはおまえの誤解である。そう伝えようとすると、馬鹿にしきった顔で宝塚は告げた。

「無理だよ」

「なんだと」

「才条の映画を完成させるのは君には無理だ、と云った」

宝塚は、眼鏡を押し上げながらそうあざ笑った。

頭にきたので、僕もあえて宝塚を君づけで呼んでやった。

「いいか、宝塚くん。宝塚くんは何か勘違いをしている。僕は映画を忌み嫌っているし、映画を撮る予定なぞどこにもない」

一年坊に露骨に君づけされて宝塚は嫌な顔をした。が、やつはぐっとこらえた。それには触

れずに、

「黒坂さちさんの連絡先を教えてくれないか」

と云ってきた。それが目的か、と僕は姿勢を正す。

「なぜだ」

「映画に出演してもらいたいのだ」

「彼女は断ったと聞く」

「うむ。君の撮る映画に出ると聞いた。が、今、君の口からそれが誤解であるとも聞いた」

しまった、と僕は呻《うめ》いた。

宝塚の冴《さ》えない容姿に油断した僕が愚かであった。最初からこいつは、言質をとる戦術であったのだ。宝塚は勝ち誇ったような口調で云った。

「改めて自分の方から黒坂さんに連絡して、君が映画など撮らないことを伝え、そのうえでオレの映画に出てくれるよう頼むことにする」

それは実に鋭い切り込みであった。

今、僕と宝塚の間には真剣を持つ者同士が相向から攻防が繰り広げられていた。

「彼女が出たくないのなら、それはそれで仕方あるまい」

しばらくして、僕はようやくそう言い返した。

「しかし、それは彼女の誤解――」

「皆まで聞け。彼女が映画に出る出ないは無論彼女の意思である。そこに関して僕が不当に介入する気は一切ない。だが、彼女の連絡先を教える教えないというのは話が別だ。僕は彼女に住所を見知らぬやつに教えてよいとは云われていない」

「では、教えてよいか訊《き》いてみてくれないか」

「断る」

「なぜだ」

「彼女を映画などというものに関わらせたくないからだ」

「いや、ちょっと待て。久世の映画は」

「久世の件はいろいろと仕方ないことであった」

そう云うと宝塚は押し黙った。僕らの間に気まずい緊迫した空気が流れ、やがて宝塚はらちがあかないと思ったのか話題を変えた。

「才条は惜しいことをした」

「ああ」

「だが、あれでよかったような気もする」

何を云うのか、と僕が睨《にら》みつける中、

「『少女キネマ』を観たか」

やがて宝塚は訊いてきたので、僕は頷《うなず》いた。

「あれはすごい。才条が死んだあと、あの作品をキネ研の部員全員で観た。誰もが言葉を失った。才条をよく思っていなかった者、全員がだ。台詞《せりふ》も何もないのにぐわぐわと観ている者の頭の中に物語が立ち上がった。脳の補完作用を計算し尽くして撮った作品だ。あれは未完だから完成しているのだ」

その言葉に、鉄を飲み込んだような痛みに襲われた。

——完成させたら認めてやる。

才条に叩《たた》きつけたその言葉の重みが今すべて自分に返り、身を打ち肉を裂く鞭《むち》と化した。

「あいつは嫌なやつだったが、たしかにオレなどがどうあがいても思いつきもしないカットを切り取った。観るものにあいつ自身を刻みつけた。それは妙に心に残り、そして、いざ自分が撮るときに似たようなアングルで撮り始めて気がつくんだ。あいつの癖が移っていると。自分があいつの重力下にあると。『少女キネマ』を撮っているとき、あいつは明らかに常軌を逸していた。あの映画を撮り始めてから、いつもうわごとのようにぶつぶつと何か呟《つぶや》いていたし、部のカメラを持ち出しっぱなしで学内をうろうろとしていた。いつかあんなことが起こるような気がしていた」

「だったら、止めるのが筋だろう」

僕が云うと宝塚がこちらを見た。

「気がついていたなら、止めてくれればよかったのだ。羽交い締めにでもして、カメラを奪ってくれればよかったのだ。そうすればやつが死ぬようなことはなかった」

宝塚は押し黙った。胃の中に嫌な苦みが溢《あふ》れるのを感じた。こんなことを云うべきではない、という後悔の苦みであった。宝塚は、静かに云った。

「自分が超えられない一線を易々と超えて行くものと出逢ったとき、君ならどうするか」

黙っていると、宝塚は、気にすることなく指を二本立てた。

「まず二通りの人間に分かれるだろう。嫉妬《しっと》し罵倒《ばとう》するもの。そして、崇《あが》めるものだ。だが、それらを超えてもうひとつの感情が生まれることがある」

思わず宝塚の顔を見ると、彼は云った。

「ただの純粋な観客に落ちてしまうことだ」

胃の中の鉄はついに熱をもって腸を焼く。腹の中のすべてを開け放たれたような気恥ずかしさを感じた。

「圧倒的な才能というのは、他者すべてをいち観客にしてしまう。そこには嫉妬も何もない。ただ、純粋にオレは観たかったのだ。常人とは呼べぬ彼が、狂気ともいうべき領域で切り取る景色がどういうものか——ただ、観たかったのだ」

宝塚は立ち上がった。

僕より低い背丈のくせに、妙に大きく見えた。

「伊祖島氏は間違っている」

立ち去り際に、宝塚は云った。

「『少女キネマ』は才条の最高傑作だ。友人であるというだけで続きが撮れる代物ではない」


——自分は、続きなど撮らない。

そう云い返すこともできないうちに、彼は消えた。

結局宝塚が去った後、僕は再び縁側に腰を下ろすこととなった。

昼頃になって陰ったのを感じ空を見上げると、黒々とした積乱雲が頭上一面を妖《あや》しく覆い尽くしていた。風が吹く。すこし涼やかな湿った風であった。雨がきそうだ、と呟く間もなく、ぽつりと雨粒が頬に落ちた。

ベスパにシートをかけ直して、縁側に避難した。

すぐに雨粒はどっと激しさを増した。滝のような雨に縁側のひさしなど意味はない。一応、膝《ひざ》を抱きかかえるように避難したけれど、やっぱり濡《ぬ》れた。Tシャツも短パンもその下の下着にいたるまでぐっしょりと濡れた。それでも落ちて跳ねる大粒の雨に心奪われるように、そこに居座り続けた。

――郷里に帰るのも選択肢のひとつか。

ふとそう思った。入学金を出させた両親に申し訳ないとは思うが、かといってここでただ空《むな》しく日々を過ごすことが正しいこととも思えない。あまりにも十倉和成としての意思がない。消去法で残った道を歩むことにわずかでも意味などあるとも思えない。

僕は、まだここにいてもいいのであろうか。

そう暗い空に問いかけた。

僕など、まだ生きていてもいいのだろうか。

「いくら考えても、自分がこの世で無駄な肉塊である気がしてならないのだが」

そう呟いたとき――

雨しぶきで霞《かす》む世界に、ひとつ小さな影が浮かんだ。

それは、見覚えのあるノースリーブの白いワンピースであった。

「……さちさん？」

黒坂さちは、友楼館の門の向こうに小さな籠《かご》を持って立っていた。傘もささず、雨にたっぷりと濡れた姿でどこか恥ずかしそうに微笑んでいた。

「お弁当を作ったのです」

そう小さく云った。

「毎日、十倉さまがオートバイの修理を頑張っておられると聞いて」

「そこは濡れます。こちらに」

立ち上がって、さちの手をとるように僕はひさしの下にさちを連れてきた。

「といっても、もうびしょ濡れですね」

白のワンピースはすでにぐっしょりと雨を吸っており、彼女の黒髪もぺったりと額に張り付いていた。さちは恥ずかしげに前髪をよけると、空に向かって拗《す》ねるように云った。

「あいにくのお天気です。勇気を出して参ったのに、さちは雨女なのかもしれません」

そんな唇のとがらせ方を初めて見たので、それだけでも鳩尾《みぞおち》あたりが熱くなった。

「今、タオルを持ってきます」

「いいえ、いいのです」

スカートの端を握って絞る仕草をしつつ、さちは空を見上げた。

「雨が止むまでは同じでしょうから」

「そうですね」

「たまにはこういうのもよいものです」

「そうですか。実は僕もどこか気持ちよくて濡れていたところです」

とりあえず、さちとふたりで縁側に腰掛けた。

「その服」

「はい？」

「その服、とても似合ってます」

なんとも間がもたず、僕はさちの服装を褒めた。

「この間の久世の映画の試写会でも云おうと思ったのですが、つい機会を逸しました」

「お恥ずかしいです。これは友人からの借り物なのです」

「そうでしたか。でも、とても似合っています」

「ありがとうございます」

それから、さちは持っていた籠のふたをそっと開けた。

「おにぎりを作ったのですけど、申し訳ありません」

「いいえ、大丈夫です。食べますよ。すこしくらい濡れていても平気です」

「いいえ、あの。すこしどころでは」

「ああ」

見れば、竹の葉で包んでくれていたおにぎりはすでに水浸しであった。

「大丈夫ですよ。ちゃんと包んであるし、中まではそれほど影響ないはずです」

そう云って、そのうちのひとつを口に入れた。ほどよく塩味のついた、しそ漬け梅干しのおにぎりである。わずかに濡れているような気もしたが、ご飯の炊き加減の絶妙さが失われるものではない。

雨のしぶきがかかる中、ふたりしてなるべく縁側の奥の方へ身を寄せながらおにぎりを頬張った。

「それでは、ひとつ失礼します」

「とても美味いです。さちさんも召し上がるといい」

「本当でしょうか」

「美味《うま》い」


「そんなに雨はかかってないです」

「でしょう。これは美味いですよ」

「お茶も用意したのです」

　そう云って、さちはまた籠から水筒を取り出した。なるべく雨が入らぬよう手で覆いながら、ふたにお茶を注《つ》いでくれた。よく冷えたほうじ茶である。これもまた美味い。僕は深く頭を下げた。

「さちさん、何から何まで」

「とんでもございません」

　さちは、おにぎりを頬張ったまま慌てて頭を振った。

　その後、僕らふたりは会話もなく、ただふたりでもしゃもしゃとおにぎりを頬張り、霞む景色を眺め、雨の中、身を小さくするばかりであった。

　このおにぎりは、つまり、あれであろう。以前約束した、僕に何か食事を作ってくれるという約束であろう。いよいよお金の算段がつき、ここを出て行くにあたってさちは約束を守ってくれたのだ。僕の方の約束——どこかで食事をご馳走《ちそう》するというのはまだである。さちが友人の家に避難してからさちの分の食事を気にする必要がなくなり、僕は食費のすべてをベスパの修理費に回してしまっていた。おかげで僕の栄養状態は激しく傾いた。皮肉にも、さちがいることによって僕は三食ちゃんととるようになっていたのだ。そのさちがいよいよいなくなる。もっともっと話していたいのにいなくなる。

おまえはそれでよいのか。

そこから僕の内面では、激しい討論が繰り広げられた。議題は、ここから先の展開についてである。すぐに雨が上がればよいのだけど、まだこのまましばらく降り続けるとなると、間が持たない上にとても間抜けである。

現状の僕らを整理しよう。

外は激しい雨が降っている。それは一階の縁側にいたところで雨しぶきがかかるほどである。そんな狭苦しい縁側にふたり身を縮め、あまつさえさちの作ったおにぎりとお茶を頂いているといういささか滑稽《こっけい》な状況である。いや滑稽を通り越し、今ここに亜門が顔でも出せば「馬鹿かおまえは」と怒鳴りつけられるような事態であろう。では、どうすべきか。一番自然なのは、さりげなく僕の部屋へとさちを導くことである。天井で仕切られていたとはいえ、もともとは彼女が住んでいる場所でありそれは問題ないように思える。しかし、さちは部屋が濡れるのを厭《いと》って断りそうであるし、また「僕の部屋に来ませんか」などという妙な誤解を生みかねない台詞《せりふ》をおいそれと僕が口にする勇気がないという事情もある。では、友楼館一階にある談話室はどうか。あそこは住人が自由に使ってよい場所であることだし、邪《よこしま》な考えなど持っていませんよ、とアピールするには最適な場所である。しかしそこにもひとつ問題があって、亜門などはまあいいとしても、宝塚に見つかったら大ごとであった。喜び勇んで出演交渉に入ることであろう。僕は敵に塩を送るような人格者では断じてない。むしろあいつの顔を見るたびに、常にへこませてやりたいと反骨的な気持ちに溺《おぼ》れそうなほどである。

では、どうしたらよいのか。

いいアイデアなど浮かばない。浮かばないうちに、徐々に身体が冷えてきた。いくら真夏とはいえ、濡れた服をいつまでも着ていればいずれ風邪をひくであろう。僕はいいとしても、さちにそのような仕打ちを強いているのは男子として問題ではないか。

長い長い沈黙の果てに、ようやく僕は決心した。意を決して「部屋に行きましょう」とさちに提案することにした。

「ええと、あの、さちさん」

僕がそう切り出したときである。

「このオートバイはなんというお名前でしょうか」

さちは、そう僕に尋ねてきた。

「十倉さまはご自分のものに名前をおつけなさいますでしょう?」

無邪気な顔で尋ねられ、僕は答えた。

「いえ、まだ、名前はつけていません」

「そうですか」

さちは、にこにこと微笑みながらベスパに向かって云った。

「早く、素敵なお名前を頂けますように」

その様子を見やってから、僕は呟《つぶや》いた。

「こいつは死んでいるのです」

雨のしぶきを弾《はじ》く、白いクラシックスクーターを見つめつつ云った。

「これからもずっと死んだままなのです。一度死んだものはけして生き返らないのです」

するとさちは、一度僕を見つめてから首を振った。

「この子は死んでいません」

「は」

「必ず、息を吹き返します」

そう云って、さちは空を見上げた。

「今はこの空のように暗く澱《よど》んでいますが、この黒い雲の上には必ず奇麗な青空が広がっているのです。雨は必ずいつか止むのです」

僕も顔を上げた。

見れば、西の地平の果てはもう晴れ間が見えていた。

降りしきる雨の中、さちは雨雲を溶かすように微笑んだ。

「今は深い眠りについておりますが――この子はもう一度必ず駆け出します」


そのさちの言葉が僕の中の何かを変えたのか。

次の日から再び、僕はベスパの修理に全力を注ぎ始めた。キックペダルを踏めば、エンジンは動く気配がするのである。ということは、まだキャブレターの設定に関して試していないことがあるのではないか。そう思うようになっていた。もう一度隅々まで本を読み、もう一度すべてをバラして丁寧に組み上げてみた。久世も、図書館のパソコンで調べたと、ベスパの好事家のサイト記事をプリントアウトしてきてくれた。それらを参考にしつつ、祈るような気持ちでひとつひとつの部品を組み上げていった。

そして奇《く》しくも亜門が縁側に寝転がり、久世が顔を出し、さちが再び遊びに来たある日の午後、それは起きた。その日、何十度目かのキックペダルを踏み込んだとき——

ばるるるるん、と数十秒間エンジンが回った。それだけでもう腰が砕けそうになるほど嬉《うれ》しかったけれど、やがてエンジンは止まってしまった。

「おい、十倉！　もう一回やってみろ」

興奮した久世の声に、ひっくり返っていた亜門ものそのそと起きてきた。さちが両手を口元に当てて祈るように見つめる中、僕は再びベスパのキックペダルを踏み込んだ。その瞬間、今まで聞いたことのない高いエキゾーストノートを響かせ、ベスパのエンジンに火が入った。

「うおお！」

久世が飛び跳ね、僕は手の中で振動するハンドルから伝わってくるベスパの叫びを確かに聞いた。ぼくは生きている。生きている。こいつはそう云っていた。

「男の子だ」

「なんだって？」

「こいつは、男の子である」

僕は、叫んだ。

「何を云っているのだ、おまえは」

久世は笑いながら首を捻《ひね》るが、さちは嬉しげに微笑み、

「では、お名前は」

と尋ねてきた。

なぜか僕はこのベスパがてっきり女の子であると思い込んでいた。白いボディとお尻《しり》が大きいことからそう勝手に連想していたのかもしれない。女の子であった場合の候補は幾つもあったけれど、すぐに男子の名前は思い浮かばなかった。

「ははは、どうしよう」

興奮して、そう叫んでいた。ついハンドルを回してしまい、より高くベスパは吼《ほ》える。

「おい、うるさいぞ！」

二階の部屋の窓から宝塚が顔を出して叫んだ。

「すまん！」

僕は謝ったけれど、宝塚がさちの姿を認めたことを知った。

「鼓太郎《こたろう》でよいではないか」

それまで黙っていた亜門が云った。

「こいつは今、生まれ落ちた喜びの太鼓を天高く鳴らしている。それ以外あるまい」

一度、エンジンを切ってその名前を反芻《はんすう》してみる。うむ、悪くない。

「よし、おまえは鼓太郎である」

僕はベスパに向けて告げた。するとさちが一歩進み出て、鼓太郎のライト部分に手を当て、それから云った。

「十倉さま。お願いがあります」

「なんでしょう」

「さちを鼓太郎さまに乗せて頂けないでしょうか」

「さちさんを？」

僕が答えるより先に久世が、駄目駄目、と叫んだ。

「危ないですよ。ベスパはただでさえ運転の難しいバイクです。クラッチもついているし、ブレーキも利きづらい。しかもこいつは50ccです。二人乗りは法律で禁止されています」

そうであった。

普通自動車免許を取得したときに学んだはずのことを、僕はすっかり失念していた。

しかし寂しげに、そうなのですね、と俯《うつむ》くさちが憐《あわ》れでもある。

僕はひとつ頷《うなず》くと、さちに云った。

「わかりました。その辺をすこしならば大丈夫でしょう」

「ホントでしょうか」

「ホントです。ただ、ヘルメットはかぶってもらいます」

すぐさま、久世が叫んだ。

「無茶だ。おまえが転んで死ぬのは構わんが、さちさんに万が一のことがあったらどうする」

それも正論である。

迷ってさちの顔を見ると、さちの瞳《ひとみ》は天上の星をすべて集めたかのごとく輝いていた。

「さちは、乗ります」

久世が頭を抱える中、僕は力強く頷いた。

「さちさん、無茶だ！」

久世はなおも叫ぶ。「そうだ、ボクは車を買ったんですよ。それに乗って十倉の後を追えばいいでしょう？　バイクでこけると無惨ですよ？　特に夏は半袖《はんそで》だから肉が裂けて骨が見えちゃいますよ？　そんな奇麗な肌をしているのに、そんな無惨なこと、ボクは耐えられない！」

「十倉。これを使え」

そこで、いつの間に部屋から持って来たのか、亜門がヘルメットをふたつ渡してくれた。

「どうしたのだ、これは」

見るとひとつは普通の半キャップであったが、もうひとつは工事現場の職人がかぶるような白いヘルメットであった。なぜかそこには黒インクで『造反有理』と書かれている。

「半キャップの方はベスパの持ち主であった先輩のものだ。もうひとつはわからん。もともと俺の部屋にあった」

久世が噴き出した。

「『造反有理』って、それ大学紛争時代のものじゃないか」

「なんでもいい。その辺を回るだけだから」

半キャップの方をさちに渡し、僕はその大学紛争の遺物をかぶった。

あごひもの結び方にまごつくさちの手伝いをしてやってから、僕はベスパを押した。

「行きましょう、さちさん」

急いだのは、玄関口に宝塚の姿がちらりと見えたからであった。


今日のさちの出《い》で立ちが、ジーンズにTシャツというカジュアルなものでよかった。それともさちはこのことを予感していたのだろうか。

さちが後部座席に跨《また》がり、僕がキックペダルを踏み込むと、鼓太郎は再び、ぼるるるるん、と吼えた。がくがくと振動がハンドルを伝わって腕に響き、それはいつか才条のベスパに乗せてもらったときの記憶を呼び覚ました。

「おいおまえ、クラッチとか分かってんのか？」

横で心配げな顔をする久世だけれど、自転車同様、身体で覚えたものは時を経ても覚えているものである。そろそろとクラッチを開き、同時にアクセルを回した。シャフト内でギアが繋《つな》がり、エンジンの動力が車輪へと伝達される。ベスパは始動した。

「やあ、黒坂さん」

のんびりとした声をよそおい宝塚が玄関口から出てくるのと、ベスパが加速したのは同時であった。

横目で確認した宝塚の恰好《かっこう》が、襟付きシャツにネクタイ、それにスラックスに変わっていたことに思わずにやりとしてしまう。さっき窓から顔を出したときはいつものよれたTシャツであったので、さちがいると思って慌てて着替えたのであろう。それが命取りとなった。この子は誰にも渡さぬ。

　僕はアクセルを捻った。その瞬間、鼓太郎は50ccという貧弱な排気量とも思えぬトルクを発揮して地を蹴《け》った。景色が一瞬で後ろに流れ、サイドミラーで確認すると、亜門も久世も手をこちらに振っていた。さちは、僕の腰にしっかりとしがみついていた。身体をぴったりと密着させ、ふたつのふくらみが背中に触れていたけれど、僕はもうそれどころではない。ギアを二速まで繋いだはいいが、三速目が入らない。クラッチ板も摩耗しているのかもしれぬ。エンジンが甲高い音を立て、道行く人々がこちらを見ていた。

　すみません、すみません。爆音を奏で白煙をまき散らすバイクの迷惑を心で謝りつつ、僕は何度もハンドルに付随するギアを組み替えた。

「鼓太郎、大丈夫だ。落ち着け」

　叫びながら、ギアを入れ替えること数度――ギアは唐突に三速へと入った。その瞬間、またもう一段速度が上がった。そのままウインカーをつけることも忘れ、僕たちは裏道に飛び出した。

　大通りは警察官の目につくことも多いだろうし、車も多いからまだ扱いの慣れぬバイクでの二人乗りは怖かったというのもあったけれど――ここひと月ほど、ベスパの本を穴があくほど読みふけり構造のすべてを頭に叩《たた》き込んでいたせいだろうか。五分もしないうちに運転には慣れた。何か不具合が起きても、あそこが原因か、と咄嗟《とっさ》に対処することが出来た。

「すごいです」

車の少ない道をのんびりと走れるようになった頃、後ろのさちが云った。

「空を飛んでいるようです」

「本当ですね」

空を飛んでいる。それはベスパを云い表すのに最適の表現かもしれない。それも音速機のような高性能なものではなく、レシプロ機のようなまだ空がロマンに満ちていた時代の飛行機である。ベスパはシンプルであるがゆえに欲がない。速く走るという欲を捨て去ったがために、ただ走れるという喜びが全身から溢《あふ》れている。

乾いたマフラー音を響かせ、ベスパはゆっくりと走っていく。

車の往来は少ないけれど、人が皆無ではない通りである。道行く人々は独特のエンジン音を響かせるこちらを振り返った。そしてベスパの持つ魔法にかかった。いやそれに跨がった黒坂さちという大和撫子《なでしこ》の魔法かもしれぬ。誰もが好意的な眼差《まなざ》しでこちらを眺め、その表情はとても温かなものであった。その瞬間、僕は本当に空を飛んでいるような錯覚を覚えた。

そのとき、背後からクラクションが響いた。

遅いからどけ、という意味合いのクラクションかと思ってベスパを左に寄せて走行してみたけれど、後ろの車は抜かして行く気配がない。サイドミラーで確認すると、それは青いセダンである。運転しているのはにまりと笑った久世であり、助手席には仏頂面の亜門が乗っていた。

「なんだ、あいつら」

僕が舌打ちすると、さちが嬉《うれ》しげな声で云った。

「悪者の戦闘機が接近中です」

さちのノリに僕も乗った。

「オーケー、さちさん。振り切るからしっかり摑《つか》まっていてください」

僕はその場で、車体を左側に大きくハングさせた。

急に小道に左折した僕たちを追いきれず、久世たちの車はそのまままっすぐ行ってしまった。しばらく僕らがそのまま走っていると、やがてサイドミラーにまた久世の車が小さく映り始める。舌打ちしながら方向転換して追いかけてきた久世たちが目に浮かぶようであった。

「また、来ます」

さちがそう教えてくれた。

「しつこいやつらだ」

ここまで走ってきてわかったのは、フットブレーキは問題なく利くということ。ウインカーはスイッチを入れてからしばらくして点《つ》くということ。ギアは二速が一番加速力に優れているということ。そして、案外ハンドルの取り回しが楽であるということ。

「いける」

僕は呟《つぶや》いた。

エンジン音も快調であり、吹け上がりも申し分ない。二輪が唯一、四輪に勝てるのはコーナリング性能である。そこで差をつけ、コーナーから出たところで加速する。直線ではどうしたって追いつかれる。

「さちさん」

「はい」

「次曲がるとき、さちさんもすこし身体を曲がる方向に倒して頂けますか」

「わかりました」

「あのカーブを左です」

「了解です」

「いきますよ」

クラッチを切った。現在のスピードから、感覚的にカーブを抜けたあとの最適スピードにギアを合わせる。そして勢い良く車体を左に傾けた。背後でさちの体重が移動する感覚がして、ベスパはこれまでにない旋回運動を見せた。カーブの終わりで車体を元に戻すと同時に、クラッチを戻しアクセルを開ける。エンジンの動力が力強くタイヤに伝達され、鼓太郎が吼《ほ》えた瞬間、車体は見事な加速を遂げた。ちらりとミラーで確認すると、久世たちの車は先ほどより遥《はる》か小さくなっていた。

もとより住宅街を抜ける裏道を走っているので、道は狭く、対向車を気にして車はスピードを落とさなければならない。これは車の方が不利である。だけど、それも直線でみるみる挽回《ばんかい》される。近づいてきた背後の久世は運転席で顔を赤くして何やら叫んでいた。まあ、気持ちはわかる。間抜けな鬼役に設定されたことを察したのであろう。だが、僕の人生においてそれはデフォルトである。見事に演じ切ってもらいたい。人生など、所詮《しょせん》一場の夢である。僕は今、亡国の姫君を命をかけて連れ出す任務を帯びた一飛行士であった。貧しい家庭に生まれ、それでもたまにセレモニーなどで艶《あで》やかに国民に手を振る姫君にずっと憧《あこが》れていた清貧なる若者なのだ。国家の動乱により図らずもこのような幸運に恵まれたのだ。男子の一生とはこのような瞬間にある。男子の命とはたったひとりの女性を護《まも》るためにあるのだ。

その瞬間、脳内で火花が散り、僕の中の暴想回路はかつてない勢いで回転した。

飛ぶように後ろに流れていく住宅街は、国境へと続く岩山の断崖《だんがい》であり、正面から向かってくる対向車はすでに正面に回った追っ手の砲撃である。そして背後から迫るは、エリート特有の抜けたところを持つ、姫君の政略結婚相手の貴族である。やつの手にだけは姫は渡せない。やつはすでに国を売り、国民を売り、代わりに姫を買った男子の風上にもおけぬろくでなしなのである。

「許せぬ、このエロ貴族め」

ミラーで久世の顔を睨《にら》むとそう僕は罵《ののし》った。助手席の亜門がどこかを指差していた。それに久世は頷《うなず》き、急に久世の青いセダンは右に折れ姿を消した。追うのを諦《あきら》めたか、とも一瞬思ったけれど、そうではあるまい。あの馬鹿貴族の久世に従う仏頂面の男は、名うての用兵家として戦場で大いに鳴らした亜門曹長である。ここは何事か策略があると見て間違いない。

「いなくなってしまいました」

さち姫が背中越しに報告してくれて、

「ご油断めされるな」

僕は、そんな自分に酔った言い回しで答える。

そして、先の道が緩やかに右に傾斜していくのを見て悟った。

「先回り、か」

亜門曹長の考えそうなことである。だが、どうすればいい。この道を戻るという選択肢はない。なんとしても姫を隣国へと落ち延びさせねばならぬ。哀しいほど暴想したまま僕は正面を見据えた。

道幅が広がり、にわかにセンターラインが現れる。次の信号からさらに道幅は広がり、二車線となってどうやら西武池袋線《せいぶいけぶくろ》のどこかの駅へと続くようであった。車の往来は増え、路上駐車の数も増した。しかしその車の群れはすべて今の僕にとって敵機である。撃墜し乗り越えて行くべき邪魔者である――

が、その時、見た。

信号が変わった瞬間、右側の横道から飛び出してくる青の機体。僕らのすぐ後ろにつけたその車には、久世貴族と亜門曹長が乗っていた。運転席の久世は、会心の笑みを浮かべていた。ハンドルを叩いて何やら叫んでもいた。大方、すでに姫を捕獲した気で猥褻《わいせつ》な妄想でもしているのであろう。だけど、そうは問屋がおろさぬ。この命にかえても姫には指一本触れさせぬ。悲壮な覚悟を決める僕ではあったけれど、これだけ広い道路であるとベスパの旋回性能だけではやつの追撃は振り切れまい。

どうするか。すぐ前の車が左ウィンカーを出すのが見えた。もとよりこのベスパは排気量50ccと極めて非力であり、道路の左端を走行中である。前の車の左折時の内輪差にひっかからぬよう、右側に移動するのが定石ではあるけど、そこにはすでに久世の車が詰めていた。万事休す、である。亜門が助手席の窓を開けて呆《あき》れたように言い放った。

「おい十倉。そろそろ諦めて停まれ」

「諦めるものか」

「いいかげんにせぬと警察に捕まるぞ」

ムードを台無しにする無粋なやつである。

信号が迫る。前の車は速度を落とす。

が、そのとき天啓を得た。たったひとつ久世たちに勝つ方法を思いついた。

「さちさん」

後ろに呼びかけると、すぐに、はいと返事がある。

「僕を信じてくださいますか」

「もちろんです」

「では、しっかりと摑まっていてください」

交差点に差し掛かる。前の車が左に曲がる。スピードを落としてそれをやり過ごす、と見せかけて僕は前の車と一緒にハンドルを切った。路肩と前の車に挟まれぬ、ぎりぎりのスポット。そこにベスパをこじ入れた。左に行きすぎれば路肩にぶつかり転倒する。右に傾きすぎれば前の車の内輪差に巻き込まれる。前の車のドライバーはバイクを巻き込んだ、と思ったのだろう。慌てて車体を右側に膨らませた。すべてがスローモーションのように展開されていく。僕の暴想回路により、前の車は我が機体をかすめて行く熱い砲弾と化していた。それを風防をかすめるぎりぎりで回避し、同時に躱《かわ》した砲弾をすぐ背後の敵機に当てる。それが、僕の考えた起死回生の作戦であった。路肩は断崖の壁である。その断崖の際に主翼をかすりながら、操縦桿《そうじゅうかん》を操る腕に全神経を集中させた。

フットブレーキはかけない。アクセルを戻し、エンジンブレーキのみでカーブに進入。いける、いける。願いとも祈りともつかぬ呟きを歯の隙間からもらしつつ、僕とさちと鼓太郎はその生死の狭間《はざま》を抜けた。同時に、久世たちの車は右側に膨らんだ車を避けるためさらに右側に膨らんで追い越しをかけ、そのまま交差点に突入する。それらをスローモーションの世界で確認すると、僕は左に傾いた車体を元に戻した。砲弾は我が機体をかすめ、背後にいた久世の機体をかすめる。僕は左に旋回し、久世たちは右側に膨らむ。そのまま直進せざるを得ない久世たちは、無数の車が行き来する交差点ではそうすぐに方向転換はできぬ。悔しげなブレーキ音を残し、青い車は視界から消えた。左折し終わりバランスを元に戻すと、僕は、結果としてインコース抜きを仕掛けてしまった前の車両の運転手に拝み手をして謝り、アクセルをめいっぱい捻《ひね》る。飛び跳ねるように加速した鼓太郎のエンジンは高く鳴る。同様に僕の鼓動も破裂しそうなほど高回転していた。音を感じなくなっていたことに今更気がつき、そして膝《ひざ》が震えていることにも気がついた。

急な下り坂が続いていた。

徐々に建物が減り始め、田畑が目立ち始める。このまままっすぐ行けば埼玉国との国境へと向かう。顔を吹き抜ける八月の熱風と濃く香る草いきれに、ついに追っ手を撒《ま》いたことを知った。

サイドミラーを見て背後に車がないことを確認し、アクセルを緩めた。三速のエンジンブレーキだけで坂を下っていく。

「大丈夫ですか？」

僕はそう背後のさちに声をかけた。

ようやく彼女がずっと黙っていることに気がついたのだ。

さちは僕の背にヘルメットを押しつけるように俯《うつむ》いていた。すごく、すごく怖かったのかもしれない。無理もない。男子たる僕でさえ今頃震えがくるほどである。同時に自分がどれほど無茶をしたのかを知った。ひとつ間違えば転倒では済まないような大事故となっていたのだ。

また……暴想してしまった。自分だけならともかく、よそ様の娘さんを後ろに乗せ、法律違反の二人乗りで、二十歳を過ぎた僕はいったい何をしているというのか。大人失格である。男子失格である。

「すみませんでした」

そう後ろに声をかけると、さちがくすくすと笑っていることに気がついた。まずい、あまりの恐怖で気がふれでもしたか。そう狼狽《うろた》えると、さちは僕にしがみつく手を組み直し、囁《ささや》くように呟《つぶや》いた。

「幸せです」

その言葉に、僕の顔はかっと熱くなった。

——これは。この台詞《せりふ》は。

いつかの暴想の中の彼女の台詞ではないか。そして、この後、僕は続けるのだ。ずっと僕というベスパに乗りませんかと。つまりプロポーズだ。だがしかし、そんな都合のよい展開などそうそうあるわけがない。そんなものは僕の恥とする暴想の中だけで起きる夢展開である。

僕の暴想は往々にして他人に迷惑をかける。時に気味悪がられ、時に誤解を招き、時に友人すら殺す。そうだ、そのような暴想回路にまた僕は巻き込まれたのだ。ついに自分をも殺すところであった。自分だけならまだしもさちをも殺すかもしれなかったのだ。天を仰ぎ、我が身を呪った。この忌むべき暴想回路を切断する方法はないのか。誰か、アンインストールの方法を知らないか。

するど、背後から涼やかなさちの声が響いた。

「鼓太郎さまは、幸せです」

「……はい？」

「オートバイは、走ってこそのオートバイなのです」

そうさちは云っていた。

足の間で振動する鼓太郎も息を整えつつあり、まだまだ行けるぜ、と僕を煽《あお》るようであった。坂の傾斜が緩くなったところで両脇に広がっていた木立が消え、視界が一気に広がった。青梅《おうめ》を扇頂とする関東ローム層の堆積《たいせき》地、いわゆる武蔵野《むさしの》台地の原野が広がっていく。東京にもこのようなところがあるのか、と太古を思わせる風景に僕はしばし目を奪われた。視界を流れるのは、熊本とはまた違う独特の起伏であり、稜線《りょうせん》である。

「ただ朽ちていくだけの人生など何の意味がありましょうか」

「……はい？」

「あの暗闇で——あの天井裏で、幾人もの住人の方に気がつかれぬよう暮らしながら私は思いました。ただ息を殺し、気配を消し、そっと見つからぬように暮らし続け——けれど、ある日ふと気がついたのです。私は生きているのでしょうか、と」

「……さちさん」

「私という存在が闇に溶けていくようでした。誰にも気がつかれず消えていくようでした。私という存在などどこの世にあることすら知られず、そのまま消えていくことにどうしようもない悲しみに襲われ、何度も涙致しました。それはまるで、私があの友楼館という朽ちていく建物と同化したような気持ちでした。ただの無機物となっていくようでした。けれど、そのとき聞こえたのです」

　僕が首をかしげると、

「十倉さまが、どなたかと話されているお声が」

　一瞬、何のことかわからなかったけれど、すぐに血の気が引く思いで気がついた。まだ、さちという可憐《かれん》な少女が天井裏にいることなど想像すらしていなかったときのことである。夜な夜な自らを慰めていたとき、僕は何を口走っていたのか。どのような卑猥《ひわい》な行為にうつつを抜かしていたのか。真っ赤に染まる自らの顔が痛いほどわかり、思わず身悶《みもだ》えしかけたそのとき——さちは、まるで僕が想像すらしなかったことを囁いた。

「十倉さまは、温子さまと武蔵さまとお話をされていました」

「……あ」

「初めは、お友達をいつの間にか呼ばれていたのかと思ったのですが、そのお友達は返事をなされません。ひとり十倉さまのみが喋《しゃべ》っておいでであったのです。それで申し訳ないとは思ったのですが、私は聞き耳を立ててしまいました。そして気がつきました。温子さまも武蔵さまもこの世には存在せず——私と同じ無機物であるマフラーとハサミである、と」

「お、お、お恥ずかしい話です」

「いいえ、いいえ」

さちは躍るような声色で否定してみせた。

「とても嬉《うれ》しかったのです。温子さまと武蔵さまはとても幸せだなあ、と胸の奥がほくほくとしてきたのです。いいなあいいなあと果てしなく羨《うらや》ましく思えたのです。無機物のように暮らしていた私には、胸を突くほどの驚きでした。この方ならば私に気がついてくれるのではないか、とそう思えました。隠れて暮らしていたくせに、私はきっと——泣き出したいほど誰かに見つけてほしかったのです」

いつしかさちの声は震えていた。

その哀しみが、寂しさが、痛いほど伝わってきた。

「まさか——『温子』や『武蔵』をかどわかしたのは」

そう尋ねると、はい、と小さな声が背中越しに届く。

「私はおそらく、十倉さまに気がついてほしかったのです」

呆然《ぼうぜん》とさちの告白を聞きながら、流れいく景色をただ眺めた。

「走らなければ倒れてしまうなんて、とてもかわいらしい乗り物ではないでしょうか」

やがてさちは、小さな手のひらを鼓太郎のボディに触れさせて云った。

「朽ちていくだけであった鼓太郎さまに、十倉さまは命を戻してあげたのです。その喜びの声が、今、さちの胸には響いてきます。たしかに鼓太郎さまは稀《まれ》に暴走するかもしれません。けれど、だからこそ十倉さまは心を傾けたのではないでしょうか。かわいくてたまらないのではないでしょうか」

そのさちの台詞は、透き通る槍《やり》のように心の底の底に落ちて、すとんと突き刺さった。

しかし——しかし。

いつかの僕の台詞を反芻《はんすう》するようなさちに、僕は云った。

「暴走にも問題があります。たとえば、不意にスイッチが入ったように自分の妄想に呑《の》み込まれる僕の暴想は突然やってきます。その妄想の中でたくさん人には云えないことをしました。妄想だけで済んでいるうちはいい。妄想から醒《さ》めてもまだその影響は残っていて、現実の人々に迷惑をかける」

「たとえば、どのように？」

僕は咄嗟《とっさ》に答えられなかった。いや、答えることができなかった。

代わりにさちが、たとえば、と口を開いた。

「たとえば、また悪者が追いついてきています」

「……はい？」

サイドミラーを覗《のぞ》くと、背後から猛スピードで僕らに向かってくる車がいた。しかも今度はブルーの車ではない。白と黒を基調とした、パンダを思わせるどこかで見たような車体である。

《前の二人乗り、停まりなさい》

それは、恫喝《どうかつ》気味で愛想のかけらもない、独特のマイク声である。

「悪者って……あれは国家公安警察ではないですか」

「いいえ、悪者です」

「いや、でも」

「姫を攫《さら》いに来た、隣国のスーパー武装騎士団です」

僕は唾《つば》を飲み込み、首を回して背後のさちを見た。

《そこのバイク、すぐに停まりなさい！》

苛々《いらいら》したような口調で、背後につけたパトカーはもう一度云う。だけど、僕の視界にはパトカーは映っていなかった。澄んだ瞳《ひとみ》に魔性の輝きを閃《ひらめ》かせた少女の視線に釘付《くぎづ》けとなっていた。

「たとえば、あの交差点で止まれば安全であったかもしれません。でも、ひょっとしたら逆に事故に巻き込まれたかもしれません。止まらないで一緒に曲がったからこそ、背後の車に追突されずに今生きているのかもしれないのです」

「妄想を肯定せよ、と？」

「敵とするのも味方とするのも十倉さま次第では、とさちは思います」

「味方とできますか」

「わかりませぬが――このままでは姫は捕まります」

「つ、捕まるとどうなりますか」

「無論、姫は悪者と結婚させられます。人生が終わるまで泣き暮らすこととなるでしょう」

「泣き暮らしますか」

「塔のてっぺんでひとり泣きます。でもそれは自分の運命を悲しんでいるのではありません。姫にはずっと気になっていた殿方がいたのですが、その方を想って泣くのです。まさか討ち死になさったのではないかと心配で泣くのです」

「その、気になっていた殿方とは」

「一、二度、パレードでお見かけしたのですが、とても奇麗な眼差《まなざ》しでいつもまっすぐ姫を見上げてきてくれた名も知らぬ若者です」

「それは」

瞬間、僕の中の電圧が上がり、点火プラグは着火した。

「それは、心当たりがあります」

「まあ」

「そして、彼はまだ討ち死にしてはいません」

周囲は見渡す限り無人の荒野であり、仲間はすでにすべて討ち死にしていた。今立ち上がれるのは己のみであり、姫は魔の手に捕まる寸前である。悪い夢を見ていた自分が恥ずかしい。弱い心に負けかけていた自分がひたすら愚かしい。立て、十倉和成。四肢に力を込めて立て。まだ剣はその手にある。まだ拳《こぶし》に力は宿る。跳べ。咆哮《ほうこう》せよ。

「そうです。まだ彼は死んでいないのです」

鼓太郎は吼《ほ》え、加速した。

《前のバイ——こらっ！》

まだ緩い下り坂が続いていたのが幸いした。アクセルを限界まで開き、パトカーを引き離す。ここならば、排気量の差がすぐに勝敗の差とはならない。マフラーが甲高い排気音を響かせ、メーターは普通道路ではありえない時速六十キロの表示を振り切っていた。だが、そこまでであった。坂はもう終わる。そうしたらどうやったって逃げきれない。向こうは追いかけっこのプロなのである。音に聞こえたスーパー騎士団なのである。どうする。どうすればいい。

そのとき気がついた。

坂が終わる辺りに小さな小屋があり、そこから田んぼのあぜ道のような未舗装の道路があった。あれを利用すればよいのではないか。だが、その思いつきを即座に否定した。危険すぎる。このスピードであそこに潜り込めるか自信がない。さっきの無茶カーブは比較的低速であった。車体と路肩に挟まれさえしなければ抜けられるという確信があった。だが、今回はどうか。果たしてこのスピードで曲がりきれるのか。曲がりきったところで、ふたりとも無事でいられるのか。

そう、迷っている間にもパトカーはサイレンとともにどんどん間合いを詰めてきた。

《危ないから、停まりなさい！》

危ないからとは、また無粋な台詞《せりふ》ではないか。なぜかそんなことに腹が立った。

「さちさん」

「はい」

「ええと」

……止めろ。その思いつきは間違っている。まだ僕の暴想回路は発動中なのだ。そこにさちを巻き込ませて彼女に万が一のことがあったならばお前は責任をとれるのか。男子として、二十歳の大人として、責任をとれるのか。

「停まりましょう」

「十倉さま？」

「はい」

「さちは、すでに姫でございます」

その台詞に、胸が震えた。

「それでは、お返事ができません」

「では」

僕の腹が、脳の判断力を超えてぐっと締まった。

「姫、もう一度。もう一度、先ほどカーブを曲がったときのやつをお願いできますか」

「喜んで、お引き受けします」

すでにスピードは七十キロに及んでいた。ハンドルを傾け、やや車線の右側に膨らんでみせる。パトカーは僕が抜かせないようにしていると思ったのであろう。サイドミラーでパトカーも右に寄せたのを確認した。いざというときは反対車線を利用して抜きにかかる準備をしたのだ。だが、それはトラップである。小屋の手前にかかる瞬間、僕は目標である未舗装の道路だけを見て叫んだ。

「今です、姫！」

小屋の直前でフルブレーキング。接近しすぎて慌てたパトカーが反対車線側に避けたその瞬間、僕は鼓太郎を大きく左に倒した。タイヤが滑り、白い煙が上がったのを見た。ゴムの焼ける臭いが鼻をつく。ボディの一部が、路面に接地して火花が散っている。曲がれ！　そう叫んだ。が、タイヤはグリップしない。そのまま滑るように、小屋の横のあぜ道を通り過ぎていく。

あぜ道の向こうは急な傾斜となり、どぶ川である。

このスピードでは曲がりきれない。そしてこの勢いではかすり傷ではすまないであろう。ここで終わりか。僕の暴想は結局、僕のすべてを殺すのか――

目を瞑《つむ》りかけた瞬間、その声が耳に届いた。


『よく見ろ、十倉』


――見ろ？　何を？

刹那《せつな》、僕の視界に何かが映り込んだ。

鱗粉《りんぷん》のごとき銀色の飛翔体《ひしょう》が螺旋《らせん》状に散らばる世界。白く霞《かす》んだその光景の中を、見覚えのあるバイクが疾走していた。斜め前を走るそのバイクは紺色で、派手なデコレーションで覆われていて、かわいらしいお尻《しり》をしていた。

「ベスパだ」

そして、その紺色のデコレーションベスパに跨《また》がる懐かしい背中にも覚えがあった。

紺色のベスパは、左に大きく傾いていた。僕のバンクの比ではない。デコレーションの幾つかを路面にこすり弾《はじ》き飛ばす勢いでカーブに進入していた。

「才条《さいじょう》！」

音のない白い世界で、あいつは――才条のベスパは、ものすごいラインを描いてカーブしていた。置いて行かれないように僕もベスパを傾けた。

「待て、才条、僕は」

　しかし才条は振り返ることもなく、ただカーブの先だけを見ていた。あいつも必死なのがその背中から伝わってきた。そうでないと、このカーブは切れないのだ。この白い世界は抜けられないのだ。僕も必死にハンドルを掴《つか》み、いささかへっぴり腰ではあったけれど、才条の後を追う。だがじりじりと才条の影は遠ざかっていく。

「才条！　待ってくれ！」

　才条がわずかにも頭を動かさず、睨《にら》みつけるその先。

　白い世界の向こうに何かが見えた。

　——あれは。

　駄目だ。曲がりきれない。僕では、僕では。

　才条の向かう世界には届かない。

「待て。待ってくれ、才条！　僕も」

　僕も、連れて行ってくれ。

　そう声にならぬ声で叫んだ瞬間、ベスパがさらに傾いた。

　驚いて背後を見ると、そこにはさちがいた。さちの頭が路面ぎりぎりまで傾けられていた。ほぼベスパに片足で跨がるように、体重のすべてを道路側にシフトしていた。その瞬間、景色は白から輪郭を持ち、そして色づいた。音が戻り、風圧が顔を激しく叩《たた》く。時速七十キロメートルの現実世界に僕はいた。

「うおお」

さちと僕の体重移動による、超高度なオーバーハング。そして、奇跡が起きた。タイヤが唐突に道路を噛《か》んだ。確実に、回転するタイヤの動力を路面に伝えていた。僕はアクセルを開いた。鼓太郎が叫び、僕たちはぎりぎりのぎりぎりで田んぼのあぜ道に飛び込んだ。

「やった——」

背後を見ると、パトカーは急ブレーキを踏みつつも止まりきれず、しばらくまっすぐ道路を走り抜けていった。一方、僕らが飛び込んだ場所はあぜ道である。そのことに対する認識が甘すぎた。小刻みにジャンプするように走る鼓太郎の制御が出来ない。

「さちさん、摑まって！」

アクセルをニュートラルに戻し、とにかく何にもぶつからないようバランスだけを保つ。そのまま雑草をなぎ倒し、土の道に轍《てつ》を作るように二十メートルほど滑って鼓太郎はようやく止まった。極度の興奮で、心臓の音が鼓膜を破りそうなほど聞こえていた。血流が全身を滝のように巡る音も聞こえた。視界が白く霞み、息をしていない自分に気がついて、咳《せ》き込むように酸素を体内に入れた。

「さちさん」

背後を見ると、僕の背中に頭をくっつけるようにしているさちがわずかに動く。

ヘルメットの端から髪をはみ出させ、ぼうっとした顔で僕のことを見ていた。

「こらあっ！」

声がして見ると、パトカーを道に停め駆け寄ってくる警官ふたりの姿が見えた。

僕はエンジンを切り、ヘルメットを外した。それから髪をぶんぶんと振って、耳を叩いた。

『——見たよな？』

最後に聞こえた、笑いを含んだその声が誰のものかようやく気がついた。

そして、才条が追いかけていた〝未来永劫《えいごう》変わらぬもの〟が魔物などではなく、あいつの中にだけあるものでもなく——今、この瞬間もこの世ならぬ世界であいつが必死に追いかけているものだと知った。

視界が、唐突に滲《にじ》んでいく。あいつは負けたわけではない。自ら命を絶つような男でもない。まして、あそこは他人の言葉に耳を貸す余裕などない世界なのだ。そして、今も才条三紀彦《みきひこ》はそこで戦っているのだ。

「こ、こら、おまえら！　そこから逃げるな！」

息も絶え絶えの警官の声を無視して、僕はさちに向き直った。

「あいつは、逃げたのではなかった」

それは、自分の声ではないような声だった。

「女々しく、創作の苦しみから逃避するような男ではなかった」

そう呟《つぶや》く僕をさちもヘルメットを外し、じっと見つめてくれた。

横に来て、はあはあと息を切らす警官がぽかんとする中、さちは云った。

「見えたのですね」

「はい」

警官が声を裏返して叫ぶ。

「おまえらクスリでもやってんのか？　ていうかなんだそのヘルメット！」

云われて僕は持っていたヘルメットを見た。そしてそこに書かれた文字の意味にようやく思い当たった。

「……そうか」

たしか『造反有理』とは。毛沢東《もうたくとう》が文化大革命のスローガンとし、大学紛争時代、過激な学生たちが持て余すエネルギーの思想的よりどころとした言葉であり、そしてその意味するところとは——

「歯向かうには理由がある、です」

さちが微笑んだ。

その瞬間、腹の底から湧き上がる何かに身が震えた。

何やら警官が叫ぶのを無視して、僕はさちに向かって静かに告げた。

「長く眠っていたのは鼓太郎じゃない、この僕でした」

そして、と目を拭《ぬぐ》い、宣言した。

「そろそろ起きねばなりません」

五章 覚醒する物語

戦うべきものを見出《みいだ》した者は、幸せである。

それがたとえ勝ち目のない相手であっても——

己の存在のすべてをかけ、戦うものを見出した者は幸せである。


「伊祖島《いそじま》さん」

早朝、六時半である。

僕は越してきた日以来、二度目となる1Aの扉をノックした。

しかし返事はない。

謎の臭い漂う廊下でしばし待つと、中でごそごそと何かの蠢《うごめ》く音が聞こえてきた。

「……はい？」

しばらくしてから伊祖島氏の声がして、扉が開いた。

長い髪がぼさぼさで、かわいいパジャマを着ていた伊祖島氏は寝ぼけた顔で僕を見た。

『少女キネマ』を完成させようと思います」

僕がそう告げると、伊祖島氏はごしごしと目をこすり、ほうと云った。

「あの映画はちゃんと完成すべきです。そして上映します。広く世界に公開します」

それだけ一気に云ったあと、

「ご協力願えますか」

僕がそう尋ねると、伊祖島氏は目を細めて「もちろんです」と云った。

それから、すこし待っていてください、と伊祖島氏は部屋の奥に姿を消した。入り口から見えないところで着替えているようであった。その間、覗《のぞ》く気はなかったのだが、伊祖島氏の部屋の中を初めて見た。薄暗い部屋の中は、無数の本と無数の映画ＤＶＤと無数のＣＤで混沌《こんとん》としていた。ベッドと巨大なテレビとステレオだけがその混沌の中に浮かぶ島のようにかろうじて場所を確保していた。

やがていつもの一張羅に着替えた伊祖島氏は、帽子を手に姿を現す。

「お待たせ。行きましょうか」

そのまま廊下に出てきた伊祖島氏は、さすがにコートは着ていない。半袖《はんそで》のシャツに夏用の涼しげなストローハット姿である。僕は今更ながら訊《き》いた。

「行きましょうって、どこに行くかわかるのですか」

「もちろん。才条くんの映画をもう一度観るのでしょう」

微笑む伊祖島氏に僕は頷《うなず》き、ふたりして玄関口に向かった。

ところがそこで友楼館《ゆうろうかん》に入ってくる宝塚《たからづか》とばったり出くわした。明け方まで何かの作業をしていたのか、疲れた眼差《まなざ》しで僕と伊祖島氏を交互に眺めてきた。

「やあ、宝塚くん」

伊祖島氏がそう挨拶《あいさつ》すると、宝塚は伊祖島氏に黙礼し、僕をじろりと睨《にら》んできた。

僕は特に何も云わず、靴を履く。宝塚が訊いてきた。

「伊祖島さん、こんな朝早くどこかに行くのですか」

「うん。ちょっとね」

「もしかして部室に行くのですか」

「何か問題があるかな」

「部室に部外者の入室は禁じられています。未発表の作品もありますので」

意地悪くそう云う宝塚に、あくまで柔らかく伊祖島氏は返す。

「大丈夫、君たちの映画には手を触れないよ」

「しかし」

宝塚は意図的なのか、伊祖島氏ではなく僕を睨むように云う。

「才条三紀彦《さいじょうみきひこ》の作品も部のものです」

それに何か云おうとした伊祖島氏を無視して、今度は確実に僕の顔を見て告げた。

「あれは部の八ミリカメラで撮られたものだ。それは大学施設のものであり、キネ研のものだ。

そうであろう、十倉《とくら》くん」

「それは違うな、宝塚くん」

僕は前に進み出て云った。

「君はこの間、僕に云った。圧倒的な才能というのは、他者すべてをいち観客にしてしまうのだと。だから才条の映画は、キネ研のものであり、君のものであり、僕のものでもある。ひいては全世界すべての観客のものでもある。よって広く世界に公開すべきものである」

ぐう、という声が聞こえた気がした。

黙り込む宝塚の横をすり抜け、僕は伊祖島氏に「行きましょう」と告げた。

「なぜですか、伊祖島さん。なぜ、あなたが撮るのではなくこいつなのですか」

背中でそう叫ぶ宝塚を無視して、僕と伊祖島氏は友楼館を出た。


なかなかやるねと笑う伊祖島氏だったけれど、確かに以前の僕であったならば、今頃後悔の黒い渦でぐるぐる巻きにされていたことであろう。どうして僕の精神のストッパーは突発的に外れるのか。また無関係な他者を己の想念に巻き込むのか。そうひたすら自分を責め続けていたことであろう。

だが、今の僕はすこし違う。

たしかに昨日のさちとのベスパドライブ事件は、免停の一歩手前まで減点されて、さらに安くもない罰金を支払うという事態に発展した。金だけの問題ではない。同乗者のさちの命まで危険にさらしたのだ、と警官にも亜門《あもん》にも久世《くぜ》にもこっぴどく叱られた。さちは微笑んではいたが、それについては深く深く反省している。が、あの経験を経たからこそ、今の僕の中には仄《ほの》かな希望が宿ったのだ。

早朝の空気は澄んで気持ちよかったが、もうすでに日差しは強く照りつけてくる。蟬の声があちこちから聞こえ始める中、僕と伊祖島氏は静かな住宅街の間を抜けて部室へと向かった。

「上映といえば、もうすぐ昇竜祭があります」

途中で、伊祖島氏が云った。

僕が首をかしげると、

「うちの大学の文化祭です。キネマ研究部の一年間の集大成としてそこで大規模に上映会をする」

「そこで『少女キネマ』を？」

「うちのキネ研はそれなりに歴史もある。ＯＢも来るし学園祭目当ての客も来る。広くあの映画を知らしめるにはよい機会です」

「しかし彼らが上映させてくれるでしょうか」

「そこは交渉でしょう。実際、才条くんは部員であったわけだし」

僕は頷いた。

「今ならば、才条が最後に撮るはずだったカットがわかると思うのです」

それはあのベスパでカーブを切ったときに見えた――いや、見えかけた映像である。それが何かと説明するのは難しい。しかし、今一度改めて『少女キネマ』を観直せば、あいつが切り取ろうとしたラストシーンがありありと描ける気がしてならない。

「あとすこし映像を撮り足せば、あれは完成するはずなのです」

見えない何かに追い立てられるように歩きつつ、僕は云った。

背後で伊祖島氏は、たしかにね、と頷く。

「たしかに『少女キネマ』はショートフィルム的構造であって七分二十秒という音楽の尺だけは決まっている。六分までは完成されていて、残り一分二十秒ほどに映像をはめ込んでいけば完成するでしょう」

「はい」

「だけど」

その言葉に、僕は立ち止まって振り向いた。

「あれは、それだけの映画ではないですよ」

「はい？」

僕が訊き返すと、

「まあ、観ながら説明しましょう」

そこからは伊祖島氏が先に立って歩き出した。やがて大学の西部室棟の門をくぐる。夏休みであり、早朝ということもあって人はほとんどいなかった。A棟に向かい、階段を上ってキネ研の部室に到着したけれど、やはり部室にも誰もいなかった。

「今日も暑くなりそうですね」

そう云いながら伊祖島氏は窓を開け、扉も開け放し、澱《よど》んだ部室の空気を入れ替えた。

「どこかクーラーのきいた場所で観たいのが本音ですが」

そう云いつつも、伊祖島氏はスクリーンと八ミリ映写機の準備をしてくれた。

そして、もう一度最初から正味八分ほどの映像をふたりでじっくりと観た。暗くしないといけない手前、観るときには窓も扉も閉め直したけれど、暑さはそれほど気にはならなかった。なぜならば、再び観た才条の『少女キネマ』に鳥肌が立っていたからである。伊祖島氏の云う「それだけの映画ではない」という意味がようやく僕にも理解できた。

最初のカットが必然としてそこにあり、次のカットに確信的に繋《つな》がる。音楽が変調するタイミングも完璧《かんぺき》で、そのときにはすでに観客は完全に映画の世界に放り込まれている。それは、見えない手で襟首を摑《つか》まれるかのような強引さであり、そして放り込まれた先には職人が精魂込めて作り上げたふかふかソファが待っていたような心地よさがある。そのソファに腰掛けたまま、観客は一気にもういない少女の虜《とりこ》になってしまうのだ。けして出てこないヒロインに恋心を覚えているのだ。だが、すべての観客を置き去りに、唐突に映画は終わってしまう。ピアノの音と暗闇だけが一分以上続く空白のラストシーンとなる。それが、先ほどまで観ていた映像の残滓《ざんし》と相まって観ているこっちの脳内で続きを描いていく。誰もが経験した初恋という名の幻影である。

スクリーンが白転し、フィルムがからからと回転する音を聞いて初めて、現実に戻された。

伊祖島氏は上映が終わると、浮かんだ汗を拭《ぬぐ》いながら云った。

「わかりますか？　この映画は唐突に未完成とわかる終わり方をして、そこに音楽つきの黒フィルムをただ流すことで、観るものに奇妙な想像力を喚起させるのです。これが未完のものだと知っていれば、どうしようもない寂しさと悔しさを感じますが——その事実を知らないものが観たら、果たしてどう思うでしょうか」

「……ああ」

僕は、伊祖島氏の言葉のすべてを理解した。

「そうなんです。この映画はこれで完成ですと云われたら、そういうものなのかと思うのが普通の観客です。人の想像力を利用する撮り方をしているせいでもあるのだけど、逆に云えば、これをどう完成させてもどこかから文句が出ることは想像に難くない。ミロのヴィーナスの腕と一緒——〝未完の美〟があるのです」

目を閉じて、最初からシーンを思い出せる限り思い出す。

才条が寸分の妥協もせずに撮り上げていったことが伝わってくる。完全主義者のあいつが完璧だと思えるカットを撮り、丁寧にひとコマひとコマに至るまでこだわり編集した、未完成でありながら完璧な映画。

「まあ、私も初めて観たときにこれは惜しいと思ったのは事実です。なんとかラストシーンのコンテが見つからないかとずいぶん探した。彼の実家にも連絡したが、そのようなものはなかったという。多分、彼の頭の中にしかなかったのでしょう」

——描いちまうと嘘になる。

それは、才条がよく云っていた言葉であった。だからあいつは短編になるほど絵コンテを切らなかった。

やろうと決意していたわずか一分少々の撮り足しが、限りなく重いものへと変わっていた。

伊祖島氏は云う。

「単純に撮影技術としてもこれは相当高度です。八ミリフィルムで雨をここまで捉《とら》えるのは大変なことです」

「あいつはどうして八ミリフィルムなんかで撮ったんでしょうか」

「わからないけど――推測するに、ビデオ機材が使えなかったんじゃないかな。彼はこれを撮り出す前に二本、映画をボツにしている。それで怒った部員たちの手前、キネ研の主力機であるデジタルビデオ機材を使わないという条件でこの企画に入ったのだと思う。だから部ではもう誰も使わない、何十年も前からある八ミリフィルムカメラを使用した。ひょっとしたらその淡い色彩が好きであったのかもしれないけど」

けどね、と伊祖島氏はとても優しげな眼差《まなざ》しで八ミリ映写機の黒いボディを撫《な》でた。

「本当のところ、今の部員たちにも最初はこの八ミリで映画を撮ってもらいたいというのはあるんです」

僕が首をかしげると、伊祖島氏は説明してくれた。

「今ほとんどのキネ研部員は手軽なデジタルビデオで撮影し、パソコンで編集、音づけまでこなします。ビデオは確かに誰でもすぐにそれなりのものが撮れるのですが、そこに落とし穴がある。八ミリの場合、露光、露出、フィルム感度など、光について考え尽くさないとまともな映像を切り取ることはできない。それだけ面倒だと、このシーンは本当に必要なのかと監督は深く考えます。そこに映像に対する真摯《しんし》さが出ます。それはスタッフに伝染し役者に伝染する。映画を完成させるその瞬間まで命を持つ。映画とは本来そこまで考えて撮られるべきなのです」

汗をハンカチで拭《ふ》き取りながら、伊祖島氏は微笑んだ。

それから八ミリフィルムを逆回転させて巻き取る操作をしたあと、それを待つ間、考え込むように唇の前で拳《こぶし》を作り目を閉じた。僕も改めて、あのカーブを切った際に見た何かを懸命に思い出そうとした。しかし今改めて才条の映像を観るに及んで、あれはまた自分だけの暴想であったのではないか、と思え始めるから困る。

一分ほどあと、フィルムの巻き戻しが終わったと同時に伊祖島氏は目を開けた。

「……うん。これを公開するとなれば、やはりラストシーンは必要でしょう」

映写機を止め、リールを外すとそれを丁寧に箱に戻しながら云った。

「昇竜祭となると映画フリークだけが来るわけではない。何も知らされないでこの映画を観た場合、大部分の人がこれは未完成だと断じるはずです。才条くんの意思を無視して、これで完成です、と云うわけにはいかない。かといって、未完成だと云うわけにもいかないでしょう。つまり上映にかけるならば、何らかの答えをこの映画に付け足し、未完であったものに別の人間がラストシーンを付け足したと断りを入れるしかない」

いつもの眠そうな目が透明な光を帯びて僕を見据えていた。

「それを君が撮れると云うならば、私は全面的に協力しましょう」

今更、才条の映画を完成させるなど大言壮語でした、と云ったところでもうどうしようもあるまい。

一度手で額の汗を拭い、僕は伊祖島氏に訊《き》いた。

「この映画を繰り返し観たいのですが、何かビデオやDVDに落とすことは可能でしょうか」

「そっち系のスタジオに知り合いがいるから、テレシネしてもらいましょう」

すみません、と僕は頭を下げた。


──さっきまでの勢いはどこへやら。

昼から淳峰堂《じゅんほうどう》のアルバイトに出た僕ではあったけれど、すっかり意気消沈したままであった。見えたと思っていた、才条が撮るはずだった景色が完全に頭から消えてしまっていた。改めて観た『少女キネマ』は、予想以上に考え尽くされたカットが並び、予想以上に唸《うな》らされる技巧に満ちていた。どこに手をかけてよいかわからぬ、雲の上まで続く断崖《だんがい》を前にしたような気持ちである。

店主に頼まれた古書の品出しを済ますと、苦し紛れに映画関連書籍を今更のように読んだ。棚から適当に数冊取り出し、ページを開く。しかし、撮影技術系の本などどう読んでもさっぱりわからず、照明力学などは何が書いてあるのかすらわからない。次第に目蓋《まぶた》が重くなってきた。大きすぎる問題を前にすると眠くなる僕の脳髄はつくづく惰弱である。

カウンターの中に戻り、客がいないのをいいことにひたすらノートを広げコンテを考えた。『少女キネマ』の空白のラストシーンに何を入れるべきなのか、延々思考する。が、まさに空白である。何も思い浮かばない。ずしりと重い罪悪感で身体が地に沈むようであった。

「ミロのヴィーナスは腕がないから評価される、か」

伊祖島氏の言葉を反芻《はんすう》してみた。当たり前のことだけれども、観客それぞれが嗜好《しこう》を持つ。

その想像力で補完された映画こそが完璧な映画ではないのか。観る人のそのときの状況に合わせられて、観る度に違う印象を受ける映画。ずるいではないか。そんなの勝てるわけがない。

「才条、おまえはそこを目指していたのか」

僕は天井を見上げて呻《うめ》いたが、誰も答えてくれなかった。


それから一週間、時間だけが無駄に過ぎ去っていった。

赤く焼けた空の下、その日もバイトが終わった僕はぼんやりと友楼館に戻った。

玄関口で立ち止まり、どうにも部屋に戻る気がせず、庭に出た。

秋口に入り、だいぶ風も涼しくなった頃——さちは、再び天井裏に戻ってきていた。

『あとわずかの期間、お邪魔させて頂きとうございます』

さちはそう云っていた。

『なかなかこの辺りで安いお部屋が見つからないのです』

申し訳なさそうに頭を下げていたが、正直、僕はほっとしていた。吉祥寺《きちじょうじ》は売り手市場の土地である。当然、家賃も高い。僕とて安い下宿探しには苦労した。

『ああそうですか』

内心の喜びを隠し、そんな曖昧《あいまい》な言葉を返した。

——無理して出て行くこともないのですよ。

そう何度も云いかけたけれど、口に出すことは出来なかった。

僕らは将来を誓い合った恋人でもなければ、友人というほど親しいかといえばそんな距離でもない気がする。少々特殊な大家と店子《たなこ》、というのが真実に近いし、出て行くなとも云える立場ではない。

確かに僕は、黒坂《くろさか》さちという少女に通常の女子に対する好意以上の何かを感じている。だがしかし、僕はまだ何事も成していない。ようやく本道に立ち返ったところである。逃げずに己の為すべきことを為そうと決意したところである。しかもそれすら完遂出来るのか定かではない。そんな男子として曖昧な状態の僕が、女子の魔性を屈服させ、菩薩《ぼさつ》へと彼女を導くことは出来まい。

そういうわけで、コンテにもがき苦しむのは部屋以外でと決めていた。さちと顔を合わせれば、甘えてしまいそうになる自分をとにかく恐れていた。

そのまま中庭の端に出て、停めたままのベスパに跨《また》がった。

そして、鞄《かばん》から伊祖島氏からの借りものであるMP3プレーヤーを取り出した。なんでもこの小さな機械ひとつで、デジタル変換された動画も音楽もすべて再生可能という代物らしい。ここのところ連日、この機械で『少女キネマ』を繰り返し観ていた。ヘッドフォンはめんどくさいのでしない。音を出したまま、そこで再生した。ピアノの美しい旋律が流れ始め、そのメロディとともに展開される映像には、忘れていた景色や遥《はる》か前世の記憶を思い起こさせるような不思議な郷愁がある。それでいて、時折使われるはっとするような奇麗な色遣いが絶妙なアクセントとなって飽きさせることがない。もうすこし観ていたいと思う、その一歩手前で次のカットへと移行してしまう。観終わっても幻のようにその映像が眼前を舞う理由はそこにある

——とまあ、そこまでは分析できるのだが、僕にその続きを撮れるかといえばそうではない。熱に浮かされたように繰り返し再生していると、

「映画など、所詮《しょせん》幻である」

背後から野太い声がした。

振り向くと、亜門次介《つぐすけ》が画面を覗《のぞ》き込んでいた。

「亜門、いつからいたのだ」

「しばらく前だ。おまえがなかなか気がつかぬから、三度もその映像を観てしまった」

それで辺りがもうだいぶ薄暗くなっていることに気がついた。

「それが、高校時代の友人が撮ったという映画か」

亜門の問いかけに、僕は頷《うなず》いた。

こいつにはあのベスパ事件のすぐ後に、才条と僕に関する詳細のすべてを報告していた。それを明かさない限りベスパ事件についてこいつの怒りは解けなかったというのがある。

亜門は僕の持つMP3プレーヤーを顎《あご》で指し示して云った。

「おまえが、これから挑もうとしている壁の高さがわかっているか」

「わかっている。だから苦しんでいる」

亜門はそのまま黙って縁側に座り込み、腕に寄ってくるヤブ蚊をぴしゃりと叩《たた》いた。

しばらく僕をじっと見つめたままの亜門であったけれど、やがて頭上にかかる月を見上げた。

そういえば、もうすぐ十五夜である。

「いいか、十倉。映画とは水面に浮かぶ月のようなものだ。水面の揺れにより三日月にも見え

るし、満月にも見える。もっと他のものに見えることもあろう。つまり映画の完成図とは、監督という馬鹿の頭の中にしか存在しない」

「何が云いたい」

「他人の映画を完成させることなど不可能である、ということだ」

亜門はぎょろりとした目玉を僕に向けた。

「そもそも自分の作品の完成図ですら満足に思い描けぬのが映画だ。そして、そんなあやふやなものを必死になって追いかけてしまうのが、映画芸術の持つ魔性である。だからこそ俺は、映画にのめり込むやつを賭博師《とばくし》と呼ぶのだ」

「そうは云うが、映画は世に必要なものであるとおまえは述べたではないか」

「云った。だが凡人のくせに映画に手を出すやつが多すぎる。その戒めである」

「僕は凡人か」

「少なくとも天才ではあるまい」

その通りであった。

「亜門、教えてくれ。どうしたらいい」

「知るものか。他人を巻き込むな、と忠告したはずである」

亜門は、冷たく僕を見据えた。

「映画などに関わるのであれば、撮り終えるまでは俺に話しかけるな」

そう云い捨て、縁側から部屋に戻ってサッシをぴしゃりと閉められた。

九月に入り後期授業が始まっても、『少女キネマ』のラストシーンは思い浮かばなかった。

「おい、大丈夫か」

ある日、講義が終わった大学構内でたまたますれ違った久世に、声をかけられた。

「目の下にクマができているし、いよいよ人相が悪くなっている」

久世は、黒々と焼けた腕をTシャツから出して下品なネックレスまで首から下げていた。すっかり今風の学生である。辺りをはしゃぎうろつく無数の学生たちに溶け込んで違和感がない。

「おまえはキャンパスライフを謳歌《おうか》しているようで何よりである」

「おお、ありがとう」

僕の嫌みもにこやかに受け流し、久世は妙に白い歯を見せた。

「で、おまえはどうした」

「実はここのところ眠れない」

「ああ、例の映画の件か」

久世はすぐさま合点がいったように頷いた。

どうやらこいつのところにも話がもれているようである。

キャンパスを連れ立って歩きつつ、久世は訊《き》いてきた。

「なんかすごい映画らしいな。おまえの高校のときの友達が撮ってたんだって？　そんでおまえが続き撮るんだって？」

「まあ、そういうことだ」

適当にそう答え、僕は空いていたベンチに座った。久世も横に座る。

ふたりしてぼんやりと、夏休み明けで久しぶりの再会にはしゃぎ騒ぐ学生の群れを眺めた。

前にもここでこうしていたような気がする。そのときと学生たちの様子は何も変わらない。僕も変わらない。時だけが空《むな》しく過ぎ去っていき、ぼうっとしているやつはどんどんと取り残されていくのだろう。恐ろしいことである。

「久世」

「ん」

「ひとつおまえに謝らねばならぬことがある」

「なんだ、いきなり」

「散々おまえを馬鹿にして悪かった」

すると、久世はこちらを見た。

「映画は難しい。ゴールできぬやつが続出するジャンルであるとは聞いていたが、自分はスタートを切ることすらできぬかもしれん」

「ほう」

久世はあご髭《ひげ》を撫《な》でた。

ここぞとばかりに僕を馬鹿にしてくるかと思ったが、久世は静かに云った。

「気持ちはわかる。監督は辛《つら》い。ひたすら孤独である」

その意外な声色に、久世を見た。

「スタッフ、役者に想いは届かず、誰からも質問攻めにされ、すべての責任を負わされる。最初に持っていたわくわくとした気持ちはすでになく、これで正しいのかとひたすら自問し、胃がきりきりと痛む。どこまでも続く苦悩の無限回廊だ。しまいにはどうしてこんなことを始めたのか、と自らを責め始める。進むも地獄。投げ出すも地獄」

そこで久世は、にやりと笑った。

「だが、そんな無限地獄から抜け出す手段がひとつだけある」

「教えてくれ」

「好きな子をヒロインにキャスティングしてテンションを上げるのだ」

僕が啞然《あぜん》としていると、久世は云った。

「ほら。さちさんとかどうだ」

「おまえは何を云っているのか」

「照れるな。さちさんは次はおまえの映画に出ると公言したほどだ。頼めば出てくれるかもしれんぞ」

「そういう話ではない」

才条の『少女キネマ』は観る者にもういない少女を感じさせる映画である。そこに生身のヒロインは出てこない。出てこないからこそ、観客に訴えかけるのだ。どんなにかわいい女子であろうと、登場してしまえば、あれより鮮烈な印象は与えられないであろう。

そう告げると、へんてこな映画だなあ、と久世は首を捻《ひね》った。

「そんな映画、よっぽどの変わり者しか撮らないし、観ないだろう」

その通りである。才条三紀彦は変わり者であったし、恐らくは優れた才能があった。その遺作を凡人の代表格たる僕が完成させる、という案自体が間違っているのだ。嗚呼《ああ》、僕はどうしてさちにあんなカッコつけたことを云ってしまったのか。明確なコンテも作らぬうちから伊祖島氏に声をかけてしまったのか。今更ながら自分の暴想癖をなじったが後の祭りである。

そのとき久世が、だけどなあ、と何かを云いかけて口ごもった。なんだ、と尋ねると久世はしばらく云いづらそうにしていたけれど、やがて口を開いた。

「いや、思ったんだが。それはおまえの友人の未完成の映画なわけだろ？　おまえは、自分の描きかけの絵に他人の手が入ることをよしとするか」

貧相なあご髭を触りながら、いつになく真面目な顔で久世は云った。

「わからないが、ボクならばあまりいい気持ちはしないな、と思った」

それは考えなかったわけではない。まして『少女キネマ』は未完成である今でも、充分玄人たちの支持を集めている。そこにとりあえず完成させる為とはいえ素人の映像をくっつけるなど、まさに蛇足である。

だが——

僕は見たのだ。ことここに至るまでに、才条の幻影をもう二度もこの目にしている。一度目は、キネ研の部室で『少女キネマ』を初めて観たとき。二度目は、ベスパであのカーブを切ったとき。そのどちらにおいても、あいつは途上にいた。あいつにしか見えぬ、遥《はる》かな高みへと続く道の途中にいた。そして今思うに、あのカーブにおいて前に才条がいなかったら、僕とさちはあのカーブを曲がりきれなかったのではないか。あいつは絶対に曲がれる、その先に道がある、と確信していた。その迷いのない背に導かれ、僕らも身体を倒せた。そして、知ったのだ。あいつはまだ何かを必死に追いかけていて、あの映画はまだ途上であると。

久世がこちらを見るのを感じつつ、僕は言葉を続けた。

「あいつは、撮影中に死んだのだ。それは、この映画にまだ撮り足すカットがあることを意味している。あれは完成していない。あいつの中には空白じゃないラストシーンが必ず存在したのだ」

「そうか」

久世は頷《うなず》いた。

「なら、納得いくまで考えるべきだな」

立ち上がり、僕の背中をぽんと叩《たた》いた。

「おまえの歩く道は険しいし、誰にも助けることは出来ないが——友人として見守ろう」

そう云って久世は指を二本立て、立ち去った。


それから、じっとひとりでベンチで頭を抱え考え続けた。

『少女キネマ』の落としどころ。才条は何をもってあの短い物語を終局に導こうとしていたのか。それがどうしてもわからない。頭の構造が違うのだから当然といえば当然なのだけれど、せめて十人中七人ほどでも納得してもらえるエンディングをつけて公開してやりたい。

じっと地面を見つめる。コンクリートの模様とも呼べぬ模様が、万華鏡のように広がって花開いた。やがてそれは散り、また次の花へと変わる。ゲシュタルト崩壊を起こしかけるほど地面を見つめていたら、僕の周りに影が落ちていることに気がついた。顔を上げると見知らぬやつらに囲まれていた。見回してみると、みな同質の暗い情念を瞳《ひとみ》に宿らせたぱっとしない集団である。どこか見覚えのある顔もある。

「何の用か」

僕が尋ねると、集団の真ん中にいた痩《や》せた七三分けの男が前に進み出た。

「十倉和成《かずなり》くんだな」

「そうだが」

「才条の映画の続きを撮るそうだが」

その言葉で理解した。こいつらはキネ研の部員たちであろう。群れの中に、いつか部室で僕を小馬鹿にしてきたやつの顔がある。

それがどうかしたか、と僕が尋ねると、

「やめておけ」

七三分けは傲然《ごうぜん》と云った。

「凡人では無理だ」

むかっ腹が立ったけれど、この手のやりとりは宝塚との間で免疫が出来ている。

「ほうっておいてもらおう」

そう告げて立ち上がろうとすると、七三は云った。

「君は二ヶ月後に昇竜祭があると知っているのか」

「噂くらいには聞いている」

「ならば話が早い。現在、我が大学のあらゆる文化会系団体がそれで忙殺されている。キネ研も同様である。よって我々は、友楼館関係者——つまり宝塚部長を除く部外者の映画制作に一定の距離をとることをここに宣言する。つまり、もう二度と手を貸さないということだ」

僕は首をかしげた。

「今まで、一度も協力を受けた覚えはないのだが」

「あのちょび髭の甘ったるい映画を忘れたか」

激昂《げきこう》する七三に、ちょっと待てと僕は云った。

「久世の件は関係ないだろう」

「なんでもいい。あれは黒坂さちという清涼剤があったからまあなんとか観られたが、あんなものを再び作るために、キネ研は今後一切機材の貸し出しはせぬということだ」

「なんだと」

それは困る。機材がないでは才条の映画の完成は無理であった。

そこまで卑劣な手段を用いるか、と見当外れな怒りがこみ上げてくる一方で、どこか安堵《あんど》する自分もいた。

機材がないのでは仕方がないではないか。才条の映画は完成させてやりたいけれど、物理的に不可能であったと云えば、伊祖島氏に対して申し訳が立つではないか。そんな甘い囁《ささや》きをかけてくる自分がいた。

——どだい無理なのだ。大前提として、おまえは才条ではない。才条が無数の思考実験を経て切り取ったあの映像は、おまえには魔法にしか見えぬだろう。才条が見たであろう、幻のラストシーンとてふわふわとどこかに行ってしまったはずだ。諦《あきら》めよ――

そんな囁きに抗《あらが》う弁舌が思いつかず、次第に下を向いた僕にその一言が届いた。

「正直、あの作品には誰も触れてほしくない」

見れば、七三が苦い顔をしていた。

「才条が死んでからこんなことを云うのはなんだが、たしかに『少女キネマ』はすごい作品だ。しかし二年前、キネ研はあいつの作品を優先させるべきであったとは、今だから云えることだ。あいつは天才だったんだ」

七三の断定的な台詞《せりふ》に、そうだそうだ、と他の部員たちも云う。

「才条の遺作を貶《おとし》めるな」「あいつだからこそあそこまで撮れたのだ」「所詮《しょせん》、俺たちとはものが違ったのだ」「伊祖島さんならともかく、おまえのようなど素人がどうしようというのか」

なるほど暗い目をしているとはいえ、映画を志した若者たちではある。観る目は持っているというべきか。誰もが『少女キネマ』という作品に心を奪われていることがわかった。けして登場しないヒロインを皆それぞれが心に描いているのかもしれない。男子としての哀しい性《さが》である。心の聖域を穢《けが》されたくないという思いもあろう。早世の天才としてけりをつけてしまいたいのかもしれない。だが――だが、何なのか、この腹立たしさは。

女々しい。

そうである。誰も彼もがすこし女々しすぎやしないか。それはもちろん僕が筆頭ではあるのだけれど、早くに死んだあいつの映画はよかったね、というノスタルジーに浸っている場合か。僕たちはまだ生きているのだ。そしてあいつの遺作はまだ完成していないのだ。

誰に向けてよいかわからぬ激しい怒りとともに「やかましい」と僕は立ち上がり、「聞け、有象無象ども」

と怒鳴った。

「天才が努力をしないとでも思うのか。思い悩まぬとでも思っているのか」

七三以下、キネ研部員たちはその言葉に絶句した。

「よいか。真の才能とは必ず発見されるという。誰がどのような陰湿な邪魔をしようと、それが真の才能である限り、いつか必ず日の目を見るものであるという。逆に云えばどれほど大きく売り出そうと、真の才能なくばすぐに埋もれるということではあるが、それはいい」

「何を云ってる」

連中はたじろいだけれど、僕の知ったことではない。

後ずさる連中をさらに押しのけるように前に進んだ。

「おまえたちは、才条三紀彦を早世の天才として心の整理をつけたいのであろう。未完成ゆえの脳内補完で満足しているのであろう。だから、この映画に手を出すな、と云うのだ」

「いや、ちょっと待て。それは違うぞ」

「いいやそうだ。だが、その結果再び歴史を繰り返すことになるのだ。なぜか。君たちは、わざわざ僕を才条と同じ状況に置いてくれるという。機材も何もかも僕から遠ざけ、孤立無援の状態に追い込もうとしている。だが、その追い込まれた環境こそ、『少女キネマ』完成のため不可欠なのだ」

「おまえの云ってることはさっぱりわからん」

連中は次々に云った。「才条とおまえの置かれた条件はまるで違うぞ」「才条には八ミリを許したが、君にはすべての機材を使用することを禁じる。部外者だからな」

「かまわん」

勢いでそう宣言してしまった僕に、七三は幾分上擦った声で、それに、と付け足した。

「あいつは天才であったが、おまえはどこの馬の骨とも知れぬただの誇大妄想狂の学生であろう。高校時分、才条とクラスメイトであったのか何だか知らんが、あまり映画を舐《な》めるな」

痛いところを突かれたけれど、すでに手遅れである。僕の暴想回路は唸《うな》りを上げている。

「うるさい、よいか。天才とは理解できぬものをそう呼べば便利だから使われる言葉である。あいつは天才だ、自分たちとは違うのだ、そんな台詞は身を切るような努力を知らぬものたちの言い訳である」

黙り込む一同を押し分けるように、どけ、と僕は歩き出した。


道行く楽しげな女子学生たちから逃げるように、いつしか僕は駆けていた。

そして、馬鹿馬鹿、と己を罵《ののし》った。実のところ、ひょっとしたら自分は真の馬鹿なのではないかと疑ったことも度々あるが、今日確信した。これはもう面と向かって大声で、馬鹿め、と指差せるレベルである。見えぬ脚本をさらに難解にしてどうする。自ら大道具を倒してどうする。他の役者の台詞を奪ってどうする。

啖呵《たんか》を切って気持ちよかったといえばそうであったけれど、その結果何か好転したのか。否、難題が増えただけである。キネ研の機材が借りられなくなった、という事実は重く僕の両肩にのしかかった。照明などは最悪何か代用がききそうなものであるけど、肝心のカメラがないのはさすがに困る。それでは続きを撮るなど夢のまた夢ではないか。

そう自分を罵りながら駆けていた僕ではあったが、なぜか今、僕の眼前にはあの日才条と登った〝天狗《てんぐ》の舞台〟の景色が広がっていた。

薄く高い雲と、きりりと張りつめた冷気。

生まれ出たままの無骨でゴツゴツとした石灰岩の絨毯《じゅうたん》。

空と大地に挟まれた、我が舞いの舞台——

そうである。舞台の幕はもうすでに上がっている。客も大入りだ。芝居は最後まで続けねばならぬ。今ここでこそ、自分に出来る最高の踊りを踊らねばならぬ。このままでは『少女キネマ』は、誰にも知られることなく消えていく。ほんの一部の人間に惜しい映画があったねと云われて、そのうち誰の記憶からも風化して消えてしまうのだ。だが、完成させれば。それは永遠に残るし、後半の映像の拙《つたな》さの汚名とともにあいつの名声は燦然《さんぜん》と輝くであろう。何にしても、僕のやることのみはっきりとしている。とにかくどのような形ででも完成させるべきである。観衆の前にさらされてこそ映画は命を得るのだ。

それには、一にも二にもカメラである。

シングルエイト、八ミリフィルムカメラ機材の入手が不可欠であった。

——カメラ。カメラ。カメラはないか。

それからバイトのない日はいつも、中古カメラを扱う問屋街にまで出かけ手頃な値段の八ミリカメラを探して歩くようになった。だが、シングルエイトという機種はとうの昔に生産を打ち切られた、いわば骨董品《こっとう》である。程度のよい品はそれなりの値段がした。手っ取り早くいうと苦学生である僕が手を出せる値段ではどこにも置いていない。

文化祭までふた月か。

中古カメラ店の店頭ガラスにへばりつきながら、僕は思った。

親に借金を申し込むには、無理がありすぎる。勉学を理由に上京させてもらい映画を撮るでは話にならぬであろう。消費者金融というのは、果たして学生に門戸を開いてくれるものなのだろうか。ふとそんなことを考えてもみたけれど、たとえ貸し出してくれたとしてもそこには保証人というものが必要であろう。不可能である。熊本の父がそのようなものに捺印《なついん》してくれるとも思えない。

結局、万策尽きた僕は、ついに伊祖島氏を訪ねて仔細《しさい》を報告した。

「すみません。僕はどうにもキネ研に嫌われているようです」

「それは困りましたね」

すべてを理解した伊祖島氏は腕を組んだ。

「私が持ち出したところで彼らにはバレるでしょうし、簡易八ミリカメラやスプライサー程度なら持ってはいるのですが、正直、それらに『少女キネマ』と同じ映像を切り取れる性能はない」

そう申し訳なさそうに頭を掻《か》きむしっていた。

「いえ、なんとかします」

そうは云ってはみたものの、名案があるわけではない。

ティムショール、という言葉がある。
ヘブライ語であるという。いかに八方塞《はっぽうふさ》がりに見えても必ずどこかに道が開けている、という意味であると映画『エデンの東』で僕は知った。バネは最も縮められたときに最大の反発力を発揮する、明けない夜はない、雨雲の上は常に青空である、などなどとこの時期、僕はひたすら自分を慰めてきたが、ある日吉報は天井から降りてきた。

その夕刻、伊祖島氏とふたりして友楼館の旧食堂である談話室で頭をつき合わせ、空白のラストシーンについてああでもないこうでもないと意見を交わしていると、こんばんは、という涼しげな声が玄関口から聞こえてきた。

立ち上がって玄関まで行くと、そこには黒坂さちがいた。

「さちさん」

「こんばんは」

さちは制服姿に鞄《かばん》を持ち、にこにこと微笑んでいた。

今日はいつもの鞄の他にもうひとつ紙袋を提げている。

「どうしたのですか」

いつも誰にも気がつかれぬように天井裏に上がるはずなのに、ここでわざわざ現れる理由がわからない。見知らぬ街を彷徨《さまよ》う迷子のような表情を浮かべていたであろう僕を見つめ、さちは「お邪魔してもよいでしょうか」と尋ねてきた。

「もちろんです」

そうは答えたが、友楼館に女人禁制があると思っている伊祖島氏に紹介してもよいものか。わずかに迷ったが――どこか厳かな雰囲気を漂わせるさちに押され、結局、談話室に通した。

そこで椅子に腰掛けたまま顔を上げた伊祖島氏にさちを紹介した。

「こちらは黒坂さちさんです。ええと……僕がアルバイトで家庭教師をしている子です」

「ああ、これは」

伊祖島氏は立ち上がって頭を下げた。

「伊祖島です。友楼館の一階に部屋を借りております」

「黒坂さち、と申します」

さちはいつものように礼儀正しくおかっぱ頭をさらりと下げた。

僕は云った。

「友楼館の呪いがかかるとしても僕にだと思いますので、すみません。僕の判断で中に入れました」

するとと伊祖島氏は、ああ、と頭を掻いてから不思議なことを云った。

「あれは私だけに起きたことです。心配するには及びませんよ」

それからさちを見て、

「なるほど、この子ですね」

と伊祖島氏は微笑んだ。

「久世くんの映画のヒロインを務めた子だ」

「その通りです」

僕が頷《うなず》くと、伊祖島氏は特に何を云うでもなくじっとさちを見つめ続けた。

さちは真正面からその視線を受け止める。

何だろう。そのさちの表情はどこか大人びたものに僕の目には映った。三十となる伊祖島氏よりもなぜか年上であるような雰囲気があった。口元をきっちりと結び、柔らかな微笑みを浮かべ、視線は透き通り、すべてを見通す鏡であるかのように琥珀《こはく》の輝きをたたえていた。

「ふむ」

やがて、伊祖島氏はそう云ってさちから目をそらした。

それはにらめっこに負けたかのような不思議な間であった。

何か奇妙に止まってしまったようなその時間がむずがゆく、僕はぎこちなく話を進めた。

「今日はどうしたのですか、さちさん」

「カメラがなくて困っておられると聞きました」

誰から、と尋ねそうになったが天井裏でも階下の声は聞こえるはずである。

僕がもごもごしているうちに、さちは紙袋から何やら古めかしい箱を取り出した。

「これは使えないでしょうか」

僕が箱を受け取った瞬間、伊祖島氏の声が裏返った。

「これは、ZC3000じゃないですか」

「なんですかそれ？」

「シングルエイトの最高機種です。昔の映画青年すべてが憧《あこが》れた超高性能機種です」

興奮して早口になった伊祖島氏はさちを見て尋ねた。

「どうしてあなたが？　こんな貴重な機種、今はなかなか手に入らないはずです」

それに対して、さちはただふっくらと笑った。

「私の唯一の財産なのです」

それから僕を見つめて、微《かす》かに声を掠《かす》らせた。

「とてもとても大切な宝物です。十倉さまにお預け致します」

そのいつになく真剣な様子に、僕の背は自然と伸びた。

ふと、さちの姿が淡く霞《かす》んでいくような気がしていた。なぜだか、無数のさちとの思い出が走馬灯のように頭を巡り、それらをわずかにもこぼさぬよう思わず手を伸ばしかけた、その時

——


「どうぞ、これで存分にお撮りください」

さちはいつものように優しく微笑んで、黒髪を下げた。


何にしても、さちの持ってきてくれたカメラにより何かが動き始めたのは確かである。

「才条くんの感性に合わせるのにすこし時間をもらいますが、まあ二週間ほどあれば」

翌日からさっそく伊祖島氏は、カメラを手に撮影実験を開始することとなった。

伊祖島氏がカメラマンを引き受けてくれたのは、実に心強いことであった。名義上でも、監

督をすることになった僕はまず絵コンテを完成させなくてはならず、八ミリカメラに習熟する時間はない。

ＺＣ３０００を黒革製のカメラバッグに丁寧にしまい、友楼館から出て行こうとする伊祖島氏に僕は訊《き》いた。

「どうして伊祖島さんは、こんなに手伝ってくれるのですか」

ブーツを履き終わった伊祖島氏は、そこで立ち止まって振り向いた。

「初めて会ったときから、あなたは僕を映画に関わらせようとしました。それはなぜなのですか」

それは、ずっと心にある疑問であった。たしか宝塚も云っていた。伊祖島氏と部室に向かう途中、あいつは訊いた。『なぜ、あなたが撮るのではなくこいつなのですか』と。

僕の真剣な表情を見て、伊祖島氏はすこし考えるように長い顎《あご》を撫《な》でた。

「才条くんがよく呟《つぶや》いていたのです」

僕を見つめながら、伊祖島氏は云った。

「カットに迷い、照明に迷い、そして演出に迷ったとき。彼は拳《こぶし》を噛《か》むように唇に当て、呻《うめ》くように云いました。〝十倉ならばどうしたろう〟と」

その低い声に、心臓が鳴った。

「才条くんは何か迷うたびに、そう呟いていたのですよ。十倉ならばどうしただろう、と」

まるで違う声質なのに――

それは、伊祖島氏の声帯を経由した、才条の声であるかのように僕に届いた。

「だから私はずっとその見知らぬ〝十倉〟なる人物に興味を持っていたのです。それが、私が君を手伝う本当の理由です」

腹がしびれるような慟哭《どうこく》の予兆を感じた。が、しかし、やはり涙は出てこなかった。

「買いかぶりでしょう」

僕は、吐き出すように云った。

「あいつは僕に罵《ののし》られるのが嫌だっただけです」

恥ずべき過去がブーメランのように身体を打ち据えた。僕の知らぬところでそんなことまで云ってくれた才条に対して、自分が為した行為は罵倒《ばとう》だけであった。冷え冷えとした己を呪うような感情に包まれ、自分を罵倒し才条を罵倒した。馬鹿め。馬鹿才条め。僕など月である。おまえという太陽に照らされていただけのただの月である。いや、街の古びた街灯か、忘れ去られた懐中電灯である。おまえは天才であったかもしれぬが、人を見る目だけはなかったと云わざるをえまい。

すると、そうかい？と、伊祖島氏は僕を見た。

「ではこう云い直そう。彼には確実に何かが見えていた。映画芸術を志すものが目指してたどり着けぬ、あるかなきかもわからぬ地平のその先。ある程度の勉強を重ねればその存在は知れるが、切り取れるかというとまるで別問題であるその光景。『少女キネマ』の完成部分を観る限り、彼にはそこの景色が見えていた。そして君も見えている可能性が高い。つまり――私も見たいのですよ。彼や君が見たものを私も見たい。だから手伝うのです」

伊祖島氏は俯《うつむ》く僕にそう告げると、友楼館から出て行った。

買いかぶりである。

完全に、才条の買いかぶりである。

高校時代ともに映画を撮っていたから、孤立していた大学においてついそう口走っただけであろう。そもそもこと映画に関する限り、僕が才条に助言出来ることなどない。一度だけ口にしたモノトーンの提案も偶然であり、今だって空白のラストシーンは文字通り空白のままである。

──私がカメラに馴染《なじ》む間に、君はコンテの描き出しを。

伊祖島氏にそう云われたけれど、いよいよ時間がないことに焦った。描き出しも何も、頭の中は真っ白である。それに自慢ではないが正式なコンテなど描いたこともない。とりあえず久世に電話して描き方を尋ねると、パソコンで作ったというコンテ用紙を分けてくれるという。

さっそく僕らは、昼休みに大学の学食で落ち合った。

カラフルなシャツに身を包んだ久世は颯爽《さっそう》と現れ、持っていた紙袋をそのまま僕に突き出した。

中には、すでに印刷済みのコンテ用紙がずっしりと入っていた。

「これを使え」

「こんなによいのか」

気にするな、と久世はテーブルに着き、そのうちの一枚を広げて説明を始めた。

「いいか。ここに撮るべき絵を描く。ここにカット番号。編集のときに使う。そしてここに台詞《せりふ》や音楽、撮影時に起きたアクシデントなどを書く。要するに漫画のネームというやつと同じだ。監督の頭の中にあるものをスタッフ、役者、すべての関係者が共有するためのものだ」

久世の説明は分かりやすかったけれど、描けるかどうかというのは別である。

「ヘッドフォンで画をイメージしやすい音楽をかけて、薄暗い喫茶店でひとりでやるのがいいぞ。駅前にお勧めの喫茶店があるので教えてやる」

久世に地図を描いてもらい、午後の講義が終わるとそこに向かった。

夜になるとジャズの演奏が始まるというその店は、たしかに雰囲気がとてもよい。僕のような田舎者が入ると怒られるのではないかというくらいおしゃれ度の高い喫茶店であった。おずおずとそこに入り、一番隅の席でコーヒーを頼んだ。それから一度、MP3プレーヤーで『少女キネマ』を観て、そのあとテーマ曲だけをヘッドフォンで聴いた。目を閉じてひたすら最初のシーンから連続して脳内にイメージ映写する。すると——なるほど。ここからどういう映画になるのか、浮かびそうな気配がした。これはいけるのではないか。僕は急いで絵コンテにとりかかった。が、今更気がついたのだけれど、僕にはまるで絵心がなかった。人を描こうとするとなぜかテレビで見た火星人のような風貌《ふうぼう》となった。建物を描こうとすると安物のゴミ箱のように陳腐であった。描けば描くほどイメージから逃げていくというやつである。才条の云う意味とは激しく違うのであろうけど、僕は落胆とともに納得した。

講義中もバイト中も、ひたすらあの時見えかけた何かを追い続けた。ひとりのときは常時ヘッドフォンをつけてあのテーマ曲を聴きまくる。そして思い浮かんだ景色やアイデアを急いでそこらに書き留める。そんな風に脳みそを絞るようにして得たわずかな断片も、次の日にはゴミにしか見えなくなってくるから始末に負えない。おまけにテーマ曲も聴きすぎたせいか、徐々に新鮮な驚きを感じなくなるという問題まで発生した。

ついに重圧に耐えられなくなった僕は夜中に突然部屋から駆け出し、中庭のベスパにすがりついた。あのとき、時速七十キロで曲がったあのカーブで見えかけた何か。あれをもう一度思い出すには、再び七十キロであのカーブを曲がるしかないのではないか。そう思い、深夜にも拘《かか》わらず勢いよくエンジンをかけたところで久世に取り押さえられた。

「離せ、久世」

「いいから、落ち着け。何時だと思っている」

「時間など関係ない。コンテを切らねばならぬのだ」

「その通り、おまえが為すべきはコンテを切ることであり、カーブを切ることではない」

そんな風にさらに二週間は過ぎ去った。

「だいたいわかりました」

ある晩、僕の部屋に伊祖島氏は笑顔とともに現れた。

「これはやはり名機です。しかもかなり状態のいい当たり機種です」

ＺＣ３０００を片手に伊祖島氏はそんなことを云っていたけれど、コンテの出来ていない僕は曖昧《あいまい》に笑顔を返すのみである。ところで、と伊祖島氏は僕の前に座り込み、カメラの入った鞄《かばん》をそっと置く。

「現像は遅くとも一週間くらいで上がるでしょうが、ひとつ問題があります」

「なんでしょう」

そう尋ねてはみたけれど、問題など今更ひとつふたつ増えようと同じである。僕の腹の内を知らぬせいか、伊祖島氏はのんびりと天井を見上げるように云った。

「照明です。手製のレフ板ならば私も持っているが、太陽光を最大に利用して撮るにしてもあと三枚、いや二枚は必要です。つまりもうすこし人手がいる」

「人手ですか」

残念ながら、僕に雑用を頼めるような知己はいない。試験のノートを集めるだけで四苦八苦するような人間なのである。

「私の友人たちは、みな就職しているし、キネ研の部員たちには頼めそうにない。誰か手伝ってくれるような友人はいませんか」

伊祖島氏が僕を見たそのとき、タイミングを計ったようにノックもなく扉が開け放たれた。

「これでいいか」

現れたのは亜門次介である。

そして、その手には発泡スチロールの板に銀紙を貼り付けた手製のレフ板があった。

「亜門、それはどうしたのだ」

「必要であろうと思い作っていた」

その台詞といつもの仏頂面のギャップに、声が詰まった。

「光を究めしものこそ映画を極める——遺憾ではあるが、我が血統上の父の言葉である」

亜門はそう叩《たた》き付けるように云い、照れ隠しのように僕を睨《にら》みつけた。

「完成の暁には、養楼軒《ようろうけん》のエビチリ丼を奢《おご》ってもらうぞ」

僕も睨むように亜門の顔を見据え、

「了解した」

と頷《うなず》いた。

翌日、僕と伊祖島氏と亜門は『少女キネマ』に出て来たロケ地に足を運んだ。

亜門と僕がレフ板を構え、被写体に光を当てる。それを伊祖島氏がZC3000で撮影する。いろいろな露出パターンで繰り返し撮影し、それを記録して現像に出す。そして、これが最終カメラテストということであった。僕にはよくわからなかったけれど、伊祖島氏によると『少女キネマ』の映像を再現するには幾つかの撮影方法があり、そのうち一番可能性が高いものはすでに試したのだという。

「あとは現像に出して上がったら、皆で見比べてみましょう」

伊祖島氏は最終カットを撮るための露光を計りながら、そう微笑んだ。

八ミリフィルムを現像するのに幾らかかるのか、このとき僕は迂闊《うかつ》にも知らなかったわけだけれど、一本二千五百円もかかるうえ、急ぎで頼むとなんと三万五千円もかかるのだという。それに映像実験にかかった費用は気にしなくていいよ、と伊祖島氏は云ってくれたが、高い。それに対し、以前は海外に現像を出さねばならなかったのでこれでも便利になったんだよ、と伊祖島氏は笑った。僕は亜門と顔を見合わせ、映画とはまさに好き者しか手を出せない道楽である、と呟《つぶや》き合った。

映像実験最後のカットは群衆シーンである。

とりあえず昼休みの大学内の学生たちで代用することになり、キャンパスの隅に三脚とカメラを配置する。伊祖島氏がファインダーを覗《のぞ》き込む。ここで伊祖島氏が小さく自分で「よーい、スタート」と声をかけるはずであったが、いつまで待っても伊祖島氏は何も云わなかった。

不審に思った僕が伊祖島氏を見上げると、伊祖島氏はカメラの遥《はる》か前方を見つめたまま固まっていた。

「伊祖島さん？」

その視線の向く先を見た。

そこには、ひとりの背の高い女子がいた。

それはキリコ嬢であった。長い髪を風にふわりと舞わせ、こちらをじっと見つめていた。そしてこのとき僕は、彼女からの預かりものをまだ伊祖島氏に渡していない不覚に気がついた。考えてみたらあれからいろいろと混乱していてすっかり忘れていたのだ。だが、キリコ嬢はそんなことを咎《とが》める目はしていない。視線はひたすらカメラを持つ伊祖島氏に向けられていた。

「映画を撮られているのですね」

やがて、キリコ嬢は云った。

「はい」

伊祖島氏は、か細く答えた。

「よかった」

ただそう呟き、キリコ嬢は小さく微笑んだ。

持っていた鞄をそっと肩にかけ直しただけの仕草であったけれど、僕はこれまで一度も彼女から感じられなかった女子力をそこに感じていた。が、いつまでもこのままというわけにはいくまい。

誰も動き出そうとしないので、仕方なくひとつ咳払《せきばら》いしてから云った。

「キリコ嬢。そこは邪魔である。もうすぐ撮影は終わる。その後、存分に伊祖島氏と話されるがよかろう」

キリコ嬢は、ごめん、と頷きその場から静かに立ち去った。

この日の撮影した分の現像は、それから四日後に出来上がった。

今までの撮り溜《た》めたZC3000の現像済みフィルムも受け取って、伊祖島氏が友楼館に戻ったのは夜七時過ぎであった。

「私の部屋は三人も入る隙間はないですし、画材の多い亜門くんも同様のようです」

そんなことを云いつつ、伊祖島氏と亜門は僕の部屋にやって来た。

「構いません。ここで観ましょう」

僕が提案すると、伊祖島氏はわずかに微笑み、大きな白紙を取り出した。

「これをスクリーン代わりにします」

了解した僕と亜門は、伊祖島氏が僕の部屋を簡易上映会場へとセッティングしている間に、伊祖島氏の部屋まで映写機を取りに行くこととなった。が、戻る途中でなぜか廊下をうろうとしていた宝塚と鉢合わせした。

「それは部のものではなかろうな」

そんな憎まれ口を叩いてくる宝塚に、違う、と答えた。

「これは伊祖島氏の私物である」

「映写機など持ち込んでどうするのだ」

「余計なお世話だ」

「あまりうるさくされても困る。オレも同行しよう」

宝塚はそんな訳のわからぬことを云ってついてきた。

部屋では、すでに伊祖島氏が映写機の土台を完成させていた。僕の愛用の卓袱台《ちゃぶだい》の上に電話帳が数冊重ねられ、ガムテープで固定されている。部屋に戻った僕と亜門の他に宝塚の顔があるのを見て、伊祖島氏は微笑んだ。

「やあ、宝塚くん」

「自分も観せてもらっていいでしょうか」

「もちろん」

ここは僕の部屋であるのだけど、伊祖島氏のその一言でうやむやのうちに宝塚の試写会参加が決まってしまった。いまひとつ納得がいかないが、時間も有限である。さっそく明かりを消して簡易上映会を開始した。

結論から述べれば、スクリーンに照射されたＺＣ３０００の映像は素晴らしかった。映し出されたのは、他ならぬ我が街であり、我が大学であるのだけれど、その見慣れた風景も心得た人間が切り取るところも別な空間に変わるものか。

亜門も「むう」と呻《うめ》き、宝塚は「さすが、伊祖島さん」と声を掠《かす》れさせ、僕など『少女キネマ』だ」と阿呆《あほう》のごとく繰り返すのみである。

「あの独特の青みがかった映像は、わざと室内撮りのタングステンフィルムを屋外で使っていたとこれでわかりました。同じ風合いですね」

何のことやらわからぬけれど、伊祖島氏はほっとしたようにそう云った。

「確かに、フィルターを噛《か》ませるよりもずっと計算できない面白さがありますね」

「これならば、あの映画のラストにつけて遜色《そんしょく》あるまい」

宝塚と亜門はえらそうに論評していた。

盛り上がる狭い六畳間であったが、僕はいよいよ時間が残されていないことを知った。

「コンテはどうした」

亜門の問いに、

「大丈夫だ」

と答えるしかない。

実のところ全然大丈夫ではないし、むしろ、この企画の最大の問題点はそこにある。

伊祖島氏はポケットから手帳を取り出して、すこし今後のことを、と口を開いた。

「昇竜祭までひと月とすこしです。万に一つの確率ですが、現像が失敗する事態もありうる。すこし余裕を持って編集作業に入るためにもすぐに撮影に入ったほうがいいでしょう」

痛む胃をさすりつつ僕は頷いたけれど、宝塚は聞き捨てならぬと膝《ひざ》を立てた。

「今、昇竜祭と云いましたが、まさかキネ研の上映会でこれを流すつもりではないでしょうね？」

「駄目かな」

伊祖島氏が困った顔をすると、宝塚は唾《つば》を飛ばした。

「困ります。もうすでに上映プログラムは組まれている。まして今回の昇竜祭には部の存亡がかかっている。連続で映画をお蔵入りさせたやつのせいで、大学側からも、ＯＢたちからも、部の存在意義を問われています」

その切羽詰まった表情には、宝塚がひとり抱えていた苦悩が滲《にじ》んでいた。

が――

「それは、才条くんだけのせいではないでしょう」

伊祖島氏は淡々と云った。

「映画などひとりでも撮れます。確かに安くはないフィルム代ですが、アルバイトなどで捻出《ねんしゅつ》出来ないかといえばそんなことはない。ここ数年のキネ研が撮った映画の少なさ――それは、この数年の部長たち、部員たちの怠慢です。君が部長となってすこしは変わったが、それでも撮り続けているのは君だけだ。それらすべてを才条くんのせいにするのは間違っていませんか」

「いや――しかし、さすがに今回はスケジュールがいっぱいなのです。これを上映するとなると他の作品を削らねばならなくなります」

「宝塚くん。これはキネ研の部員こそ観るべき映画です」

「それは才条が生きていて、『少女キネマ』が彼の手による完成を経たときの話でしょう」

そこで宝塚は、僕を指差して叫んだ。

「こいつみたいな素人に才条の後が追えるわけがない」

悔しいことにその意見に、僕を含め誰も反論できなかった。気まずい沈黙がしばらく続いたけれど、とりあえず、と伊祖島氏が場を仕切った。

「上映の件についてはまた後日話し合うとしましょう。ZC3000の撮影実験は、色温度でいえば5300K《ケルビン》ほど、つまりすべて晴れた日に行っています。曇りのときにはまた別の映像となってしまう。天気予報ではしばらく天気の崩れはないので、とりあえず明日から撮り始めたいと思います。よろしいですか」

不安でいっぱいであったけど、僕は不承不承頷《うなず》き、亜門も了承した。


時刻は、深夜二時を回っていた。

その日、皆がそれぞれの部屋に引き取ってからも僕はコンテを描いていた。

いよいよ正念場である。

卓袱台の上にある卓上ライトの明かりだけで、必死に画を描いては破る、という行為を繰り返す。なんとか破り捨てる衝動から逃れた数枚の絵コンテを手に、僕は苦悩していた。

このようなものでよいのだろうか。あの映画はもういない誰か——恐らくは恋した少女を想って撮られたものである。映像や台詞《せりふ》で説明することなく、観客の脳内でせつなく形作られるよう緻密《ちみつ》に計算されている映画である。そのようなコンテをこの僕が描けるのであろうか。

「描けるわけがない」

頭を掻《か》きむしって、卓袱台に倒れ込んだ。

ごつんごつんと何度も卓に頭を打ちつけていると、背後の天井付近で襖《ふすま》の開けられる音がした。

「十倉さま」

同時に、頭上からさちの控えめな声が降ってくる。

「……はい」

振り返りもせず、卓におでこを置いたまま僕はそう力なく返事した。

それからしばらくは、どちらからも声をかけることなく、ただ静かな沈黙だけが六畳間を満たした。

今は誰とも話したくない。そんな気持ちがさちに伝わったのであろう。さちも何か言いかけて言葉を選んでいるようであった。年下の女子にこのような気遣いをさせている年上男子がはなはだ情けない。かといって、ここから彼女をフォロー出来るだけの余力が今の僕にはない。

それが、ひたすら続くこの重い沈黙と化していた。

やがて微《かす》かな衣擦《きぬず》れの音が下りてくる。

すぐ背後に座った、さちの涼やかな声がした。

「新しいお部屋が決まったのです」

「……え」

「十二月から入居となります」

「…………」

「十倉さまには何から何までお世話になってしまいました」

「そんな——そのようなこと、よいのです」

振り返ることすら出来ず、なんとか言葉を返したけれど、その声は自分でも情けないほど震えていた。

「いつ拝見してもお忙しそうだったので、なかなかご報告をすることが出来ず——申し訳ありません」

「あ、新しい住居は……その、天井裏などではないでしょうね」

思わず女々しい言葉を吐き出しそうになり、僕はあえて茶化した言葉を並べた。

すると、はい、とさちもすこし微笑んだようであった。

「他にもたくさんの方が住んでいるちゃんとした建物でございます」

それは——それは、どこですか。ここから近いのですか。お家賃は。住人に怪しいやつなどいないでしょうね。その場所を教えてもらうわけにはいかぬのでしょうか。いや、このままここでもよいではないですか。空いている部屋もある。きっとあなたならば友楼館でもうまくやっていけます。

そんな無数の言葉が口元まで這《は》い上がる。しかし、実際に言葉となったのは「そうですか」という掠れたものだけであった。

また沈黙だけが、僕らの間に横たわった。

「楽しい日々でございました」

さちは、云った。

「とてもとても――今思えば、夢のような時間でございました。ふたりで食べたお食事、ふたりで出かけた喫茶店、鼓太郎《こたろう》さまとの大冒険、何より直接言葉を交わさぬ天井板越しの日々――そのすべてが私にとって生涯忘れ得ぬ宝物のような思い出です」

「……さちさん」

「誰にも知られることのない、いえ、知られてはいけない暗い暗い毎日が、十倉さまのおかげでとても充実した日々へと生まれ変わりました。私がどれほど十倉さまにそっと手を合わせていたか。毎晩毎晩、眠りにつくまでどれほどこの巡り合わせを感謝していたか。千言万言、言葉を尽くしたところでおそらく伝わらないかと存じますが――でも、それでよいのでしょう」

「……どういう意味ですか」

背中越しに訊《き》き返すと、さちは云った。

「すべては繋《つな》がっているのではないかとさちは思います。この世に、奇跡と呼ばれるものが実際に起きたとき、それが奇跡であると知れるのはずっとずっと後のことなのではないかとさちは思うのです」

だから、それはどういう意味ですか。

我慢しきれず、腰を浮かして振り返りかけた。

だが――だが、なんとかぎりぎりのところで歯を食いしばるように思い留《とど》まる。振り返れば、そこには黒坂さちが優しく僕を見据えているのだろう。白い顔に透明な瞳《ひとみ》を浮かべ、少女と女性が交差する一時期だけに存在する、奇跡のような美が鎮座しているのだろう。が、その愛らしい姿を見てしまっては何かが崩れるような気がした。ここまでようやく高めてきた男子としての背骨が跡形も無く溶解してしまう気がする。それはここから戦いに挑まねばならぬ自分の覚悟をも溶かしてしまう気がした。

「この世に無駄なことなどございません。無数の十倉さまの苦しみがあったからこそ、きっとその奇跡は起きるのです」

そして、泣きたくなるほどの我慢を重ねる僕の背にその言葉は注がれる。

「十倉さまは、才条さまではありません」

その優しくもどこか厳かな言葉は、びくりと僕の動きを縛った。

「だから、同じものを作ろうとしなくともよいのではないでしょうか」

「ほ……ほうっておいてください」

さちに背を向けたまま、僕は云った。

「同じものを作らねばならないのです。皆、あの才条の未完の映画、『少女キネマ』を完成させるという から手を貸してくれている。今更、ど素人の僕の映画を撮るわけにはいかないのです」

「でも――」

「いいから、黙っていてください」

そう厳しく云ってしまってから、しまった、と思った。また重い沈黙が六畳一間を満たした。心配してくれた年下の女子に対する態度ではない。まして最後の挨拶《あいさつ》に訪れた相手に投げかける言葉ではない。そう自分を罵《ののし》ったが、やはり振り返って謝るだけの力が僕にはなかった。唇を嚙《か》んで俯《うつむ》いていると、静かにさちの気配は遠ざかり、やがて消えた。

僕は髪を搔きむしった。

振り返って顔を見合わせたわけでもないのに、さちの眼差《まなざ》しが思い浮かぶ。まだすぐそばに彼女の体温が熱いほど感じられる。今すぐ立ち上がって天井裏に上り、彼女を抱きしめればこの不安は消えるであろうか。この罪悪感は消えるであろうか。いや、そうすれば別の後悔に苛《さいな》まれるはずである。ひたすら自分の未熟さが呪わしい。彼女よりも三つも年上であるにも拘《かか》わらず、僕は彼女に相応《ふさわ》しい成熟さを持ちえていない。ガキである。つくづく未完成である。

これは……恋なのであろうか。

いや、初めて逢《あ》ったときから恋ではあったのだろう。

——所詮《しょせん》、結ばれるべき縁ではなかったのかもしれぬ。

哀しく、突き放すようにそう思った。


結論から述べれば、翌日の撮影は慘憺《さんたん》たるものであった。

朝の六時であった。明け方までかかって描き上げた絵コンテを手に、伊祖島氏と亜門のふたりを起こした。ふたりはぐっすり寝込んでいたところであったけれど嫌な顔ひとつせず、絵コンテを見てくれた。ふたりはそれに関して何も云わなかった。褒め言葉もけなし言葉もないのが、余計に身の置き所がない。

「通行人がいないほうがよいカットです。すぐに始めましょう」

伊祖島氏の言葉で、すぐに僕らは撮影準備を始めた。

初めのカットは、大学の正面のカットである。ZC3000、三脚、レフ板、露出計などを手に、僕たちは大学へと向かった。

「十倉、学生たちをそのままで撮ったほうがいいのか」

正門に着くと、亜門は尋ねてきた。

「いないほうがいいに決まってる」

「完全にか」

「完全にだ」

無茶だと知りつつ、そう云った。

時刻は七時過ぎとなっていた。大学の最初の講義が始まるのが九時なので、いつもより学生の数は少ない。それで急いで出てきたわけではあるけれど、大学には早朝練習などがある体育会系の部活も無数にある。正門をくぐる学生の姿は、ゼロというわけにはいかなかった。

どうすべきか、と逡巡《しゅんじゅん》していると、亜門が無言ですたすたと校門に進みだした。正門の横にある詰め所の中から警備員が見つめる中、いきなり門柱によじ上り、その上で仁王立ちとなった。そして、野太い声で辺りに叫んだ。

「今よりここで映画の撮影をする。時間にしてほんの十五分ほどで済む。学生諸君にはすみやかに裏門を使って頂きたい。繰り返す。今よりここで映画の撮影を開始する。人のいない風景が必要である。すみやかにこの門の使用を中止せよ」

あいつは何を云っているのか。

学生たちは、ただぽかんと亜門を見つめていた。中には露骨に頭の横で指を回し、亜門を愚《ぐ》弄する仕草を向けるやつもいた。

ラクロスと称されるスポーツのラケットを持つふたり組の学生であった。

「ばーか」

亜門の立つ門柱の横をくぐり抜けていく際、わざわざそう云い放っていった。

僕がそいつをぐっと睨《にら》みつけていると、

「許可は取っているのかね」

と詰め所から老警備員が出てきて声をかけてきた。

「いえ、取ってはいません」

「それは困るよ」

伊祖島氏と老警備員が問答を始めた瞬間、騒ぎが始まった。

見れば、正門の前で亜門と先ほどのラクロス学生が摑《つか》み合いを始めている。

「いってーな、てめえ！」

どうやら亜門が門柱から飛び降りざま、ラクロス学生の背中に飛び蹴《げ》りを食らわせたらしい。

ふたり対ひとりの壮絶な殴り合いが始まっていた。

「おいやめろ、亜門！」

僕は三脚を詰め所の壁に立てかけ、伊祖島氏はカメラバッグを大事に肩にかけてから、そちらに向かった。警備員も警帽を押さえて一緒に駆けてくる。伊祖島氏と僕で亜門をふたりから引き離すと、亜門の連続パンチにしこたま顔を殴られたらしい学生が叫んだ。

「何調子こいてんだよ、ばーか！　何が映画撮影だよ！　ざけんじゃねーぞ」

ない。

「すまない」

代表して僕は謝った。が、潔く謝ったというのにその姿勢が彼の怒りをさらにかき立てたらしく、いきなり腹を蹴られた。相手も仲間に止められていたせいか微妙に外れ、あまり痛くはない。

「こら、やめなさい」

警備員がさらに割って入る。

僕に蹴りを見舞った学生は、怒りが収まらず声を限りに喚《わめ》き続ける。

「くだらねえもん撮ってんじゃねえよ。日本映画なんかつまんねーのばっかじゃんかよ。おまえらのはそん中でもさらにくだらないオナニー映画だろ？　そんなもんのためにどーして俺らが道開けなきゃいけないのよ？　あ？」

しつこく悪態をつくこの学生に対して、謝っているのに何事か、と云いたい気持ちは僕にもある。だがその一方で、その学生の激しい口調に懐かしい気持ちも芽生えてしまっていた。似たようなことを才条も繰り返し叫んでいた。自己評価九十点という作品にすら、残り十点をどうして詰め切れなかったのか、と怒鳴るようなやつであった。今思えば、才条は怒鳴り怒ることによって、映画とはどうあるべきかをあいつなりに系統立てていたのだと思う。そうやって、数多くの映画からあいつにとっての面白さを抽出していたのだろう。才条にとって、怒りは創作の源であったのだ。

僕に、そこまでの怒りがあるか。

怒らずにおられぬ、映画に対する切実さがあるか。

現状存在する、無数の映画に対する問題提起が出来るのか。

無理である。この学生の云う通り、くだらない映画の中でもさらにくだらないオナニー映画をもう一本作り上げてしまうだけではないのか。そんな疑問がどうしても頭から離れなくなった。

「その通りだ。悪かった」

僕はひたすら頭を下げた。

そのあともしばらくラクロス学生の罵倒《ばとう》は続いたけれど、やがて彼は彼の持つボキャブラリーのすべてを使い果たしたように急速におとなしくなると、唾《つば》を吐いて立ち去った。

学生が去ったあと、僕を睨み亜門は云った。

「なぜ一方的に謝った」

「このままではさらに学生が多くなる。時間が惜しかった」

我ながら情けない言葉であった。

だが、その言葉の真に恥ずべき点を僕はわかっていなかった。

三脚にカメラをとり付けていると、亜門が僕の正面に立った。

「おまえは、それでも監督か」

見ると、その顔はかつて無いほど赤く火照っていた。才条ほどではないにしろこいつもよく怒るとは思っていたけれど――今までのそんなものは怒りですらなく、ただの愚痴程度の感情であったと思い知った。亜門次介は今、真に怒っていた。

「おまえは、その程度の覚悟であの魔物と対峙《たいじ》するつもりなのか」

食いしばった歯の隙間からこぼすように、亜門は云った。

「映画はテレビドラマとは違う。あの雲をどけろ、と命令した監督すらいるのだぞ」

僕は俯《うつむ》いた。

「より壮絶なのは、その命令に、はいと返事したスタッフである。それがおまえがこれから対峙しようとしている映画芸術である」

亜門は首から下げていたタオルを叩《たた》くように取り、僕に背を向けた。

「妄想でこの世を焼き尽くせ。独裁者となれ。ただその作品をもって三千世界と対峙せよ。それが出来ぬやつに映画を撮ることなど不可能である」

亜門は去った。


——僕には、無理である。

淳峰堂のカウンターの中でそうひとり呟《つぶや》いた。

結局、ひとカットも撮らないで撮影一日目は終わった。伊祖島氏に謝り、そのまま僕はアルバイトへと出かけた。淡々と業務をこなし、ひたすら亜門の言葉を反芻《はんすう》していた。

妄想でこの世を焼き尽くせ。その亜門の言葉は正しい。それが映画なのだ。安全な場所から安穏とした態度で出来るものではない。退路を断ち、持てるもののすべてを注いだ者だけがたどり着ける境地——それを切り取るのが映画なのだ。

「……僕には、無理であろう」

脳がいつもよりゆっくりと動く。いやほとんど動いていなかったようにも思える。条件反射で仕事をこなしているうちに一日は過ぎ去った。

気がつけば、夜となっていた。いつの間にか戻っていた店主が、閉店の準備を始めていた。慌てて席から立ち上がり、その手伝いをした。店の外の小さな本棚を店内にしまい、看板の電源も外す。それを持ち上げて店内に入れたあと、思い切って店主に云ってみた。

「今日、ここでしばらくひとりで考えたいのですが」

「ほう」

店主は僕を見た。

それは、片付けているときにふと思いついた考えであった。

幾多の表現者が己のすべてを賭《か》けて書き上げた古今の名著がここにはある。それらに埋もれていたいと思った。僕のような半端者に何か感じるものがあるとも思えないけれど、藁《わら》にもすがる思いであった。

「いいでしょう」

店主は云った。ポケットから鍵《かぎ》の束を僕に渡し、それからなぜか中空に視線を彷徨《さまよ》わせた。

しばらくしてから、ぽつりと告げる。

「いろいろなものを見るかもしれませんが、よいですか」

その言葉に、背筋に冷水をかけられたような悪寒を感じた。

そうであった。慣れたのか最近すっかり気にしなくなっていたけれど、ここはひとりでいるときに不可思議な現象の起きる古書店である。

店主はのんびりとした仕草で、店内を眺めた。

「ここに店を開いて二十数年になりますが、私は本を売っていると思ったことはないのです」

その視線は、孫やひ孫を愛《め》でるような、慈愛に満ちた眼差《まなざ》しであった。

「生きているうちに評価されることが少ないのも芸術の宿命です。創造者たちのすべてが報われた人生を送ったわけではない。むしろ絶望のうちに死んだ者の方がずっと多い。しかし、彼ら、彼女らは記しました。やむにやまれぬ使命に駆られ、血と汗の滲《にじ》む苦闘の果てに記された本がここにはあります。私は彼らによって紡がれた想いの受け渡しをしていると思っています。つまり、ここには無数の先人たちの想いが堆積《たいせき》しているのです」

白髪まじりの眉《まゆ》を細め、本棚にかしこまる本たちを眺め云う。

「もし、君が今、何か壁にぶつかっているのだとしたら、彼らは味方してくれるかもしれないし、敵となるかもしれません。芸術家というものは往々にしてわがままです」

そうして、再び僕に視線を向けた。

「それでもよいですか？」

僕は、頷《うなず》いた。そして頭を下げた。

「お願いします」

店主は、明日の開店は頼みます、とだけ云って微笑んだ。


誰もいなくなると僕は客が入ってこないようにシャッターを少し下げて扉を閉めた。

そして店内の電気を半分ほど消してカウンターに座った。ゆっくりと映画のことだけを考えたかった。才条が映画について何を語っていたか。映画とは人にとってどうあるべき存在なのか。撮り方はテレビドラマと基本同じであろう。だが、亜門は映画とテレビドラマは違う、と云った。スポンサーや事務所間の力関係が色濃く反映されがちなテレビドラマとは違い、映画は監督ひとりの世界を具現化する作業である。それは尋常ならざる覚悟の為せる業であり、スタッフすべてが作品に込める念であろう。未来永劫《えいごう》残るものを産み出す気概であろう。だが、そのような気概など僕にはない。映画とはこうあるべきという哲学もない。そのような人間が、才条の遺《のこ》したものを完成させられるわけがない。映画など撮れるわけがない。亜門は云った。半端な気持ちで関わるなと。ろくでなしでしか撮れぬ領域であると。才能を持った上で、なおかつすべてを投げ打つ覚悟がなければ、映画など撮れないのだ。

頭を抱え、髪を掻《か》きむしり、何度も机に額を打ちつけた。

「——才条」

僕は訊《き》いた。

「映画とは、なんだ」

だが、どこからも返事などない。

薄暗い店内はしんと静まり返るばかりである。

熱を持った額に接する机の冷たさが、気持ちがよい。だがその心地よさにどこか覚えがあった。いつかどこかで、その額に接する何かの心地よさを味わったことがあった。

そうだ。

あれは、高校の時だ。後輩たちにクーデターを起こされ、奪われたあのコンクリートの部屋

――才条の作ったラジオ研究部でのことであった。

ある日、僕が遊びに行ったとき、才条はソファに寝転んで北欧のロックを聴いていた。目を閉じていたので邪魔することのないよう、僕も空いていた椅子に腰掛けた。それから、壁一面に貼られた生者死者を問わぬ無数の表現者たちの視線に圧倒されながら、流れる音楽に耳を傾けた。コンクリートの室内に巨大スピーカーから流れる音は低温が奇麗に響き、高音はエッジが効いていた。そこに女性ボーカルの透明な声がしなやかにくぐり抜けていた。

一曲終わったところで、僕は訊いた。

「いい曲だな。誰？」

その問いには答えず、才条は無言で立ち上がりまたその曲をリピートさせた。

それから僕に向けて云う。

「こっち来い」

「え？」

「壁のところ。壁に額をつけてこの曲を味わえ」

意味がわからなかったけれど、こういう据わった目つきをしたときの才条には有無を云わせぬ迫力がある。僕が壁に寄り添って額をつけてみると、

「目を瞑《つむ》れ」

そう云って、才条は周りの部どころか近隣住民から苦情がきそうなほどボリュームを上げてみせた。音は壁を突き抜け、反響し、コンクリートの部屋の中で跳ね回った。

「耳で聴こうと思うな。身体全体で味わうんだ」

低音が、高音が、壁を通じて額に届く。そこから脳全体に響き渡る。すると今まで気がつかなかった無数の音がこの曲にちりばめられていることに気がついた。音が血流を巡る。神経細胞の至るところを打ち、心臓の鼓動にシンクロする。細胞ひとつひとつにこだまする。音楽を聴いているというより、僕そのものが音楽と同化したような心地がした。呼吸が乱れ、云い知れぬ快感で叫びだしそうになった。

——それが、音楽だ。


才条の声が色濃く蘇《よみがえ》り、僕は顔を上げた。

だが、そこは淳峰堂ではなかった。薄暗く誰もいない古書店ではない。

僕はあの日の部室にいた。

僕は十七歳で、黒い詰め襟の制服を着ていた。

そして横では才条が行儀悪くソファに足を投げ出してひっくり返っていた。

「才条」

僕が囁《ささや》くように声をかけると、才条は黙って指を唇に当てた。静かにしろ、ということらしい。だが、僕は構わず尋ねた。ここで尋ねねばもう僕には訊くチャンスはない。

「才条、教えてくれ。映画とはなんだ」

「映画?」

片目だけ開けるようにこちらを見る。

「そうだ。おまえは映画とはなんだと思っている」

「わからん」

才条は再び目を閉じ、気持ち良さそうに音楽に身を委《ゆだ》ねたまま答えた。

「わからんとはなんだ」

「わからんのだから、わからん」

「おまえはわからないで撮っていたのか」

ラジオ研究部にいた時の才条はまだ映画など撮っていない。だが、ここがどこだか、いつなのかなどどうでもよかった。時系列すら無視して高校生である才条に僕は尋ねていた。その異様に切羽詰まった口調に何か感じたのか、才条は云った。

「逆に訊くが、わかって撮っている人間がひとりでもいるのか。わからないから撮るのではないか」

「古今の名監督と呼ばれる人間たちは少なくともわかっているだろう」

「さあ、どうかな。俺はコッポラでもないし、ゴダールでもない。彼らの考えていることなどわからない」

「少なくとも自分の中に答えがないと、皆を引っ張ることは出来ないはずだ」

「皆を引っ張る？」

そこで、才条はこちらを見た。

すごく久しぶりにやつと真正面から目を合わせた気がした。

狐のような顔を皮肉に歪《ゆが》ませて、やつは云った。

「みんなを引っ張る必要がどこにある？」

「引っ張らなければ、映画など撮れないではないか」

するると、才条はさも馬鹿にしたように小鼻に皺《しわ》を寄せた。

「独りで走れよ」

「誰もついてこなくとも？」

「ついてこれなければ、ついてこなくていい。それが映画だ」

「しかし、それでは」

「ロッキーが走り出したとき、子供たちがついてくることを期待したと思うか。レイ・キンセラはシューレス・ジョーに会いたいから農場を野球場にしたというのか。フランク・スレードはどうして全校集会で魂の演説をしたのか。ジョージ・フォレーはなぜブロンティの前でピアノを弾いたのか。スコットとフランがなぜ禁じられたパソ・ドブレを踊ったのか。そこに明確な理由などあったら興醒《きょうざ》めだ。誰もが言葉にならぬ衝動に突き動かされたのだ。それが主人公を主人公たらしめる劇的行動だ。おまえはおまえの人生における唯一の主人公である。走れ。独りで走れ。すぐに走れ」

「独りで走って——振り返ったら誰もいなくて。おまえはそれで寂しくないのか」

すると、呆《あき》れたように才条は云った。

「寂しいとか、寂しくないとかそんな問題ではない」

「おまえとは違う。僕などが走ったところで、誰もついてこないであろう」

「もし、おまえが寂しさなど感じているのだとしたら——それは、まだおまえが裸になってい

ろ。答えはその先にある」

「すべて脱ぎ捨てろ。見栄《みえ》も、プライドも、欲も、恥も、煩悩も。すべて捨て去ってただ駆け
才条は、恐ろしく真顔でそう告げた。

「裸になれ、十倉」

「裸？」

ないからだ」


奇妙な気配を感じ我に返ると、そこは薄暗いあの古書店であった。

——今のは、夢か、幻か。

そう思う間もなく、店内に誰かがいることに気がついてぎょっとした。

細長い店内を間仕切りする本棚の左側に、いつかの青年がいた。北欧系の美しい顔立ちをした画家の青年が、妖精《ようせい》のような裸体をさらして立っていた。見たくはなかったけれど見てしまった。白銀の体毛の下に彼自身をさらし、彼はにこやかに立ち尽くしていた。

「君は……」

そう声を出しかけたとき、他にも店内に人間がいるのがわかった。

薄闇から浮き出るように、ひげ面の大男がいた。やっぱり裸になっていた。胸毛から腹毛からすね毛まで繋《つな》がっていて、その途中に身体つきの割には貧相な彼自身をぶら下げ、彼は、がははと笑っていた。その横には痩《や》せた外国人がいる。ひょうきんな赤い眼鏡をかけ、愛嬌《あいきょう》のあ

る表情で貧弱な裸体をこちらに向けてくねくねとさせていた。ピンク色の乳首が妙に猥褻《わいせつ》である。よく見れば、店内には二十人、いやいつしか三十人を超える裸の人間たちがところ狭しと集まっていた。本日は、ヌーディストデイか。外を通る人間が店内を覗《のぞ》き込んだなら、そう思うであろう。思わず壁のカレンダーに目を留めた。しかしそこにはただ大安との表記しかない。どこにも裸の日などと書かれていない。

「おまえたちは何者か」

その問いに誰も答えることなく、店内の人間はどんどんと増えていった。誰もが何の脈絡もなく素っ裸で談笑し、盛り上がっていた。

ちくしょう、ちくしょう。

なぜか悔しかった。これでは服を着ているほうが目立つではないか。そのとき、カウンターのすぐ近くにいた小男が高い鼻声で僕に云った。

「かっこつけやがって」

「なんだと」

「おまえはかっこつけだ」

「かっこなどつけてない」

「恥をさらせ」

大男もそう云ってきた。

「隠しているものをすべてさらけ出せ」

そして大男は店内にいる無数の人間を指差した。

「人間に出来ることなど、所詮《しょせん》その程度だ」

男の指し示す先を見た。

老婦人がいた。垂れ下がった巨大な乳房を惜しげもなくさらし、たるんだ腹はなぜか愛らしさすら感じさせる。老人がいた。骨に皮がこびりついているだけの裸体はなぜか神々しかった。少年がいた。まだ鍛えられていない肉体は可能性に満ちていた。「何がビートだ」声がして見ると、見事なはげ頭の外国人が入り口近くで叫んでいた。やっぱりすっぽんぽんだった。「何がグランジだ」癖っ毛の金髪青年が叫んでいた。痩せた白い裸体をさらしていた。「おのれ谷《たに》崎《ざき》め」もじゃもじゃの黒髪の男が叫んでいた。見るも見事な一物をぶらさげていた。目の大きな役者顔の外国人が「嗚呼《ああ》、マリア!」と叫びながらうろうろとしていた。やっぱり生まれたまんまの姿であった。店内に入りきれぬほどの人間が、押し合いへし合い皆素っ裸で勝手に叫び合っていた。

――何なのか。こいつらは何者なのか。

そして、無数の人垣の向こうに見た。見覚えのある姿にようやく気がついた。いつ入ってきたのか、そこには制服姿の黒坂さちがいた。さちはいつものけぶるような微笑みをたたえ、そして唐突に制服をするすると脱ぎ始めた。「さちさん!」止める間もなく、上着を脱ぎ去り、スカートを下ろし、ショーツを剝《は》ぎ、靴下を脱いで、かわいらしい小さな下着だけの姿になった。無数のヌーディストたちは、拍手で彼女を迎えた。さちはそこで一度恥ずかしそうに微笑み、そして一息にすべての衣服を捨て去った。すっぽんぽんになった。いや、贔屓目《ひいきめ》なしに云わせてもらおう。彼女の裸体は、ここの誰よりも瑞々《みずみず》しく清純な生気に満ちあふれていて美しかった。彼女が裸になった瞬間、店が揺れるほどの歓声がこだまし、盛大な拍手が室内を満たした。羨《うらや》ましかった。僕も交ぜてくれ。そう叫んでいた。気がつけば、僕はベルトを外し、ジーンズを脱ぎ捨てていた。一息にパンツも脱いで捨てた。靴下も外し、順序が逆になったが、それから慌ててTシャツを脱いだ。

「これで全部だ！　素っ裸だ！」

そう叫んでカウンターの上に立つと、本棚がぐらつくほどの拍手がわき起こった。

「おお、貧相だ」「やせっぽちめ」「だが、それがいい」「あの脇腹がなんとも悲哀を誘うではないか」「見ろ、乳首に一本毛が生えているぞ」「わはは」「もっと鍛えろ、若造」「身体も、そして心もな」「手を挙げろ。吼《ほ》えろ。すべてをさらせ」「隠し事などするな」「それで失敗して何の怖いことがある？」「持っているものしか出せるわけがあるまい」「それが、おまえだ」「おまえは、おまえしか世間様に見せるものなどないのだ」「他所《よそ》から付け焼き刃で持ってきてどうする」「おまえはおまえの中を掘るしかないのだ」「おまえの井戸はどこにある？」「井戸を掘れ」「おまえの井戸を深く掘れ」「どこまでも掘れ」「掘って取りだしてさらすがいい」無数の声がこだました。

「うおお」

僕は叫んだ。

すぐに暴走する、我が妄想回路。それを許していいのか。誰に迷惑をかけてもいいのか。

「生きていれば誰かの足を踏むものだ」「そして踏まれるものだ」「傷ついている暇があれば強くなれ」「笑い飛ばせ」「世の中は所詮一場の舞台である」「踊れ」「おまえの踊りを踊れ」「人

は無心に走るものの背中に惹《ひ》かれるのだ」「いつしか追いかけてしまうのだ」「それが流れとなり」「やがて世界を動かすのだ」

「才条、僕は暴走してよいか」

僕は叫び、気がつけば裸の集団の中央で笑っていた才条に訊《き》いた。

「僕は、暴想してもよいのか」

「初めから、許可しているつもりだが」

やつは答えた。才条も素っ裸であった。

「むしろ、おまえの取り柄などそれくらいしかあるまい」

高校時代、素人のくせに才条の映画を批判したことを思い出す。怖いもの知らずに天に唾《つば》していたことを思い出す。放ったすべての矢が自分に返ってきたことを思い出す。それに傷つき白い闇の中を彷徨《さまよ》ったことを思い出す。ふらふらと見えない手に導かれるように上京したことを思い出す。いかつい顔をした東北の青年、亜門との出逢《であ》い。桜の古木が美しい友楼館。ものが無くなる不思議な部屋。天井裏のさち。映画に取り憑《つ》かれた住人たち。壊れたベスパが息を吹き返す。ベスパが見せてくれた景色。才条が見たはずの景色。それが今ようやく再び、眼前に鮮やかに広がっていた。そこに少女キネマがいた。白く輝く世界の果てで、その少女は微笑んでいた。けぶるような微笑みを見せていた。

「さちさん」

僕は叫んだ。さちさん、さちさん、と叫んだ。

「僕は切り取る。あなたを切り取る」

すべては繋がっている。繋がっている。僕は間違った道を歩んできたわけではないのか。本当か。本当に、すべては正しく繋がっているのか。だが、それではおかしいではないか。すべてが本当に繋がっているのだとしたら、ひとつだけ解けない謎がある。才条の手紙だ。なぜあいつはあのような女々しい手紙をこの僕に送ってきたのか。それだけがあいつの信条にそぐわない。あいつは間違っても僕にあのような弱みを吐く男ではない。そこでいつもわからなくなるのだ。

なぜか。

なぜ、あいつは僕にあのような手紙を送りつけたのか。

そのとき、幾つかの記憶の断片が頭の中で結晶化した。

唐突に、その答えが降ってきた。

めくるめく光の束となって、僕に向けて降りてきた。

………………嗚呼。

不意に、すべてが繋がった。

僕は。

僕は、なんという壮大な勘違いをしていたのか。

その瞬間——

僕は、少女キネマの正体を知った。

最終章　転びきれない人

「スケジュールである」

時刻は、午前二時――

真夜中の友楼館《ゆうろうかん》の談話室に、亜門《あもん》と伊祖島《いそじま》氏と久世《くぜ》と宝塚《たからづか》を呼びつけ、僕はその紙を鼻先に突きつけた。

「もう迷わない。迷っている暇もない。明朝より『少女キネマ』最後のシーンの撮影に入る」

「ちょっと待て、十倉。なぜボクまで呼び出された」

久世が云った。

「オレも関係ないはずだ。だいたい忙しい」

宝塚も云う。

それに対し、やかましい、と僕は告げた。

『『少女キネマ』のラストシーンが見たくないのか」

その言葉に皆一様に黙った。

「すべてに意味がある。ぐだぐだ云うな」

「意味とは、なんだ」

久世が阿呆面《あほづら》をさらして訊き返してくるが、僕は無視する。

「うるさい。すべて繋《つな》がっているのだ。僕は監督だ。監督が右といえば神様が左といっても従え」

亜門が腕組みして、にまりと笑った。

「このスケジュール表によれば」

伊祖島氏が、紙に目を落として訊いてきた。

「明日、いや今日一日ですべてを撮る、ということですか」

「その通り」

「全部で、二十カット余り。しかもすべてが太陽の光が出ている時間帯。強行軍ですね」

「無理難題は承知です」

僕は答えた。

「だが、そこに無視できぬエネルギーが宿るはずです。天才に挑むのです。それくらいの勢いが必要です」

まだ宝塚が何か云おうとしたが、亜門が引き取るように口を開く。

「早く寝よう。明朝六時に撮影開始ということは――この談話室に五時集合である」

うむ、と僕は頷《うなず》いた。

極度の興奮でなかなか寝つけなかった。

電気を消し、部屋の布団に入っても目はいよいよ冴《さ》え渡るばかりである。カーテンのない窓から月明かりが部屋を青白く照らしていた。睨《にら》むように見ていた天井がみしりと鳴った。家鳴りか、それともさちが寝返りをうったのか。こうしていても、さちの寝姿が目蓋《まぶた》に描けるほど、艶《なま》めかしい天井の軋《きし》みにも慣れつつあった。そして僕はそれを胸に刻みつけた。明日の撮影にすべてを持っていこうと思った。ここは、僕にとって上杉謙信《うえすぎけんしん》の毘沙門堂《びしゃもんどう》であった。かつて亜門は云っていた。

『謙信の天才性とは、つまるところ自己暗示の能力ではないかと思うのだ』

どういうことだ、と尋ねると亜門は説明した。

『戦は怖い。それは、あの時代の武将であったとて変わらぬ、人の正直な思いであろう。死中に活あり、とはよく云ったものである。だからこそ謙信は生きながら仏と化した。それは生命に対する未練を断つ行為であったはずだ。同時に軍神へと自らを転じる自己催眠でもあったのだが、騎馬だろうが、足軽であろうが、戦闘行為など所詮《しょせん》は人の為す業である。最後は想いの強いほうが勝つナマモノである。微妙な士気の高低で勝負がついてしまう。そのために三日三晩食を断ち、女色も断った。己の中に毘沙門天を呼び込み、ついには同化した。自己暗示に長《た》けたのもあったろうが、要するに誇大妄想狂のマゾヒストである』

自分を追い込むために、マゾ的行為に走る。

マゾ的行為で勝負となれば、僕以上のマゾ野郎はおるまい。毎晩、毎晩、天井裏のさちの妄想にもんどりうった僕に隙はない。別に意図してきたことではないし、夜這《ば》うには意気地がなさすぎたというのもあるけれど、何より女子を狂おしく思う日々は無駄ではなかった。そう、今知った。

僕は、さちを思い浮かべた。

さらりとした黒髪を思い浮かべた。蕾《つぼみ》のような唇を思い浮かべた。森奥の泉のごとき瞳《ひとみ》を思い浮かべた。四肢に余計な力が漲《みなぎ》り、股間《こかん》がもぞもぞと脈打ち始めたけれど、下腹に力を入れてなんとか押さえつけた。淳峰堂《じゅんぽうどう》で見た白くまばゆい裸体が浮かんだ。受け止めた。その華奢《きゃしゃ》な肩越しに香る女子そのものを受け止めた。耳奥をくすぐるような彼女の声色を受け止めた。そして気高い精神を受け止め——いや、それはまだ受け止められぬ。彼女は僕より人間として品が上である。しかし相手を上と受け止めることは出来た。自分がまだ足りぬ、と受け入れた。足りぬでよい、と思った。僕はすでに裸である。これ以上でも以下でもない。もう逆さに吊《つ》されようと何も出ない。人は実力以上のことを目論《もくろ》むとき、無用の力が入るのだ。いつでも裸一貫でことに臨めばよいのだ。そう、この身ひとつで明日ぶつかればよい。

布団の上でじたばたともがいたあげく、乱れた布団の上で僕はいつしか眠りに落ちた。

明朝、六時である。

撮るぞ、と叫んでいた。最初のカットは大学正門前である。久世により三脚が固定され、亜門は露出計を構えた。伊祖島氏はカメラを覗《のぞ》き、亜門の報告により細かく露光を調整した。宝塚はひたすら老警備員に頭を下げて押さえていた。

「これより一分間のカットを切り取る。総員、息を止めよ。気を溜《た》めよ。明日の撮り直しがあると思うな。本日ここよりすべてが始まり、『少女キネマ』にまつわるすべてを終わらせる。よおおおおおおおおい、スタート！」カチン、という音とともにトリガーが押され、三十年以上の時を超え、ZC3000は再び躍動を開始した。無数の一瞬を一秒二十四コマのフィルムに焼き付けていた。「次、正門前、ケヤキ並木方面へ反転。人ひとり通すな。車もだ。亜門、露出は伊祖島さんに任せろ。久世と一緒にケヤキ並木の先、五日市《いつかいち》街道両車線を止めよ」「無茶だ」宝塚が叫んだが、僕は云い返す。「怒り狂ったドライバーが出たらおまえが殴られろ。一分でいい。時間を稼げ。撮影が終わったあと、殴られた三倍僕を殴れ」亜門は無言で頷き、四道路へと駆けた。マジかよ、と云いながら久世も続く。宝塚はしばらく僕を睨んでいたが、倍だ、と呟《つぶや》いて走り出した。「よおおおい、スタート！」伊祖島氏がトリガーを押す。息を止めて天を睨みつつ、その長い長い一分間を切り取った。「よし、オッケー！」僕は怒鳴り、遥《はる》か先の五日市街道ではクラクションとともに数台の車が飛び出した。「次、芝生の草。アップ」その指示に、伊祖島氏は無言でカメラを三脚から外して手持ちにした。「二十秒」「了解」伊祖島氏がトリガーを押したとき、息を切らして亜門たちが戻ってきた。何か文句を云いたげな久世と宝塚であったが、すでに撮影が始まっているとみるや黙って待機した。「次、本館最上階！」僕は老警備員に向けて怒鳴った。「開けろと云うのかい」「開けてください。僕が鍵《かぎ》を盗んだことにしてもいい」そう斬りつけるように云うと「あんたは火の玉だ」老警備員は肩をすくめた。宝塚と久世が呆《あき》れる中、亜門はずっと嬉《うれ》しそうに肩を揺すっていた。「ここからは四方を九十度ごとに切り取る。各カット三十秒ずつ。伊祖島さんはフィルム交換。亜門、久世、宝塚は下で人が通りかからぬよう待機」駆けながらの僕の指示に、伊祖島氏は無言で三脚とカメラを持って駆けた。老警備員もつられて走る。放たれた屋上での四方面のカット撮影が終了すると「次は井《い》の頭《かしら》公園に移る」僕はそう命じた。駅方面に五人で移動する。「井の頭公園の池を撮る。水面を撮る。その後、学生の増えた大学で人間だ！」「人間も撮るのか」宝塚が叫び返した。「そうとも」「なぜだ」「人は集団の中にいるときに一番孤独を感じるのだ」「だから、なぜ孤独を――」宝塚の問いは人波に消された。駅前はまだ朝早い時間だというのに、もう駅に向かう人通りが密であった。まだ開いてもいない商店街の間を、通勤途中の人々が足早に駅へと向かう。人よりすこしでも早く駅に到着しようと互いに抜き合い、ぶつかり合う。僕たち五人組もその流れに散らされた。「愉《たの》しき哉《かな》」気がつけば、僕の隣には裸の人間が大勢いた。淳峰堂に巣食う今は亡き創作者たちが、素っ裸で皆酔ったように踊りながらついてくる。「善き哉」「生きるとはかくあるべし」次から次に僕に語りかけてくる。それらを無視しつつ僕は駆けた。「愉快、痛快」いつしかそこには布袋尊《ほていそん》がいた。やっぱり裸で、鏡餅《かがみもち》のような太鼓腹をさらしていた。にこにこと笑いながら「やあ」と云ってきた。僕は「この無責任なホームレスめ」と罵《ののし》った。その福々しい顔を睨みつけ「だが、さちさんと引き合わせてくれたことには感謝する」と告げると、うはは、と布袋尊は笑った。こちらの腹の底が温かくなるようなおおらかな笑いであった。「待て、十倉」久世が叫ぶ。「待ってくれ」涙声で叫ぶその声に「待たぬ」と僕は答えた。「おまえが急げ。太陽は待ってはくれぬ」三脚を持って走る。「時は待ってはくれぬ。逸《はや》る気持ちも待ってはくれぬ。同じ光で勢い良く撮らねばならぬ」駆けた。振り返れば、僕の後ろには伊祖島氏が汗だくでカメラケースを持ち、亜門が歯を食いしばり続く。久世はひょろひょろと蛇行し、宝塚は殺意を込めた眼差《まなざ》しで僕を睨んでいた。押し寄せる人波に久世が遅れていく。その久世と目が合った。急げ、と云いかけると「おかしいだろ！」涙目で久世は叫んだ。「ボクの幸せはどこにあるんだ！」美しく凛然《りんぜん》としたＯＬたちに囲まれ、そんな訳のわからないことを泣き叫んでいた。「これだけ女子がいるのに、ボクの横には誰もいない。ちくしょう」「人それぞれ出逢《であ》うべき人との時機はある」僕が云うと「ボクのはいつだ」久世は尋ねてきた。「知るか」「おまえはいい。さちさんがいる。でもボクにはいない。もう合コンにも疲れた。やればやるほど運命の人から遠ざかっていくようだ」「久世、久世」僕はアーケードの隙間から見える入道雲の名残を指差した。「人には想像力がある。もっとそれを行使しろ。おまえの未来のお嫁さんも同じようにひとり耐えていることを知れ。あの雲の下、どこか見知らぬ街でまだ出逢わぬ女子がおまえを想って懸命に生きていることを知れ。男子のおまえが泣いていて、幸せに出来るか」「うおお」久世は泣き笑いのような表情で雲を見上げて吼《ほ》えた。「その街はどこだ」そのまま「どこだ」と叫びつつ人波に呑《の》まれていった。「久世！公園のあとは、また大学だ！」そう久世の消えた辺りめがけて叫んだ。だが、僕は覚悟した。この撮影中、何人が脱落するか。映画とは妄想の結晶である。妄想を切り取るためには妄想に突入せねばならない。己が一番立ち入りたくない心の聖域に踏み込まねばならない。そこはもう狂気の境目である。そしてそこから見える景色とは、この世のものではないのだ。才条《さいじょう》の見た景色とはそういうものなのだ。生半可な気概では切り取れぬものなのだ。そのとき、亜門があっと叫んだ。そして露出計を首から下げたまま、井の頭公園の方向とは反対の駅の方に足をひるがえした。「そっちではないぞ、亜門」が、亜門は止まらない。「おい、亜門」人波に流された。無数のスーツ姿の人々、学生たち。おしゃれな服装に身を包んだ若者たち。「おまえらどこに行く」宝塚の声が聞こえた。「こっちですよ」伊祖島氏も声をからしていた。「宝塚、伊祖島氏の帽子を目印にしろ」僕は叫んだ。「亜門は、僕が連れて行く」

三脚で人波をかき分けるように亜門の若白髪を追いかけた。「おい亜門、止まれ」だが亜門は止まらない。何事かうわごとのように呟きながら猛然と駅方向へと向かっていた。

さらに人ごみをかき分け、僕は亜門の肩を摑《つか》んだ。「亜門、しっかりしろ」「いたのだ。あの人が。あの人がいたのだ」「あの人とは誰だ」「篠崎《しのざき》さんだ」「篠崎さんとは誰だ」「俺の」亜門は叫んだ。「俺が恋い焦がれている人だ。もう、八年も想っている」「なんだと」僕はのけぞった。女人を語ること哲学者のごとく、恋を語ること仙人のごとし——そんな亜門次介《つぐすけ》の印象が根底から崩壊した。「おまえ、好きな人がいたのか」「当たり前であろう。俺は木石ではない」「ははははは」僕は笑った。「何を笑う」亜門は僕の手を振り切り、先へ進む。僕と亜門の間にサラリーマンが割って入った。「すまない。嬉しかったのだ」僕はそのサラリーマンを抜き返し、再び亜門の太い腕を摑んだ。「人の恋路の何が嬉しいか。そんなもの犬の糞《ふん》ほどの価値もなかろう」「そんなことはない」「離せ、十倉《とくら》」亜門は僕の腕を振り切り、駆けた。何人かにぶつかりながら駅の改札へと出た。ようやく追いつくと、そこで必死に左右に首を振る亜門がいた。「見失った。見失ってはならぬ人を。俺はもうここで待つ」「待つといって、いつまでだ」

「わからん。やっと見つけたのだ。未来永劫《えいごう》ここで待っている方が効率的であろう」

「馬鹿か。明日の同じ時間にここで待っていろ」

そう云うと、亜門は僕を睨《にら》み、叫んだ。

「俺の人生などその為にしかない。彼女を見つける為だけに生きてきたのだ」

その言葉は、僕の薄い胸を深く打ちつけた。

「彼女は、父親の秘書をしていた。家にもよく出入りしていた。特別美人というわけではないが、俺はいつしか彼女に憧《あこが》れるようになった。小学校六年のときだ」

亜門は、鬼瓦《おにがわら》のような顔からぼろぼろと大粒の涙をこぼして云った。「俺が高校一年のとき、親父と彼女は失踪《しっそう》した。彼女は親父とつき合っていたらしい。親父が俺や母親を捨てたことより何より、俺は篠崎さんが親父の手に落ちたことがショックだった。あんな映画を撮ること以外能のない男のどこがよいのか。一年に一度、命賭《が》けの恋をしているようなくらげ野郎のどこがよいのか。俺の高校生活は寝込んだ母親の介抱と彼女を忘れる為に漢詩を読みまくることで過ぎ去った。だが高校三年のときだ。父親だけがヌケヌケと家に戻った。彼女にふられたと云って泣いていた。親父は俺に向かって失恋話をしたのだぞ。より大きな痛手を負っている俺にだ。頭がおかしいと思わないか。父親どころか、男子の風上にもおけぬと思わないか」「それで、映画監督を恨んでいたのか」そう口にした瞬間、思い出した。「そうか。おまえが吉祥寺《きちじょうじ》に住む理由というのは」「そうだ。俺はまだ篠崎さんを忘れられなかった。むしろ俺の恋は父親がふられたことにより燃え上がった。何度も忘れようとは思った。家庭をめちゃくちゃにした女である。魔性である。二年の放浪の旅にも出た。だが、それでも忘れられなかった。旅から戻った俺は、彼女が親しくしていた人間から現在彼女が暮らしている街を聞き出した。東京だ。ここ吉祥寺である」そこで亜門は僕の襟を摑んで引きずった。「笑え、十倉。俺を笑え」「笑うものか」僕も亜門の着流しの襟を摑んだ。「笑うものか」僕の目からも涙がこぼれ落ちた。「女は魔性だ。まだ気魄の練られていない時期に出逢えば男はもだえ苦しむに決まってる。それは僕もおまえも同様だ」ぐうう、と歯噛《はが》みして亜門はひと目も憚《はばか》らず慟哭《どうこく》した。見事に僕と亜門の周囲二メートルは余人の近寄れない領域となっていた。

「もう止めぬ。ここで待て。石となろうとここで彼女を待て」

亜門は涙と鼻水でぐちゃぐちゃになった顔で頷《うなず》いた。

「だがその想いは貸してくれ。『少女キネマ』に貸してくれ。篠崎さんへの」「その名は云うな」「わかった。その想いを貸してくれ」「掃いて捨てるほどあるので全部持っていけ」

亜門と固く握手をして僕は井の頭公園へと向かった。久世と亜門の離脱は、しかしかえって僕の気を引き締めた。修羅のような目つきで伊祖島氏と宝塚に指示を飛ばした。少数とはいえ、暴想の鬼と化した僕と自主制作映画を極めたと謳《うた》われる伊祖島氏、それに現在のキネ研部長である宝塚の撮影技術に疑いはない。たった三名の撮影スタッフはさながら雷雲を発する一匹の竜と変化した。僕の暴想に、宝塚の超人的な段取りが呼応し、そこに伊祖島氏の神がかったカメラワークが続く。

だが井の頭公園での撮影を終え、大学へと戻る昼頃、伊祖島氏が呟《つぶや》き始めた。「映画を撮る人間にとって向こう側とは何なのか。皆、どうしてそれを切り取ろうともがくのか」そんなことをぶつぶつと云った後、「私はここまでミスをしていない。していない」と繰り返していた。

僕としてもミスなどされては困る。今日と同じテンションなどもうあり得ないことである。だが、そのテンションの高さはひたすら伊祖島氏へのプレッシャーに変わっていたのだ。頭の中で複雑に計算して、露光の調整をする。しかも室内用のタングステンフィルムの感光のずれまで計算に入れなければならない。無口になるのは無理なかろうと思っていたが、しかし、どこか壊れたロボットのような呟きを始めた伊祖島氏を見るに及び今日初めて迷った。すこし休憩を取るべきか。スタッフを緊張させたままでは、それこそどこかで本当にミスが生じるかもしれぬ。だがあと七カットほどで終了である。二時を過ぎれば太陽光もずいぶん変わる。基本照明を使用しない『少女キネマ』ではそこは致命傷なのである。眼前に大学の正門が見えたとき、僕は決断した。鬼となろう。才条ならばそうしたはずである。九時を回り学生の増え始めたキャンパスを指し示し、伊祖島氏に命じた。「群衆を撮りつつ、その中に孤独を感じさせる画を」だが、さすがに伊祖島氏である。いざスタートの声がかかると機械のように撮り切ってみせた。腕、上半身を完全に固定し、下半身の動きだけで、カメラをパンさせる。奇妙な帽子をかぶり、奇怪な動きを見せる伊祖島氏を、誰もが奇異の目で見たがそのようなことに心惑わされる伊祖島氏ではない。僕もその動きに安心して、脳内を暴想させた。ここまで撮り溜《た》めたカットを頭の中で組み立てて、次のカットを決めた。中庭の真ん中にカメラポイントを指示したとき、伊祖島氏の目が小刻みに泳いでいるのを見た。

僕も彼の視線の先に目を移した。そこにはオータムコートに身を包んだキリコ嬢がいた。千年を経た邂逅《かいこう》を思わせる視線で、伊祖島氏を見つめていた。

「ここからは怖い」

伊祖島氏は、どこか震えた声で云った。

「君のここまでのカット構成は合っている。恐ろしいほど映像理論的に正しい。だからこそ恐ろしい。ここから先、何かが起こる。このまま撮影を続ければ、君は才条くんの見た光景を切り取る気がする。本当に向こう側を切り取ってしまう気がする」

「何を云っているのですか」

「十倉くん――」

伊祖島氏は、泣きそうなほど歪《ゆが》んだ顔で云った。

「かつて私は逃げた。いや、今も逃げている人間なのだ」

その言葉に足を止め、僕は伊祖島氏を見つめた。

「才条くんが認めた才能とは私のことではない。むしろ、私は罵倒《ばとう》された側の人間なのだ。あちらに踏み込めば、彼女を失う。だが彼女を得たら、あちらを見失う」

伊祖島氏は、キリコ嬢をひたと見据えたままそう告げていた。

「それが、あなたが映画を撮らなくなった理由ですか」

「そうだ――向こう側の世界を切り取るには向こう側に踏み込まねばならない。しかし身近に大切にしたい、一緒にいたい人間を見つけてしまった私の足は止まった。映画に身を殉ずる覚悟が揺らいでしまった。あんなに辛《つら》い想いをしなければ見られない光景など、見たくない。そしてあれほど愛した映画を恐れるようになった理由を彼女のせいにもしたくない。断じてしたくない。だから、逃げたのだ。友楼館の呪いのせいにして、映画から、彼女から逃げたのだ」

そのとき、キリコ嬢の唇が動いた。

撮ってください、と彼女が発する前にそれがわかった。キリコ嬢はそういう人間である。友楼館の呪いが自分に向く限りはわずかにも怯《ひる》まぬが、それが愛する人を浸食していると見るや潔く身を引く人間なのだ。

瞬間、雷撃が走り「馬鹿者」と僕は叫んだ。誰に何を怒っているのか、このときの僕には理解できぬ。だが猛烈に間違っている、と叫んだ。「馬鹿者」もう一度叫んで、キリコ嬢のもとまで走り、手を取って伊祖島氏のもとに引っぱり連れてきた。「好きあっていてなぜ離れるか。人は好きなことをするために生きているのだ。好きなことをするために嫌なことも乗り越えるのだ。たったひとりの女子と出逢《であ》いたくてむなしく合コンを続ける男もいる。たったひとりの女子を八年も追いかけている男もいる。それなのに出逢っておきながら一緒にいないなど、そんなものは天に唾《つば》する行為である。好きな人と一緒にいるのは人生において、最上の目的である」

伊祖島氏はただずっとキリコ嬢の瞳《ひとみ》を見つめ、そして小さく「すまない」と項垂《うなだ》れた。

「ここまでだ。私は彼女とともにいる」

いいのです、と伊祖島氏とキリコ嬢を見送った僕だったが、途端に途方に暮れた。

とここまで来て、カメラマンを失いどうするのか。

「カメラはオレがやってもいい」

突然、宝塚がZC3000を構えた。「だが条件がある。コンテを寄越《よこ》せ」

「そんなものはない」

「ないだと」

ふざけるな、と唾を飛ばされた。

「どういう映像を切り取るつもりだ。『少女キネマ』をどうするつもりだ」

「完成させるつもりだ」

「その完成イメージをオレに伝えろ、と云っている」

「僕の頭の中にしかない。紙に描こうともがいたが、描けば描くほど嘘となる」

その言葉に宝塚は真っ赤になって押し黙った。だがやがて「付き合いきれぬ」そう云って、宝塚はカメラを下ろした。

僕はその場に正座し、手をついた。地べたに頭をすりつけて云った。

「宝塚。僕ではZC3000は扱えぬ。頼む。あとすこしだ」

「無理だ。オレは伊祖島さんではない。おまえと感性も合わない。絵コンテが必要だ」

地にカメラを置き、立ち去ろうとする宝塚の背中に僕は云った。

「この映画の結末を知らねば、おまえはきっと後悔するぞ」

宝塚も振り返り、云った。

「後悔などもうしている。あの映画の続きをおまえがどう切り取るのか見たくなってついてきたが、まるで暴走機関車だ。見ろ、おまえの背後には誰もいない。映画とは、無数の人々が力を合わせて初めて完成するのだ。ひとりで突っ走られても困るではないか。それでは助けたくとも助けられないではないか。それではまるで――まるで、才条三紀彦《みきひこ》ではないか」

僕は乾いた土を睨《にら》みつけたまま、頷く。

「だが、それが才条の歩んだ道であり、僕は今それを追っている。ここまでは道を間違えたつもりはない」

「それは、あとどのくらい続くのだ」

「七カットで終わる」

「それで、あの空白のラストシーンが撮れるのだな」

宝塚の問いに、僕は唇を噛《か》み締めた。

「まだすべてはわからぬ」

「なんだと」

「ひとつひとつ風景を丁寧に切り取っていったその果てに、初めて見えるであろう」

「話にならぬ」

再び去ろうとした宝塚に、僕は云った。

「だが最後のカットの場所だけはわかる。それは、才条が死んだあの七号館屋上だ」


宝塚は、そこから六カットきっちりと撮り切ってみせた。

そして、僕たちは最後のシーンであるそこにたどり着いた。

工学部棟、七号館屋上である。あの日、才条が空を駆けた場所である。

風が吹いていた。

わずかに冷気の混じった、秋の涼しげな風が屋上を渡っていった。

三脚をそこに下ろし、前に進んだ。古い金網を乗り越えて、室外機の向こう側——屋上の縁《へり》へと近づく。宝塚もZC3000をカメラフォルダーで背負うように肩にかけ、続いた。幾つもの室外機を越えて僕はそこに立った。

真新しい金網の向こうには、いつか見た光景が広がっていた。武蔵野《むさしの》台地と呼ばれるかつての広大な森林地帯。今では無数の家々が建ち並び、ビルが林立する。遠く新宿《しんじゅく》の高層ビル群がそびえ、それも青く澄んだ大気に霞《かす》むようである。

そこで目を閉じ、頭の中で『少女キネマ』を最初からすべて再生させた。何度も何度も繰り返し観たので、そのすべてが鮮やかに脳内に満ちる。そして空白のシーンに入ったところで、今日ここまで切り取ったすべてのカットを頭の中で繋《つな》げた。ピアノの旋律とともにそれらは静かに融合していった。

「どうする」

宝塚の言葉に、目を開けた。

僕の考えが正しいとすれば。

『少女キネマ』が、そもそも映画などではないとしたら。

あいつはここで景色を切り取ろうとしたわけではない。ヒロインの登場しない映像である。最後にあるべきなのは、明確なメッセージのはずである。どこか。それはどこに存在するのか。室内から始まったカットは、流れるように学生たちに移り、誰もいない教室、廃墟《はいきょ》などに続く。空を捉《とら》え、水面を捉え、風を捉える。そのすべてにもういない少女が息づく。観るものはそこに心打たれる。不純なものをそぎ落とし、ものをものと捉えない映像オブジェの連なり。それが『少女キネマ』である。この高所からの光景をオブジェとするならば、ここで目に映るすべてのものを除外しなくてはならぬ。それでいてここからでしか撮れないものとは——

そのとき、僕はそれに気がついた。

校舎と校舎。ビル群と大空。四方を刈り取られたその小さな点景には主役がいた。

「あれだ」

指差したその先には、確かに何かがある。

だが、それはここからでは大銀杏《おおいちょう》の枝が邪魔をしてよく見えない。

「葉をなめながら撮影しても、あれは無理だ」

「わかっている」

僕は苛々《いらいら》として云った。

「だいたい、あれはなんだ」

「僕だってよく見えない。あそこに何があったかもいまいち思い出せぬ」

「どうしてあれが最後のカットだと思うのだ」

「おまえでもわからないか」

「どういう意味だ」

宝塚の問いを無視して、僕はZC3000をやつから受け取った。

そして、その被写体にカメラを向けてみた。ファインダーでそれを捉え、ズームしてみたがやはりよく見えない。葉が拡大されてボケるのみである。

「あれは無理だろう」

そう告げる宝塚に、僕は、ズボンのベルトを外せ、と云った。

「ベルト？　何に使うんだ」

　僕も自分のベルトを外し始める。早くしろ、と宝塚を急《せ》かし、無理矢理ジーンズのベルトを外させた。それらのバックルを逆さまに組み合わせ、革製の輪を作った。

「おい、まさか」

「才条はひとりであれを撮ろうと思ったのだ。だが、落ちて死んだ」

「無理だ。ちゃんとした機材をキネ研から持ってくるから待て」

「もう時間がない。明日も晴れるかわからん。太陽の光もぎりぎりだ。露出だけ合わせてくれ。ひとカットくらい僕が撮っても才条は怒るまい」

「やめろ。おい、危険だ」

　無視して金網を乗り越え、そのフレームに一度接合を外したベルトをかけた。そのままま輪を作る要領でベルトを装着する。そこに僕は自分の身体を通した。そしてZC3000を握りしめた。

「行くぞ」

　そのまま、ふたつのベルトを合わせた革にすべての体重を預け、屋上から身を乗り出した。

　風が足下を吹き抜けた。

　遥《はる》か真下を通る学生たちの話し声が、風に混じり耳に届いた。心臓が破裂しそうなほど高鳴る。血流がものすごい勢いで体内を駆け巡る。つま先をそっと四階の窓枠にかけた。二センチほどの出っ張りだが、それでも有り難い。そこに足をかけるようにして、伊祖島氏の云っていたことを思い出しながら、カメラを構えた。脇を締め、上半身すべてでカメラを固定する。ゆっくりとファインダーを覗《のぞ》いた。そして、それを知った。大銀杏の向こうに見えるのはただの小汚いベンチであった。確かいつかキリコ嬢と一緒に座った図書館の隣にあるものであった。

「ベンチだ」

「は？」

「あそこにあるのはベンチだ。図書館脇の」

その言葉で、宝塚が、まさか、と云った。

「最後のカットは本当にそれで合っているのか？」

僕は身体を屋上からつり下げるような姿勢のまま、考えた。最後にもう一度、目を瞑《つむ》り今日撮ってきたすべてのカットを頭の中で繋ぎ直す。そして、頷《うなず》いた。

「間違いない」

撮るぞ、と再びファインダーに目を当てる。

だが、その光景はどうにも美しくない。ここまで才条や伊祖島氏の映像を見続けてきた僕の映像審美眼が肥えてしまったのかもしれない。

「駄目だ」

「何が駄目だ」

「美しくない」

そう云って、すこしだけ身体をずらした。足下に注意しつつ、そろりと一歩前に進んだ。

「おい、危ないぞ」

宝塚の声がしたが、もう僕の意識はファインダーの中のベンチに集中していた。音が消える。

風を感じなくなる。自分がとても不安定な体勢でカメラを構えていることが気にならなくなる。ずっと思っていた。ドキュメンタリー企画などで一番えらいのはカメラマンであると。よくタレントが泣きながらエベレストに登頂したりする企画ものがあるが、そこには必ず重いカメラを持ってすべてを切り取っているカメラマンがいるのである。顔も映らず、場合によっては存在すら注視されず、彼らはそこにいる。それを不幸だと思ったこともある。だが、そうではないと知った。彼らはカメラを手にしたとき、すべての人間性が宙に溶けるのではないか。一個のカメラと化すのではないか。そこにある最高の画を撮るためだけに存在する高潔な意思となるのではないか。今の僕もそうであった。あれがなんであるかは知らない。あのベンチが『少女キネマ』の最終カットであるかどうかはわからない。だが、ここから覗ける風景の中で、あれだけが異質なのだ。浮き立つように何かを主張しているのだ。才条がここで切り取るとしたら、なぜかあの古びたベンチでしかないような気がした。撮る。僕は、あれを切り取る。息を止めた。ただ、対象を捉える。そのすべてを抱きしめるように、見つめる。そして雫《しずく》が落ちるように、トリガーを押す——

《それが、俺の計算違いだった》

そのとき、声が聞こえた。

《しかし——まさかおまえがここにたどり着くとはな》

その声を聞きながら、僕は重力に身体が搦《から》めとられるのを感じていた。

ベンチをただ一番美しく捉えるべく、もう半歩と前に進んだそこには、足場はなかった。バランスを崩した僕の体重は一気にベルトへと伝わり、安もののベルトのピンは、ばちんと折れ曲がった。つまり、ベルトは外れた。次の瞬間、僕の身体は虚空にあった。

時が止まったかのようなその世界で、僕はトリガーを引く。

ZC3000が起動する。

そして、ベンチを切り取った。

多分、時間にしてほんの零《ゼロ》コンマ何秒だけだろう。そこから先は何のことやらわからぬ落下映像となるに違いない。だが、その瞬間、そのベンチは限りなく美しかった。やはり間違いではなかったと叫びたくなった。僕は捉えた。才条、おまえが切り取ろうとしたものを、僕は捉えた。それなのに——このまま落下したならば。フィルムは。カメラは。さちが貸してくれた大事なカメラは。ようやく切り取った『少女キネマ』が。

《気にするな》

その独特の皮肉めいた口調は、耳奥で囁《ささや》いた。

《そんなぶれた画は俺の欲しい画ではない。それがおまえの限界だ。おまえは踏み込みが甘いんだ。それでは向こうの世界は撮れない。つまり——》

つまり——？

《俺に起きた計算違いは、おまえには起こらない》

虚空に投げ出されたはずの僕の身体は、宙で止まった。

背後から六本の腕が伸び、僕の服が破れるほど摑《つか》んでいた。

止めていた息が復活するのと同時に頭上を見上げた。晴れ渡った蒼天《そうてん》には、三つの顔が必死に僕を見つめていた。亜門と久世と伊祖島氏であった。

「早く、こっちに来い十倉」

久世がそう云い、

「カメラは死んでも離すな。それではおまえの友人と同じだ」

亜門が無愛想に告げた。

「撮れたのか」

屋上にまで引きずり上げられた僕は、亜門にそう訊《き》かれ首を振った。

「撮れたが――カットとしては使えないだろう」

そう口に出してから、ようやく身体中に震えがきた。

そのまま、がくがくと震え始めた膝《ひざ》を両手で摑んだ。

「駄目だ。僕は、切り取れなかった」

「馬鹿野郎」

その声に顔を上げると、宝塚が放心したように僕を見つめていた。

「死んだらどうする。またキネ研から死者を出すつもりか。廃部にしたいのか」

宝塚の眼鏡はまたずり下がっていた。

自分で刈ったような短めの髪も、風に吹かれて乱れていた。

「で、この映画は完成するのか」

久世の問いに、僕は俯《うつむ》いた。

「正直、わからない」

しばらく、ぼうっとそこに座り込む僕を黙って見つめていた亜門たちではあったが、やがて膝の震えが止まったとみるや手を貸して立たせてくれた。

「で、結局、『少女キネマ』とは何だったのだ」

久世のその問いかけに、僕は夢遊病者のように淡々と答えた。

「ラブレターである」

その言葉に「はあ?」と全員が目を丸くした。

「あれは芸術作品とか、映画とはなんぞやと苦悩して撮ったものではない。〝少女キネマ〟というのもタイトルではない。恋する女性への唯一のメッセージである。不器用な才条が心を込めて描いたラブレターである」

その言葉に、皆絶句していた。

皆──いや。ひとりを除いて。

僕は、続けた。

「才条三紀彦は恋をしていた。僕が知る限り生涯初めての恋であったろう。僕はそのことにもっと早く気がつくべきであった」

「ちょっと待て、十倉」

久世が割って入った。

「恋していた少女に対するラブレターなら、その娘を自分の映画に出演させればよいだろう。映画を撮るようなやつならば皆そうする」

「まあ、久世ならそう思うだろうし、その言葉で僕は真実から遠ざかった、というのもある」

「なんだ、真実って」

僕は宝塚を見た。

その男とも思えぬ華奢《きやしや》な身体つきと、すぐにずり落ちる眼鏡を見た。

僕の視線に、亜門も、久世も、伊祖島氏も、全員が全員、宝塚八宏《やひろ》を見た。

「おい、まさか」

久世の声が上擦り、亜門は半口を開けた。

「そう、才条が恋した少女とは」

皆が息を呑《の》む中、僕は宝塚に云った。

「少女キネマとは――宝塚八宏、君のことだ」

映画作りには、三度打ち上げがあるという。

ひとつは全撮影を終えたクランクアップ。そして、編集作業を終えたフィックスアップ。最後に音入れも終わった完パケといわれる状態になったとき。今回、録音に手間がかからない分、作品の出来不出来を決めるキモは撮影と編集にかかっていた。そしてすべての撮影が終わった今――僕は、最後のキモ、編集に苦しんでいた。これだけは誰も助けられないので監督という立場の人間がひとり葛藤《かっとう》しなければならない。映画が監督のものであるといわれる所以《ゆえん》である。

そして、今日もまたひとり僕はキネ研の部室で呻吟《しんぎん》していた。それはキネ研部員たち、ひいては宝塚の好意ではあるのだけど、部の映写機とスプライサーを提供してくれたのだった。伊祖島氏のスプライサーは古かったし、部の映写機は音の調整が利くので、それは助かった。そしてそこで映写された伊祖島氏と宝塚の切り取ってくれた映像は素晴らしかった。まさに『少女キネマ』にふさわしい質感である。だがそれに惚《ほう》けている暇はない。それらを震える手で切り刻みながら、スプライサーで繋《つな》げていった。こんなもんかな、というところで映写機にかけてみる。しかし、ぜんぜんイメージ通りではなく、己に失望しながらまた各カットの長さを調整する。その繰り返しであった。

そして、嗚呼《ああ》――

ここにこもり、どれほどの日が過ぎたのか。

僕は、この牢獄《ろうごく》のような部室で、あの日の屋上でのやりとりを思い出している。

『宝塚が、少女キネマってどういうことだよ？』

久世の素っ頓狂《とんきょう》な声に、僕は説明した。

『才条が、キネ研で唯一認めた相手は伊祖島さんではなかった。伊祖島さんは技術があるがゆえに、あっち——つまり人が思考の果てに垣間《かいま》見る絶界に踏み込まなかった。踏み込まず、向こう側を観るものに想像させる。それが出来た。だが、それは才条には許せぬことであった。あいつは自分の映画観において、それは不純だと決めつけたんだろう。だからあいつはクソだ、と云った』

『その通りです』

伊祖島氏が頷《うなず》いた。

『あの日、新歓での上映会には新入生である彼女——つまり、宝塚くんの高校時代の映画祭受賞作もかかっていた。それは私の発案なのですが、彼女を部員たちに言葉で紹介するよりは作品を観せたほうが早いと思ったのです。それを観た才条くんは云った。〝ほとんどがクソだ〟と。つまり、宝塚くんの作品以外がクソだ、という意味です』

僕は続けた。

『伊祖島さんは、その意味するところを明確に悟った。だから映画を撮らなくなった。家庭教師をしていた少女に恋をしていた伊祖島さんは、精神のぎりぎりまで踏み込む覚悟が揺らいでいたのかもしれない。だが、宝塚。おまえは違った』

宝塚は、力なく僕を見た。

『おまえの作品を観た才条は、僕に手紙を送ってきた。東京にはすごいのがいると。僕はてっきりそれが伊祖島さんのことだと思っていた。だがそれは違った。才条が認めたのはおまえだったんだ』

『あの日、衝撃を受けたのはオレ――いや、私の方なんだ』

宝塚は囁《ささや》くように云った。

『あの日まで、私はとんでもない天狗《てんぐ》だった。高校時代には自分以上の作品を撮るようなやつなどいなかったし、プロ全体を見回しても私が考えている路線で映像を切り取っているやつはいなかった。だが、ある日ぴあフェスの入賞作品で、伊祖島さんの作品を観た。プロの現場に潜り込むか、留学するか。迷っていた私は、この大学を選んだ。伊祖島さんのもとでならまだすこしアマチュアでも学ぶことがあると思った。だけど、そこにもうひとりいた。それが才条三紀彦だった』

蟬のようだと思っていた宝塚の声は、こいつなりに男っぽい声を出そうとしたことによるものであったらしい。今は歳相応の女子の震える声となっていた。

『才条が私をすごいと思ったって？　馬鹿な。私はもっと衝撃を受けたさ。聞けばあいつはすでにニューヨークインディーズでグランプリを取っているじゃないか。その映像もすごかった。〝湖老〟という作品のあの色、あの光。どうやって撮ったのか私にはまるでわからなかった。編集にしても私じゃ考えられないアイデアに満ちていた。このままでは私はこいつに勝てないと思った。もがき苦しんだ。憎まれ口を叩《たた》いてくるあいつが憎らしかった。こいつにだけは負けたくない、そう思って――すべてを捨てることにした。女人禁制といわれるキネ研の聖地に飛び込もうと思った。そこで四年のすべてを映画に捧《ささ》げようと思った』

『伊祖島さんは知っていたんですね』

僕が尋ねると、まあね、と伊祖島氏はわずかに微笑んだ。

『ずいぶん反対したのだけど』

『才条は云ったんだ。私には――女には無理だと。女は論理的に考えることが出来ないから、映像世界には向かないと。それが悔しかったんだ』

『あいつは誰にでもそんな憎まれ口を叩くやつである』

僕が云うと、宝塚は初めて泣き笑いのような表情を浮かべた。

『当時は知らなかったんだ』

『何にしてもおまえは、映画にすべてを捧げるために女を捨てた。髪を切り、やぼったい服装に身を包んでまで、男として、キネ研の魂、女人禁制の友楼館に移り住んだ。その姿勢に、才条は初めて同士を見たのだ。誰もが映画芸術において限界点を目指す。しかしその先の景色を切り取れるのはほんの一部の者だけだ。なぜか。とてつもない心的葛藤を伴うからだ。辛《つら》いからだ。だがこの世にはそれを目指さざるを得ない宿業に駆られた人間がいる。それが才条であり、おまえだ。才条は、映画のために女であることを捨てたおまえに心奪われたのだ。そしてそんなおまえを想って撮ったのが、「少女キネマ」なのだ』

『おまえはそれにいつ気がついた』

亜門が相変わらず叩き付けるように尋ねてきた。

駅前で慟哭《どうこく》していたときの顔を思い出して、おかしくなりつつも僕は答えた。

『「少女キネマ」を初めて観たとき、僕も衝撃を受けた。あいつはもう高校時代の才条ではないと。撮影技術が上がったというより、何か人として大事なことを経験したと感じた。でも、その何か新しく加わったものに妙な既視感を覚えたのだ。どこかであいつに感じたものであると。それは、やつから受け取った手紙であり、才条の一周忌に母親から渡されたやつの創作ノートであった。僕が浪人中にやりとりした手紙の中で、一番僕が女々しさを感じた、俺をもっと認めてくれ、と書かれた手紙。それがどうにもむずがゆくて僕はやつを罵倒《ばとう》するような返事を書いてしまった。それと同じ印象をやつのノートの記述からも感じた。文章の大部分は他人に見せるのも憚《はばか》られる痛烈な悪口である。だが、時折女々しい風景描写が入った。あいつのポエム気質が花びら満開で登場したようで身震いした』

『それは、つまりどういうことか』

『僕も初めはわからなかった。あいつは昔からふとしたときに女々しい言葉を吐くところがあった。僕はそれが苦手だった。しかしいろいろなことを経験して、みんな繋がっているのではないか、と思うようになった。そこからすべての断片が音を立てて嵌《は》まっていった。一番最初の違和感を見過ごしていたことに気がついたのだ。つまり、あの手紙だ。才条はあのような女々しい内容を僕に向けて書く男じゃない。つまり――あの手紙は僕以外の誰かに宛てたものであったのだ。間違えて僕に送られたものである、と気がついたのだ』

ああ、と伊祖島氏は宝塚を見た。

顔を歪《ゆが》める宝塚に、僕は尋ねた。

『ちょうど、あいつが死ぬ数週間前である。あいつから何か手紙が来なかったか』

来た、と宝塚は云った。

『内容は』

『早く来い、と一言だけ』

その内容に、僕の涙腺《るいせん》がぐっと緩んだ。

『私は、また何かの嫌みであろうと捨ててしまった』

宝塚は、眼鏡を外し涙を拭《ぬぐ》った。

最後に残った疑問を僕は口にした。

『宝塚。あの、最後のカット』

宝塚は赤い瞳《ひとみ》をこちらに向けた。

『あのベンチは、何か思い出の場所なのか』

『ああ』

宝塚は、一度唇を噛《か》み締め、そして優しく目を細めて云った。

『私はあそこで才条に告白された』

宝塚は、告白されても本気にしなかったらしい。

まあ無理はない。いつも憎まれ口を叩いていた才条のことである。伝わっていないと悟った才条は、別の方法で想いを届けようと思ったのであろう。自分の唯一の表現手段ともいうべき、映画で。だからこそ、この映画はなんとしてもそのあるべき姿へと、やつの想いの結晶へと導かねばならない。

そうではあるのだが――

しかし、この僕に出来るのか。確かに、苦労してすべての正しいコマは手に入れた。だが、それを正しい順番で正しい構成で繋《つな》げ得ることはまた別である。賽《さい》の河原でのたうち回るような、終わりの無い思考の迷路の果てに、僕は才条の名を呼んだ。

おまえなら、ここはどうするか。どうしたはずであるのか。

しかし、答えるものなどなく、コンクリート造りの部室はただ冷たい沈黙をもって応《こた》えた。果てしない孤独と重圧に叫び出しそうになった瞬間、ケータイ電話が鳴った。

《もしもし。どうですか編集の方は》

出ると、それは伊祖島氏であった。

《昇竜祭は明日ですが、間に合いそうですか》

「……明日?」

一度耳からケータイを外し、日付を確認して仰天した。

《一応、上映スケジュールは押さえました。宝塚くんもずいぶん部員たちを説得してくれたようです。上映は出来ます。あの作品は日の目を見ます》

伊祖島氏は、珍しく興奮したように声を弾ませていた。

《頑張ってください》

そう告げて電話を切ろうとした伊祖島氏は、ああそうそう、と付け足した。

《この間の屋上の一件でわかったのですが、最後の謎が解けましたよ》

何のことであろう、と首をかしげていると伊祖島氏は続けた。

《あの日、『少女キネマ』が未完で終わったことで何かが止まった。私も、そして才条くんを排斥していたキネ研の部員たちさえも止まってしまった。それは、人の死の持つ重みのせいかもしれませんし、映画芸術に挑むことの覚悟を誰もが思い知らされたせいかもしれません。この停滞した空気の澱《よど》む大学で、ひとり狂人のごとく『未来永劫《えいごう》変わらぬ何か』を追い続けていた彼の喪失は、それくらい重かったんです。けれど、今思えば、私たちにはまだ希望があった。それが、何だかわかりますか》

いえ、と答えた僕の耳に、その言葉は届く。

《君ですよ、十倉くん》

……え？

《〝十倉ならばどうするか〟――才条くんが口癖のように繰り返していたその言葉こそ、私たちの希望だったんです。この世のどこかに『十倉』なる人物がいて、いつか才条くんの想いを引き継いでくれる。私たちはどこかでそんな人物が存在することに頼ってひたすら生きてきたのかもしれません。才条くんだってひとりの人間です。物理的に無茶なカットは、アイデアに無意識にセーブをかけてしまう。鬼にならざるをえない監督といえどもやはり怖かったはずです。

けれど、君は違う。君だけは違ったんです》

震える手で、ケータイを持ちかえた。

《十倉くん、君は暴想の果てにその理想のカットにたどり着く。技術的に出来るか出来ないかではない。そんなことは映画素人の君にはわからない。だからこそ才条くんは、君をかけがえのない友人と認めたのではないですか。映画監督という生き物の理想形と認めたのではないですか》

いつしか頰が濡《ぬ》れていた。

僕の両目から涙がとめどなく溢《あふ》れていた。

そして今ようやく何かが再び動き始めたのを感じていた。ものごとに感動するという感覚器官が瑞々《みずみず》しく花開いていくのを感じていた。電話を切ると、袖《そで》で涙を拭い、僕は再びスプライサーに向かった。

才条、おまえも所詮《しょせん》ひとりの男子である。友楼館の住人たちが長年苦しんだ幻影——女子というものを切り取ろうとしたのだ。芸事以外、まるで不器用なおまえが全霊を賭《か》けて撮ったこの映画を僕は人目にさらすに足るだけのものにしなければならない。何度も湧き上がる嗚咽《おえつ》を抑え、手を動かした。ひとコマに至るまで考え抜き、精神を鎮めて繫いでいった。

「ずっと云いたかった」

暗い部屋にその言葉は響いた。

「僕だって君を認めている。ずっと認めている」

『少女キネマ』のラストへと続く一連のカット。

そのこだわりに手で触れ、切っては継ぎ足したその痕跡《こんせき》を見るに及んで、あいつが果てしない葛藤《かっとう》の末にここに行き着いたことを知った。天才などこの世にいない。無知な群衆が理解できぬものをそう呼べば便利だからそう呼ぶのだ。思い悩まぬ人間がいるはずがない。むしろ天才と呼ばれる人間ほどその苦悩は深い。理解されぬ世界をただひとり見つめ、報われることなく、暗い情念をもって自分にだけ見えた景色をひたすらに追う。その旅に終わりはあるのか。自分は今どこにいるのか。皆はどこに行ったのか。どうして自分はこのような辛《つら》い道をひとり歩いているのか。そんな闇の淵《ふち》で、おまえは宝塚を見つけた。

「嬉《うれ》しかったんだな」僕は云った。

「おまえは、幸せだったたな」

暗闇の中、とぎれとぎれに言葉は吐き出された。

——だがいいか、才条。

「僕は天才じゃない」

「だから、こいつを完成させる」

「恨みつらみは、いずれあの世で聞く」

「不恰好《ぶかっこう》でも許せ」

「これは、僕の精一杯である」

そのとき、部室の扉がそっと開く気配がした。

その者は、控えめな挙措動作で僕のすぐ背後に座った。

振り返らずとも、その温かな気配が誰かはわかった。

ひとつ大きく息を吐き、僕は云った。

「すべてが終わったら、お話があります」

美しい衣擦《きぬず》れの音が響き、はい、という小さな声が聞こえた。

好きですとか、つき合おうとか、お友達からお願いします、とかそんなまだるっこしい言葉は、我々の間には必要あるまい。出逢《であ》うべくして出逢った男女が交わす言葉はただひとつである。

結婚してください。

あなたが、高校を卒業したら僕と結婚してください。

そう云おう、とこのとき僕は固く決心した。子供は四人がいい。男の子ふたりと女の子ふたりである。大学を卒業したら懸命に働いて、庭つきの家を郊外に購入しよう。そこで皆笑顔でずっと仲良く暮らすのだ。そうだ、犬も飼おう。猫もよい。子供たちは鳥たちを好むかもしれぬ。そのときはそのときだ。みんな飼おう。週末には皆で車で出かけるのだ。景色のよいところならばどこでもよい。青空の下、皆で歌を歌おう。歌はもう決まっている。昔のアニメソングでぴったりなものがあるのだ。才条とその歌の秀逸さと評価の足りぬ不当さについて語り明かしたこともある。きっと子供たちも喜んで覚えるであろう。そして子供たちはいずれ尋ねるかもしれぬ。お母さんと私たち、どちらが好きなの?と。あどけない顔を輝かせて、僕が困る様子を楽しむであろう。だが、僕は答えるのだ。お母さんが世界で一番好きだと。かけがえのない存在であると。この不安定な世界でようやく出逢えた魂の片割れであると。それから僕は笑う。すこし不安げな顔をする子供たちの柔らかな髪に手を置き、優しく伝えてやるのだ。おまえたちにもいずれ必ずそのような存在が現れるのだよ、と。

涙と鼻水と薄ら笑いをまき散らし、僕は暴想していた。


明け方には、編集は完成していたらしい。

誰かは知らぬが、それを会場に持っていってくれたやつがいて映写機にかけられたのだという。

そして後に伝え聞いたところによれば――『少女キネマ』は鳴り止まぬ拍手と満場の喝采《かっさい》の中、無事上映を終えたのだという。


というわけで、不覚にも僕が目を覚ましたのはもう昇竜祭初日がほぼ終わる夕刻であった。ひたすら部室で安眠を貪《むさぼ》っていたらしい。

急いでキネ研の上映会場に駆け込むと、そこにはまだ人が溢れていた。相変わらず食えない魔法使いのような恰好《かっこう》の伊祖島氏がいて、相変わらず着流しだけの亜門もいて、相変わらずちゃらついた恰好をした久世がいた。宝塚はスカートを穿《は》いていたのですぐには気がつかなかったけれど、その姿を確認するなり僕はただ会釈した。宝塚も姿勢良く礼を返した。積もる話をする間もなく、なぜか興奮したキネ研やら演劇部やらその他大勢の見知らぬ連中に囲まれたが、それらを片端から押し返し、僕は亜門に尋ねた。

「さちさんは来なかったか」

「いや、見ておらん」

僕はそのまますぐに上映会場から駆け出した。

根性無しの僕のことである。今のこの超絶的な高揚感をもってしか出来ぬことがある。息せき切って友楼館へと駆けた。肺も破れよ、とひたすら駆けた。途中、二十歳にして見事に転んだりもしたけれど懐かしい痛みにほくそ笑むこともなく、駆け続けた。

友楼館の玄関に飛び込むと靴を脱ぐ間も惜しいと廊下を渡り、階段を駆け上がった。

部屋に飛び込み、大きな声で叫んだ。

「さちさん！　お話が。すべて終わりました。お話があります！」

切れ切れの息継ぎの合間に、さちの反応を待った。

だが、いつまでも天井は静まったままであった。

嫌な予感がして、襖《ふすま》を開け放ち、足をかけて天袋まで登った。そこの小さな襖も開けて天井の板を外した。中に顔を突っ込み、言葉を失った。

そこには何もなかった。

さちの布団も、小さな電気スタンドも、風呂《ふろ》用の洗面器も、ささやかな本のコレクションも、何もかも。まるでそんなところに住むようなやつがいるわけない、といったただの埃《ほこり》だらけの天井裏と化していた。

「さちさん？」

それでも、声をかけずにはいられなかった。あの謹厳実直なさちが、僕に挨拶《あいさつ》なしに住居を変えるとも思えなかった。僕は必死に身体を天袋にまで押し上げた。今まで何も感じなかったことではあるけれど、やってみて初めてそれがとんでもなく難しいことであると知った。なんとか身体を縮めるようにして天井裏へと入った。男の僕では四つん這《ば》いにならないと進めないような空間である。だが、奥の奥まで這って進んでもそこにさちの痕跡はなかった。

「……そんな」

そのとき、薄暗い空間の一番隅に、ぽつんと転がる何かを見つけた。

這って近寄り、それを手に取った。それからそれを板の隙間から注ぐ日の光にさらした。それは、さちが唯一の財産と云っていたＺＣ３０００であった。『少女キネマ』を完成させた一番の功労者であった。

「ちょっと……待ってください」

その場にへたり込み、いつまでも呆然《ぼうぜん》と八ミリカメラを見つめた。

黒く、流線形で、かつて無数の映画青年に最新鋭にして最高性能と謳《うた》われたＺＣ３０００。

その偉影をいつまでも見つめ続けた。

そして、グリップのところに印字されたその文字が目についた。

FUJIKA - Single8 - ZC3000

そこにはそう白く印字されている。

その文字をぼうっと見つめていて、気がついた。

「いや、ちょっと、まさか」

３０００――三千。

「三《さ》、千《ち》」

くだらない。くだらなすぎる。

その阿呆《あほう》な考えを頭から払うように、埃まみれとなって転がった。

これが、現実か。

才条が開けた穴を塞《ふさ》いでくれた君は、塞がったとみるや姿を消すというのか。

映画の精であったというのか。

僕は、天井裏でひとりいつまでも慟哭《どうこく》した。

エピローグ

――さて。

以上が、この暴風のごとき事件の顚末《てんまつ》であります。

私は十倉和成《とくらかずなり》の計らいにより、正式にキネマ研究部所蔵のカメラとして、映画制作の最前線に復帰することができたのでした。あの暗い、誰も訪れぬ空間に置き忘れられた私が再びこのような日の目を見るとは、かつて考えたことのない僥倖《ぎょうこう》でございます。それらはすべて、十倉和成によって完成された八ミリフィルム作品のおかげでございましょう。

あれから映画の持つ熱に浮かされた様々な学生たちが、私のもとを訪れるようになりました。

ある者は、おずおずと初々しい手つきで私に触れ、ある者は愛《いと》しげな手つきで私に触れてきます。またある者は猛々《たけだけ》しい決意とともに私を現場へと連れ出します。そのいずれも私にとっては無上の喜びでありました。

まだまだ、デジタル機器に負けぬ気概くらい私にもございます。
そう、今、私は再び命を与えられたのです。
私は切り取るでしょう。
あなたたちの、恋のもがきを。
あなたたちの、うち震えるような喜びを。
あなたたちの、のたうち回るような苦しみを。
そして、あなたたちの、身を引き裂かれるような悲しみを。
そのすべてを克明に捉《とら》えてみせましょう。
私は、そのために作られたのです。
カメラは、使われてこそのカメラなのです。
そして、いつか私に名前をつけてくださる誰かが現れたとき。
そのときこそ、私は奇跡を見せることでございましょう。
〝映画芸術〟と呼ばれる、その奇跡を——

……と。
ここで締めたいところではありますが、わずかながら後日談がございます。
今すこしこの暴想劇の主人公たる彼、十倉和成の視線にカメラを戻そうと存じます。
その方が、この物語の幕引きとしてふさわしいことでございましょう。

それでは、皆さん。

長々とご清聴頂き、ありがとうございました。


時は過ぎた。

僕は二十一歳となっていた。

東京を訪れて二回目の桜である。

私立星香《せいか》大学において、僕はなんとか二年生へと進級していた。

あの後、どうなったのかということをすこし補足しておこう。

亜門《あもん》は、毎朝吉祥寺《きちじょうじ》駅で一時間ほど篠崎《しのざき》さんを待つのを日課にし始めた。結果は僕は聞いていないし、やつも話さなかった。僕らの付き合いは以前と変わらず、相変わらず食事時になると皿を持って亜門は僕の部屋を訪れた。

伊祖島《いそじま》氏とキリコ嬢はつき合い始めたらしい。同棲《どうせい》を始めるという噂も聞く。しかしさすがに六畳一間の友楼館《ゆうろうかん》では無理があるということで、近くで物件を探しているらしいがその詳細を僕は知らない。

宝塚《たからづか》は、相も変わらず友楼館に住んでいた。しかし着るものがいささか女子らしくなったので共同風呂《ぶろ》や共同便所などで僕らは少々気を遣うようになった。その頃から、ノックをするという礼儀を誰もが覚えた。

久世《くぜ》は相変わらずである。親からの潤沢な仕送りをせっせと合コン費用につぎ込み世の居酒屋に貢献していた。久世に関してはすこし付け足すことがあるのだけれども、それはさておく。『少女キネマ』は好評で、文化祭後の再上映が決まった。こじゃれた駅前の、自主制作映画専門シアターの大きなスクリーンにもかけられた。いつの間にか学生映画祭に出品されていてよくわからない賞を取り、いつの間にか有名な映画祭の自主制作映画部門に出品されていて、あれよあれよという間に最終候補のひとつにまで残ったらしいが——そこで落選した。

落選理由は、終盤の構成がいまいちというしごくもっともなものであった。僕としてはもちろん異論はない。僕に映画の賞を取るような実力などない。すべてを才条《さいじょう》が撮っていればとは思うけれど、望んでも仕方のないことは望まないのが幸せの秘訣《ひけつ》である。

所詮《しょせん》、あれは暴風の中を偶然飛んできた宝くじのようなものなのだ。

「おい、十倉。ここにいたのか」

呼ばれて振り返ると、久世一磨《かずま》のしまりのない顔がいっそう緩んでいた。

「早く体育館に行こうぜ。有望な新入生が他のサークルや部活に取られちまう」

本日は、入学式であった。希望に満ち満ちた新入生がまたどっと入ってくるのである。キネ研の連中はみな部が借りた教室を基地に、新入生の勧誘に忙しく働いているはずであったけれど、僕はどうにも和気藹々《わきあいあい》といった雰囲気が苦手でこの部室にひとり避難していたのであった。

「部長がそんなことじゃ困るだろ」

久世の台詞《せりふ》に、改めて自分の立場を確認した。

何の因果か、僕は正式にキネマ研究部に入部させられていた。あまつさえ昨年末の忘年会においで代替わりが発表され、何を血迷ったか、僕は来るべき新年度のキネマ研究部部長とされていた。聞けば、代々キネマ研究部の部長というのは前の代の部長の指名によるというから、宝塚のせいであろう。彼――いや、彼女の思惑は知らぬ。何かの嫌がらせかと思ったが、名誉部長ともいうべき永遠の大学生・伊祖島氏の強い推薦もあり、そう決まったのだという。しかも拒否権はないらしい。満場の拍手の中挨拶《あいさつ》させられたが、何を話したのかも覚えていない。

だがそこまでは我慢するとしても、どうしても納得のいかぬことがある。

「早く行こうぜ」

嬉《うれ》しげにそう云う久世の安っぽいあご髭《ひげ》を見つめながら、僕は尋ねた。

「なぜ、おまえが副部長なのか」

「おまえは何度質問すれば気が済むのか」

久世は、白いひょうたん顔をしかめてみせた。

「新部長、つまりおまえに覇気も行動力もないから、ボクのような実務家が副部長につかざるをえなかったのだ。ボクは渉外能力にも秀でるし、人脈も広い。おまけに明るくてムードメーカーだ。すべておまえを支えるために仕方なく就任してやったんじゃないか」

どうもそういうことらしい。

忘年会会場で、僕は目の前で起きたことに呆然《ぼうぜん》としていたので新年度がスタートしてそれを知ったくらいであった。というか、僕がキネ研の部長職を満足に務められないのは、別に普段の僕が腑抜《ふぬ》けであるからではない。ひとえに、半年近く経った今でも失恋の痛手から立ち直っていないからである。黒坂《くろさか》さちを喪失した苦痛から立ち直っていないからである。

そっと胸に下げる父から持たされた鉄の誓いを握りしめた。そして、父の決まり文句を口の中で繰り返した。

――女子とは魔性の生き物である。男子を惑わし、男子の鉄腸を溶かし、男子を堕落の道へと誘う魔性のものである。

夜ごとひとりきりの部屋で、苦しみに打ちひしがれる度にそう呟《つぶや》いたけれど、痛みは去らなかった。

父の教えは正しかったのか。

黒坂さちは魔性であったか。

いいや、断じてそれはない。父は、心胆を練った男子こそが女子の魔性を菩薩《ぼさつ》に変えると云っていたけれど、さちは僕にとって最初から菩薩であった。それだけに喪失感は計り知れぬ。彼女と出逢《であ》ってしまった僕は、生涯恋など出来ぬであろう。いや、したいとも思わぬであろう。

そんなことを考えだすと女々しく涙が頬をつたいそうなのでこのくらいにしておく。

「おい、十倉。おまえが体育館に行かないならボクひとりでも行くぞ。かわいい新入生が早いもの勝ちで取られてしまう。その中にボクの運命の人がいたらどうしてくれる」

久世は苛々《いらいら》と、部室の玄関で足踏みをしていた。

有望な新入生というのが、見目麗しい女子を指すとようやく気がついた僕である。

「勝手にしろ」

そう云うと、では行ってくる、と久世は廊下へと飛び出していった。

だが、すぐに戻ってきて云い足した。

「そうだ。これから部室にやってくる入部希望者なんだが、任せていいか」

「ああ」

僕はなまくらな返事をしてから、「そいつは誰だっけ」と聞き直した。

「おい、それも聞いてなかったのか。昨日、学生事務室に電話をかけてきたという新入生だ。おまえがケータイに出ないからボクのところに回されたと云ったろう」

なるほど、聞いたような気がする。

ひとつ舌打ちをすると、久世は説明してくれた。

「なんでも身体にすこし問題のある子らしくてな。高校時代の一時期、何かに取り憑《つ》かれたような、夢遊病のような疾患にかかっていたらしい。脳に小さな傷があったことが原因らしいんだが、記憶がところどころ飛んでいるのだという。現在も静養しつつ大学に通っているそうだから、大学側も、入部に関しては部長判断に任せる、というやつだ」

めんどくさい新入生であるな、と思った。今の僕に面倒ごとは無理である。

だが、とにかく僕は、そうか、とだけ返事した。

話を終えると久世は駆け出していき、部室には僕ひとりが、ぽつんと取り残された。

暖かな春の日であった。開け放した部の扉の外には、満開の桜の花が咲き誇っていた。風に散らされる花びらに、楽しげな学生たちの声が重なっていく。その笑い声だけ聞いていると、大学も高校も大差ない。はしゃぐ声というのは、人間一生変わらぬものなのかもしれぬ。

そんなことを思いながらひとり力なく部室の床に座っていると、

「——すみません」

やがて背後から控えめでありながら、涼やかな声がかかった。

糸を引かれるように振り返ると同時に、僕の顎《あご》が落ちる音が聞こえた。

「昨日、お電話させて頂いたものなのですが」

そこには、黒髪で、おかっぱで、清楚《せいそ》な物腰の少女が奇麗な姿勢で佇《たたず》んでいた。

「是非、キネマ研究部に入りたいのです」

彼女は、真剣な表情でそう云った。

僕の身体は硬直していた。

喉《のど》が渇き、何の言葉もその口からは出てこなかった。

「お願いします。具合が悪くなったら無理はせぬように致します。皆さまに極力迷惑をかけぬよう頑張ります」

けなげな仕草で、何度も黒髪をさらりと下げるその態度にようやく喉は硬直を解いた。

掠《かす》れた声で、僕は云った。

「友楼館を、ご存じでしょうか」

「はい？」

彼女は、瞳《ひとみ》を見開き、かわいらしく小首をかしげた。

僕はいきなり何を訊《き》いているのか。

いえ、とひとつ咳払《せきばら》いをしてから、僕は続けた。

「桜の古木が入り口にそそり立つ、築百年は経とうかという薄汚れた古館です。代々キネマ研究部の部員たちの下宿として愛されてきました。もともとは男子寮ということもあり、女人禁制とされた時代もあったのですが、ひとりの無謀者により今はそれも根底から崩れ、ただの安下宿と成り果てています」

「はい」

「そこは非常に汚い。むさ苦しい男子の巣窟《そうくつ》といってもいい。しかし古来キネ研の猛者《もさ》たちの精神修行場として機能していた由緒正しい木造建築物なのです」

「まあ、そのようなところを存じ上げず——勉強不足でございます」

彼女は恥じらうようにそう云って、また頭を下げてみせた。

その懐かしい仕草に、鳩尾《みぞおち》がほくほくと沸き立った。

「そこでたまに部会を開くことがあります」と僕は続けた。

「部室よりもずっと広い談話室というのがあります。ときに獣臭すら漂う異空間であり、常人にはとんと嫌がられる。さらに云えば、独り身の男子が代々女子に対する妄想を積み重ねた結果、不幸にも肝心の女子を排斥する気配に満ち満ちた場所です」

追い払っているかのようにも思えるその言葉を、彼女は真剣な顔つきで、ひとつひとつ丁寧に聞きとっていた。それは、まるで涸《か》れた井戸を掘り起こすかのような、透明で真摯《しんし》な表情であった。僕は、今その井戸に向けて語りかけていた。祈るような気持ちで語りかけていた。無数の思い出が言葉の裏にせつなく縫い付けられていたけれど、そこは男子の気概で押さえつけた。

「しかし、先ほど云ったようにそこはキネ研の聖域なのです。キネマを撮るにあたって学ぶことが多い。そのような空間で行われる部会にも——あなたはちゃんと参加できましょうか」

それだけ云うと、僕は身じろぎひとつせず、彼女の返事を待った。

いつしか正座していたが、そのまま待った。

じっと待った。

やがて彼女の森奥の泉のごとき瞳が、輝いた。

「参加させて頂きたいと思います」

続けて少女が述べたその台詞で、ついに僕は天を見上げ、込み上げるものを干すこととなった。

舞い散る桜の中、けぶるような笑顔を浮かべ、まるでキネマの名台詞のように少女は優しく告げていた。

——それがたとえ、天井裏でございましても——

了

本書は二〇一四年二月に小社より刊行された単行本を文庫化したものです。

少女《しょうじょ》キネマ
或《あるい》は暴想王《ぼうそうおう》と屋根裏姫《やねうらひめ》の物語《ものがたり》

一《にのまえ》 肇《はじめ》

平成29年 2月25日　初版発行

発行者●郡司 聡

発行●株式会社KADOKAWA
〒102-8177　東京都千代田区富士見2-13-3
電話 0570-002-301（カスタマーサポート・ナビダイヤル）
受付時間 9:00〜17:00（土日 祝日 年末年始を除く）
http://www.kadokawa.co.jp/

角川文庫 20203

印刷所●株式会社暁印刷　製本所●株式会社ビルディング・ブックセンター

表紙画●和田三造

ISBN978-4-04-105186-3　C0193